독일 대표단편문학선
금발의 에크베르트

세계단편문학선집01

세계단편문학선집 01

독일 대표단편문학선
금발의 에크베르트

루트비히 티크 외 지음 | 이관우 옮김

노벨레 · 요한 볼프강 폰 괴테
칠레의 지진 · 하인리히 폰 클라이스트
금발의 에크베르트 · 루트비히 티크
착한 카스페를과 어여쁜 안네를의 이야기 · 클레멘스 브렌타노
임멘 호 · 테오도르 슈토름
죽은 자는 말이 없다 · 아르투어 슈니츨러
선로지기 틸 · 게르하르트 하우프트만
변신 · 프란츠 카프카
빵 · 볼프강 보르헤르트
붉은 고양이 · 루이제 린저

씨네스트

| 옮긴이의 말 |

　이 책은 독일을 대표할 수 있는 유명단편들을 선정하여 독문학 전공자들은 물론 일반인들도 쉽고 유익하게 읽을 수 있도록 우리말로 옮겨놓은 단편모음집이다.
　옮긴이는 대학에서 매학기 독일문화를 교양과목으로 가르치면서 우리에게 독일의 단편문학은 영미나 프랑스의 그것에 비해 상대적으로 너무도 덜 알려져 있음을 확인해왔다. 학기마다 1백 명이 넘는 수강생 가운데 브렌타노, 클라이스트, 슈토름과 같은 독일의 유명 단편작가들을 알고 있는 학생은 거의 전무할 정도였다. 반면 오 헨리, 헤밍웨이, 하디, 모파상, 체호프 등 영미나 프랑스, 러시아의 단편작가들은 대부분이 익히 알고 있었다.
　대학생들이 이런 실정이니 일반인들의 독일 단편 작품 및 작가에 대한 인지도가 어떠하리라는 것은 두말할 필요가 없을 것이다. 세계문학 속에서 다른 나라 작가들과 어깨를 나란히 해온 독일의 작가들이 적지 않은데도 그들의 작품들이 우리에게 오래도록 무지상태로 내려온 데 대해 독문학도의 한 사람으로 자책감을 느끼지 않을 수 없었다. 그리하여 그동안 독일단편으로부터 소외돼 온 일반인들이 독일단편의 면모를 살필 수 있게 되길 바라는 마음으로 대표적 독일단편들을 골라 우리말로 옮기는 작업을 하게 되었다.
　이런 작업을 하게 된 또 하나의 동기는 독문학전공 학생들에 대한 안타까운 강의체험에서 비롯되었다. 옮긴이는 20여 년 동안 강단에서 독일 단편문학을 가르치면서 학생들에게 많은 작품을 접하게 하도록 노력해왔으나 여건상 뜻대로 되지 않은 것이 사실이다. 전공과정의 학생들이 가급적 많은 작품들을 원어로 어려움 없이 읽으면서 정확하게 이해하고 심층적으로 해석해 나간다면 이보다 더 이상적일 수는 없을 것이다. 그러나 단편분야에 배정된 제한된 시간과 학생들의 제한된 언어능력은 원어 텍스트들 역시 제한적으로 소화해낼 수밖에 없게 한다. 그리하여 힘겹게 채찍질하며 진행해도 한 학기 강좌를 통해 겨우 한두 편의 작품만 원어로 힘겹게 읽어 내려가는 것으로 만족할 수밖에 없는 것이 솔직한 현실이다.

이런 안타까운 현실 앞에 극소수 작품만을 접하는 원어강독의 비효율성과 불충실성을 보완하고, 학생들에게 시간을 적게 들이면서 많은 작품을 이해할 수 있게 함으로써 한정된 시간 속에서도 독일 단편문학의 포괄적 이해를 가능케 해야겠다는 생각을 하게 되었다. 그리하여 대표적인 유명단편들을 부득이 우리말로라도 많이 접할 수 있도록 하는 것이 현명하리라는 판단을 했다.

작품 선정에 있어서는 오랫동안 고심한 끝에 우선 독문학계에서 통상적으로 입에 많이 오르내리고, 전공 텍스트로의 활용도가 높은 작품들에 비중을 두었다. 이렇게 선정된 작품들은 독일의 대표단편으로 평가받는 데에 별 무리가 없으리라 본다.

작품배열은 과거로부터 현대에 이르는 문예사조순으로 했다. 그리하여 18세기 말부터 19세기 초에 이르는 고전주의사조의 대표작인 괴테의 『노벨레』를 필두로 반고전주의 단편인 클라이스트의 『칠레의 지진』, 낭만주의에 속하는 티크의 『금발의 에크베르트』와 브렌타노의 『착한 카스페를과 어여쁜 안네를의 이야기』, 사실주의 작품인 슈토름의 『임멘 호』, 인상주의에 속하는 슈니츨러의 『죽은 자는 말이 없다』, 자연주의의 대표작인 하우프트만의 『선로지기 틸』, 20세기 초 표현주의의 상징적 작품인 카프카의 『변신』에 이어 마지막으로 2차대전 직후에 나온 전후 폐허문학의 대표작인 보르헤르트의 『빵』과 린저의 『붉은 고양이』에 이르기까지 모두 10편을 문예사조순으로 차례로 배열했다.

여기에서 특별히 염두에 둔 것은 작품들을 읽어나감으로써 자연스럽게 독일 단편문학의 전반적인 흐름과 특징을 파악할 수 있도록 문예사조별로 대표적 명작을 선정하여 옮긴 점이다. 예컨대 괴테의 『노벨레』에서는 사람과 맹수와의 교감을 소재로 인간과 자연이 평화롭게 공존하는 이상적 세계상을 그림으로써 조화와 균제라는 고전주의의 문학이념이 드러나고 있으며, 깊은 숲 속에 사는 한 여인이 지나온 삶을 회상하는 가운데 환상이 현실을 넘나들면서 현실보다 더한 실존을 이루는 티크의 『금발의 에크베르트』는 낭만주의적 꿈과 환상의 세계를 적나라하게 드러내고 있다. 그런가 하면 성실한 근로자가 하루아침에 흉측한 벌레로 변하여 가족과 주변세계로부터 버림받아 죽어가는 과정을 그린 카프카의 『변신』은 현대인의 소외라는 사회적 문제성을 그로테스크한 분위기 속에서 강렬하게 표출함으로써 표현주의의 속성을 잘 드러내고 있다.

문예사조와 연관 지어 볼 때 고전주의 단편에서는 질서와 조화를 이룬 이상적 세계상이 추구되고, 반대로 반고전주의 작품에서는 균형과 조화를 깨는 파격적인 묘사와 섬뜩하고 조악한 세계상이 나타난다. 낭만주의 작품에서는 특유의 비현실적이며 몽환적인 세계가 꿈과 환상을 이끌며, 이와 대조적으로 사실주의 작품에서는 실제적인 세계의 현실적 상황이 빈틈없이 묘사된다. 자연주의 작품에서는 지루하리만큼 세밀한 자연묘사와 함께 소시민적 삶의 애환과 갈등이 치밀하게 다루어지며, 인상주의의 작품에서는 인간내면의 의식의 흐름이 첨예한 인상을 불러일으키면서 예리하게 행동화되어 표출되고, 표현주의 작품에서는 현대인의 모순과 부조리가 그로테스크한 영상으로 그려진다. 또한 전후 폐허문학에 속하는 단편에서는 전쟁이 초래한 부조리한 현실과 비인간성이 적나라하게 고발되고 있다.

이렇듯 이 책에서 독자는 작품들을 쉽고 흥미롭게 읽어 내려가면서 문예사조의 변천과 맥을 같이 하는 독일 단편문학의 시대별 흐름을 자연스럽게 인지하게 될 것이다. 특히 책의 말미에 해당 문학사조의 특성을 개관함으로써 작품과 사조를 보다 유기적으로 연결시켜 이해할 수 있도록 했다. 이렇게 함으로써 독자가 작품을 좀 더 쉽고 올바르게 이해하는 데 도움이 되도록 하고 아울러 이 책이 단순한 작품모음집에서 한 걸음 더 나아가 자상한 문학교양서로서의 역할도 병행할 수 있도록 했다.

아무쪼록 이 책이 일반 독자들에게 독일 단편문학에 대한 관심과 흥미를 불러일으키는 유익한 읽을거리가 될 뿐만 아니라 독문학도들의 전공연구에도 좋은 보조자료로 활용되길 기대한다.

2013. 8. 20
옮긴이 이관우

| 차례 |

- 옮긴이의 말 / 이관우 ··· 4

- 노벨레 / 요한 볼프강 폰 괴테 ·· 11
- 칠레의 지진 / 하인리히 폰 클라이스트 ···································· 38
- 금발의 에크베르트 / 루트비히 티크 ·· 56
- 착한 카스페를과 어여쁜 안네를의 이야기 / 클레멘스 브렌타노 ··········· 78
- 임멘 호 / 테오도르 슈토름 ·· 121
- 죽은 자는 말이 없다 / 아르투어 슈니츨러 ····························· 163
- 선로지기 틸 / 게르하르트 하우프트만 ···································· 188
- 변신 / 프란츠 카프카 ·· 227
- 빵 / 볼프강 보르헤르트 ··· 288
- 붉은 고양이 / 루이제 린저 ·· 292

- 작가소개 ·· 301
- 독일문학 사조 개관 ·· 312

노벨레

요한 볼프강 폰 괴테

　이른 새벽 짙은 가을안개가 영주의 넓은 궁성 뜰을 감싸고 있었고, 엷게 벗겨지는 베일 같은 안개 사이로 모든 사냥꾼들이 벌써 말을 타거나 걸으면서 뒤섞여 움직이고 있는 것이 어렴풋이 보였다. 주위 사람들이 서둘러 일하는 모습도 눈에 띄었다. 그들은 등자를 늘이거나 줄였고, 엽총과 탄약주머니를 건넸으며, 배낭을 제대로 챙겼는데, 그러는 동안 개들은 목줄에 묶인 채 참지 못하겠다는 듯 붙들고 있는 사람에게서 달아나려고 몸부림쳤다. 또한 때때로 말 한 마리가 불같은 천성에 쫓기거나 새벽 어스름 속에서 삭별한 허영심을 내보이는 깃을 억제하지 못하는 기사의 박차에 자극받아 좀 더 힘차게 움직였다. 모든 사람들이 그러면서 영주를 기다렸는데, 영주는 자신의 젊은 부인과 작별을 하면서 오랫동안 머뭇거리고 있었다.

　불과 얼마 전에 결혼한 그들은 서로 마음이 통해 행복해 하고 있었다. 두 사람은 활동적인 성격이었고, 서로 상대의 취향과 추구하는 것에 관심을 가졌다. 영주의 아버지 때도 그랬음이 분명한데, 영토의 모든 지역들은 그때와 마찬가지로 똑같은 근면함 속에서 나날을 보내고, 모두가 그때와 똑같은 역할과 일 속에서 각자의 방식에 따라 벌이를 해서 삶을 즐기고 있었다.

이 같은 삶이 얼마나 잘 이루어지는지는 이 무렵 대목시장으로 부를 수 있는 중앙시장이 열리는 걸 보면 알 수 있었다. 영주는 어제 부인과 함께 말을 타고 물건들이 쌓여 있는 혼잡한 시장을 지나면서 바로 그곳에서 산악지역과 평야지역 간의 행복한 교역이 이루어지고 있음을 그녀에게 가르쳐주었다. 그는 바로 그 자리에서 그녀에게 자신이 다스리는 영토의 근면함을 깨우쳐줄 수 있었다.

영주가 이 무렵 신하들과 밀려드는 문제들에 대해 얘기를 나누고, 특히 재무장관과 쉬지 않고 일에 열중하고 있을 때 영방수렵관(독일은 영주가 관할하는 여러 개의 영방으로 되어 있었음)은 이 좋은 가을날 궁성 식구들은 물론 외지에서 도착한 많은 손님들에게 보기 드문 특별한 행사를 베풀고 싶은 욕구를 저버리는 것은 생각할 수 없다며 이미 연기되었던 사냥을 하자는 자신의 주장을 관철시켰다.

영주부인은 못마땅해 하며 뒤에 남았다. 그들은 산속 깊이 밀고 들어가 그곳 숲속에서 평화롭게 사는 주민들을 예기치 않은 행군으로 불안하게 하려는 계획을 세웠던 것이다.

헤어지면서 영주는 부인에게 숙부 프리드리히와 함께 말을 타고 산책을 하자고 제안했다. 그는 말했다.

"또한 나는 모든 것을 돌봐주도록 마구와 궁성 관리자 호노리오를 당신에게 붙여주겠소."

그리고 그는 이 말에 따라 말에서 내려 잘 생긴 한 젊은 남자에게 필요한 당부를 한 다음 곧장 손님들, 신하들과 함께 사라졌다.

궁성 뜰로 내려가 남편을 향해 손수건을 흔든 영주부인은 산 쪽으로 탁 트인 경치를 볼 수 있는 뒷방으로 들어갔다. 그곳의 경치는 강가의 조금 높은 곳에 위치한 성이 앞뒤로 보여주는 다양하고 멋진 풍경들보다 더욱 아름다웠다. 그녀는 어제 저녁에 놓아둔 곳에 때마침 망원경이 그대로 있는 것을 발견했다. 궁성사람들은 어제 저녁 숲과 산과 산정을 넘어 높이 솟아 있는 아주 오래 된 원조 성城의 폐허를 관찰하면서 즐겼었다. 그 성은 저녁햇살 속에 유난히도 우뚝 솟아 있었고, 곧 거대한 빛과 그림자가 그것이 유서 깊은 웅장한 기념물이라는 분명한 느낌을 갖게 해주었다. 오늘 아침 역시 망원렌즈를 통해 성벽 사이에서 오랜 세월 동안 아무런 방해도 받지 않고 솟아오른 다채로운 나무들의 단풍 든 모습이 아주 뚜렷하게 보였다. 아름다운 영주부인은 사냥 행렬이 지나갈 돌로 된 황량한 평지 쪽으로 망원경을 좀 더 깊숙이 들이댔다. 그녀는 초조하게 그 순간을 기다렸고 기다림은 어긋나지 않았다. 망원경을 선명하고 크게 보이도록 조정하자 그녀의 빛나는 눈이 영주와 마구관리장을 분명하게 알아보았던 것이다. 그녀는 망원경 속에 보이는 것 이상으로 그들이 잠시 멈춰 뒤돌아보고 있다고 추측하자 손수건을 흔들지 않을 수 없었다.

그런 다음 영주의 숙부 프리드리히 후작은 자신이 왔다고 알리고는 겨드랑이에 커다란 서류가방을 낀 화가를 데리고 들어섰다. 건장한 노신사가 말했다.

"사랑하는 조카며느리, 우리는 사방을 볼 수 있도록 그려진 원조 성의 모습들을 보도록 하세. 이건 아주 오랜 옛날에 세워진 막강한 공격 및 수비 성곽이 오랜 세월과 악천후를 막아내 오면서 여기저기 벽이 사라지고 이곳저곳에서 무너져 내려 어쩔 수 없이 황량한 폐허가 된 모습이지. 우리는 이 횡폐한 곳에 좀 더 쉽게 접근할 수 있도록 하기 위해 많은 작업을 했지. 이제 모든 유랑자와 모든 방문객들을 놀라게 하고 매혹시키기 위해서 더 이상 필요한 것은 없다네."

후작은 그림이 그려진 종이를 한 장 한 장 가리키며 계속 말했다.

"여기 외곽의 원형 성곽을 통과하여 움푹 팬 길을 올라 중심 성채 앞에 다다르면 전체 산들 가운데 가장 견고한 산에서 나온 바위 한 개가 앞에 솟아 있지. 그 바위 위에 담으로 둘러싸인 탑이 서 있는데, 누구나 자연이 어디서 끝나고 예술과 손재주가 어디서 시작되는 건지 할 말을 잃을 정도라네. 더 멀리에는 측면으로 성곽들이 이어져 있고, 중간 뜰이 테라스처럼 아래로 펼쳐져 있는 것을 볼 수 있지. 그런데 내가 제대로 얘기하지 않았는데, 이 유서 깊은 꼭대기를 원천적으로 에워싸고 있는 것은 숲이라네. 백오십 년 동안 이곳에서는 도끼질 하는 소리라곤 들리지 않아왔고, 어느 곳에나 거대한 나무둥치들이 자라서 솟아올라 있다네. 조카며느리가 성벽으로 달려간다면 매끈한 단풍나무와 거친 떡갈나무, 줄기와 뿌리를 굳건히 한 키 큰 가문비나무를 만나게 되고, 우리는 틀림없이 이것들 주위를 돌아서 산책로를 쉽게 찾아 걸을 수 있을 걸세. 우리의 화가가 이러한 특징을 얼마나 훌륭하게 종이 위에 표현했으며, 여러 가지 줄기와 뿌리의 종류들을 성곽 사이에 알아볼 수 있게 끼워 넣고, 억센 나뭇가지들을 성곽 틈새에 집어넣어 그렸는지 놀라울 뿐이지! 이것은 오래 전에 사라진 인간 위력의 오랜 흔적과 영원히 살아서 지속적으로 작용해 나가는 자연이 아주 진지한 투쟁을 하고 있음을 보여주는 다른 어느 곳에도 없는 유일한 폐허지라네."

또 다른 종이를 내보이면서 그는 계속해서 말했다.

"조카며느리는 이 궁성이 오래 된 성문탑의 붕괴로 인해 들어갈 수 없게 되어 아주 오랜 옛날부터 아무도 발을 들여놓지 못했다는 걸 알고 있는가? 우리는 그리하여 궁성의 측면으로부터 접근해 들어갈 방법을 찾았으며, 성벽들을 부수고, 둥근 지붕을 무너뜨려 아늑하지만 비밀스런 길을 텄다네. 성벽 안은 정돈할 필요가 없으며, 이 안에는 자연적으로 평평하게 다듬어진 납작한 바위가 있는데도 막강한 나무들은 여기저기에 뿌리를 내릴 수 있는 행운과 기회를 찾아 왔지. 나무들은 느리지만 굳세게 자라나서 이제는 가지들을 과거에 기사들이 이리저리 거닐었던 복도 안으로까지 뻗친 다음 문과 창문들을 통해 원형건물의 홀 안으로 뻗쳤는데, 우리는 그 가지들을 쫓아내려 하지 않네. 그것들도 똑같이 주인이 되어 그대로 머물고 싶어 한다네. 우리는 깊숙이 쌓인 나뭇잎 더미를 걷어치우면서 평평하게 된 아주 놀랄 만한 장소를 찾아냈는데, 아마 세상 어디에서도 그와 같은 곳은 다시 볼 수 없을 걸세.

이 모든 것에 이어 역시 주목할 만하고 즉석에서 관찰할 수 있는 것은 주탑主塔을 향해 위로 뻗쳐있는 계단 위에 단풍나무 한 그루가 뿌리를 내리고 우람하게 자라나 있는 것이라네. 그리하여 탁 트인 전망을 보기 위해 꼭대기로 오르려면 그 나무 옆으로 간신히 빠져나갈 수밖에 없지. 하지만 여기에서는 우리가 그늘 속에서 안락하게 머물 수도 있는데, 이 나무는 모든 것을 뛰어넘어 공중으로 엄청나게 높이 솟아 있기 때문이지.

우리는 그토록 기특한 것들을 다양한 그림들로 그려 우리를 마치 현장에 있는 것처럼 믿게 하는 훌륭한 화가에게 감사해야지. 그는 날과 계절의 가장 좋은 시간들을 그 작업에 활용했고, 몇 주일 동안을 그림에 담을 이 대상들 주변을 맴돌았다네. 이쪽 모퉁이에 그와 우리가 그에게 붙여준 파수꾼이 쓸 작고 아늑한 집이 세워졌지. 내 소중한 조카며느리, 자네는 그가 거기에서 땅과 뜰과 성벽에 대해 얼마나 아름다운 전망과 경치를 그릴 준비를 잘했는지 믿을 수 없을 거네! 이제 모든 것이 아주 깔끔하고 특징적으로 윤곽이 잡혔으니 그는 여기 아래에서 편안하게 그것을 완성할 걸세. 우리는 이 그림들로 정원 홀을 치장할 것이고, 저 위에서 옛것과 새것, 견고한 것, 확고부동한 것, 불멸의 것과 신선한 것, 유연한 것, 거역할 수 없이 매혹적인 것의 실세적인 모습을 관찰하려고 원하는 자가 아니라면, 아무에게도 우리의 정연하게 다듬어진 일층과 현관과 그림자가 드리워진 복도를 지나 안을 들여다보게 할 수 없지."

호노리오가 들어서서 말들이 준비되었다고 알렸다. 그러자 영주부인은 숙부에게 몸을 돌려 말했다.

"말을 타고 올라가도록 하죠. 그리고 여기 이 그림에서 제게 보여주신 것들을 제가 실제로 볼 수 있게 해주세요! 저는 이곳에 살게 된 이후 올라가보려는 계획에 대해서는 종종 들어왔습니다. 이제 이야기 속에서도 있을 수 없고, 복제로도 불

노벨레 15

가능한 상태로 남아 있는 것을 눈으로 직접 꼭 보고 싶습니다."

그러자 후작이 대답했다.

"지금은 안 된다네, 사랑하는 조카며느리. 자네가 여기 그림에서 본 것은 앞으로 그렇게 될 수 있거나 될 모습이지. 지금은 아직 많은 것이 중단되어 있네. 예술은 자연 앞에서 부끄럽지 않을 때 비로소 완성되어야 하네."

"그럼 말을 타고 위쪽으로 올라가기만이라도 하지요. 기슭까지라도요. 저는 오늘 세상을 멀리 둘러보고 싶은 충동이 무척 강하답니다."

"모두 자네 뜻대로 하세."

후작이 대답했다. 영주부인은 계속해서 말했다.

"그런데 시내를 통과해서 가도록 해주세요. 수많은 노점들이 조그만 도시나 야영지의 모습을 띠고 있는 큰 시장 광장을 지나서요. 여기서는 세심한 관찰자라면 인간이 무엇을 행하고 필요로 하는지 모두 볼 수 있지요. 마치 주변지역의 모든 가정의 욕구와 활동이 밖으로 향한 듯 그들은 이 중심지에 몰려들어 생생한 모습을 드러내고 있어요. 어떤 때는 여기에서는 화폐가 필요치 않고, 모든 거래가 물물교환으로 이루어질 수 있을 듯한 상상을 하게 되는데, 실제로 그렇기도 하지요. 영주께서 어제 제게 이런 모습들을 살펴볼 기회를 주신 후 저는 산지와 평지가 서로 접하고 있는 이곳에서 두 지역이 서로 무엇을 필요로 하고 무엇을 원하는지를 그토록 분명하게 전달하고 있다고 생각하니 기분이 좋았어요. 고산지대 사람은 숲의 통나무를 수많은 형태로 깎아서 변형시킬 줄 알며, 쇠를 각각의 용도에 따라 다양하게 변화시키지요. 그러면 저 건너편 사람들은 자주 원료도 거의 구별할 수 없고 용도도 알 수 없는 여러 가지 상품들을 가지고 그를 맞이합니다."

후작이 말했다.

"나는 조카 영주가 그런 일에 큰 관심을 기울이고 있다는 것을 잘 아네. 바로 지금 같은 월동기에는 전적으로 내주는 것보다는 더 많은 것을 받아두는 것이 중요하기 때문이지. 이것을 가능하게 하는 것이 결국 말단 가정살림과 마찬가지로 전체 국가살림의 핵심이지. 그런데 미안하지만 조카며느리, 나는 결코 시장과 장터를 통과하여 말을 타고 가는 걸 좋아하지 않네. 한 걸음씩 나아갈 때마다 방해를 받아 멈추게 되고, 그러면 내 상상 속에서는 다시 그 끔찍했던 사고 모습이 타오르고, 그것은 마치 내가 불속에서 거대한 상품더미들이 타오르는 것을 보듯이 곧장 내 눈 속으로 타들어 온다네. 나는 거의……."

"귀한 시간을 허비하지 마시지요!"

영주부인은 그 지체 높은 숙부가 자기가 겪은 화재 사고에 대해 여러 번 장황하게 설명하면서 자신을 불안하게 하자 이렇게 그의 말을 막았다. 숙부는 긴 여행 중이었는데, 지금처럼 대목시장으로 붐비는 시장터의 가장 좋은 여관에 들어 극도로 피곤한 몸으로 침대에 누웠다가 밤중에 자신의 방으로 밀려드는 비명과 불길에 기겁하여 깨어 일어났다는 얘기를 해주었던 것이다.

영주부인은 서둘러 자신이 아끼는 말에 올라 뒷문을 통해 산 위쪽으로 가지 않고 앞문을 통해 산 아래쪽으로 가 마지못해 준비하고 있는 자신의 수행원을 데리고 갔다. 하지만 그녀 옆에서 기꺼이 함께 말을 타고 가지 않을 사람이 어디 있으며, 그녀를 기꺼이 따르지 않을 사람이 어디 있으랴! 그리하여 호노리오도 최선을 다해 그녀에게 시중들기 위해 지금껏 그토록 갈망해온 사냥을 포기하고 기꺼이 남았던 것이다.

예상한 대로 그들은 복잡한 시장에서 말을 타고 한 걸음 한 걸음 천천히 나아갈 수밖에 없었다. 그러나 아름답고 사랑스런 부인은 멈출 때마다 재치 있는 말로 분위기를 누그러뜨렸다. 그녀는 말했다.

"나는 어제 받은 수업을 다시 받게 되는군. 기필코 우리의 인내심을 시험하려고 드니 말이야."

그리고 정말로 그들이 천천히 나아갈 수밖에 없을 정도로 모든 군중이 말을 타고 지나가는 그들에게 몰려들었다. 군중은 기뻐하며 젊은 부인을 바라보았고, 나라에서 첫째가는 부인이 가장 아름답고 우아하기까지 하다는 것을 본 수많은 미소 짓는 얼굴에서는 분명한 만족감이 나타났다.

바위와 가문비나무와 소나무 사이에 조용한 거처를 가진 산지인들, 언덕과 목장과 초원에 사는 평지인들, 소도시의 상공인들, 또한 모여든 모든 것이 서로 뒤섞여 서 있었다. 영주부인은 조용히 한번 둘러본 후 모든 사람들이 어디서 왔던 간에 옷을 만들기 위해 필요한 양보다 더 많은 옷감과 더 많은 천과 아마포, 더 많은 레이스용 띠를 장만한다며 수행원에게 이렇게 말했다.

"마치 여자들은 옷을 아무리 화려하게 부풀려 만들어 입어도, 남자들은 아무리 넓게 만들어 입어도 만족할 수 없다는 듯하군!"

숙부가 대답했다.

"자네에게 알려주겠는데, 인간은 자신이 가진 과도하게 사치스런 것으로 자신의 몸을 장식하고 치장할 때 가장 행복해 한다네."

아름다운 부인은 이 말에 동감을 표했다.

그렇게 그들은 서서히 교외로 이어지는 좀 더 한산한 광장에 도달했다. 그곳에는 조그만 상점들과 노점들 끝에 좀 더 큰 판자건물이 눈에 띄었는데, 그들이 그 건물을 바라보자마자 귀청을 찢는 듯한 포효소리가 울려왔다. 거기에 구경거리가 되어 서 있는 맹수들의 먹이시간이 다가온 듯했다. 사자는 숲과 황야에서 지르는 소리를 더없이 힘차게 외쳤고, 그러자 말들은 몸을 떨었으며, 그들은 교양있는 세계의 평화스런 삶의 터전에서 황무지의 왕이 어쩌면 그다지도 무시무시하게 자신을 드러낼 수 있느냐고 입을 모았다. 건물에 더 가까이 접근하여 그들은 울긋불긋하고 커다란 그림들을 보게 되었다. 그것들은 진한 색깔에 거친 그림들로 그 낯선 동물들을 나타내고 있었는데, 평화로운 시민이 바라보면 견디기 어려운 기분이 들 것들이었다. 격노하는 무서운 호랑이가 한 흑인에게 달려들어 그를 산산조각 내려했고, 사자 한 마리는 자신에게 적당한 먹이가 보이지 않는다는 듯 진지하고 근엄하게 서 있었으며, 그 밖의 기이하고 울긋불긋한 동물들은 이 힘센 짐승들 옆에서 별로 주의를 끌지 못했다.

영주부인이 말했다.

"우리 돌아가는 길에는 말에서 내려 저 귀한 손님들을 좀 더 가까이에서 봅시다!"

그러자 후작이 말했다.

"늘 무시무시한 것에 의해 자극받고 싶어 하는 게 인간이니 기이한 일이지. 저 안에는 호랑이가 우리 안에 아주 조용히 누워 있는데, 이 그림 속에서는 그것이 격노하며 한 흑인에게 달려드는 모습으로 그려져 실제로 안에서 그런 모습을 볼 수 있다고 믿게 하네. 살인과 살해로는 아직 부족하고, 방화와 파멸을 노린다고 유랑가수들은 구석구석에서 되풀이하여 노래하는 걸로 그려져 있지. 선량한 사람들은 겁에 질리게 되어 자유롭게 숨을 쉴 수 있다는 것이 얼마나 멋지고 값진 일인지를 비로소 나중에서야 절실하게 느끼게 될 걸세."

그러나 그들이 성문을 빠져나가 아주 쾌적한 지역으로 들어서자 그 무서운 그림들로 인해 남아 있었던 불안한 마음은 곧장 모두 사라졌다. 길은 먼저 작고 가벼운 배만이 다닐 만한 좁은 강을 따라 이어졌는데, 그 강물은 점점 더 큰 물줄기가 되어 제 이름을 얻고 널리 있는 땅에 생기를 불어넣어줄 것이었다. 그리고 나서 그들은 잘 가꾸어진 과수원과 유원지를 지나 서서히 위로 올라갔으며, 점차 탁 트인 아담한 주거지역에 들어서서 주변을 둘러보았다. 우거진 수풀에 이어 작은 숲이 일행을 맞이했고, 아주 아늑한 지형들이 그들의 시선을 멈추게 하며 활력을 불어넣었다. 위로 뻗은 초원의 골짜기가 그들을 반갑게 맞이했다. 그곳은 바로 얼마 전에 두 번째로 벌초가 되어 비단처럼 부드럽게 보였으며, 위쪽으로 한꺼번에 많은 양의 물을 뿜는 샘물에 의해 적셔지고 있었다. 그들은 숲에서 빠져나와 힘차게 오른 끝에 좀 더 높고 탁 트인 지점에 도달했으며, 그런 다음 앞쪽으로 꽤 먼 곳에 새로운 나무군락 너머로 그들의 여행목적지인 고성이 바위꼭대기이자 숲 위에 솟아 있는 것을 보았다. 그들은 뒤쪽을 보려고 몸을 돌렸으며, 높은 나무들 사이에 우연히 난 틈을 통해 왼쪽 편으로 아침햇살에 반짝이는 영주의 성과 옅은 안개에 덮인 잘 가꾸어진 도시의 고지대를 바라보았다. 또한 그들은 도시 오른쪽 저지대 쪽으로 눈을 돌려 초원과 물레방아들이 있는 이리저리 구부러진 강과 그 건너에 있는 비옥하고 넓은 지역을 바라보았다.

그들은 경치에 물리기도 하고, 그보다는 그런 높은 곳에서 주변을 둘러볼 때 흔히 생기곤 하는, 좀 더 넓고 탁 트인 전망을 보고자 하는 욕구가 일어 말을 달려 넓은 자갈밭을 지나쳐 갔다. 거기에는 녹색 왕관을 쓴 듯한 산꼭대기가 거대한 폐허 상태로 마주해 있었고, 아래쪽 깊숙한 산기슭 주변에는 오래된 나무들이 별로 없었다. 그들은 말을 타고 지나가다가 아주 가파른, 도저히 진입할 수 없는 지점에 도달했음을 알았다. 태고로부터 오랜 세월의 변화에도 아랑곳하지 않고 견고하게 잘 형성되어 온 거대한 바위들이 그들 앞에 솟아 위쪽으로 뻗어 있었다. 그 사이에서 떨어져 내린 돌조각들은 차곡차곡 불규칙하게 쌓여 거대한 폐허더미를 이루고 서 있어 아무리 용감한 자에게도 공격을 허용하지 않는 듯이 보였다. 그러나 그 가파름과 험준함은 젊음에 상응하는 것처럼 보였으며, 이것을 맞아들여 공격하고 정복하는 것은 젊은 사지四肢에게 기쁨을 줄 수 있었다. 영주부인은 시도해 보고 싶다고 얘기했고, 호노리오도 그럴 준비가 되어 있었고, 숙부는 비록 썩 좋아하지는 않아도 그러기로 하고 힘껏 해보겠다고 했다. 그들은 말들을 산기슭 나무 아래에 매어두기로 하고, 앞에 서 있는 거대한 바위가 평평하게 되어 있는 곳까지 오르기로 했는데, 그곳에서는 아래로 내려다보이는 경치를 넘어 그림같이 겹겹이 이어져 있는 탁 트인 전망을 볼 수 있었다.

해는 거의 가장 높은 하늘에 떠서 밝은 빛을 내리비쳤다. 영주의 성이 별채들, 본채, 측랑들, 둥근 지붕들, 탑들과 함께 장엄하게 드러났고, 도시 위쪽 전체가 펼쳐져 있었다. 도시 아래쪽도 잘 들여다보였는데, 망원경을 통해서는 시장에서 상점들까지 구별할 수 있었다. 호노리오는 그 유용한 도구를 지니고 다니는 것이 몸에 배어 있었다. 그들은 위쪽과 아래쪽으로 강을 바라보았는데, 이쪽 편으로는 산처럼 계단식으로 분리된 땅이, 저쪽으로는 낮은 구릉들과 번갈아가며 놓여 있는 위로 뻗은 평평하고 비옥한 땅이 있었고, 촌락들은 수없이 많았다. 여기 위에서 몇 개의 촌락이 보이는지 그 숫자를 놓고 논쟁을 벌이는 것은 오래전부터 전해 내려온 관습이었다.

멀리 드넓은 땅위에는 점심때면 늘 그러하듯, 목양신이 잠자고 있으므로 그가 깨지 않도록 모든 자연이 숨을 죽이고 있다는 노인들의 말처럼 밝은 고요가 드리워 있었다.

영주부인이 말했다.

"멀리 둘러볼 수 있는 이런 높은 곳에서 세상을 관찰하는 것이 제겐 처음이 아닙니다. 청명한 자연은 얼마나 순수하고 평화롭게 보이는지 몰라요. 세상에는 아무 것도 적대적인 것이 있을 수 없는 듯한 인상을 주는군요. 그런데 우리가 다시 사람들이 사는 집으로 돌아가면 집이 높든 낮든, 넓든 좁든 그곳에는 언제나 싸우고, 다투고, 조정하고, 정돈해야 할 일이 있지요."

그동안 망원경으로 도시를 바라보던 호노리오가 외쳤다.

"저기 좀 보십시오! 저기 좀 보세요! 시장에서 불이 타오르고 있습니다!"

그들은 그곳을 바라다보고는 약간의 연기가 피어오르는 것을 알았다. 불꽃은 대낮이라서 희미하게 보였다.

"불이 주변으로 계속 번지고 있습니다!"

호노리오는 계속 망원경으로 바라보면서 외쳤다. 그 화재는 망원경을 대지 않은 시력 좋은 영주부인의 맨눈으로도 목격되었다. 이따금 붉은 화염이 보이고 연기가 솟아올랐는데, 숙부가 말했다.

"돌아가세! 거 참 안 됐구만! 나는 그런 불행한 사고를 또 다시 겪을까봐 늘 두려웠는데."

그들이 아래로 내려와 말들이 있는 곳으로 갔을 때 영주부인이 늙은 후작에게 말했다.

"숙부님께서 먼저 서둘러 내려가시고, 마부는 놔두세요! 호노리오는 제게 남겨 주시라고요! 우리는 곧 따라가겠어요."

숙부는 그녀의 말이 합당하다고 여기고 지반이 허용하는 한 급히 말을 달려 황량한 자갈언덕을 내려갔다.

영주부인이 말에 오르자 호노리오가 말했다.

"마님, 제발 천천히 모십시오! 이 도시에는 성과 마찬가지로 소방시설이 잘 되어 있어서 저런 예기치 않은 사고가 나더라도 사람들이 우왕좌왕 하지는 않습니다. 이곳은 지반이 약하고, 작은 돌들과 짧은 풀이 있어서 말을 빨리 모는 것은 위험합니다. 게다가 우리가 시내에 들어서기 전에 불길은 이미 잡혀 있을 겁니다."

영주부인은 그 말을 믿지 않았다. 그녀는 연기가 퍼지는 것을 보았고, 타오르는 불빛이 보이고 집이 무너져 내리는 소리가 들리는 듯했으며, 숙부가 되풀이하여 들려준 대목시장 화재 체험담에 의해 가슴 깊이 새겨진 온갖 끔찍한 모습들이 상상 속에서 되살아났다.

그 당시의 화재사고는 평생 동안 불안 속에서 그런 사고가 되풀이되리라는 예감과 상상을 떨쳐버리지 못하고 지내야 할 만큼 끔찍하고 경악스러우며 지극히 충격적이었다. 한밤중 상점들이 즐비한 넓은 시장터에서 갑작스런 불이 이 가게 저 가게를 집어삼킬 때는 허름한 오두막집에서 잠자던 사람들은 미처 깊은 꿈에서 깨어나기도 전이었다. 지친 몸으로 도착하여 막 잠이 든 이방인 후작은 창가로 달려가 주위가 온통 끔찍하게 불길에 빛나는 것을 보았는데, 화염이 연달아 좌우에서 솟구쳐 오르면서 그를 향해 날름거리고 있었다. 장터의 집들은 불빛을 받아

벌겋게 되어 이미 불타오르는 듯 보였으며, 절박하게 순간순간 불이 붙어 화염에 휩싸일 것 같았다. 아래쪽에서는 화마가 끝없이 미친 듯 날뛰었다. 나무판자들이 후드득 후드득 타올랐고, 각목들이 탁탁 소리 내며 부러졌으며, 아마포가 날아올랐다. 끝부분이 불타면서 톱니처럼 된 아마포의 우중충한 조각들은 공중에서 빙빙 돌며 날아다녔는데, 그것은 마치 악령들이 모조리 그 안에 들어앉아 과감하게 춤추며 불타 없어졌다가 여기저기서 불길로부터 다시 나타나려고 하는 듯했다. 그런 가운데 모두가 목이 터져라 울부짖으면서 손에 닿는 것들을 건졌다. 하인과 일꾼들은 주인과 함께 온힘을 다해 불길에 싸인 옷감 두루마리들을 옮겼고, 불타는 진열대에서 물건을 몇 개라도 끌어내어 상자에 담으려고 애썼지만 결국 물건들은 빠르게 닥치는 화염에게 넘겨줄 수밖에 없었다. 많은 사람들이 정신을 가다듬을 기회를 찾으면서 한 순간만이라도 닥쳐오는 불길이 멈춰주기를 기원하는 동안, 사람들은 소지품들과 함께 이미 불길에 휩싸였다. 한쪽에서는 불이 타오르고 있었고, 다른 쪽은 아직 어두운 밤 속에 잠겨 있었다. 완강한 사람들과 의지력이 강한 사람들은 분노하며 분노에 찬 적敵에 맞서 눈썹과 머리털을 태우면서 많은 것을 건졌다.

 유감스럽게도 이제 영주부인의 아름다운 정신 앞에는 거친 혼돈이 새로이 등장했고, 밝은 아침의 시야는 흐릿하게 빛났으며, 그녀의 눈은 침울해졌다. 숲과 초원은 기이하고 불안스런 모습을 띠었다.

 그들이 상쾌한 기분을 돋우는 시원함도 아랑곳하지 않고 말을 달려 평화로운 골짜기로 들어서서 가까이에 흐르는 개울의 생기 찬 원천 아래로 몇 걸음 내려가자마자 영주부인은 초원 골짜기의 맨 아래 숲속에서 무언가 이상한 것을 목격했다. 그녀는 곧 그것이 호랑이임을 알아차렸다. 그것은 조금 전 그림 속에서 본 것처럼 그녀를 향해 뛰어왔으며, 그녀가 방금 전 열심히 보았던 무시무시한 그림들에서처럼 너무도 기이한 인상을 주었다. 호노리오는 외쳤다.

"달아나세요, 마님! 달아나세요!"

그녀는 말을 돌려 방금 내려왔던 경사진 산으로 향했다. 그러나 젊은이는 맹수를 향해 다가가 충분히 접근했다고 믿는 순간 권총을 꺼내 쏘았다. 그러나 안타깝게도 실패했다. 호랑이는 옆으로 뛰어나갔고, 말은 놀라서 주춤거렸다. 분노한 호랑이는 곧장 영주부인을 향해 달렸다. 그녀는 그런 힘든 상황에 익숙하지 않은 연약한 말이 자신을 견뎌내지 못할 것이라는 염려도 거의 하지 않으면서 말이 달릴 수 있는 한 힘껏 경사진 자갈길을 뛰어올랐다. 급박한 여기사에 의해 닦달 당하던 말은 무리하게 오르다가 언덕의 작은 돌무덤에 연거푸 부딪혔으며, 온힘을 내어 오르기를 시도하다가 결국 힘없이 바닥에 쓰러졌다. 아름다운 부인은 당차고 능숙하게 즉시 말에서 뛰어내려 제자리에 섰고, 말도 일어났다. 그러나 호랑이는 아주 빠른 속도는 아니었지만 이미 가까이 다가오고 있었다. 험한 길바닥과 날카로운 자갈들이 호랑이의 속력을 저지하는 듯했지만 호노리오가 바로 뒤따라 올라와 옆에서 조심스레 말을 타고 오름으로써 호랑이의 힘을 새롭게 부추기고 자극하는 것 같았다. 두 경주자는 영주부인이 말 옆에 서 있는 곳에 동시에 도착했다. 호노리오는 몸을 숙여 두 번째로 권총을 쏘아 호랑이의 머리를 맞혔고, 호랑이는 곧바로 쓰러져 사지를 길게 늘어뜨린 채 몸뚱이만으로 힘과 무시무시함을 내보였다. 호노리오는 말에서 뛰어내려 호랑이 위에 무릎을 굽히고 앉아 꺼낸 사냥칼을 오른손에 쥐고 호랑이의 마지막 움직임을 잠재웠다. 젊은이는 멋졌으며, 날렵하게 말을 타고 달려온 것은 마상창경기와 마상유희에서 영주부인이 자주 보아온 그의 모습이었다. 그때도 마찬가지로 그의 총알은 마장을 질주하면서 기둥에 매인 터키인의 머리를 터번 바로 아래에 명중시키고, 쏜살같이 달리면서 그는 땅에 떨어진 그 흑인의 머리를 번쩍이는 칼로 찌르곤 했었다. 그 모든 기술에서 그는 능숙하고 뛰어났었는데, 이번에도 그의 총솜씨와 칼솜씨가 도움이 된 것이다.

영주부인이 말했다.

"호랑이를 죽을 때까지 내리치게. 발톱이 그대를 해칠까봐 두렵네."

젊은이가 대답했다.

"괜찮습니다! 이미 이 놈은 죽었습니다. 저는 가죽을 버리고 싶지 않습니다. 그것은 이번 겨울에 마님의 썰매를 빛내드려야 합니다."

영주부인이 말했다.

"엉뚱한 짓 하지 말게! 마음속 깊은 곳에서 경건하게 존재하는 모든 것은 바로 이런 순간에 펼쳐지는 거라네."

그러자 호노리오가 외쳤다.

"저도 바로 지금보다 더 경건한 적은 없었습니다. 그러기에 저는 최고의 기쁨을 생각하고 있습니다. 저는 이 가죽을 보며 이것이 마님께 기쁨을 가져다드릴 수 있으리라는 것만을 생각하고 있습니다."

그녀는 말했다.

"그것은 내게 이 끔찍한 순간을 늘 떠올리게 할 걸세."

젊은이가 답했다.

"그것이야말로 쓰러진 적들의 무기들이 승리자 앞에 구경거리로 옮겨져 있는 것보다 더 순수한 승리의 표시입니다."

영주부인이 말했다.

"나는 그대의 용맹과 능란함을 기억할 것이며, 그대가 나의 감사와 영주님의 은총을 평생 믿고 살아가리라는 것을 믿어 의심치 않네. 하지만 일어서게! 그 짐승에게는 이미 더 이상 생명이 붙어 있지 않네. 우리 그 밖의 다른 것을 생각하세! 어서 일어서게!"

이에 젊은이가 대답했다.

"저는 이렇게 무릎을 꿇고, 달리 어떤 식으로도 더 이상 존경을 표할 수 없는 자세를 취하고 있습니다. 마님이 제게 주시는 총애와 은총을 이 순간에 확인해주실 것을 간청합니다. 저는 그동안 자주 마님의 고귀한 부군께 휴가와 먼 외지 여행의 특전을 내려주실 것을 간청해 왔습니다. 마님의 식탁 옆에 앉는 행운을 얻고, 마님께서 사교모임에서 얘기를 나눌 수 있도록 영광을 받은 자는 세상을 돌아보았어야 했습니다. 여행자들은 세계의 모든 곳에서 몰려들며, 어느 도시, 어떤 대륙의 어느 중요한 지점에 대해 얘기가 되면 마님의 종복에게 언제 거기에 가 보았느냐는 질문을 던집니다. 모든 것을 직접 본 사람보다 더 믿음이 가는 사람은 없습니다. 마치 오로지 남들을 위해서 보고 배워야 하는 것 같습니다."

영주부인은 다시 말했다.

"일어서게!"

그녀는 이어서 말했다.

"나는 남편의 신념에 반하는 어떤 것을 바라거나 청하고 싶지 않네. 내가 잘못 생각하는 게 아니라면 그분이 지금까지 여행을 못하도록 그대를 붙들어두고 있는 이유는 지금 당장 사라졌네. 그분의 의도는 그대가 지금까지 궁중에서 해온 대로 그대 자신과 그분에게 궁중 밖으로도 명예를 드높이는 홀로 설 수 있는 값진 인물로 성장하는 것을 보는 것이었네. 나는 오늘 그대의 행동이 젊은 남자가 세계로 나갈 때 지니고 갈 수 있는 아주 훌륭한 여권이라고 생각하네."

영주부인은 그의 얼굴 위로 젊은이다운 기쁨 대신 어떤 서글픔이 스치는 것을 알아차릴 여유가 없었고, 그 역시 자신의 감정을 추스를 겨를이 없었다. 어떤 여인이 아이를 손에 잡고 산을 올라 곧장 그들에게 황급히 달려왔기 때문이다. 호노리오가 곰곰이 생각하며 일어서자마자 그 여인은 큰 소리로 울부짖으면서 호랑이의 시체 위에 주저앉았다. 이런 그녀의 행동은 아주 단정하지만 울긋불긋하고 특이한 옷차림과 함께 그녀가 이 사지를 펼치고 누워 있는 짐승의 주인이자 보호자라는 것을 말해주고 있었다. 검은 눈에 검은 곱슬머리의 아이는 손에 피리를 들고 있었으며, 엄마보다는 덜 격렬하지만 마찬가지로 울면서 심하게 동요되어 그녀 곁에서 무릎을 꿇고 앉아 있었다.

　이 불행을 당한 여인은 격렬한 격정을 표출한 데 이어 마치 시냇물이 낭떠러지에서 이 바위 저 바위로 떨어져 내리듯 단속적으로 띄엄띄엄 말을 내뱉었다. 짧고 단절적인 자연 그대로의 언어는 인상적이고 감동적으로 들렸다. 그 언어는 우리의 어법으로 옮길 수는 없지만 대강의 내용은 알아들을 수 있었다.

　"불쌍한 녀석, 그들이 너를 죽였구나! 이유도 없이 죽였구나! 너는 사람을 잘 따랐지만 차라리 가만히 앉아서 우리를 기다렸더라면 좋았을 텐데. 너는 발바닥이 아프고, 발톱은 아직 힘이 없었으니까! 그것들이 다 자라려면 너는 뜨거운 햇빛을 더 받아야했지. 지금 여기에서 다시는 일어나지 않으려고 죽어서 누워 있는 너만큼 그토록 멋지게 사지를 뻗친 채 잠자고 있는 당당한 호랑이의 모습은 아무도 보지 못했을 거야! 네가 이른 아침 햇살에 깨어나서 목구멍을 벌리고 붉은 혀를 뻗치면 너는 우리에게 미소 짓는 듯이 보였고, 포효하면서 한 여인의 손에서, 또한 한 아이의 손가락에서 네 먹이를 장난치며 받았지! 우리가 얼마나 오랫동안 너를 데리고 돌아다녔으며, 너를 데리고 지낸 것이 얼마나 오랫동안 우리에게 소중하고 생계에 도움이 되었는지! 우리에게는 먹을 것이 전적으로 너희 폭식하는 녀석들에게서 나왔고, 달콤한 활력이 힘센 네 녀석들에게서 나왔지. 이제 더 이상 그럴 수가 없구나! 슬프다! 슬프나!"

　그녀는 성 옆 산중턱에서 말 탄 사람들이 달려 내려오자 내뱉던 한탄을 멈췄는데, 곧 그들은 영주의 사냥행렬임이 밝혀졌고, 맨 앞에는 영주가 있었다. 그들은 뒤쪽 산속에서 사냥하던 중 화재로 연기가 솟아오르는 것을 보고 맹렬히 사냥을 하듯 골짜기와 계곡을 통과하여 이 서글픈 모습이 있는 쪽으로 난 지름길을 택했던 것이다. 그들은 자갈이 깔린 공터를 지나 달려와서 텅 빈 평지 위에서 특별히 돋보이는 예기치 않은 한 무리의 사람들이 눈에 들어오자 멈춰 서서 그들을 응시했다. 영주 일행은 그들을 처음 알아차린 후 침묵했으나 숨을 좀 돌리고 나서 눈으로 볼 수 없었던 것이 몇 마디 말로 쉽게 설명되었다. 영주는 말 탄 사람들과 걸어서 쫓아다니는 시종들에 빙 둘러싸인 채 그 특별하고 엄청난 사건 앞에 서 있었다. 그들은 무엇을 해야 할지 망설이지 않았다. 영주가 지시를 내리고 일을 처리하려고 분주할 때 한 남자가 빙 둘러싼 원 안으로 달려 들어왔는데, 그는 커다란 체구에 여자와 아이처럼 울긋불긋하고 기이한 옷차림을 하고 있었다. 일행은 모두 함께 고통과 놀라움을 나타냈다. 그 남자는 그러나 경외하는 태도로 거리를 두고 영주 앞에 서서 침착하게 말했다.

"탄식할 때가 아닙니다. 영주님과 막강하신 사냥꾼들이시여, 사자도 달아났습니다. 그것 역시 이곳 산으로 달아났습니다. 그러니 그놈을 보호해 주시고, 여기 이 착한 짐승처럼 죽음을 당하지 않도록 너그러움을 베풀어주시기 바랍니다!"

"사자라고? 너는 그놈이 달아난 길을 알아냈느냐?"

영주가 말했다.

"예, 영주님! 저 아래에 있는 한 농부가 즉시 나무 위로 올라가 목숨을 구했는데, 제게 그 사자가 저 왼쪽 위로 올라갔다고 가르쳐주었습니다. 제 앞에 많은 사람들과 말들이 보여 저는 이상하기도 하고 도움도 필요하여 급히 여기로 달려온 것입니다."

영주는 이 말에 명령을 내렸다.

"그렇다면 이쪽 편에서 쫓도록 하라. 그대들의 엽총을 장전하고 천천히 일에 착수하라. 깊은 숲속으로 그것을 몰아간다면 불행한 사고는 없을 것이다. ……그런데 최악의 경우 우리는 너희의 짐승을 살려주지 못할 수도 있느니라. 너희는 어찌하여 그것들이 달아날 정도로 그렇게 주의를 게을리 했는지!"

그 남자가 대답했다.

"불이 났던 겁니다. 저희는 조용히 긴장한 채 있었습니다. 불은 재빨리 번졌지만 저희와는 멀리 떨어져 있었습니다. 저희는 불을 막을 물도 충분히 있었습니다. 그러나 불똥이 날아올라 불이 닥쳐와 저희를 덮쳤던 겁니다. 저희는 황급히 달아났고, 지금 이런 불행한 처지가 되었습니다."

영주는 여전히 지시를 내리느라 분주했는데, 위쪽 고성으로부터 한 남자가 급히 뛰어내려오는 것이 보이자 한 순간 모든 것이 정지되는 듯했다. 그 남자는 성 안에 거주하면서 일꾼들을 감독하기도 하고 화가의 작업실을 지키는 파수꾼이었다. 그는 헐레벌떡 뛰어오면서 재빨리 몇 마디 말로 사정을 알렸다. 저 위 높은 원형성곽 뒤에 사자가 햇볕을 받으며 백년 묵은 너도밤나무 아래에 누워 움직이지 않고 아주 조용히 있다는 것이었다. 그 남자는 화를 내며 이렇게 말을 맺었다.

"하필이면 내가 왜 어제 엽총을 시내로 보내 닦게 했는지! 그걸 가지고 있다면 그놈은 다시 일어나지 못하고, 털가죽은 내 것이 되어 나는 한평생 자랑할 텐데."

지금 영주에게는 군대 시절 사방에서 피할 수 없는 고난이 닥쳐온 경우에 처했던 경험들이 도움이 되었는데, 그는 이렇게 말했다.

"우리가 그대의 사자를 살려준다면 이곳의 내 일행에게 해를 끼치지 않는다고 어떻게 보장하겠는가?"

그러자 아버지가 재빨리 대답했다.

"제가 쇠를 박아 만든 우리를 가지고 올라와서 아무에게도 해를 입히지 않고 아무 손상도 입히지 않으면서 그놈을 다시 내려갈 때까지 여기 이 여자와 아이가 그놈을 길들이고 얌전히 데리고 있겠다고 자청하고 있습니다."

아이는 피리를 불려고 했는데, 그것은 전에는 부드럽고 달콤한 피리라고 지칭되곤 했던 악기였다. 그것을 아는 사람은 거기에서 흘러나오는 아주 아늑한 소리를 잘 알았다. 그 사이 영주는 파수꾼에게 사자가 어떻게 올라가게 되었는지를 물었다. 파수꾼은 대답했다.

"옛날부터 유일한 진입로이며 유일하게 남아 있는, 양쪽으로 벽이 서 있는 좁은 길을 통해서입니다. 위로 나 있는 두 개의 좁은 길 또한 프리드리히 영주님의 정신과 기호를 살리기 위해 그 첫 번째 좁은 길을 통하지 않고는 아무도 매혹적인 성에 이를 수 없도록 만들어졌습니다."

영주는 피리로 부드럽게 똑같은 전주곡을 계속 불고 있는 아이를 바라보며 잠시 곰곰이 생각한 후 호노리오에게 몸을 돌려 말했다.

"너는 오늘 많은 일을 했는데, 오늘 일정은 끝내라! 그 협로를 타라!⋯⋯너희들은 엽총을 갖고 대비하되 그 짐승을 협박하여 쫓아낼 수 있는 한 총을 쏘지 말고, 아래로 내려오려고 하면 그놈이 두려워하는 불을 피워라! 다른 사람들은 잔일을 처리하라."

호노리오는 명령을 수행하기 위해 서둘러 준비했다.

아이는 자신의 멜로디를 계속 연주했는데, 그것은 규칙도 없는 소리의 이어짐이어서 멜로디라 할 수도 없었지만 그렇기에 더 감동적이었는지도 몰랐다. 둘러서 있던 사람들은 아버지가 적당한 정도의 열정을 가지고 다음과 같은 설교를 해 나가자 가요풍의 감동적인 목소리의 울림에 마법에 걸린 듯 보였다.

"하느님께서는 영주님께 지혜를 주셨고 동시에 모든 하느님의 작품들은 각자의 방식에 따라 지혜롭다는 깨달음을 주셨습니다. 견고하게 서서 움직이지 않고, 악천후와 햇살에 맞서고 있는 저 바위를 보십시오! 태고의 나무들이 그것의 머리를 장식하고 있으며, 그렇게 무성한 나무로 왕관을 쓰고 바위는 멀리 주변을 내려다보고 있습니다. 그러나 바위의 한 부분이 떨어져 내리면 그것은 그대로 머물러 있지 않습니다. 그것은 여러 개로 산산조각 난 채 떨어져 비탈의 측면을 덮습니다. 그러나 그것들은 거기에 머무르려 하지 않고, 용감하게 아래로 깊숙이 뛰어내리며, 개울이 그것들을 받아들여 강으로 옮깁니다. 그것들은 저항하지 않고, 고집부리지 않으며, 모났지만 그래서 더 빨리 순조롭고 원만하게 자신의 길을 찾아 강에서 강을 지나 마침내 바다에 이릅니다. 바다에는 큰 것들이 무더기로 몰려와 쌓여 있고, 그 아래 깊은 곳에는 작은 것들이 밀집해 있습니다.

그러나 별들이 대대손손 영원히 칭송하는 주님의 명성을 찬양할 자는 누구란 말입니까! 여러분들은 왜 멀리서 두리번거리고 있습니까? 여기 이 벌들을 관찰해 보십시오! 늦은 가을인데도 그것들은 쉬지 않고 꿀을 모으고, 마치 장인과 도제가 하듯 수직과 수평으로 집을 짓고 있습니다. 저기 개미를 보십시오! 개미는 자신의 길을 알고 그것을 잃지 않으며, 풀줄기와 작은 흙덩이와 솔잎으로 집을 짓고, 그것을 높이 세워 올려 둥근 지붕을 만듭니다. 그러나 개미는 헛된 일을 했습니다. 말이 짓밟아 모든 것을 산산조각 내기 때문입니다. 저기 보십시오! 말은 개미의 발코니를 짓밟고 울타리를 부수고, 초조하게 숨을 씩씩거리며 쉬지 못하고 있습니다. 말은 주님이 바람의 동료이며 폭풍의 동반자로 만들어 사람들을 가고자 하는 곳으로 태워다주어야 하기 때문입니다. 그런데 종려나무 숲속에서 사자가 걸어 나와 근엄한 걸음걸이로 황야를 지나갔습니다. 거기서 사자는 모든 동물을 지배하며, 어떤 것도 그놈에 맞서지 못합니다. 하지만 인간은 사자를 길들일 줄 알며, 모든 짐승들 중 가장 무시무시한 그놈이 인간에게는 경외감을 갖게 합니다. 하느님과 그의 종복들에게 봉사하는 천사들 역시 인간의 모습을 따라 만들어졌습니다. 그리하여 사자굴 속에서 다니엘은 무서워하지 않았습니다. 그는 의연하게 안심하며 머물렀고, 사자의 난폭한 울부짖음은 그의 경건한 찬송가를 중단시키지 못했습니다."

이 자연스런 열정의 표현이 담긴 설교를 따라 아이는 이따금 아늑한 피리의 음을 울렸다. 그러나 아버지가 설교를 마치자 아이는 순수하고 맑은 목소리로 능숙하게 음을 잡기 시작했고, 뒤이어 아버지가 피리를 들고 화음을 맞춰주자 아이는 노래를 불렀다.

여기 동굴 속 구덩이들에서
나는 예언자의 노래를 듣네.

천사들이 날며 기쁘게 하는데,
착한 예언자가 두려움을 느끼랴?
암수 사자들이 이따금
바짝 다가와 그를 에워싸네.
부드럽고 경건한 노래가
사자들을 매혹시켰네!

아버지는 가사를 따라 반주를 계속했고, 어머니는 이따금 한 단계 낮은 음으로 함께 노래했다.

그러나 아주 인상적인 것은 아이가 가사의 행들을 서로 뒤죽박죽 순서를 바꿔 부름으로써 의미를 변화시키지 않으면서도 자신의 감정을 스스로 자극적으로 고조시킨다는 점이었다.

천사들이 아래위로 날아다니며,
우리를 음악소리 속에서 기쁘게 하니,
얼마나 숭고한 노래인가!
동굴 안 구덩이들 속에 있다고
아이가 두려워하랴?
이 부드럽고 경건한 노래들은
불행을 불러들이지 않는다네.
천사들이 이리저리 날아다니고,
이미 일은 이루어졌네.

이 구절에 이어 세 사람 모두가 힘차게 음을 높여 부르기 시작했다.

영생자가 땅을 지배하고,

그의 눈길이 바다를 지배하기 때문이라네.

사자들은 양들이 되고,

물결은 조용히 가라앉는다네.

번쩍이는 칼은 내려치다 멈추고,

믿음과 소망이 이룩되었네.

사랑은 기적을 행하고,

기도 속에서 그 모습을 드러내네.

모든 것이 조용했고, 모든 것이 귀 기울이고 들었으며, 음악소리가 그치자 비로소 사람들은 깊은 감명을 받고 한결같이 그들을 바라보았다. 모든 것이 진정된 듯했고, 모두가 나름대로 감동받은 것 같았다. 영주는 이제야 조금 전 그를 위협했던 사태를 살피듯 자신의 부인을 내려다보았는데, 그녀는 영주에게 기댄 채 수를 놓은 수건을 끌어내어 그것으로 눈을 가리고 있었다. 그녀는 자신의 젊은 가슴이 조금 전 자신을 괴롭혔던 압박에서 풀려나는 것을 느끼고 기분이 좋았다. 완전한 정적이 사람들을 지배했고, 그들은 아래에서 일어난 화재와 위에서 위태롭게 쉬고 있는 사자의 출현과 같은 위험한 일들을 잊은 듯 보였다.

영주는 말들을 더 가까이 끌고 오라는 신호를 하고 그 가족에게로 다가가서 부인에게 몸을 돌려 말했다.

"그대는 달아난 사자를 만나게 되면 그대의 노래와 아이의 노래, 이 피리소리의 도움으로 그것을 달래서 아무에게도 해를 입히지 않고 아무 손상도 입히지 않은 채 우리에 넣어 다시 데리고 내려갈 수 있는가?"

그녀는 확실하게 맹세하면서 그렇다고 대답했고, 파수꾼이 길잡이로 그들에게 따라붙게 되었다. 이제 영주는 몇몇 사람들과 함께 급히 서둘러 떠났으며, 영주부인은 좀 더 천천히 나머지 시종들과 함께 뒤따랐다. 어머니와 아들은 엽총으로 무장한 파수꾼을 따라 산위로 난 가파른 길을 올랐다.

성의 입구까지 나 있는 좁은 길에 들어서기 전 그들은 사냥꾼들이 언제라도 큰 불을 피울 수 있도록 하기 위해 마른 덤불들을 쌓느라 분주하게 움직이는 모습을 보았다. 이를 보고 부인이 말했다.

"저럴 필요 없는데. 전혀 저렇게 하지 않아도 모든 게 잘 될 텐데."

계속 올라가자 그들은 호노리오가 쌍발엽총을 무릎 위에 놓고 모든 사태를 한눈에 포착할 수 있는 듯한 성벽 위의 한 지점에 앉아 있는 것을 보았다. 그러나 그는 다가오는 그들을 거의 알아채지 못한 듯 보였으며, 깊은 생각에 잠긴 듯 앉아 있었고, 심란한 듯 주변을 둘러보았다. 부인은 불을 피우지 말도록 해달라고 부탁하며 그에게 말을 걸었다. 그러나 그는 그녀의 말을 별로 중요하게 여기지 않는 듯했다. 그녀는 계속 힘주어 말을 하고는 이렇게 외쳤다.

"멋진 젊은이, 당신이 내 호랑이를 죽였지만 나는 당신을 미워하지 않아요. 내 사자를 살려줘요, 착한 젊은이! 당신에게 축복을 빌겠어요."

호노리오는 바로 앞쪽에서 해가 스스로의 궤도를 따라 지기 시작하는 것을 바라보았다. 부인이 외쳤다.

"당신은 서쪽을 바라보는군요. 그건 잘하는 일이예요. 그곳에는 할 일이 많지요. 꾸물거리지 말고 서두르세요. 당신은 이길 거예요. 하지만 먼저 당신 자신을 이기세요!"

이 말에 그는 웃는 것 같았다. 부인은 계속해서 올라갔고, 남아 있는 그 젊은이를 다시 돌아보지 않고는 견딜 수가 없었다. 불그레한 햇살이 그의 얼굴을 비췄으며, 그녀는 그보다 더 멋진 젊은이는 본 적이 없다고 생각했다.

이제 파수꾼이 말했다.

"당신이 확신하는 대로 당신의 아이가 피리를 불고 노래하면서 사자를 유인하여 안심시킬 수 있다면 우리는 그것을 매우 쉽게 제압할 수 있을 거요. 그 사나운 짐승은 구멍 난 원형건물 바로 옆에 웅크리고 앉아 있는데, 중심성문이 막혀 있으므로 그 건물을 통과해야 궁성 뜰의 입구가 나온다오. 아이가 사자를 그 건물 안으로 유인하면 나는 어렵지 않게 구멍을 막을 수 있고, 아이는 구석에 보이는 조그만 나사층계들 중 하나를 통해 그 짐승으로부터 슬그머니 달아날 수 있을 거요. 우리는 숨어 있겠지만 나는 어떤 순간에도 내 총알이 아이를 도울 수 있도록 자세를 취하고 있겠소."

"그런 법석을 떨 필요 없어요. 하느님과 기술, 경건함과 행운이 틀림없이 최선을 다할 거예요."

부인의 이 말에 파수꾼이 답했다.

"그럴지도 모르지만 나는 내 할 일을 잘 알고 있어요. 나는 힘겹게 걸어올라 내가 말한 바로 그 입구와 마주보고 있는 성벽으로 당신을 인도할 거요. 아이는 아래로 내려가 그 연극 공연장 안으로 들어가서 진정이 된 그 짐승을 안으로 유인하는 거요!"

일은 그대로 행해졌다. 파수꾼과 어머니는 위에 숨어서 내려다보았다. 아이는 나사계단을 타고 내려가 밝은 뜰 안으로 들어서더니 맞은 편 어둠침침한 구멍 안으로 사라진 다음 곧장 자신의 피리소리를 내었다. 그 소리는 점차 잦아들다가 완전히 멎었다. 그 휴지 상태는 온갖 추측을 낳기에 충분했고, 흔치 않은 불행의 예감이 그 위험에 익숙한 늙은 사냥꾼의 마음을 옥죄었다. 그는 자신이 직접 그 위험한 짐승에게 다가가겠다고 말했지만 어머니는 밝은 얼굴로 몸을 깊이 숙이고 귀를 기울이면서 조금도 불안함을 나타내지 않았다.

마침내 피리소리가 다시 들렸다. 아이는 사자가 뒤따르는 가운데 반짝이는 만족스런 눈빛을 하고 구멍에서 빠져나왔지만 천천히 조금은 힘겹게 나오는 듯 보였다. 사자는 주저앉고 싶은 몸짓을 보였지만 아이는 반원형으로 돌아서 나뭇잎이 거의 떨어지지 않아 울긋불긋한 잎으로 덮인 나무들을 통과하여 사자를 이끌고 갔다. 마침내 그는 무너져 내린 폐허더미 틈새로 비추는 저녁의 마지막 햇살 속에 기분 좋은 듯 앉아서 진정시키는 자신의 노래를 부르기 시작했는데, 그 노래를 우리는 다시 한번 밝히지 않을 수가 없다.

여기 동굴 속 구덩이들에서
나는 예언자의 노래를 듣네.
천사들이 날며 기쁘게 하는데,
착한 예언자가 두려움을 느끼랴?
암수 사자들이 이따금
바짝 다가와 그를 에워싸네.
부드럽고 경건한 노래가
사자들을 매혹시켰네!

그러는 동안 사자는 아이 옆에 바짝 붙어 앉아 무거운 오른쪽 앞발을 아이의 무릎 위에 올려놓았고, 아이는 계속 노래하면서 부드럽게 그것을 쓰다듬어주었다. 그러나 아이는 곧 사자의 발바닥에 날카로운 가시가 박혀 있는 것을 알아차렸다. 그는 고통을 주고 있는 뾰족한 가시를 조심스럽게 뽑아내고는 웃으면서 자신의 알록달록한 비단목도리를 목에서 풀어 그 짐승의 커다란 앞발을 감싸주었다. 그리하여 어머니는 기뻐서 두 팔을 활짝 벌리고 구부렸던 몸을 일으켰다. 파수꾼이 세차게 주먹을 쥐고 위험이 아직 사라지지 않았다는 것을 상기시키지 않았다면 그녀는 아마도 습관대로 환호를 지르고 박수를 쳤을 것이다.

아이는 약간의 음으로 전주를 한 다음 계속하여 찬란하게 노래를 불렀다.

영생자가 땅을 지배하고,

그의 눈길이 바다를 지배하기 때문이라네.

사자들은 양들이 되고,

물결은 조용히 가라앉는다네.

번쩍이는 칼은 내려치다 멈추고,

믿음과 소망이 이룩되었네.

사랑은 기적을 행하고,

기도 속에서 그 모습을 드러내네.

그토록 무시무시한 피조물이자 숲의 폭군이며 동물제국 압제자의 얼굴에서 정겨움과 감사하는 만족감의 표정을 감지할 수 있게 된 생각도 못할 일이 여기에서 일어났으며, 정말로 아이는 변용되어 막강한 무적의 승리자처럼 보였다. 그러나 그렇다고 사자가 패배자처럼 보이지도 않았는데, 그의 힘이 자신의 내면에 숨겨져 있기 때문이었다. 사자는 패배자가 아닌 길들여진 자, 스스로의 평화로운 의지에 모든 것을 내맡긴 자처럼 보였다. 아이는 자신의 방식대로 행을 교차시키고 새로운 행을 덧붙이면서 계속 노래를 불렀다.

그리고 착한 아이들과

성스러운 천사가 기꺼이 상의하여

사악한 의지를 막고

아름다운 행동을 부추기기로 하네.

그리하여 확실하게 마법을 걸어

사랑스런 아이의 부드러운 무릎 곁으로

숲의 최고 폭군을 불러내는

칠레의 지진

하인리히 폰 클라이스트

　칠레 왕국의 수도 산티아고에서 수천 명의 사람들이 목숨을 잃은 1647년의 대지진이 일어난 바로 그 순간이었다. 범죄로 고발된 예로니모 루게라라는 한 젊은 스페인 사람이 감옥의 기둥 옆에 서서 목을 매 죽으려 하고 있었다. 그 도시의 가장 부유한 귀족 중 한 사람인 돈 헨리코 아스테론은 가정교사로 고용된 그를 1년 전쯤 집에서 쫓아냈었다. 그가 외동딸인 돈나 요제페와 눈이 맞아 연애에 빠졌기 때문이었다. 딸에게 엄중한 경고를 한 후에도 둘 사이의 은밀한 교제가, 버릇없는 아들의 심술궂은 감시에 의해 늙은 돈에게 알려지자 그는 격분하여 딸을 수녀들이 사는 산속의 카르멜교단 수도원으로 들여보냈다.
　다행스럽게 우연히도 예로니모는 그곳에서 다시금 그녀와의 만남을 이어나갈 수 있게 되었고, 어느 고요한 밤에 그 수도원 정원을 자신의 충만한 행복의 무대로 만들었다. 성체축일이었는데, 수도사들이 뒤따르는 수녀들의 화려한 행렬이 막 시작되었을 때 종소리와 함께 불행한 요제페가 산통으로 성당의 계단에 주저앉았다.
　이 사건은 비상한 관심을 일으켰다. 사람들은 그 젊은 여자 죄인을 몸 상태도 고려하지 않고 즉시 감방에 가두었으며, 출산 후 기운을 차리자마자 그녀는 대주교의 명령에 따라 가장 엄한 심판을 받게 되었다. 그 도시의 사람들은 너무도 크게 격분하며 그 스캔들을 입에 올렸고, 험담들이 그 스캔들이 일어난 수도원 전체에 신랄하게 퍼부어져 아스테론 집안의 청원도, 나무랄 데 없는 행실로 그 어린 처녀를 좋아했던 여수도원장의 소원도 그녀를 위협하는 수도원 규칙의 준엄함을 누그러뜨릴 수 없었다. 결국 그녀에게 내려진 화형이 총독의 절대명령에 의해 참수형으로 바뀌었을 뿐인데, 이것은 산티아고의 귀부인들과 처녀들의 심한 분노를 샀다.

사람들은 처형 행렬이 지나가는 거리에서 창문들을 세 놓았고, 집들의 지붕들을 뜯어냈으며, 그 도시의 경건한 딸들은 하느님의 징벌이 행해지는 그 광경에 같은 여자의 입장에서 동참하기 위해 여자친구들을 초대했다.

그 사이에 역시 감방에 갇히게 된 예로니모는 일이 그렇게 어마어마하게 바뀐 것을 알고는 의식을 잃을 뻔했다. 그는 도망칠 궁리를 했으나 헛된 일이었다. 그는 극히 대담한 생각들의 날개가 그를 이끌고 가는 도처에서 빗장과 벽에 부딪혔고, 격자 창문을 줄로 갈아 뜯어내려는 시도가 발각되어 더 좁은 곳에 감금되었을 뿐이다. 그는 성모상 앞에 주저앉아 지금 자신을 구원해줄 수 있는 유일한 존재인 성모에게 쉬지 않고 열렬히 기도했다.

그러나 공포의 그 날은 나아왔고, 이와 함께 그의 가슴속에는 자신의 저지가 완전히 절망적이라는 확신이 자리 잡았다. 처형장으로 가는 요제페를 따르는 종들이 울렸고, 절망감이 그의 영혼을 사로잡았다. 그에게 삶은 저주받은 것으로 여겨졌고, 그는 우연히 자신에게 남겨진 밧줄로 자살을 하기로 결심했다. 이미 말했듯이 그가 막 벽기둥 옆에 서서 자신을 이 비통한 세상으로부터 해방시켜 줄 밧줄을 기둥장식에 박힌 한 철제 꺾쇠에 매었을 때 갑자기 도시의 대부분이 하늘이 내려앉는 듯한 폭음과 함께 가라앉았으며, 숨을 쉬는 모든 것이 폐허 아래 묻혀버렸다. 에로니모 루게라는 놀라서 뻣뻣하게 몸이 굳었으며, 온 정신이 산산조각 난 듯했고, 목을 매 죽으려 했던 기둥을 이제 넘어지지 않으려고 붙들었다. 바닥은 그의 발밑에서 흔들렸고, 감옥의 모든 벽들은 갈라졌으며, 건물 전체가 도로 쪽을 향해 무너져 내릴 듯 기울었는데, 마주 서 있는 건물이 무너져 내리면서 서서히 무너져 내리던 옥사와 맞닿아 우연히 둥근 아치를 이룸으로써 옥사의 완전한 붕괴를 막았다. 예로니모는 머리칼이 곧추선 채 몸을 떨면서 부러져버릴 듯한 무릎으로 기울어진 바닥을 미끄러져 지나 감옥 앞 벽에 두 건물이 부딪혀 난 구멍 쪽으로 기어갔다.

그가 밖으로 나오자마자 이미 충격을 받은 도로 전체가 땅의 2차 여진에 의해 완전히 무너져 내렸다. 죽음이 사방에서 그를 공격하는 가운데 그는 이 총체적인 파멸로부터 어떻게 하면 구출될 수 있을지 생각하며 정신없이 잔해들을 뛰어넘어 그 도시의 다음 성문을 향해 달려갔다. 집 한 채가 무너져 내렸고, 파편들을 주변에 널리 내던져서 그를 어느 골목으로 내몰았다. 모든 뾰족지붕들에서 연기구름을 반짝이며 불길이 치솟아 그를 공포에 떨게 하며 다른 길로 내몰았다. 해안에서 일어난 해일이 으르렁거리면서 그에게 닥쳐와 그를 또 다른 거리로 내몰았다. 죽은 짐승 떼가 누워 있었고, 폐허더미 아래에서 누군가 흐느끼는 목소리가 들렸고, 사람들이 불타는 지붕들 위에서 아래를 향해 절규하고 있었고, 사람들과 동물들이 물결과 싸우고 있었으며, 어느 용감한 구조원이 구조를 위해 애쓰고 있었고, 어떤 사람은 시체처럼 창백해진 채 말없이 하늘을 향해 떨리는 두 손을 뻗고 있었다. 예로니모는 성문에 도착하여 맞은 편 언덕에 오르자마자 기절하여 쓰러졌다.

그는 완전히 의식을 잃은 상태로 15분 정도 누워 있다가 다시 깨어나 도시를 뒤로하고 땅바닥에서 반쯤 몸을 일으켰다. 그는 지금 자신이 무엇을 어떻게 해야 할지 알지 못하는 가운데 이마와 가슴을 만져보았다. 되살아난 그의 생명을 향해 바다로부터 서풍이 불어오고, 그가 꽃이 만개한 산티아고 주변을 넘어 사방으로 눈을 돌렸을 때 이루 말할 수 없는 희열감이 그를 사로잡았다. 다만 도처에 보이는 혼란에 빠진 사람의 무리들은 그의 가슴을 무겁게 옥죄었다. 그는 무엇이 자신과 그들을 이런 상태로 몰고 왔는지 알지 못했으며, 몸을 돌려 도시가 완전히 가라앉은 것을 보자 자신이 겪었던 그 끔찍한 순간을 기억해냈다. 그는 자신이 기적적으로 구출된 데 대해 하느님께 감사드리기 위해 이마가 땅에 닿을 정도로 깊숙이 몸을 숙였다. 그리고 그는 곧 자신의 마음속에 새겨진 그 끔찍한 인상이 감옥에서의 모든 인상들을 쫓아내버린 듯 다채로운 모습들로 가득한 사랑스런 삶을 아직 죽지 않고 누리고 있다는 기쁨에 눈물을 흘렸다.

그런 다음 그는 자신의 손에 낀 반지를 알아보고는 갑자기 요제페를 떠올렸다. 아울러 자신의 감방과 거기에서 들었던 종소리와 감방이 붕괴되기 직전의 순간을 떠올렸다. 다시 깊은 침울함이 그의 가슴을 메웠다. 그는 기도한 것을 후회하기 시작했고, 구름 위에서 지배하는 존재가 무시무시하게 여겨졌다. 그는 여기저기서 가재도구를 건지는 데 몰두하면서 성문들을 빠져나오는 군중들 속에 끼었으며, 주저하면서 용기를 내어 아스테론의 딸에 대해, 그녀의 처형이 집행되었는지를 물어보았다. 그러나 그에게 자세하게 대답해주는 사람은 아무도 없었다. 목이 눌려 땅에 닿을 정도로 엄청난 양의 가재도구를 이고 두 아이를 가슴에 매달고 가던 한 여인이 직접 보기라도 한 듯 요제페는 목이 잘렸다고 걸어가면서 말했다. 예로니모는 가던 방향을 바꾸었고, 시간을 계산해볼 때 그녀의 처형이 완전히 끝났음에 의심의 여지가 없자 어느 외딴 숲속에 주저앉아 더할 나위 없는 고통에 몸을 내맡겼다. 그는 자연의 파괴적인 위력이 또다시 자신에게 밀어닥치기를 원했다. 그는 자신의 비참한 영혼이 찾던 죽음이 사방에서 자발적으로 그를 구원하려고 나타난 그 순간에 어째서 그로부터 달아났었는지 이해할 수 없었다. 그는 지금 참나무들의 뿌리가 뽑혀 우듬지들이 자신을 덮치더라도 겁먹지 않겠다고 굳게 마음먹었다. 그런 다음 그는 실컷 울었는데, 뜨거운 눈물을 흘리는 가운데 다시 희망이 보이자 일어서서 사방으로 들판을 헤매고 다녔다. 그는 사람들이 모인 산꼭대기들은 모두 찾아갔고, 아직도 대피의 물결이 출렁이는 모든 길 위에서 사람들을 만났다. 여자의 옷이 바람에 나부끼기만 해도 그의 떨리는 발은 그를 그곳으로 끌고 갔지만 사랑하는 아스테론의 딸의 옷은 어디에도 없었다. 해가 지면서 아울러 그의 희망도 다시 가라앉았을 때 그는 어느 바위 근처로 다가갔는데, 멀리 인적이 드문 계곡의 모습이 눈앞에 펼쳐졌다. 그는 어떻게 해야 할지 방황하면서 군데군데 모여 있는 사람들의 무리를 뚫고 달려 나가다가 다시 돌아서려고 했을 때, 돌연 계곡에 물을 흘려보내는 어떤 호숫가에서 그 물결로 아기를 씻기고 있는 한 젊은 여자를 바라보게 되었다. 이 모습에 그의 가슴은 울렁였고, 그는 예감에 가득차서 돌무더기를 뛰어내리며 '오, 성모님!'을 외쳤다. 그는 그녀가 요제페임을 알아보았는데, 그녀는 그 소란에 두려워하며 주위를 둘러보았다. 하늘의 기적이 구출해 준 불행한 그들은 얼마나 지극한 행복감에 넘쳐 서로를 끌어안았으랴!

죽음을 맞으러 가던 요제페가 처형장 가까이 도달했을 때 건물이 우지끈하며 붕괴되는 바람에 처형 행렬은 모두 뿔뿔이 흩어져버렸던 것이다. 요제페의 공포에 떠는 첫 발걸음은 그녀를 다음 성문으로 이끌었고, 곧 그녀는 의식을 되찾았으며, 의지할 데 없는 자신의 어린 아기가 남겨져 있는 수도원으로 급히 달려가기 위해 몸을 돌렸다. 그녀는 수도원 전체가 이미 불길에 휩싸인 것을 보았다. 그녀의 최후의 순간이 되었을 그 처형의 순간에 젖먹이를 보살펴주겠다고 약속했던 여수도원장이 문 앞에 서서 그 젖먹이를 구해내기 위해 도움을 외치고 있었다. 요제페는 대담하게도 자신을 향해 솟아오르는 연기를 뚫고 사방에서 이미 무너져 내리고 있는 건물 안으로 뛰어 들어가서 마치 하늘의 천사들이 그녀를 에워싸기라도 한 듯 아무 해도 입지 않고 곧장 아이를 데리고 다시 현관을 빠져나왔다. 요제페가 놀라서 말문이 막힌 수도원장의 품안으로 막 쓰러지려는 순간 여수도원장은 무너져 내리는 건물의 뾰족지붕에 맞아 다른 모든 수녀들과 함께 비참하게 죽음을 당했다. 요제페는 이 끔찍한 광경에 뒷걸음질쳤고, 재빨리 수도원장의 두 눈을 감겨주고는 온통 공포에 사로잡힌 채 하늘이 자신에게 다시 선사해준 귀한 아이를 파멸로부터 구해내기 위해 도망쳤다.

그녀가 몇 걸음 더 나아가자 사람들이 막 수도원의 잔해로부터 박살난 상태로 끌어낸 대주교의 사체와 마주쳤다. 총독의 궁전은 무너졌고, 그녀에게 판결이 내려졌던 법정은 불길에 휩싸였으며, 그녀의 아버지 집이 있던 곳으로는 바닷물이 밀려들어 불그레한 연기가 솟아올랐다. 요제페는 몸을 지탱하기 위해 온힘을 다했다. 그녀는 가슴에서 슬픔을 떨어내면서 용기를 내어 아이를 데리고 이 거리 저 거리를 걸어 성문 근처에 도달했을 때 예로니모가 한숨지으며 갇혀 있던 감옥 또한 폐허로 변한 것을 보았다. 이 광경을 보고 그녀는 비틀거리다가 의식을 잃고 구석에 주저앉을 뻔했는데, 이 순간 그녀 뒤쪽에 있던, 진동으로 완전히 해체되었던 건물이 무너져 내려 그녀를 깜짝 놀라게 했기 때문에 그녀는 다시 힘을 내어 앞으로 나아가게 되었다. 그녀는 아이에게 입맞춤을 했고, 눈물을 흘렸으며, 더 이상 자신을 에워싼 공포에 아랑곳하지 않고 성문에 이르렀다. 탁 트인 곳에서 바라본 그녀는 곧 붕괴된 건물 안에 있었던 사람들 모두가 예외 없이 건물 밑에서 산산조각 나버리지는 않았으리라 짐작했다.

다음 갈림길에서 그녀는 가만히 서서 어린 필립에 이어 세상에서 그녀가 가장 사랑하는 한 남자가 나타나게 될 것인지 애타게 기다렸다. 그녀는 아무도 오지 않고, 뒤엉킨 사람들의 혼잡이 더해 가자 계속 걸어갔다가 다시 돌아서서 기다렸다. 그리고는 사라져버렸다고 믿은 그의 영혼을 따라 기도를 올리기 위해 눈물을 펑펑 쏟으면서 소나무 그늘이 드리워진 어느 계곡으로 천천히 걸어 들어갔는데, 바로 그 계곡에서 이 사랑하는 사람을 찾았으며, 그곳이 에덴의 계곡인 것처럼 지극한 행복을 맛보았던 것이다.

그녀는 이제 이 모든 일을 감동에 가득차 예로니모에게 이야기했고, 이야기를 마치자 아기를 그에게 넘겨주고 입맞춤하게 했다. 예로니모는 아기를 받았고, 아버지가 된 이루 말할 수 없는 기쁨으로 아기를 얼렀으며, 아기가 낯선 얼굴을 보고 울자 끝없이 쓰다듬으며 울음을 그치게 했다. 그러는 사이에 아주 부드러운 향기로 가득 찬 최고로 아름다운 밤이 은은하게 빛나면서 고요히 내려앉았다. 시인만이 꿈꿀 수 있는 그런 밤이었다. 계곡의 호수를 따라 어스름한 달빛 속에 사람들이 앉아서 고통스런 하루를 마치고 푹 쉬기 위해 이끼와 나뭇잎으로 부드러운 잠자리를 마련했다. 그런데 그 불쌍한 사람들은 집을 잃거나, 아내와 아이를 잃거나, 아니면 모든 것을 잃어버려 여전히 비통해 하고 있었기에 예로니모와 요제페는 자신들의 은밀한 영혼의 환호로 인해 누구도 슬퍼지지 않게 하기 위해 좀 더 울창한 숲속으로 살금살금 걸어 들어갔다. 그들은 화려한 석류나무 한 그루를 발견했는데, 그것은 향기로운 열매들로 가득찬 가지들을 넓게 뻗치고 있었고, 꼭대기에서는 밤꾀꼬리가 즐거운 노래를 불렀다. 예로니모는 나무둥치 옆에 앉았고, 요제페는 그의 무릎에, 필립은 요제페의 무릎에 앉아 함께 그의 외투를 덮고 쉬었다. 흐드러진 달빛을 받은 나무그림자가 그들 위로 지나갔고, 그들이 잠들기 전에 이미 달빛은 여명으로 희미해졌다. 왜냐하면 그들은 수도원과 감옥에 대해, 또한 서로를 위해 견뎌야 했던 것에 대해 끝없이 재잘거렸기 때문이다. 그리고 그들은 자신들이 행복해지기 위해서 이 땅에 얼마나 큰 재앙이 닥쳐와야 했던가를 생각하고는 크게 감격했다.

그들은 지진이 멈추는 대로 요제페의 친한 여자친구가 있는 라 콘셉치온으로 가서 그녀에게서 약간의 돈을 빌려 배를 타고 예로니모의 어머니 친척들이 사는 스페인으로 건너가 그곳에서 그들의 행복한 삶을 끝까지 살아가기로 마음먹었다. 그런 다음 그들은 수없이 입맞춤하면서 잠이 들었다.

그들이 깨었을 때 해는 이미 하늘 높이 떠 있었고, 그들은 근처에서 많은 가족들이 불을 지피고 아침빵을 준비하느라 분주한 것을 보았다. 예로니모도 자기 가족의 먹을 것을 어떻게 마련할 것인지 생각하고 있을 때 어느 잘 차려입은 젊은 남자가 한 아이를 팔에 안고 요제페에게 다가와 공손하게 물었다.

"어미가 다쳐서 저쪽 나무 아래에 누워 있는 이 가련한 어린것에게 잠깐 젖을 물려주지 않겠습니까?"

요제페는 그가 아는 사람임을 알고 조금 당황했는데, 그는 그녀가 당황하는 것을 잘못 해석하고는 계속하여 말했다.

"잠깐이면 돼요, 돈나 요제페. 이 아이는 우리 모두를 불행하게 만든 그 순간 이후 아무 것도 먹지 못했어요."

그래서 요제페는 말했다.

"내가 대답하지 않은 것은 다른 이유에서였어요, 돈 페르난도. 이 끔찍스런 시기에는 어느 누구도 자신이 가진 것을 함께 나누는 것을 거절할 수 없지요."

그리고 그녀는 자신의 아기를 아빠에게 건네주고는 그 낯선 어린아이를 받아 자신의 젖을 물렸다. 돈 페르난도는 그런 호의에 무척 감사하여 그들에게 지금 막 불을 지피고 간단한 아침식사를 준비하고 있는 저쪽 일행에게 함께 가지 않겠느냐고 물었다. 요제페는 그 제의를 기꺼이 받아들이겠다고 대답하고, 에로니모도 반대하지 않았으므로 그를 따라 그의 가족에게로 갔다. 거기에서 요제페는 매우 기품 있는 젊은 여인들로 알고 있던 돈 페르난도의 두 처제에게서 진심으로 소중하게 환대 받았다.

발에 심한 부상을 입고 땅에 누워 있던 돈 페르난도의 부인 돈나 엘비레는 자신의 야윈 아기가 요제페의 가슴에 매달려 있는 것을 보고 요제페를 매우 다정하게 자신에게로 와 앉으라고 했다. 어깨를 다친 돈 페르난도의 장인도 요제페에게 정겹게 고개를 끄덕였다.

예로니모와 요제페의 가슴속에서는 신기하다 싶은 생각들이 솟구쳤다. 그들은 자신들이 그토록 많은 믿음과 호의로 대접받는 것을 보고 과거의 일들, 즉 처형장, 감옥, 종소리에 대해 어떻게 생각해야 할 것인지 알 수가 없었으며, 자신들이 그것들에 대해 단지 꿈을 꾼 것은 아닐까 생각했다. 마치 굉음을 울리며 그들에게 닥쳤던 그 무시무시한 재앙이 있은 후 사람들이 모두 화해를 이룬 것 같았다. 그들은 기억 속에서 그 재앙의 순간보다 더 이전으로 되돌아갈 수 없었다. 친구에게서 어제 아침의 그 처형 행렬 광경에 초대받았던 돈나 엘리자베트만이 이따금 꿈꾸는 듯한 눈길로 요제페를 바라보았다. 하지만 새로운 끔찍한 불행에 대해 알리는 이야기는 현실에서 막 도피한 그들의 영혼을 다시 본래의 상태로 되돌려 놓았다.

사람들이 이야기하기를 그 도시는 첫 지진이 일어난 직후 뭇 남자들이 보는 앞에서 분만을 한 여자들로 가득찼으며, 그 속에서 수도사들은 십자가를 손에 들고 이리저리 뛰어다니면서 세상의 종말이 왔다고 외쳤다는 것이다. 사람들은 총독의 명령에 따라 교회를 비워줄 것을 요구하는 초병에게 더 이상 칠레의 총독은 존재하지 않는다고 대답했다고 한다. 총독은 그 끔찍한 순간에 도둑질을 막기 위해 교수대를 설치하자고 했다는 것이다. 또 어느 죄 없는 남자가 불타는 집에서 몰래 빠져나와 너무 급히 달아나다가 주인에게 붙잡혀 도둑으로 몰려 즉시 교살되었다는 것이다. 돈나 엘비레는 그런 이야기들이 활발히 오가던 중 어느 순간 기회를 잡아 자신의 부상을 열심히 돌봐 주던 요제페에게 공포의 그 날 도대체 그녀에게 무슨 일이 일어나 어떻게 된 것이냐고 물었다. 이에 요제페는 가슴이 메어 그녀에게 그 날 일어난 대강의 상황을 얘기해주었고, 그녀의 눈에서 눈물이 흐르는 것을 보고 기쁨을 느꼈다. 돈나 엘비레는 요제페의 손을 붙잡았고, 그녀를 끌어안고는 아무 말도 하지 말라는 눈짓을 했다. 요제페는 천당에 있는 듯한 생각이 들었다. 그녀가 억제할 수 없는 어떤 감정이 지나간 그 날을 규정했는데, 그 날은 세상에 그토록 엄청난 불행을 가져왔지만 아울러 하늘이 세상에 아직 한 번도 내리지 않은 자비를 베푼 날이었던 것이다. 그리고 실제로 지상에 있는 인간의 모든 재물이 파멸하고, 자연이 온통 뒤집힐 듯 위협하는 이 무시무시한 순간에 인간의 정신만은 아름다운 꽃과 같이 피어나는 것 같았다. 눈길이 미치는 한 들판 위에서는 온갖 계층의 사람들이 서로 뒤엉켜 누워 있는 것을 볼 수 있었다. 제후들과 거지들, 귀부인들과 농부의 아내들, 국가관리들과 날품팔이꾼들, 신부들과 수녀들이 어우러져 서로 동정하고, 도움을 베풀고, 생명을 지탱하기 위해 구해낸 것을 기꺼이 나누었는데, 마치 총체적인 불행이 그것을 피해 남은 모두를 하나의 가족으로 만든 듯했다.

예전 같으면 차를 마시며 나누었을 하잘 것 없는 세상사 얘기 대신 이제 사람들은 생각지도 못한 어마어마한 행동들에 대해 사례를 들어 이야기했다. 전에는 사회에서 별로 주목받지 않았던 사람들이 엄청난 위대함을 내보였는데, 용감무쌍하고, 신에게 몸을 바치고, 마치 발걸음을 옮기면 다시 발견하게 되는 물건인 양 목숨을 주저 없이 버리는 사례들이 헤아릴 수 없이 많았다. 이날 그런 감동적인 일은 어느 한 사람을 위해 일어나거나 어느 한 사람이 그런 고결한 일을 행한 것이 아니었기에 모든 사람들의 가슴속에서는 고통이 아주 달콤한 기쁨과 혼합되었고, 따라서 일반적인 행복의 총량은 결코 어느 한 편에서 줄어들었다고 하여 다른 편에서 그 만큼 늘었다고 할 수 없었다.

두 사람이 오랜 동안 말없이 생각에 잠겨 있다가 예로니모는 요제페의 팔을 잡고 말할 수 없이 밝은 마음으로 그녀를 석류나무 숲의 그늘 아래로 데리고 가 이리저리 거닐었다. 그는 그녀에게 사람들의 이런 좋은 분위기와 모든 과거의 관계가 와해된 것을 고려하여 배를 타고 유럽으로 건너가겠다던 자신의 결심을 포기하겠다고 말했다. 그는 자신의 일에 항상 호의를 나타냈던 총독이 살아 있다면 그의 앞에 무릎을 꿇을 것이며, 그녀와 함께 칠레에 남아 살아갈 수 있는 희망이 있다고(여기서 그는 그녀에게 입맞춤을 했다) 말했다. 요제페는 자신에게서도 비슷한 생각이 떠올랐다고 대답했다. 그녀는 자신도 아버지가 살아 계시다면 그의 용서를 받을 수 있을 것으로 믿는다고 말했다. 그녀는 그러나 총독 앞에 무릎을 꿇는 대신 라 콘셉치온으로 가서, 편지로 총독과 화해를 시도하는 편이 더 좋을 것이라고 말했는데, 그곳은 만일의 경우 항구에 쉽게 접근할 수 있고, 화해 시도가 뜻대로 이루어지는 최선의 경우 쉽사리 다시 산티아고로 돌아갈 수 있다는 것이었다. 잠시 생각한 후 예로니모는 그녀의 방법이 현명하다며 찬성했고, 미래의 즐거운 순간들을 떠올려보면서 그녀를 데리고 잠시 이리저리 거닐고 나서 사람들이 모인 곳으로 돌아갔다.

그 사이에 오후가 되었고, 진동이 약해지면서 주변에 몰려들어 우글거리는 피난민들이 약간의 안정을 찾자마자 지진으로 무너지지 않은 유일한 교회인 도미니크교단 교회에서 더 이상의 불행을 막아달라고 하늘에 간청하기 위해 수도원 고위성직자에 의해 장엄한 미사가 올려진다는 소식이 퍼졌다.

군중들은 이미 사방의 모든 지역에서 출발하여 떼를 지어 급히 시내로 갔다. 돈 페르난도의 가족에게서는 이 의식에 참여해야 하는지, 모두 함께 하는 행렬에 합세해야 하는지 의문이 제기되었다. 돈나 엘리자베트는 조금 불안한 마음으로 어제 교회에서 어떤 참사가 일어났는지를 회상했고, 앞서의 그런 감사의식이 다시 벌어지게 될 것이며, 위험이 사라졌다고 사람들이 곧바로 더 밝고 편안한 감정에 몸을 맡길 수 있는 것인지 생각했다. 요제페는 조금 흥분하여 곧장 일어서면서 자신은 창조주가 상상할 수 없는 숭고한 힘을 펼치는 바로 지금처럼 그의 앞에 철저히 복종하고 싶은 충동을 강렬하게 느껴본 적이 없다고 말했다. 돈나 엘비레는 요제페의 의견에 강력하게 동의했다. 그녀는 그 미사에 가야만 한다고 주장했고, 돈 페르난도에게 식구들을 이끌고 가라고 외쳤다. 이에 따라 돈나 엘리자베트를 포함하여 모두가 자리에서 일어났다. 그런데 격하게 가슴을 두근거리면서 돈나 엘리자베트가 떠날 차비를 하며 주저했다. 무슨 일이냐고 묻자 왠지 모르게 불길한 예감이 든다고 대답했고 돈나 엘비레는 그녀를 안심시키고는, 자신과 자신의 병든 아버지 곁에 남아 있으라고 권했다. 요제페는 말했다.

"돈나 엘리자베트, 그럼 보다시피 이미 내게 친숙해진 이 어린아이를 맡아 주세요."

돈나 엘리자베트는 기꺼이 그렇게 하겠다고 대답하고 아기를 받을 준비를 했다. 그러나 아기가 자신에게 벌어진 부당한 일에 대해 떼를 쓰고 울고 아무리 해도 그치지 않자 요제페는 웃으면서 자신이 아기를 데리고 있어야겠다고 말하고는 아기에게 입맞춤을 해주고 달랬다. 그리고 나서 요제페의 온통 기품 있고 우아한 태도에 호감을 느낀 돈 페르난도가 그녀에게 팔을 내밀었고, 어린 필립을 안고 가는 예로니모는 돈나 콘스탄첸을 인도했으며, 식구들에게 친숙해진 그 밖의 일원들이 뒤따랐다. 이런 순서로 행렬은 시내를 향해 갔다.

그들이 겨우 오십 걸음 정도 걸어갔을 때 그 사이 돈나 엘비레와 비밀리에 열심히 얘기를 나눈 돈나 엘리자베트가 "돈 페르난도!" 하고 부르는 소리가 들렸고, 그녀가 불안한 걸음으로 그들 행렬을 급히 뒤따라오는 것이 보였다. 돈 페르난도는 멈춰 서서 몸을 돌렸고, 요제페를 놓지 않은 채 그녀를 기다렸는데, 그녀가 그가 마주 다가오기를 기다리는 듯 좀 떨어져서 멈춰 서 있자 그녀에게 무슨 일이냐고 물었다. 돈나 엘리자베트는 언짢은 듯 그에게 다가와 요제페가 듣지 못하도록 그의 귀에 대고 몇 마디 말을 속삭였다.

"뭐라고? 그리고 그로 인해 불행한 일이 일어날 수 있다고?"

돈 페르난도가 물었다. 돈나 엘리자베트는 당혹스런 얼굴로 계속하여 그의 귀에 대고 속삭였다. 돈 페르난도는 불쾌감에 얼굴이 빨갛게 달아오른 가운데 대답했다.

"괜찮을 거예요! 엄마(돈나 엘비레)가 걱정하지 말았으면 좋겠군요."

그는 계속하여 요제페를 인도하고 갔다.

그들이 도미니크교단 교회에 도착하자 이미 화려한 음악을 연주하는 오르간 소리가 들렸다. 안에는 헤아릴 수 없이 많은 사람들이 모여 있었다. 밀려드는 인파는 정문 앞에서 멀리 교회 앞마당까지 뻗쳐 있었고, 그림들이 걸린 벽 옆에는 아이들이 호기심 어린 눈길로 모자를 손에 쥐고 모여 있었다. 모든 샹들리에에서 빛이 내리비쳤고, 기둥들은 밀려드는 저녁 어스름에 신비로운 그림자를 던졌다. 교회 맨 뒤쪽에 있는 커다란 채색유리 장미는 그것을 비추는 저녁햇살과 마찬가지로 빛났다. 이제 오르간 연주가 그치자 운집한 군중 속에서는 아무도 가슴속에 소리라고는 없는 듯 고요함이 지배했다. 그리스도교 교회로부터 오늘 산티아고의 도미니크교단 교회에서처럼 열정의 불꽃이 하늘을 향해 솟아오른 적은 없었다. 그리고 어떤 인간의 가슴도 예로니모와 요제페보다 더 따사로운 불꽃을 내뿜지 못했으리라!

의식은 설교로 시작되었는데, 그 설교는 의례복을 차려입은 가장 나이 든 고위성직자에 의해 강단에서 행해졌다. 그는 넓은 성직자 예복에서 뻗어 나온 두 손을 하늘을 향해 올리면서 곧장 이 폐허 속에 주저앉은 세상의 일부분에 아직 하느님을 향해 응얼거릴 수 있는 사람들이 존재하는 데 대한 찬양과 감사의 말로 시작했다. 그는 전능하신 분의 신호에 의해 어제 무슨 일이 일어났는지를 설명하고, 최후의 심판도 이보다 더 끔찍할 수는 없을 것이라고 말했다. 그리고 그가 교회에 난 균열을 가리키면서 어제의 지진을 최후 심판의 전조 징후일 뿐이라고 말하자 모든 군중은 소름끼치는 전율을 느꼈다. 그러고 나서 그는 성직자다운 유창한 언변으로 그 도시의 도덕적 타락에 대해 언급했다. 그는 그것을 소돔과 고모라도 본 적이 없는 극악무도한 것이라고 비난했다. 그리고 그는 아직 이 도시가 완전히 땅 밑으로 사라져버리지 않은 것은 오로지 하느님의 무한한 인내 덕분이라고 말했다.

그러나 이 고위 성직자가 다시 카르멜교단 수도원 정원에서 벌어진 신성모독의 범죄에 대해서 상세하게 언급하자, 이미 설교를 듣고 온통 갈기갈기 찢겨진 우리의 불행한 두 사람의 가슴속은 비수가 훑고 지나가는 것 같았다. 그는 지금 이 세상에서 자신이 발견한 관용을 신을 배반한 것이라 칭하고, 저주로 가득찬 다음 부분에서 이름을 낱낱이 대며 범죄자들의 영혼을 지옥의 제후들에게 넘겼던 것이다! 돈나 콘스탄체는 예로니모 팔에 매달려 전율하며 외쳤다.

"돈 페르난도!"

그러나 돈 페르난도는 분명하면서도 아주 은밀하게, 두 가지를 결합한 듯 대답했다.

"돈나, 말하지 말고, 눈도 깜빡하지 말고, 기절한 것처럼 행동해요! 그렇게 해서 우리는 교회에서 빠져나가야 돼요."

그러나 돈나 콘스탄체가 탈출을 위해 생각해낸 이 교묘한 방법을 실행하기도 전에 어떤 목소리가 고위 성직자의 설교를 큰소리로 중단시키면서 외쳤다.

"산티아고 시민 여러분 멀리 물러서시오. 그 신을 모독한 인간들이 여기에 서 있소!"

그리고 그들을 둘러싸고 경악에 찬 커다란 원이 만들어지는 동안 또 하나의 목소리가 물었다.

"어디?"

"여기!"

또 다른 남자가 대답하고는 신성한 포악성에 사로잡혀 요제페의 머리칼을 잡아 끌어내렸다. 그리하여 돈 페르난도가 그녀를 붙들지 않았더라면 그의 아들과 함께 —그녀는 비틀거리며 땅바닥에 쓰러질 뻔했다. 돈 페르난도는 외쳤다.

"당신들 미쳤소?"

돈 페르난도는 요제페를 팔로 감싸 안고 계속하여 말했다.

"나는 여러분 모두가 알고 있는 이 도시 사령관의 아들 돈 페르난도 오르메츠요!"

그러자 그의 앞에 가까이 서 있던 구두수선공이 외쳤다.

"돈 페르난도 오르메츠라고?"

그는 요제페를 위해 일해준 일이 있었고, 그녀의 작은 발 때문에 그녀를 잘 알고 있는 자였다. 그는 건방지고 오만하게 아스테론의 딸에게 물었다.

"누가 이 아이의 아비지?"

돈 페르난도는 이 물음에 얼굴이 창백해졌다. 그는 겁에 질려 예로니모를 쳐다보다가 자신을 알고 있는 사람이 있지 않은지 모인 군중들을 둘러보았다. 이 끔찍한 상황에 몰린 요제페는 이렇게 외쳤다.

"수선공 페드릴로씨, 이 아이는 당신이 생각하듯 내 아이가 아니에요."

요제페는 이어서 무한한 두려움 속에 돈 페르난도를 쳐다보며 외쳤다.

"이 젊은 신사분은 여러분 모두가 아는 이 도시의 사령관의 아들 돈 페르난도 오르메츠입니다!"

구두수선공은 물었다.

"시민 여러분, 여러분들 중 이 젊은 사내를 아는 사람 있습니까?"

그러자 그 주변에 있던 몇몇 사람이 반복하여 말했다.

"누가 예로니모 루게라를 알고 있습니까? 앞으로 나오시오!"

그러자 마침 그 순간에 어린 주앙이 그 소동에 놀라서 요제페의 가슴에서 돈 페르난도의 팔에 안기려고 했다. 그러자 누군가가 외쳤다.

"이놈이 아비다!"

또 다른 목소리들이 들렸다.

"저놈이 예로니모 루게라다!"

"저것들이 신을 모독한 인간들이다! 저들을 돌로 쳐 죽여라! 저들을 돌로 쳐 죽여라! 예수의 성전에 모인 모든 그리스도교도여!"

그러자 예로니모가 나서서 외쳤다.

"멈춰라! 이 인간도 아닌 놈들아! 너희가 예로니모 루게라를 찾고 있다면 그가 여기에 있는 나다! 죄 없는 그 사람을 놓아줘라!"

분노하는 군중은 예로니모의 말에 어리둥절해져서 주춤했고, 몇몇 사람들의 손이 돈 페르난도를 풀어주었다. 바로 그 순간 계급이 높은 한 해군장교가 급히 달려와 소란스런 사람들 사이를 뚫고 들어가 물었다.

"돈 페르난도 오르메츠! 무슨 일이 일어난 겁니까?"

그러자 돈 페르난도는 이제 완전히 풀려나서 대단히 대담하고도 신중하게 대답했다.

"예, 돈 알론조, 이 천한 살인자들을 보십시오. 이 훌륭한 분이 미쳐 날뛰는 이 군중을 진정시키기 위해 스스로를 예로니모 루게라라고 대지 않았더라면 아마 나는 죽었을 거요. 미안하지만 두 사람의 안전을 위해 이 분을 이 젊은 부인과 함께 체포해 주십시오. 그리고 이 천한 놈도요."

그는 구두수선공 페드릴로를 붙잡으면서 덧붙였다.

"이놈이 이 모든 소동을 꾸몄소!"

그러자 구두수선공이 외쳤다.

"돈 알론조 오노레자, 당신의 양심에 묻건대, 이 여자가 요제페 아스테론이 아니란 말입니까?"

요제페를 매우 잘 알고 있던 돈 알론조가 대답을 망설이자 이로 인해 다시금 분노가 불타오른 여러 사람들의 목소리가 외쳤다.

"저년이 바로 그년이다, 저년이 그년이야! 저년을 죽여라!"

그래서 요제페는 예로니모가 그때까지 데리고 있던 어린 필립을 어린 주앙과 함께 돈 페르난도의 팔에 안겨주고 나서 말했다.

"돈 페르난도, 당신의 두 아이를 구하시고 우리는 우리의 운명에 맡겨 두십시오!"

돈 페르난도는 두 아이를 받아 안고는 자신은 자신의 일행에게 어떤 불행한 일이 일어나는 것을 허용하느니 차라리 죽겠다고 말했다. 그는 해군장교에게 칼을 빌려달라고 요청한 다음 요제페에게 팔을 내밀고는 뒤에 있는 두 남녀에게 자신을 따라오라고 했다. 그들은 사람들이 그런 채비를 하는 모습에 굉장한 경의를 표하며 길을 터주는 가운데 정말로 교회 밖으로 빠져나왔고, 구출된 것으로 믿었다. 그러나 그들이 똑같이 사람들로 가득한 교회의 앞마당으로 들어서자마자 그들을 뒤쫓는 미쳐 날뛰는 군중 속에서 누군가의 목소리가 외쳤다.

"이놈이 예로니모 루게라요, 시민 여러분, 내가 바로 이놈의 아비요!"

그리고 그는 돈나 콘스탄체 옆에 있던 예로니모를 무시무시한 몽둥이질로 땅바닥에 때려눕혔다. 돈나 콘스탄체는 "아아 이럴 수가!"라고 외치고 자신의 형부에게로 달아났다. 그러나 다른 쪽에서 두 번째 몽둥이질과 함께 "이 수도원 창녀!"라고 외치는 소리가 들렸고, 그녀는 예로니모 옆에서 쓰러져 죽었다. 한 낯모르는 사람이 외쳤다.

"이럴 수가! 이건 돈나 콘스탄체 크사레스였잖아!"

그러자 구두수선공이 답했다.

"저들은 왜 우리를 속이나! 그 여자를 제대로 찾아서 죽여라!"

콘스탄체의 시체를 바라보며 돈 페르난도는 분노에 불탔다. 그는 칼을 뽑아 휘두르고 내리쳤는데, 이 끔찍한 사태를 불러온 그 광란의 천한 살인마가 몸을 돌려 분노의 칼을 피하지 않았더라면 그는 그를 동강냈을 것이다. 그러나 페르난도가 자신에게 밀려드는 군중을 제압할 수 없게 되자 요제페는 외쳤다.

"돈 페르난도, 아이들과 함께 안녕히 계십시오!"

그리고 그녀는 "너희들 피에 굶주린 호랑이들아, 여기 나를 죽여라!"라고 외치고는 싸움을 끝내기 위해 자발적으로 그들 속으로 뛰어 들어갔다. 수선공 페드릴로가 몽둥이로 그녀를 때려눕혔다. 그러자 온몸이 피로 얼룩진 그는 "저년의 사생아를 지옥으로 보내자!"고 외치고, 채워지지 않은 살인욕에 차서 다시 앞으로 뚫고 나갔다.

이제 이 신적인 영웅 돈 페르난도는 등을 교회에 기댄 채 왼손에는 아이들을 안고, 오른손에는 칼을 들고 서 있었다. 칼을 내리칠 때마다 그는 번쩍이며 한 놈씩 바닥에 쓰러뜨렸다. 사자라도 그보다 더 잘 방어하지는 못했을 것이다. 일곱 마리의 피에 굶주린 개들이 그의 앞에 죽어 나자빠졌고, 이 악마 무리의 우두머리도 부상을 입었다. 하지만 페드릴로는 쉬지 않고 날뛰다가 마침내 페르난도의 가슴에서 두 아이 중 한 아이를 다리를 잡아 빼내어 공중으로 빙빙 돌리다가 교회 기둥 모서리에 내리쳐 박살냈다. 그런 다음 조용해졌고, 모두가 흩어졌다. 돈 페르난도는 머리에서 골수가 흘러나온 채 앞에 쓰러져 있는 자신의 어린 주앙을 보자 이루 말할 수 없는 고통에 가득차서 시선을 하늘로 향했다.

해군장교가 다시 그에게 나타나 그를 위로해주려 했고, 비록 여러 가지 사정에 의해 정당화되긴 했지만 이런 불행한 사태에서 자신이 적극적으로 나서지 않은 것을 후회한다고 분명히 밝혔다. 그러나 돈 페르난도는 그에게 비난받을 일이 아무 것도 없다고 말하고, 이제 시체들을 옮기는 일만 도와달라고 청했다. 사람들은 막 시작되는 밤의 어둠 속에 시체들을 모두 돈 알론조의 집으로 옮겼는데, 돈 페르난도는 어린 필립의 얼굴에 많은 눈물을 쏟으며 그들 뒤를 따랐다. 그는 돈 알론조의 집에서 밤까지 보냈고, 오랫동안 아내에게 이 불행스런 사건의 전모를 알려주지 못했다. 그것은 우선 그녀가 아팠기 때문이었고, 다음으로는 그녀가 이 사건에서의 자신의 행동을 어떻게 평가할지 몰라서였다. 하지만 그 후 얼마 안 되어 한 방문객을 통해 벌어진 모든 일에 대해 우연히 전해 듣게 된 이 훌륭한 부인은 조용히 모성적인 고통에 울었으며, 어느 날 아침 아직 남은 반짝이는 눈물을 흘리면서 페르난도의 목을 끌어안고 그에게 입맞춤했다. 돈 페르난도와 돈나 엘비레는 그 후 그 어린 고아를 양자로 맞아들였다. 그리고 돈 페르난도는 필립과 주앙을 비교해보고, 이 두 아이를 어떻게 얻게 되었는지를 생각할 때면 기뻐하지 않을 수 없음을 느꼈다.

금발의 에크베르트

루트비히 티크

하르츠 산악의 어느 지역에 기사 한 사람이 살고 있었는데, 사람들은 보통 그를 그저 금발의 에크베르트라고만 불렀다. 그는 마흔 살쯤 되었고, 키는 겨우 중간 정도였으며, 짧고 연한 금발이 창백하고 움푹 패인 얼굴 위에 소박하고 촘촘하게 드리워 있었다. 그는 매우 조용히 살았으며, 결코 이웃과 싸움에 휘말리는 일이 없었고, 사람들이 그의 작은 성을 에워싼 원형 성벽 밖에서 그를 보는 일 또한 드물었다. 그의 부인도 똑같이 고적함을 좋아했으며, 두 사람은 서로 진심으로 사랑하고 있는 듯했다. 다만 그들은 하늘이 자신들의 결혼생활을 축복해주면서 아이를 내려주지 않는 데 대해서만 가슴아파했다.

에크베르트에게 손님들이 찾아오는 일은 아주 드물었는데, 그럴 경우에도 손님들 때문에 통상적인 삶의 행태가 변하는 일이 거의 없었다. 그곳에는 절제가 자리하고 있었고, 검소함이 모든 것을 정돈하고 있는 듯했다. 에크베르트는 혼자 있을 때에만 비로소 쾌활하고 기분이 좋았으며, 사람들은 그에게서 분명한 내향성을, 나서기 꺼리는 잔잔한 우울증을 감지했다.

어느 누구보다도 그 성을 자주 찾아오는 사람은 필리프 발터였다. 에크베르트는 그에게서 자신이 가장 좋아하는 거의 똑같은 사고방식을 발견했기 때문에 그와 절친하게 되었다. 필리프 발터는 본래 프랑켄 지방에 살았지만 자주 반년 이상을 에크베르트의 성 근처에 머물면서 약초와 돌을 수집했고, 그것들을 정리하는 데 몰두했다. 그는 적은 재산으로 살아갔고, 아무에게도 의지하지 않았다. 에크베르트는 자주 외로운 산보를 그와 함께 했고, 해가 가면서 그들 사이에서는 깊은 우정이 싹텄다.

사람을 걱정스럽게 하는 순간들이 있는데, 그것은 지금껏 종종 세심한 주의를 다해 숨겨온 비밀을 친구 앞에서 간직해야 할 때다. 그럴 때면 마음은 모든 것을 털어놓고 싶은 억제할 수 없는 충동을 느끼고, 자신이 좀 더 하나 된 친구가 되기 위해 친구에게 가장 깊은 속마음까지도 열어 보이고 싶어진다. 이 순간에 부드러운 마음들은 서로 본심을 드러내며, 이따금 서로가 상대를 알게됨으로써 흠칫 놀라게 되는 일이 벌어진다.

때는 가을이었고, 에크베르트는 어느 안개 낀 저녁에 자신의 친구와 아내 베르타와 함께 벽난로에 둘러앉아 있었다. 불꽃은 방안에 밝은 빛을 던지며 천정 위에서 아른거렸고, 까만 밤이 창문 안을 들여다보았으며, 나무들은 밖에서 축축한 추위에 떨고 있었다. 발터가 돌아갈 먼 길을 걱정하자 에크베르트는 그에게 자기 집에서 머물면서 밤의 절반은 기분 좋은 얘기를 나누며 보내고, 그런 다음 아침이 올 때까지 방에서 푹 잘 것을 제의했다. 발터는 그 제의를 받아들였고, 술과 저녁식사가 마련되어 들어왔으며, 불꽃은 장작에 의해 더 커졌고, 친구 사이의 대화는 더 유쾌하고 친밀해져 갔다.

저녁식사가 끝나고 하인들이 물러가자 에크베르트는 발터의 손을 붙들고 말했다.

"이봐 친구, 자네 내 아내에게 어린 시절의 이야기 한 번 들려달라고 해보게. 그건 참으로 기이한 얘기라네."

"좋지."

발터가 말했고, 그들은 다시 벽난로에 둘러앉았다.

이제 막 자정이 되었고, 달은 바람에 나부끼며 지나는 구름을 뚫고 이따금씩 얼굴을 내밀었다.

"당신은 나를 주제넘다고 여기시면 안 돼요."

베르타는 이렇게 입을 열었다.

"남편은 당신이 생각을 무척 고상하게 하니까 당신에게 무언가를 숨기는 것은 옳지 않다고 말합니다. 아주 기이하게 들린다고 해서 제 이야기를 그저 동화로만 여기지는 마세요.

저는 어느 시골마을에서 태어났어요. 제 아버지는 가난한 양치기였지요. 제 부모님이 가계를 꾸려나가는 일은 그다지 쉬운 일이 아니었으며, 그들은 매우 자주 어디서 빵을 구해야 될지를 모르곤 했답니다. 그러나 저를 더 슬프게 한 것은 부모님이 가난 때문에 자주 불화를 빚고, 서로에게 심한 욕을 해대는 것이었어요. 그밖에 저는 제가 아주 하찮은 일도 제대로 할 줄 모르는 무지하고 멍청한 아이라는 얘기를 끝없이 들었지요. 실제로 저는 지극히 서툴고 둔했으며, 모든 것을 손에서 떨어뜨렸고, 바느질하는 것도 실 잣는 것도 배우지 못했고, 집안일은 아무 것도 도울 수 없었으며, 그저 부모님의 곤궁만을 매우 잘 이해하고 있을 뿐이었지요. 그래서 저는 자주 구석에 앉아 갑자기 부자가 된다면 부모님을 도울 것이라는, 부모님께 금과 은을 쏟아 부어 그들의 놀람에 기뻐하게 될 것이라는 상상으로 머릿속을 가득 채웠지요. 그러면 저는 유령들이 공중으로 떠다니는 것을 보았고, 그것들은 저에게 땅속의 보물들을 알려주거나 보석으로 변하는 작은 돌멩이를 주었지요. 한마디로 지극히 멋진 환상들이 저를 사로잡았던 것인데, 제가 무언가 일을 돕거나 어떤 것을 나르기 위해 몸을 일으켜야 할 때면 저는 훨씬 더 서툰 모습을 보였지요. 그것은 제 머릿속이 온통 그 신비로운 상상들로 어지러웠기 때문예요.

아버지는 제가 집안에서 전혀 쓸모없는 골칫덩이라며 늘 화를 내셨지요. 그리하여 아버지는 저를 무척 혹독하게 다루었으며, 제가 아버지에게서 다정한 말을 듣는 일은 드물었습니다. 그렇게 저는 여덟 살쯤 되었고, 이제 제가 무언가를 행하거나 배우도록 엄격한 준비가 되었지요. 아버지는 제가 세월을 무위도식하며 보내는 것은 오로지 제 고집이나 게으름 탓이라고 믿고 저에게 이루 말할 수 없는 협박을 했지요. 그러나 그 협박이 아무 효과가 없자 아버지는 아주 혹독한 벌을 가했습니다. 그러면서 그는 제가 쓸모없기 때문에 그런 벌이 날마다 반복될 것이라고 말했지요.

밤새도록 저는 몹시 슬피 울었고, 스스로 심하게 버림받았다고 느꼈으며, 스스로를 동정하면서 죽고 싶었습니다. 저는 날이 밝는 것이 두려웠어요. 무슨 일을 시작해야 할지 전혀 알지 못했고, 가능한 온갖 노련함을 소망했으며, 어째서 저는 제가 알고 있는 다른 아이들보다 더 둔한지 도무지 이해할 수가 없었지요. 저는 거의 절망에 이르렀습니다.

날이 밝자 저는 일어나서 거의 저도 모르게 우리의 조그만 오두막집 대문을 열었어요. 저는 넓은 들판 위에 서게 되었고, 그런 다음 곧장 숲속으로 들어섰는데, 그 속으로 막 여명이 비쳤습니다. 저는 돌아보지도 않고 계속하여 달렸는데도 피곤함을 느끼지 않았어요. 아버지가 저를 뒤쫓아 와 제가 도망친 것에 격분하여 저를 더욱 더 혹독하게 다룰 것이라고 믿었기 때문이지요.

숲에서 다시 빠져나왔을 때 해는 이미 꽤 높이 떠 있었고, 저는 제 앞에 시커먼 어떤 것이 놓여 있는 것을 보았는데, 그것은 짙은 안개에 휩싸여 있었지요. 저는 어쩔 수 없이 언덕을 기어오르기도 하고 바위 사이로 굽이쳐 난 길을 따라가기도 했어요. 그때 저는 분명 인근의 산악지역에 들어와 있으리라고 짐작하고는 고립 속에 두려움을 느끼기 시작했습니다. 저는 그동안 평지에서 아직 산들을 본 적이 없었기 때문인데, 그저 산악지역에 대해 말하는 것을 듣기만 해도 제 어린 귀에는 그것이 무시무시한 소리로 들렸었지요. 저는 돌아갈 마음은 없었으며, 두려움이 저를 앞으로 내몰았지요. 바람이 저를 지나 나무들 사이를 뚫고 스쳐가거나 멀리서 벌목소리가 고요한 아침을 뚫고 울려올 때면 저는 자주 깜짝 놀라 주위를 둘러보았지요. 마침내 숯 굽는 사람들과 광부들을 만나고 그들의 낯선 발음을 들었을 때 저는 놀라서 거의 기절할 뻔했습니다.

저는 여러 마을들을 지나쳐가면서 배고프고 목이 말랐으므로 구걸을 했는데, 질문을 받게 되면 곧잘 대답을 잘 하여 곤경을 이겨내는 데 도움이 되었지요. 그렇게 저는 나흘 정도를 계속 걸어가다가 어떤 좁은 길로 접어들었습니다. 그 길은 저를 큰길로부터 점점 더 멀어지게 했지요. 제 주위의 바위들은 이제 다른, 훨씬 더 기묘한 모습을 띠었어요. 절벽들은 연달아 포개져 있어 마치 태초의 돌풍이 그것들을 뒤죽박죽 헝클어놓은 것 같았지요. 저는 계속해서 걸어가야 할지 어쩔지 알 수 없었습니다. 마침 그때가 가장 아름다운 계절이었으므로 저는 밤에는 늘 숲 속에서 자거나 허물어진 목동의 오두막에서 잤지요. 하지만 저는 거기에서 사람의 집은 만나지 못했고, 그런 황량한 곳에서 사람이 사는 집을 만나리라고는 생각할 수도 없었지요. 바위들은 점점 더 무시무시해졌고, 저는 자주 현기증 나는 절벽에 바짝 붙어 지나가야 했는데, 마침내 제 발밑에서 길이 끊겼어요. 저는 완전히 절망적이었어요. 저는 울고 소리 질렀는데, 제 목소리는 바위계곡 속에서 무서운 메아리가 되어 되돌아왔어요. 이제 밤이 시작되었고, 저는 누워서 쉬기 위해 이끼 덮인 곳을 찾았지요. 저는 잠을 잘 수 없었습니다. 밤중에 이상한 소리들을 들었지요. 저는 그것을 사나운 짐승들 소리로 여기기도 하고, 바위 사이를 뚫고 울리는 바람소리로 여기기도 하고, 낯선 새들 소리로 여기기도 했지요. 저는 기도를 했고, 새벽 무렵에야 뒤늦게 잠이 들었습니다.

햇살이 얼굴에 비칠 때 저는 잠에서 깼지요. 제 앞에는 가파른 바위가 있었는데, 저는 거기에 오르면 황량함에서 벗어날 출구를 찾을 수 있을 것이며 어쩌면 집이나 사람들을 볼 수 있으리라는 희망을 가지고 그 바위를 기어올랐지요. 그러나 바위 위에 올라서자 제 눈길이 닿는 한 모든 것은 나를 에워싸고 있던 것과 똑같았지요. 모든 것이 안개로 덮여 있었고, 날은 잿빛으로 흐렸으며, 나무도 없고, 풀밭도 없고, 좁은 바위틈에서 외롭고 서글프게 솟아나온 몇 개의 관목을 제외하고는 초목조차 눈에 띄지 않았습니다. 틀림없이 제가 무서워하게 될 사람일지도 모르지만 한 사람만이라도 눈에 띄기를 저는 얼마나 갈망했는지 모릅니다. 동시에 저는 심한 배고픔을 느꼈으며, 주저앉아서 죽어버리기로 마음먹었지요. 그러나 얼마 후 살고 싶다는 욕망이 죽을 생각을 눌렀지요. 저는 정신을 가다듬고 눈물을 흘리고 이따금 탄식하면서 온종일 걸었어요. 마침내 저는 스스로를 거의 의식하지 못하게 되었고, 지쳐서 기진맥진했으며, 거의 살고 싶은 마음도 없었고 죽음이 두렵지도 않았습니다.

저녁 무렵이 되자 주변 지역이 좀 더 쾌적해지는 듯했고, 제 생각들과 소망들이 다시 살아났으며, 살고 싶은 욕구가 제 온 핏줄들 안에서 깨어났지요. 저는 이제 멀리서 물레방아 돌아가는 소리가 들린다고 믿었고, 걸음을 두 배로 재촉했지요. 마침내 제가 정말로 황량한 바위들의 경계에 도달했을 때 얼마나 기쁘고 안심이 되었는지 모릅니다. 저는 멀리에 있는 아늑한 산들과 함께 숲과 초원들이 다시 제 앞에 놓여 있는 것을 보았지요. 저는 마치 지옥에서 천국으로 들어선 기분이었으며, 고립과 속수무책 상태가 전혀 두렵지 않게 여겨졌습니다.

그러나 기대했던 물레방아 대신 저는 어떤 폭포를 만났는데, 그것은 두말할 것 없이 제 기쁨을 무척이나 반감시켰지요. 저는 손으로 개울에서 물 한 모금을 떠마셨습니다. 그때 갑자기 좀 떨어진 곳에서 나지막한 기침소리가 들리는 것 같았습니다. 저는 그 순간처럼 그렇게 기분 좋게 놀란 적은 없었어요. 저는 좀 더 가까이 다가가 숲 모퉁이에서 어느 나이 든 여자를 발견했는데, 그녀는 쉬고 있는 듯했습니다. 그녀는 온통 검은 옷을 두르고 있었고, 검은 두건으로 머리와 얼굴 대부분을 가렸으며, 손에는 지팡이를 들고 있었습니다.

저는 그녀에게 다가가서 도움을 청했지요. 그녀는 저를 옆에 앉게 하고는 내게 빵과 포도주를 조금 주었습니다. 제가 먹고 있는 동안 그녀는 날카로운 음성으로 찬송가를 불렀습니다. 그녀는 노래를 마치자 제게 자신을 따라가겠느냐고 말했습니다.

저는 그 제안에 무척 기뻤는데, 제게는 그 노파의 목소리와 존재가 그토록 멋지게 여겨졌던 거지요. 그녀는 지팡이를 짚고 꽤 빨리 걸었는데, 발걸음을 떼어 놓을 때마다 얼굴을 찡그려 처음에 저는 그 모습을 보고 웃지 않을 수 없었습니다. 거친 바위들은 우리의 뒤쪽으로 점점 더 멀어졌고, 우리는 아늑한 초원을 지나 꽤 긴 숲을 통과해 갔습니다. 우리가 숲을 빠져 나오자마자 해가 막 졌는데, 저는 그날 저녁의 그 광경과 느낌을 결코 잊을 수 없을 겁니다. 아주 부드러운 붉고 노란 빛 속으로 모든 것이 녹아들었으며, 나무들은 우듬지들과 함께 저녁노을 속에 솟아 있었고, 들판 위로는 매혹적인 빛이 드리워져 있었습니다. 숲과 나뭇잎들은 움직이지 않고 서 있었고, 맑은 하늘은 활짝 열린 천국처럼 보였고, 샘물들이 졸졸 흐르는 소리와 이따금 나무들이 살랑거리는 소리가 마치 애수어린 기쁨 속에서 울리듯 청량한 정적을 뚫고 울렸지요. 이제 제 어린 영혼은 먼저 세상과 세상의 사건들에 대한 예감을 얻게 되었지요. 저는 제 자신과 길을 이끄는 노파를 잊었으며, 제 정신과 두 눈은 금빛 구름 사이에 도취되어 있을 뿐이었지요.

우리는 자작나무들이 심어진 어느 언덕으로 올랐는데, 그 위에서는 자작나무들로 가득찬 녹색 계곡 안이 들여다보였으며, 아래쪽 나무들의 한가운데에는 조그만 오두막 한 채가 놓여 있었습니다. 개짖는 소리가 활기차게 들려왔으며, 곧 한 마리의 작고 날랜 개가 노파에게 뛰어가서 꼬리를 흔들고 나서 제게로 와 저를 사방에서 둘러보고는 정겨운 몸짓으로 노파에게 돌아갔습니다.

우리가 언덕에서 내려왔을 때 저는 아주 멋진 노래를 들었습니다. 그것은 오두막에서 흘러나오는 것 같았으며, 마치 어떤 새가 부르는 듯했습니다. 그 노래는 이러했지요.

숲속의 고요함이
나를 기쁘게 하네.
오늘처럼 내일도
영원히.
숲속의 고요함이
나를 더없이 기쁘게 하네.

이 몇 마디 말들이 계속 반복되었는데, 굳이 자세히 표현한다면 그것은 마치 아주 먼 곳에서 호른과 갈피리가 뒤섞여 연주하는 것과 같았지요.

제 호기심은 극도로 부풀어 올랐고, 저는 노파의 지시를 기다리지도 않고 오두막 안으로 들어섰지요. 어스름은 이미 안으로 드리워졌지요. 모든 것은 정연하게 정돈되어 있었으며, 몇 개의 술잔이 벽장 위에 놓여 있었고, 식탁 위에는 낯선 모양의 그릇들이 있었어요. 안에 새 한 마리가 있는 번쩍이는 새장이 창가에 내달려 있었는데, 그것이 정말로 그 노래를 부른 새였습니다. 노파는 숨을 헐떡이며 기침을 했는데, 증세가 전혀 나을 수 있을 것 같지 않았습니다. 노파는 그 작은 개를 쓰다듬어 주기도 하고 새와 얘기를 나누기도 했는데, 새는 자신의 일상적인 노래로 노파에게 답했습니다. 그녀는 제가 있어서 그렇다는 듯 그밖에는 전혀 아무것도 하지 않았습니다. 저는 그런 그녀를 바라보는 동안 여러 번 몸서리를 쳤습니다. 그녀의 얼굴이 끊임없이 움직이고 있었기 때문입니다. 그러면서 그녀는 나이 때문인 듯 머리를 흔들어댔기 때문에 저는 그녀의 본래 모습이 어떠했는지를 전혀 알 수가 없었습니다.

그녀는 기침이 멈추자 등불을 켰으며, 아주 작은 식탁 위에 저녁식사를 차렸습니다. 그녀는 제 쪽을 둘러보고는 저에게 엮어 만든 등나무의자에 앉으라고 했습니다. 그리하여 저는 그녀와 가까이 마주앉았고, 등불이 우리들 사이에 놓였습니다. 그녀는 뼈가 앙상한 두 손을 모으고 얼굴을 찡그리면서 큰 소리로 기도를 했습니다. 그리하여 그런 모습에 저는 다시 웃을 뻔했지만 그녀를 화나게 하지 않으려고 정신을 바짝 차렸습니다.

저녁식사 후 그녀는 다시 기도를 했고, 그런 다음 제게 낮고 좁은 방안에 있는 침대에서 자도록 하고, 자신은 거실에서 잤습니다. 저는 오랫동안 뜬눈으로만 있지는 않았고, 반쯤 몽롱한 상태였지요. 밤에는 몇 번 깨어 노파가 기침을 하고 개와 얘기하는 소리를 들었으며, 노파와 개 사이에 있는 새의 노래를 들었는데, 새는 꿈속에 빠진 듯했으며 언제나 자신의 몇 마디 말만을 노래했습니다. 그 노래는 창문 앞에서 쏼쏼 소리를 내는 자작나무들과 멀리 있는 밤꾀꼬리의 노래와 너무나 멋지게 섞여 저는 제가 깨어 있지 않고 어떤 기이한 꿈속에 빠져 있는 것 같았습니다.

아침에 노파는 저를 깨우고는 곧바로 제게 일을 시켰습니다. 저는 실을 자아야 했는데, 그 일을 곧장 터득했습니다. 그러면서 개와 새도 돌봐야 했습니다. 저는 집안일을 재빨리 익혔고, 주변의 모든 것들이 친숙해졌습니다. 제게는 이제 모든 것이 당연한 듯 여겨졌고, 저는 더 이상 노파가 기이한 면을 지니고 있다거나 그 집이 기괴하며 모든 사람들로부터 멀리 격리되어 있다거나 새에게 어떤 특별한 것이 있다고는 전혀 생각지 않았습니다. 오히려 새의 아름다움이 줄곧 나의 관심을 끌었는데, 그것의 깃털이 온갖 색깔들로 빛났기 때문이지요. 새의 목과 몸통에서는 더없이 아름다운 담청색과 불타는 선홍색이 교차되고 있었고, 노래를 부를 때면 그것은 위풍당당하게 부풀어 올라 깃털은 더욱 화려한 모습을 나타냈습니다.

노파는 자주 집을 나갔다가 저녁에야 돌아왔지요. 저는 개를 데리고 그녀를 마중 나갔으며, 그녀는 저를 아이이며 딸로 불렀습니다. 저는 마침내 진심으로 그녀의 마음에 들게 되었고, 우리의 감각은 모든 면에서, 무엇보다도 어린애 같은 성향에서 친숙해진 듯했습니다. 저녁시간에 노파는 제게 글 읽는 것을 가르쳐주었습니다. 저는 쉽게 익혔고, 제가 글 읽기를 배운 것은, 그녀가 기이한 이야기들이 담긴 몇 권의 오래된 책들을 가지고 있었으므로, 나중에 제가 홀로 있을 때 끝없는 즐거움의 원천이 되었습니다.

그 당시의 제 생활방식에 대한 추억은 지금까지도 여전히 기이하게 여겨집니다. 저는 사람이라고는 아무도 찾아오지 않는 가운데 오로지 그 작은 가족집단에 익숙해져 살았지요. 개와 새가 내게 오래도록 알고 지낸 친구들이 불러일으키는 것과 똑같은 인상을 주었던 것입니다. 저는 그 당시 그토록 자주 불렀는데도 그 개의 이상한 이름을 다시 기억해내지 못하고 있습니다.

저는 그렇게 4년을 노파와 함께 살았지요. 그녀가 마침내 저를 더 많이 믿고 제게 한 가지 비밀을 털어놓은 것은 제가 열두 살쯤 되었을 때였습니다. 그 새는 날마다 알을 한 개씩 낳았는데, 알 속에는 진주나 보석이 들어 있었습니다. 나는 일찍이 노파가 몰래 새장 속을 돌본다는 것을 알아채고 있었지만 그 이상 더 세심하게 관심을 기울이지는 않았지요. 그녀는 이제 자신이 집에 없을 때 그 알들을 주워서 낯선 모양의 그릇에 잘 담아 보관하는 일을 제게 맡겼습니다. 이제 그녀는 제가 먹을 식량을 남겨두고는 더 오래, 몇 주 몇 달 동안이나 밖에 나가 머물렀습니다. 제 작은 물레바퀴는 달그랑거렸고, 개는 짖었으며, 기이한 새는 노래 불렀고, 주변 지역은 온통 너무 조용하여 나는 언제나 폭풍과 뇌우 같은 것은 전혀 떠올릴 수 없었습니다. 길을 잃고 그곳으로 오는 사람도 없었고, 어떤 짐승도 우리의 집 근처에 나타나지 않았으며, 저는 만족하면서 하루하루를 일해 나갔습니다. 그렇게 아무 방해도 받지 않고 자신의 삶을 끝까지 이어갈 수 있는 사람은 아마 정말로 행복할 것입니다.

제가 읽은 얼마 되지 않는 책의 내용에서 저는 세상과 사람들에 대한 아주 이상한 연상들을 하게 되었어요. 그 모든 연상들은 저 자신과 저와 함께 하는 것들로부터 비롯되었습니다. 흥겨운 사람들에 대한 이야기가 나오면 저는 그들을 다름 아닌 작은 개로 연상했고, 화려한 여자들은 언제나 새처럼 보였으며, 모든 나이 든 여자들은 제 기이한 노파로 여겼던 것입니다. 저는 사랑에 대해서도 좀 읽었는데, 그럴 때면 제 환상 속에서는 저 자신이 담긴 기이한 이야기들이 펼쳐졌습니다. 저는 세상에서 가장 멋진 기사를 생각했고, 제 모든 노력 끝에 그가 어떤 모습으로 보일지 알지도 못한 채 온갖 뛰어난 것들로 그를 치장해 주었습니다. 하지만 그가 제 사랑을 받아주지 않을 때면 저는 저 스스로에게 진정한 동정을 품을 수 있었습니다. 그러면 저는 생각 속에서 오로지 그를 얻기 위해 감동적인 긴 열변을 토했으며, 이따금 큰 소리로도 말했지요. 당신은 웃고 있군요! 물론 우리 모두는 이제 유치한 어린 시절을 뛰어넘었지요.

저는 어느새 혼자 있을 때가 더 좋았는데, 그럴 때면 제가 집안의 지배자가 되었기 때문이지요. 개는 나를 무척 좋아하여 제가 원하는 모든 것을 했으며, 새는 제 모든 질문에 자신의 노래로 대답해주었고, 제 작은 물레바퀴는 언제나 활기차게 돌았으며, 그리하여 저는 근본적으로 전혀 변화를 원하지 않았습니다. 노파는 오랜 방랑에서 돌아올 때면 저의 빈틈없음을 칭찬했고, 그녀의 살림살이가 제가 함께 지낸 후로 훨씬 더 바르게 이끌어지고 있다고 말했으며, 저의 성장과 건강한 모습에 기뻐했지요. 한마디로 그녀는 저를 딸처럼 여기며 지냈습니다.

그녀는 언젠가 그르렁거리는 목소리로 제게 이렇게 말했지요.

'애야, 너는 참 착하구나. 네가 계속 그렇게만 해나간다면 언제나 일이 잘 풀릴 거다. 하지만 올바른 궤도에서 벗어난다면 나중에라도 벌이 따르게 된단다.'

그녀가 이렇게 말하는 동안 저는 그다지 주의 깊게 듣지 않았는데, 제 행동과 기질이 온통 활기에 넘쳤기 때문이지요. 하지만 밤중에 노파의 말이 다시 떠올랐는데, 저는 그녀가 무엇을 말하려고 했는지 이해할 수가 없었습니다. 저는 그녀가 한 말들을 모두 세심하게 되씹어 보았습니다. 부에 대해 읽은 적이 있는 저는 마침내 그녀의 진주와 보석들이 값진 것이 될 수 있을 것이라는 생각이 들었지요. 제게 이 생각은 곧 더 분명해졌습니다. 그러나 그녀가 말한 바른 궤도는 무슨 뜻이었을까? 저는 그 말의 의미를 도무지 파악할 수 없었습니다.

저는 어느새 열네 살이 되었는데, 사람이 영혼의 순수함을 잃으면서 지력을 얻는다는 것은 불행한 일이지요. 저는 노파가 없는 동안 새와 보석들을 이용하여 책에서 읽은 세상을 찾아내는 것은 오로지 저에게 달려 있다는 것을 알아차렸던 것입니다. 아울러 저는 늘 제 기억 속에 있던 최고로 멋진 기사를 만나는 일도 가능하리라는 생각이 들었습니다.

처음에는 이런 생각이 다른 모든 생각들과 별로 다르지 않지만 제가 물레바퀴 옆에 앉아 있을 때면 그 생각은 본의 아니게 자꾸만 되풀이되었습니다. 저는 그 생각 속에 빠져 곧장 화려하게 치장한 저 자신을 보고 기사들과 왕자들이 저를 에워싸고 있는 것을 보았습니다. 제가 그렇게 제정신을 잃고 있다가 다시 고개를 들어 올려다보고 조그만 집안에 있는 저를 발견할 때면 저는 정말로 서글퍼졌지요. 더욱이 제가 일을 할 때면 노파는 더 이상 제 존재에 관심을 두지 않았어요.

어느 날 주인 할머니는 다시 집을 나섰고, 이번에는 여느 때보다 더 오랫동안 나가 있을 것이라면서 제게 세심하게 주의를 기울여 모든 것을 잘 돌보고 지루하게 지내지 말라고 말했지요. 저는 왠지 불안한 마음으로 그녀와 작별했는데, 다시는 그녀를 보지 못할 것 같은 생각이 들었기 때문이었어요. 저는 오랫동안 그녀의 뒤를 바라보았으며, 제가 어째서 그렇게 불안해하는지 스스로도 알 수 없었습니다. 분명하게 의식하지는 못해도 제 계획은 이미 제 앞에 놓여 있는 것 같았습니다.

저는 개와 새를 그토록 쉬지 않고 잘 돌본 적은 없었으며, 그들은 여느 때보다 내게 친밀하게 가까이 있었습니다. 노파가 떠난 지 며칠이 지났을 때 저는 새를 데리고 오두막을 떠나 앞서 말한 그 세계를 찾으려는 계획을 품고 잠자리에서 일어났지요. 저는 답답하고 고통스런 느낌이 들었고, 다시 집에 머물고 싶었지만 반대로 그런 마음에 반발이 일기도 했습니다. 그것은 제 영혼 속의 기이한 싸움이었으며, 제 마음속에 있는 두 개의 적대적인 정신의 싸움과 같은 것이었지요. 한 순간에는 평온한 고요함이 무척 멋지게 여겨지다가 다시 온갖 놀랄 만한 다채로움이 있는 새로운 세계에 대한 상념이 저를 매혹시켰지요.

저는 어떻게 결정해야 할지 알 수 없었어요. 개는 끊임없이 제게 뛰어올랐고, 햇살은 활기차게 들판 위에 펼쳐졌고, 녹색의 자작나무들은 반짝였습니다. 저는 무언가 매우 급하게 할 일이 있는 듯한 느낌이 들었고, 그 작은 개를 붙들어 방 안에 매어놓고 나서 새가 든 새장을 팔 밑에 끼었어요. 개는 전에 없는 이상한 취급에 허우적거리고 낑낑거렸고, 애원하는 눈으로 저를 바라보았지만 저는 개를 데리고 가기가 두려웠습니다. 저는 보석들이 담긴 그릇들 중 한 개를 집어 주머니에 넣고 나머지 그릇들은 남겨두었어요.

새는 제가 데리고 대문을 나서자 이상한 방식으로 머리를 돌렸으며, 개는 저를 따라오려고 안간힘을 썼지만 집에 남아 있을 수밖에 없었지요.

저는 거친 바위 쪽으로 가는 길을 피해 그 반대편을 향해 걸어갔어요. 개는 계속 짖고 낑낑거렸는데, 그것이 무척이나 제 마음을 흔들어놓았지요. 새는 몇 차례 노래를 부르려고 했지만 옮겨지고 있어 분명 불편한 느낌이 들었을 거예요.

제가 계속 걸어가는 동안 개 짖는 소리는 점점 약해지다가 마침내 완전히 멎었습니다. 저는 눈물을 흘렸고 하마터면 다시 돌아갈 뻔했어요. 하지만 새로운 어떤 것을 찾으려는 욕구가 저를 앞으로 내몰았어요.

저는 산들을 넘고 몇 개의 숲을 통과하자 저녁이 되어 어느 마을에서 잠을 자야 했습니다. 주막에 들어서자 저는 무척 쑥스러웠고, 방과 침대를 얻어 저를 위협하는 노파에 대한 꿈을 꾼 것 외에는 무척 포근히 잤습니다.

제 여행은 꽤 단조로웠지만 멀리 가면 갈수록 노파와 작은 개에 대한 생각이 저를 불안하게 했어요. 제 도움이 없으면 개는 틀림없이 굶어죽었을 것이라고 생각했고, 숲속에서는 자주 노파가 갑자기 제 앞에 나타날지도 모른다는 생각을 했답니다. 저는 눈물과 한숨 속에 길을 걸어갔고, 제가 쉬면서 새장을 땅바닥에 내려놓을 때마다 새는 기이한 노래를 불렀고, 그럴 때면 저는 떠나온 아름다운 고향의 거처를 아주 생생하게 회상했어요. 저는 이제 인간이 천성적으로 무척이나 망각을 잘 하는 만큼 앞서의 제 어린 시절의 여행은 지금의 여행만큼 비참하지는 않았다고 생각했으며, 다시 그때의 처지가 되고 싶었어요.

저는 몇 개의 보석을 팔았고, 많은 날들을 방랑한 끝에 어느 마을에 도착했답니다. 그 마을에 들어서면서부터 이상한 기분이 들었고, 저는 깜짝 놀랐지만 무엇 때문인지 알 수 없었어요. 그러나 저는 곧 놀란 이유를 알아차렸는데, 그곳은 바로 제가 태어난 마을이었기 때문이지요. 내가 얼마나 놀랐던지! 수많은 기이한 기억들로 인해 기뻐서 얼마나 많은 눈물이 제 뺨으로 흘러내렸던지! 많은 것이 변했으며, 새 집들이 세워져 있었고, 당시에 처음 세워졌던 집들은 지금은 무너져 버렸으며, 불타버린 곳들도 있었지요. 보는 것이 제가 기대했던 것보다 훨씬 작고 답답했어요. 저는 그토록 여러 해 만에 내 부모님을 다시 보게 되기를 한없이 기다렸지요. 저는 그 작은 집과 낯익은 문지방을 발견했으며, 문손잡이는 아직도 옛날과 똑같았고, 마치 제가 바로 어제 거기에 기대고 있었던 듯 여겨졌어요. 제 심장은 격렬하게 고동쳤어요. 저는 문을 급히 열었어요. 그러나 아주 낯선 얼굴들이 방 안에 둘러앉아 저를 노려봤어요. 저는 양치기 마르틴에 대해 물었고, 그들은 그가 3년 전에 부인과 함께 죽었다고 말해주었지요. 저는 재빨리 물러나와 큰 소리로 울면서 마을을 빠져나갔어요.

저는 부모님을 제 부로 놀라게 해주려는 생각을 멋지게 품어왔어요. 제가 어린 시절에 꿈꾸어 온 것이 아주 기이하고 우연한 일로 인해 현실이 되었지만 이제 모든 것이 헛된 일이었어요. 그들은 저와 함께 기뻐할 수 없었으며, 제가 살면서 늘 가장 소망해 온 것이 영원히 사라졌지요.

저는 어느 아늑한 도시에서 정원이 딸린 작은 집 한 채를 얻고 하녀 한 명을 두었어요. 세상은 제가 추측했던 것만큼 멋지게 여겨지지 않았지만 저는 노파와 제 어릴 적 거처를 좀 더 망각하고, 전체적으로 아주 만족스럽게 살았어요.

새는 오래 전부터 더 이상 노래하지 않았지요. 어느 날 밤 새가 갑자기 노래를, 그것도 달라진 노래를 부르기 시작했을 때 저는 적잖이 놀랐어요. 새는 이렇게 노래했지요.

숲의 고요,
그대는 너무도 멀리 있구려!
오 그대 후회하리
언젠가 시간이 흐르면.
아 하나뿐인 기쁨
숲의 고요!

저는 밤새 잠을 이룰 수 없었으며, 모든 것이 새롭게 생각 속으로 파고들었고, 제가 옳지 않은 일을 저질렀다는 것을 전보다 더 강하게 느꼈어요. 제가 잠자리에서 일어났을 때 새의 시선이 몹시 거슬렸어요. 새는 계속 저를 바라보았고, 그것의 존재가 저를 불안하게 했어요. 새는 이제 자신의 노래를 결코 그치지 않았고, 오랫동안 익숙해진 것인 듯 그 노래를 더 크고 우렁차게 불렀답니다. 제가 새를 바라보면 바라볼수록 그것은 저를 더 불안하게 만들었어요. 저는 마침내 새장을 열고 손을 집어넣어 새의 목을 붙잡아 손가락으로 힘껏 눌렀고, 새가 애원하듯 바라보아서 놓아주었지만 그것은 이미 죽어 있었습니다. 저는 그것을 정원에 묻었지요.

이제 제게는 주인 할머니에 대한 두려움이 자주 닥쳐왔고, 저는 스스로의 행동을 되돌아보고 그녀가 언젠가 나를 약탈하거나 심지어 죽일 수도 있을 거라고 믿었어요. 그런데 저는 이미 오래 전부터 제 마음에 쏙 든 한 젊은 기사를 알아왔고 그에게 제 모든 것을 바쳤어요. 발터 씨, 이걸로 제 이야기는 끝이랍니다."

에크베르트가 재빨리 말을 받았다.

"당신이 그 당시 이 여자를 보았어야 했는데. 이 여자의 젊음, 이 여자의 아름다움을. 그리고 홀로 외롭게 자란 것이 이 여자에게 얼마나 큰 매력을 주었는지 모른다오. 내게 이 여자는 기적처럼 여겨졌으며, 나는 이 여자를 온통 한없이 사랑했지요. 나는 재산이 없었지만 이 여자의 사랑에 의해 이 정도로 잘 살게 되었고, 우리는 이곳으로 옮겨왔으며, 지금까지 한 순간도 우리의 결합이 후회스러웠던 적은 없지요."

베르타가 다시 말했다.

"우리가 재잘거리다 보니 벌써 밤이 깊었어요. 우리 이제 잠자리에 들도록 해요."

그녀는 일어나서 자신의 방으로 갔다. 발터는 잘 자라며 그녀의 손에 입맞춤을 하고는 말했다.

"고귀하신 부인, 당신께 감사합니다. 저는 당신이 그 기이한 새와 함께 하고, 그 작은 슈트로미안에게 먹이를 주는 모습을 충분히 상상할 수 있습니다."

발터도 누워서 잤는데, 에크베르트만은 불안스레 거실 안을 이리저리 서성였다. 그는 마침내 이런 생각을 하기 시작했다.

"저 녀석은 바보는 아닐까? 내가 저 녀석을 믿고 아내에게 자신의 얘기를 들려주도록 한 것이 후회되는군! 저 녀석이 아내를 강제로 범하지는 않을까? 저 녀석이 아내의 과거 일에 대해 다른 사람들에게 알리지는 않을까? 인간의 본성이 그러하므로 저 녀석은 우리의 보석들에 그릇된 탐욕을 느껴 계획을 세워 속이지는 않을까?"

그에게는 발터가 그런 친밀한 사이에서라면 아주 자연스러워야 했을 잘 자라는 작별인사를 그다지 진심으로 하지 않았다는 생각이 들었다. 영혼이 의심으로 팽창되면 모든 사소한 일들 속에서도 증거들을 만나게 된다. 에크베르트는 다시 자신의 쾌활한 친구에 대해 치졸한 불신을 내뿜고 거기에서 빠져나올 수 없었다. 그는 밤새도록 그런 상상들로 뒤척이면서 거의 잠을 이루지 못했다.

베르타는 몸이 아파 아침식사에 나타나지 못했다. 발터는 이에 대해 크게 걱정하지 않는 듯했고, 기사 에크베르트와도 아주 태연하게 작별인사를 하고 떠났다. 에크베르트는 발터의 태도를 이해할 수 없었다. 그는 아내에게 갔다. 고열인 아내는 간밤에 한 이야기가 분명 자신을 이런 상태로 만들었을 것이라고 말했다.

그날 밤 이후 발터는 아주 가끔씩만 친구 에크베르트의 성을 방문했고, 찾아와도 몇 마디 사소한 말들을 한 후 곧 돌아갔다. 에크베르트는 그의 이런 태도가 극도로 고통스러웠다. 그는 베르타와 발터에게는 자신의 그런 상태를 알아차리지 못하도록 조심했지만 모두가 그에게서 내면의 불안을 감지할 수밖에 없었다.

베르타의 병은 점점 더 심각해져갔다. 의사는 걱정에 빠졌고, 그녀의 뺨에서는 핏기가 사라졌으며, 눈은 점점 더 이글거렸다. 어느 날 아침 그녀는 남편을 침대 맡으로 부르고, 하녀들은 멀리 내보냈다.

그녀는 이렇게 입을 열었다.

"여보, 저는 당신에게 무언가를 밝혀야만 하겠어요. 그것은 아주 사소한 것으로 여겨질 수도 있지만 제 이성을 거의 빼앗고 건강을 해쳤어요. 당신도 알다시피 저는 어린 시절에 대해 얘기할 때마다 온갖 노력에도 불구하고 그토록 오랫동안 어울려 지낸 그 작은 개의 이름을 생각해낼 수 없었어요. 그날 저녁 발터가 작별을 하면서 돌연 제게 이렇게 말했지요. '저는 당신이 그 작은 슈트로미안에게 먹이를 주는 모습을 충분히 상상할 수 있습니다.' 그게 우연일까요? 그는 그 개 이름을 추측해낸 것일까요? 아니면 알고 있으면서 의도적으로 그 이름을 불렀던 것일까요? 그렇다면 그 남자는 제 운명과 어떤 관계가 있는 걸까요? 이따금 저는 이 기이한 일을 제가 그저 상상하고 있는 것일 뿐인 듯하여 스스로와 갈등을 빚지만 이건 분명한, 너무나 분명한 일이에요. 낯선 남자가 제 기억들로 다가와 저를 돕다니 무시무시한 놀라움이 저를 엄습하는군요. 에크베르트, 당신 생각은 어떤가요?"

에크베르트는 고통스러워하는 아내를 그윽한 감정으로 바라보았다. 그는 침묵하며 혼자서 곰곰이 생각하고는 그녀에게 몇 마디 위로의 말을 하고 그녀 곁을 떠났다. 한 외딴 방 안에서 그는 이루 말할 수 없는 불안 속에 이리저리 서성였다. 발터는 수년 전부터 에크베르트의 유일한 교제상대가 되어왔으나 이제는 그가 존재함으로써 에크베르트를 괴롭히고 고통스럽게 하는 세상에서 유일한 사람이 되었다. 에크베르트에게는 자신의 행로에서 이 유일한 사람이 제거될 수만 있다면 즐겁고 마음이 가벼울 것 같은 생각이 들었다. 그는 기분전환을 하고 사냥을 가기 위해 자신의 석궁을 집어 들었다.

사나운 폭풍이 몰아치는 겨울날이었고, 산 위에는 눈이 높이 쌓이고 나뭇가지들은 아래로 휘어져 있었다. 그는 이리저리 쏘다녔으며, 이마에는 땀이 맺혔고, 어떤 짐승도 맞히지 못하여 불쾌감이 더해갔다. 갑자기 그는 멀리서 무언기기 움직이는 것을 보았다. 그것은 나무들에서 이끼를 채집하던 발터였다. 그는 자신이 무슨 짓을 하는 지도 모른 채 총을 겨누었고, 발터가 둘러보고는 말없는 몸짓으로 저지했지만 그 사이에 총알은 날아갔고, 발터는 쓰러졌다.

에크베르트는 마음이 가벼워지고 안심이 되었지만 두려움이 그를 성으로 돌아가도록 내몰았다. 그는 멀리 떨어진 숲속에 들어가 헤맸기 때문에 먼 길을 걸어가야만 했다. 그가 성에 도착했을 때 베르타는 이미 숨져 있었다. 그녀는 죽기 직전에도 발터와 노파에 대해 많은 얘기를 했다.

에크베르트는 이제 오랫동안 엄청난 외로움 속에서 살았다. 아내의 기이한 이야기가 그를 불안하게 하고, 일어날 수 있을 어떤 불행한 사태에 대해 두려웠기 때문에 그는 그렇지 않아도 늘 우울했는데, 이제는 자기 자신과도 완전히 사이가 나빠져 버렸다. 자신의 친구를 살해한 일이 끊임없이 그의 눈앞에 떠올랐고, 그는 끝없는 내면의 비난 속에서 살았다.

기분 전환을 하려고 그는 이따금 이웃 대도시로 가서 사교모임과 축제들을 찾았다. 그는 누군가 친구를 통해 마음속의 공허를 채울 수 있게 되기를 희망했지만 다시 발터를 떠올릴 때면 친구를 찾겠다는 생각에 대해 깜짝 놀랐다. 자신은 어떤 친구와도 불행해질 것이라는 확신이 들었기 때문이다. 그가 그토록 오랫동안 베르타와 함께 지극히 평온하게 살아왔고, 발터의 우정은 그를 그렇게 여러 해에 걸쳐 행복하게 했는데, 이제 두 사람이 그렇게 갑자기 죽어버렸으므로 그에게는 매 순간마다 자신의 삶이 실제적인 인생행로라기보다는 기이한 동화처럼 여겨졌다.

젊은 기사 후고가 조용하고 침울한 에크베르트와 친하게 되어 진정으로 에크베르트에게 호감을 느끼는 듯했다. 에크베르트는 참으로 알 수 없는 놀라움을 느꼈는데, 자신이 그 기사의 우정을 기대하지 않을수록 그것을 더 빨리 맞이했던 것이다. 두 사람은 이제 자주 함께 지냈으며, 낯선 기사는 에크베르트에게 가능한 온갖 호감 가는 것들을 나타내보였고, 서로가 상대 없이는 말을 타고 외출을 하지 않을 정도였다. 그들은 모든 사교 모임에서 함께 만났고, 간단히 말해 그들은 서로 떨어질 수 없는 듯이 보였다.

에크베르트가 즐거운 것은 언제나 찰나에 불과했다. 그는 후고가 분명 자신을 잘못 알고 좋아하고 있다고 여겼기 때문이다. 후고는 그를 알지 못했고, 그의 사연을 알 수 없었으며, 그래서 에크베르트는 후고가 진정으로 자신의 친구인지를 확인하기 위해 그에게 모든 것을 털어놓고 싶은 충동을 다시 느꼈다. 그러자 다시 망설임과 친구가 그를 싫어하게 될 것 같은 두려움이 그를 제지했다. 많은 시간

동안 그는 자신의 비열함을 분명히 확신하고는 자신을 조금이라도 아는 사람이라면 아무도 자신을 존중할 수 없으리라 믿었다. 그런데도 그는 거역할 수 없었다. 어느 날 조용히 말을 타고 산책하면서 그는 친구에게 자신의 모든 사연을 털어놓고는 살인자를 좋아할 수 있느냐고 물었다. 후고는 감동하여 에크베르트를 위로하려 했고, 에크베르트는 가벼워진 마음으로 그를 따라 도시로 갔다.

그러나 믿음의 그 순간에 의심을 일으키는 것은 에크베르트에게 내려진 영겁의 벌인 듯했다. 그들이 막 홀에 들어섰을 때 에크베르트는 많은 불빛을 받은 친구의 표정이 마음에 들지 않았기 때문이다. 에크베르트는 친구가 음흉한 미소를 짓고 있다고 믿었다. 친구가 자신과는 별로 얘기를 하지 않고, 다른 사람들과 많은 얘기를 나누면서도 자신에게는 전혀 관심을 쓰지 않는 듯한 생각이 들었다. 모인 사람들 중에는 한 늙은 기사가 있었는데, 그는 늘 에크베르트의 적수임을 내보이며 자주 에크베르트의 재산과 부인에 대해 이상한 식으로 묻곤 했었다. 후고는 그 사람과 어울렸으며, 두 사람은 에크베르트 쪽을 가리키면서 한동안 은밀히 얘기를 나누었다. 에크베르트는 이제 자신의 의심이 확인되었다고 여겼고, 배반당했다고 믿었으며, 무시무시한 분노에 사로잡혔다. 에크베르트는 계속 그쪽을 응시하는 동안 돌연 발터의 얼굴을 보았다. 발터의 모든 표정들과 그토록 눈에 익은 그의 전체 모습을 보게 되었으며, 계속 바라보니 그 늙은 기사와 얘기하는 사람은 다름 아닌 발터라는 확신이 들었다. 그의 놀람은 이루 말할 수 없었고, 그는 정신 없이 밖으로 뛰쳐나와 밤중에 그 도시를 떠나 몹시 길을 헤맨 끝에 자신의 성으로 돌아왔다.

불안한 유령처럼 그는 이 방에서 저 방으로 뛰어다녔고, 어떤 생각도 차분히 할 수 없었다. 끔찍한 상상들로부터 더 끔찍한 상상들을 하게 되었고, 뜬눈으로 잠을 이루지 못했다. 그는 자주 자신의 정신이 이상해져 모든 것이 환상에서 비롯된 것이라고 생각했다. 그리고 나서 다시 발터의 모습들을 회상했고, 모든 것은 점점 더 수수께끼 같이 여겨졌다.

그는 길을 정하지도 않은 채 집을 떠났고, 자신의 앞에 놓인 지역들이 어디인지 관심 있게 보지도 않았다. 그는 며칠 동안 최고의 속력으로 말을 달린 끝에 갑자기 바위들이 뒤얽힌 곳에서 길을 잃었는데, 어디에도 출구라고는 보이지 않았다. 마침내 그는 어떤 농부를 만났는데, 그가 폭포 옆으로 난 좁은 길을 가리켜주었다. 에크베르트는 농부에게 감사의 뜻으로 동전 몇 닢을 주려고 했지만 농부는 그것을 받지 않았다. 에크베르트는 혼잣말을 했다.

"이게 웬일이야. 저 사람이 다름 아닌 발터라는 상상이 다시 떠오르다니."

그리고 그가 다시 한 번 주위를 둘러보는 동안 그 사람은 다름 아닌 발터였다. 에크베르트는 말에 박차를 가해 달릴 수 있는 한 최대한 빨리 초원과 숲들을 지나 달렸고, 결국 말은 지쳐서 쓰러졌다. 그는 이에 개의치 않고 걸어서 계속 길을 갔다.

그는 꿈속에 잠겨 어떤 언덕을 올랐는데, 가까이에서 개가 활기차게 짖는 소리가 들리는 듯했고, 그 소리 사이로 자작나무들이 살랑거리는 소리가 들렸으며, 기이한 목소리가 다음과 같은 노래를 부르는 소리가 들렸다.

숲의 고요가
다시 나를 기쁘게 하고,
내게는 어떤 고통도 일지 않고,
이곳에는 어떤 시기도 없으며,
다시금 나를 기쁘게 하는
숲의 고요.

이제 에크베르트는 의식과 감각을 잃었다. 그는 자신이 지금 꿈을 꾸고 있는 건지 아니면 오래 전부터 아내 베르타에 대해 꿈꿔온 건지 수수께끼로부터 빠져나올 수가 없었다. 지극히 기이한 것이 지극히 일상적인 것과 뒤섞였고, 자신을 둘러싼 세계에 홀려 그는 어떤 생각도, 어떤 기억도 제대로 해낼 수 없었다.

등이 굽은 한 노파가 기침을 하며 지팡이를 짚고 언덕을 기어올라 왔다.

"그대는 내 새를 가져왔는가? 내 진주들은? 내 개는?"

그녀는 에크베르트에게 이렇게 외쳤다.

"이보게, 그릇된 짓은 벌을 받는 거라네. 그대의 친구 발터, 또한 그대의 친구 후고는 다름 아닌 바로 나였네."

"이럴 수가!"

에크베르트는 조용히 혼잣말을 했다.

"그렇다면 나는 얼마나 소름끼치는 고요 속에서 살아왔단 말인가!"

"그리고 베르타는 그대의 누이동생이었네."

에크베르트는 땅바닥에 주저앉았다.

"베르타는 어째서 그렇게 악의적으로 내 곁을 떠났는지? 그렇지 않았다면 그 애의 시험 기간도 이미 끝났으니 모든 게 멋지게 잘 마무리되었을 텐데. 그 애는 어느 기사의 딸, 바로 그대 아버지의 딸이었는데, 그는 그 애를 어느 양치기에게 맡겨 키웠다네."

"나는 왜 늘 이 끔찍한 생각을 어렴풋이 품고 살아왔을까요?"

에크베르트가 외쳤다.

"그것은 그대가 어렸을 적 언젠가 아버지로부터 그 얘기를 들었기 때문이지. 그대의 아버지는 부인 때문에 딸을 자기 집에서 교육시킬 수 없었다네. 딸이 다른 여자에게서 태어난 아이였기 때문이라네."

에크베르트는 미치광이 상태가 되어 저주를 퍼부으면서 땅에 드러누웠다. 그는 노파가 흐릿하게 횡설수설 얘기하는 소리를 들었고, 개가 짖고 새가 반복하여 노래 부르는 소리가 들렸다.

금발의 에크베르트

착한 카스페를과 어여쁜 안네를의 이야기

클레멘스 브렌타노

이른 여름이었고, 며칠 전부터 거리를 따라 울리던 밤꾀꼬리의 노랫소리가, 멀리서 뇌우를 몰아온 서늘한 오늘밤에는 뚝 그쳤다. 야경꾼이 11시를 알렸다. 나는 집으로 돌아가면서 어느 커다란 건물의 문 앞에서 맥주집에서 나온 여러 부류의 사람들이 떼를 지어 계단 위에 앉아 있는 누군가를 둘러싸고 있는 것을 보았다. 그들의 관심이 너무 열렬한 것 같아 나는 무슨 불행한 일이라도 생긴 것인지 걱정하며 다가갔다.

어느 늙은 농부아낙이 계단 위에 앉아 있었는데, 사람들이 그녀에 대해 열렬하게 걱정해주는데도 그녀는 그들의 호기심 어린 질문과 호의적인 제안에 그다지 구애받지 않는 듯 보였다. 그 늙은 부인은 무언가 매우 유별나고 흡사 위대한 어떤 것을 지니고 있어, 자신이 무엇을 할 것인지 매우 잘 알고 있는 듯했다. 사람들 한가운데인데도 마치 자신의 방안에 오직 홀로 앉아 있는 듯 넓은 하늘 아래 편안히 밤잠을 자려 했다. 그녀는 앞치마를 외투 삼아 두르고 있었고, 방수포로 된 커다란 검은 모자를 눈까지 깊게 눌러쓰고 있었으며, 보따리를 머리 밑에 가지런히 정돈해 놓고는 어떤 질문에도 대답하지 않았다.

"이 늙은 부인에게 무슨 일이 있는 겁니까?"

나는 거기에 있는 이들 중 한 사람에게 물었다. 그러자 사방에서 대답이 나왔다.

"그녀는 시골에서 6마일이나 걸어왔는데, 더 이상 갈 수 없답니다. 그녀는 이 도시를 잘 모르고, 도시 다른 쪽 끝에 친척이 살고 있는데 찾아갈 수가 없답니다."

누군가가 말했다.

"내가 그녀를 데려다주려 했지만 먼 길이고, 나는 내 집 열쇠를 갖고 있지 않아요. 또한 그녀는 어디로 가야 집을 찾을 수 있을지 모르고 있어요."

새로이 끼어든 사람이 말했다.

"하지만 이 부인은 여기서 머물러 있을 수는 없어요."

그러자 첫 번째 사람이 말했다.

"하지만 그녀는 막무가내입니다. 내가 그녀를 집에 데려다주겠다고 오랫동안 말했는데도 횡설수설하고만 있으니 술에 취한 게 틀림없습니다."

앞서의 사람이 반복하여 말했다.

"그녀는 분명 정신이 박약해요. 하지만 그녀는 어찌됐든 여기에 머물 수는 없지요. 밤은 춥고 기니까요."

이 모든 얘기들이 오가는 동안 노파는 마치 귀먹고 눈먼 것처럼 아무런 방해도 받지 않고 잠잘 준비를 마쳤으며, 맨 나중에 말한 사람이 다시 한 번 "그녀는 여기에서 머물 수는 없어요"라고 말하자 그녀는 놀랄 만큼 깊숙하고 진지한 목소리로 이렇게 말했다.

"내가 왜 여기에 머물러서는 안 된다는 거요? 여기는 공작님의 집이 아니오? 나는 여든여덟 살이고, 공작님은 틀림없이 나를 문턱에서 내쫓지는 않으실 거요. 아들 셋이 공작님 밑에서 일하다 죽었고, 내 하나밖에 없는 손자도 작별을 했소. 하느님께서는 분명 그 애의 일을 용서해주실 것이며, 나는 그 애가 명예로운 무덤에 묻힐 때까지 죽지 않을 거요."

둘러서 있던 사람들이 말했다.

"여든여덟 살에 6마일이나 달려오다니! 그녀는 지쳐있고 노망이 들었어요. 저 나이에는 사람이 약해지지요."

"할머니, 여기에 계시면 감기 걸리고 심한 병이 날 수 있고, 지루해지기도 할 거예요."

무리 중 한 사람이 이렇게 말하고 그녀에게 몸을 숙였다.

그러자 노파는 다시 낮은 목소리로 반은 부탁조, 반은 명령조로 말했다.

"오 나를 쉬게 내버려두고 엉뚱하게 굴지 말아요. 나는 감기 같은 건 필요 없고, 지루함도 필요 없소. 벌써 시간이 늦었소. 나는 여든여덟 살이고, 곧 아침이 밝아오면 나는 내 친척들에게 갈 거요. 인간이 경건하게 운명을 지니고 기도를 드릴 수 있다면 어려운 몇 시간쯤이야 잘 넘길 수 있지요."

사람들은 점차 사라졌고, 아직 거기에 서 있던 마지막 사람도 서둘러 떠났다. 야경꾼이 거리를 따라 왔고, 사람들은 그에게 집으로 들어가는 문을 열어달라고 할 참이었기 때문이다. (이 작품이 쓰인 1800년대 초만 해도 유럽에서는 사람들이 성곽 안에서 마을을 형성하여 산 경우가 많았기에 성문이나 주거단지의 문을 관리하는 야경꾼이 있었다) 그래서 나는 홀로 남아 있게 되었다. 거리는 더 조용해졌다. 나는 곰곰이 생각하면서 내 앞에 있는 넓은 광장의 나무들 밑을 이리저리 거닐었다. 그 농부아낙의 존재, 그녀의 확실하고 분명한 음성, 계절이 여든여덟 번 되돌아오는 것을 보아 왔으며, 마치 예배당의 앞방처럼 밖에 여겨지지 않는 삶에 있어서의 확고부동함이 나를 여러 모로 감동시켰다.

"내 가슴속의 온갖 고통, 온갖 욕망들은 무엇이란 말인가? 별들은 끝없이 아무 걱정 없이 제 길을 가는데……. 나는 무엇 때문에 활력과 기쁨을 찾으며, 누구에게서 누구를 위해 그것들을 찾는가? 내가 여기서 찾고 사랑하고 얻는 모든 것이 나로 하여금 이 선하고 경건한 할머니의 영혼처럼 아침이 올 때까지 집 문턱 위에서 밤을 보내고 나서 그녀처럼 친구를 찾아갈 수 있게 할 것인가? 아, 나는 도시에 닿지도 못할 것이며, 도중에 지쳐서 문 앞 모래밭에 주저앉아 아마도 강도들의 손에 떨어지게 될 것이다."

이렇게 나는 스스로에게 말했고, 보리수 길을 지나 다시 노파에게 가까이 접근하자 그녀가 머리를 숙이고 나지막하게 기도하는 소리가 들렸다. 나는 놀랄 만큼 감동하여 그녀에게 다가가서 말했다.

"경건하신 할머니, 제발 저를 위해서도 조금만 기도해주세요!"

이렇게 말하면서 나는 1탈러를 그녀의 앞치마 속에 던져 넣었다.

이에 노파는 아주 조용히 말했다.

"사랑하는 주여, 제 기도를 들어주셔서 정말로 고맙습니다."

나는 그녀가 나와 얘기하는 걸로 믿고 말했다.

"할머니, 저에게 무언가 부탁하실 것 있으세요? 저는 잘 모르겠는데요."

그러자 노파는 깜짝 놀라 몸을 일으키고는 말했다.

"사랑하는 젊은이, 집에 가서 조용히 기도하고 누워 자게. 무엇 때문에 이렇게 밤늦게 거리를 배회하는가? 그건 젊은 사람들에게 아무 도움도 안 된다네. 악마가 돌아다니면서 어디서 한 놈을 낚아챌 것인지 찾고 있기 때문이라네. 많은 사람들이 그렇게 밤에 돌아다니다가 타락했지. 자네는 누구를 찾고 있나? 수님? 수님은 인간의 마음속에 점잖게 살아 계시지 거리에 계시지 않는다네. 하지만 그대가 악마를 찾는다면 그대는 이미 그것을 갖게 된 거라네. 빨리 집에 가서 악마에게서 풀려나도록 기도하시게. 잘 자게!"

이 말을 하고 나서 그녀는 아주 조용히 다른 쪽으로 몸을 돌려 탈러를 자신의 여행가방에 집어넣었다. 노파가 하는 모든 행동이 내게 독특하며 진지한 인상을 주었다. 나는 그녀에게 말했다.

"사랑하는 할머니, 할머니의 말이 옳아요. 하지만 저를 여기에 있도록 한 것은 바로 할머니예요. 저는 할머니가 기도하는 소리를 듣고 기도하면서 저도 생각해 달라고 할머니께 말하려 했지요."

노파는 말했다.

"그건 이미 이루어졌지. 나는 보리수 길을 거니는 자네를 보았을 때 하느님께 자네에게 좋은 생각들을 내려달라고 기도 드렸다네. 이제 자네는 그것들을 갖게 되었으니 어서 가서 잠이나 자게!"

그러나 나는 그녀에게로 다가가 계단에 앉아 그녀의 깡마른 손을 붙들고 말했다.

"저를 밤새도록 여기 할머니 곁에 앉아 있게 해주시고, 할머니가 어디서 오셨고, 여기 이 도시에서 무엇을 찾으시는지 제게 이야기해주세요. 할머니는 여기서 아무런 도움 받을 일도 없으니 할머니 연배에서는 인간보다는 신에게 더 가까운가 봐요. 할머니께서 어렸을 적 이후로 세상은 변했지요."

노파가 대답했다.

"내가 모르고 있었다는 걸 나는 내 일생 동안 한결같이 깨달아왔네. 자네는 너무 젊어서 모든 것에 대해 놀라워하지. 내게는 모든 것이 자주 반복되어 나타나 나는 그저 기뻐하며 그것을 바라본다네. 하느님이 그토록 정직하게 그렇게 되도록 의도하셨기 때문이지. 하지만 당장 필요치 않다고 하여 선의를 거절해서는 안 되지. 그랬다간 언젠가 정말로 꼭 필요해서 값지게 맞아야 될 때, 사랑하는 친구에게 외면을 당하기 십상이지. 그러니 자네는 계속 앉아 있으면서 내게 무엇을 도울 수 있을지 찾아보게. 나는 그대에게 무엇이 나를 먼 길을 달려 이 도시로 오게 했는지 이야기해주겠네. 나는 다시 이곳에 오리라고는 생각지도 못했지. 내가 지금 문턱에 앉아 있는 여기 이 집에서 하녀로 일했던 것이 70년 전인데, 그 후로 나는 이 도시에 와보지 않았다네. 시간이 어찌나 빨리 흐르는지! 그것은 마치 손바닥 뒤집듯 빠르지. 70년 전에 나는 저녁이면 여기에 앉아 위병근무를 하던 내 애인을 얼마나 자주 기다렸던지! 여기서 우리는 장래를 약속하기도 했다네. 그가 여기서 …… 잠깐 조용히, 저기 순찰대가 오고 있군."

그녀는 고른 목소리로 마치 젊은 하녀들과 하인들이 아름다운 달밤에 노래하듯 문 앞에서 노래를 부르기 시작했다. 나는 진심으로 즐거운 마음으로 그녀에게서 다음과 같은 아름다운 옛 노래를 들었다.

최후심판의 날이 오면,
별들은 땅에 떨어지리.
그대 죽은 자들, 그대 죽은 자들 소생하여,
최후심판 앞에 나설지어다.
그대들은 선두에 나설 것이며,
거기에는 사랑스런 천사들이 앉으리라.
그때는 사랑하는 하느님이
아름다운 무지개를 타고 오시리.
그때는 언젠가 우리의 주 예수를 가두었던
사악한 유대인들은 가버리리.
높은 나무들은 더없이 밝게 빛나고,
단단한 놀늘은 더없이 잘게 부서지리.
이 기도를 올릴 수 있는 자는
그 날 한 번만 기도하면
영혼이 하느님 앞에 서리라.
우리가 하늘나라로 들어갈 때!
아멘.

순찰대가 더 가까이 오자 노파는 감동을 받았다. 그녀는 말했다.

"아하, 오늘이 5월 16일이군. 저들이 다른 모자를 쓰고, 머리를 따지 않았을 뿐 모든 게 바로 그때와 똑같구려. 마음만 착하다면 아무렴 어떤가!"

순찰대의 장교가 우리 옆에 서서 늦은 시간에 여기서 무얼 하려고 하는지 막 물으려 했을 때 나는 그가 내가 아는 사관인 그로싱어 백작임을 알아차렸다. 나는 그에게 간단하게 전체적인 사정을 얘기했고, 그는 감동 어린 태도로 말했다.

"여기 1탈러와 장미꽃 한 송이를 노파에게 가져다주시오." …… 그는 장미꽃을 손에 들고 있었는데 …… "그런 늙은 농부들은 꽃을 좋아하지요. 노파에게 내일 아침 펜으로 적을 수 있도록 그 노랫말을 말해달라고 하여 내게 가져다주시오. 나는 오랫동안 그 노래를 얻으려고 노력해왔지만 결코 전체를 얻을 수는 없었소."

이러면서 우리는 헤어졌는데, 인근에 있는 중앙초소의 초병이 "거기 누구요?"라고 외쳤기 때문이다. 나는 광장을 건너 그를 따라 그곳까지 갔다. 그는 나에게 자신이 성에서 보초를 서므로 그곳으로 찾아오면 된다고도 말했다. 나는 노파에게 돌아가서 그녀에게 장미꽃과 1탈러를 주었다.

그녀는 감동한 듯 장미꽃을 재빨리 받아 자신의 모자에 매달고는 좀 더 부드러운 목소리로 거의 울먹이면서 이렇게 말했다.

내 모자 위에 장미꽃,
내가 돈이 많은들 이렇게 좋을까,
장미꽃 내 사랑스런 것.

내가 그녀에게 "아, 할머니, 이제 아주 쾌활해지셨네요"라고 말하자 그녀는 대답했다.

쾌활하고, 쾌활하고,

언제나 울긋불긋하고,

언제나 둥글둥글하고,

위에는 그가 서 있고,

이제 산 밑이고,

이건 기적이 아니네!

"이봐, 사랑하는 젊은이, 내가 여기에 앉아 있었던 게 잘 된 일이 아니었나? 모든 게 똑같구려. 내 말 좀 믿게. 오늘로 70년이 되었는데, 그때 나는 여기 이 문 앞에 앉아 있었지, 날쌘 하녀였던 나는 온갖 노래들을 즐겨 불렀지. 그 당시에도 나는 오늘처럼 최후의 심판에 대한 노래를 불렀는데, 그때 순찰대가 지나갔고, 한 근위병이 내게 지나가면서 장미꽃 한 송이를 무릎 위에 던져주었으며 …… 그 꽃잎들을 나는 아직도 내 성경책 속에 끼워두고 있는데 …… 그것이 죽은 내 남편과의 첫 만남이었지. 다음날 아침 나는 교회에서 그 장미꽃을 앞에 꽂고 있었고, 거기서 그는 나를 발견했으며, 일은 곧 잘 되어갔지. 그래서 오늘 내가 다시 장미꽃을 받은 것이 나를 이토록 기쁘게 하는 거라네. 이건 내가 그에게 가게 될 거라는 징조이고, 나는 그렇게 되기를 진정으로 고대하고 있네. 내게서는 네 아들과 딸 하나가 세상을 떴고, 그저께는 내 손자가 작별을 했고 …… 하느님께서 그 애를 도와주시고 불쌍히 여기시기를! …… 내일은 또 다른 착한 영혼이 나를 떠난다네. 그런데 내일이라니, 벌써 자정이 지나지 않았나?"

"12시가 지났어요."

나는 그녀의 말에 놀라워하며 대답했다.

"하느님께서 그 여자애에게 아직 남은 네 시간 동안 위안과 안식을 주시길!"

노파는 두 손을 모으면서 이렇게 말하고 조용해졌다. 나는 말을 할 수 없었는데, 그 만큼 그녀의 말과 존재 전체가 나를 감동시켰던 것이다. 그러나 그녀가 전혀 말이 없이 앉아 있고 장교가 준 돈이 아직도 그녀의 앞치마에 놓여 있어 나는 그녀에게 말했다.

"할머니, 그 돈 집어넣으세요. 잃어버리겠어요."

그러자 노파가 대답했다.

"우리는 그것을 버려서는 안 되고, 그것은 마지막 고난에 처한 내 친척 여자 애에게 주어야 해! 1탈러는 내일 집으로 가지고 가겠네. 그건 내 손자에게 줄 건데, 그 애는 그걸 즐거워할 거야. 그래, 그 애는 언제나 훌륭한 청년이었고 육체와 영혼에 무언가를 지니고 있었지. …… 아 하느님, 그 애의 영혼에! …… 나는 오면서 줄곧 기도를 했는데, 그럴 수는 없을 거고, 사랑하는 주님은 틀림없이 그 애를 파멸시키지는 않을 걸세. 그 애는 학교에서 모든 젊은이들 중 언제나 가장 순수하고 가장 부지런한 아이였고, 무엇보다도 명예에 관해서는 놀랄 만큼 철저했었지. 그의 중대장도 늘 '우리 기병중대가 명예를 지니고 있다면, 그것은 참모부의 핑켈에게 있는 것이다'라고 말했다네. 그 애는 창기병에 소속되어 있었지. 그 애가 처음으로 프랑스에서 돌아왔을 때 여러 가지 멋진 이야기들을 해주었는데, 그럴 때면 언제나 얘기는 명예에 관한 것이었다네. 그 애의 아비와 배다른 형은 국민군에 있었고 자주 그 애와 명예 때문에 다투었지. 그 애가 너무 많이 가진 것을 그들은 충분히 가지고 있지 않았기 때문이야. 하느님께서 내 무거운 죄를 용서해 주시길. 나는 그들에 대해 나쁘게 말하지 말아야지. 모두가 각자의 짐 보따리를 메고 가는 거니까. 하지만 내 죽은 딸, 즉 그 애의 어미는 게으름뱅이 곁에서 죽도록 일만 했는데, 그의 빚을 모두 갚을 만큼 벌이를 하지 못했지. 창기병이 프랑스 사람들에 대해 이야기했는데, 아비와 배다른 형이 그들을 깡그리 비방하려고 들자 창기병은 이렇게 말했지. '아버지, 잘못 이해하고 계시는데, 그들은 몸속에 명예를 많이 지니고 있어요!' 그러자 배다른 형이 말했지. '네가 어떻게 아버지 앞에서 명예에 대해 그렇게 장황하게 지껄여댈 수 있지? 아버지는 N연대에서 하사관이셨고 단지 졸병일 뿐인 너보다 그것에 대해 더 잘 알고 계셔!' 그러자 늙은 핑켈 역시 화가 나서 말했지. '맞아, 나는 그랬었고 많은 건방진 녀석들에게 스물다섯 대씩 매질을 했지. 내 중대에 프랑스놈들만 있었더라면 그놈들은 그녀들의 명예를 가지고 그 매맛을 더 잘 느꼈을 텐데!' 이 말이 창기병을 가슴 아프게 했고, 창기병은 말했지. '저는 한 프랑스 하사관에 대한 얘기 한 토막을 해야겠어요. 그게 제 맘에 더 들어요. 전 왕의 통치 아래 갑자기 프랑스 군대에 구타가 도입되었다고 해요. 국방장관의 명령이 스트라스부르의 한 거창한 열병식에서 선포되었는데, 부대원들은 행렬을 맞춰 말없이 분노하며 그 선포를 들었어요. 그런데 열병식의 마지막에 한 졸병이 망나니짓을 해 하사관이 그에게 구타 열두 대를 가하도록 명령을 받았지요. 그 명령은 엄하게 내려져 그는 그것을 이행해야만 했어요. 그러나 그는 구타를 마치자 자신이 때린 그 사람의 총을 빼앗아 자기 앞 땅에 세워놓고 발로 방아쇠를 당겼고 총알이 그의 머리를 뚫고 지나가 쓰러져 죽었지요. 그 일은 왕에게 보고 되었고, 구타를 하라는 명령은 즉시 철회되었지요. 보세요, 아버지, 그는 바로 몸속에 명예를 지닌 사람이었어요!' 그 애의 형은 '그놈 바보였구나'라고 말했지. 아버지는 '배고프면 네 명예나 처먹어!'라고 투덜거렸어. 그래서 내 손자는 자신의 칼을 들고 집을 나와 내 작은 집으로 와서 내게 모든 걸 이야기하며 쓰디쓴 눈물을 흘렸지. 나는 그 애를 도울 수 없었어. 나는 그 애가 내게 해 준 이야기를 깡그리 묵살할 수는 없었지만 마지막에 이렇게 말해 주었지. '하느님만이 명예를 내려주시리라!' 나는 그 애에게 잘 가라는 인사를 했는데, 그 애의 휴가가 다음날 끝나므로 그 애는 말을 타고 1마일을 돌아 내 대녀代女가 귀족의 저택에서 일하고 있는 곳으로 가고자 했기 때문이지. 그 애는 그녀를 무척 소중히 여겼고, 언젠가 그녀와 가정을 이룰 생각이었지. 하느님께서 내 기도를 들어주신다면 그들은 곧 만나게 될 거야. 그 애는 이미 작별을 했고, 내 대녀는 오늘 그 애를 맞이할 것인데, 나는 혼수 또한 마련해 두고 있으며, 결혼식에는 나밖에는 아무도 참석할 수 없다네."

　노파는 다시 조용해졌고 기도를 올리는 것 같았다. 나는 명예를 놓고 여러 가지 생각에 빠졌고, 예수는 그 하사관의 죽음을 좋게 여길지 어쩔지 생각했다. 나는 언젠가 누군가가 그 점에 대해 충분한 답변을 해줄 것을 바랐다.

　야경꾼이 새벽 1시를 알렸을 때 노파는 말했다.

　"이제 내게는 두 시간이 남아 있네. 아니, 자네는 왜 잠자러 가지 않고 아직도 그대로 있는 건가? 자네는 내일 일을 못 해 주인과 불화를 빚겠군. 젊은이는 도대체 무슨 일을 하고 있나?"

　그때 나는 내가 작가라는 것을 그녀에게 어떻게 하면 확실하게 알려줄 수 있을지 알지 못했다. 학자라고 거짓말을 할 수는 없었다. 이상하게도 독일인은 늘 자신이 작가라고 말하는 것을 조금 부끄러워한다. 특히 하층계급 출신의 사람들에게 그 말을 하는 것을 가장 꺼려하는데, 그럴 경우 그 사람들은 곧잘 성경에 나오는 유대인 율법학자들과 바리새인들을 떠올리기 때문이다. 작가라는 명칭은 우리에게서는 프랑스인들의 '글 쓰는 자Homme de lettres'처럼 그렇게 보편화되어 있지 않다. 프랑스인들의 경우 대부분 작가들로 조합이 이루어져 있고 작업상 좀 더 전통적인 규칙이 있으며, 사람들은 "당신은 당신의 철학을 어디서 만들었소?"라고까지 묻는데, 마치 프랑스인은 그 자체가 다분히 만들어진 사람의 기질을 지니고 있는 듯하다. 그러나 성문 옆에서 자신의 특기를 질문 받을 때 작가라는 말을 입에 올리기 힘들어하는 이 비독일적인 관습뿐만 아니라 분명한 내적 수치심 또한 우리를 주저하게 만든다. 그것은 자유로운 정신적 재산으로, 즉 하늘이 내려준 직접적인 선물(재능)을 가지고, 돈벌이를 한다는 것으로 누구에게나 생기는 감정이다. 학자들은 작가들보다는 덜 부끄러워해도 되는데, 그들은 보통 수업료를 들였으며, 대부분 국가의 관공서들에서 일하고, 거친 통나무를 쪼개거나 거센 물이 많이 뿜어져 나오는 갱도에서 일하기 때문이다. 그러나 이른바 작가는 이 점에 있어 가장 취약한데, 그는 수시로 학교 울타리를 벗어나 파르나소스 산으로 도망쳤기 때문이다. 특히 부업이 아닌 직업인 작가에 있어서는 정말로 의심을 살 만하다. 사람들은 그에게 아주 쉽사리 다음과 같이 말할 수 있다.

"이 양반아, 모든 인간은 뇌, 심장, 위, 이자, 간 따위와 마찬가지로 몸속에 문학성 또한 지니고 있소. 하지만 이 부분들 중 한 가지를 지나치게 많이 먹이고 살찌우게 하여 다른 모든 것들을 능가하게 한다면, 즉 그것을 하나의 벌이의 수단으로 만든다면 다른 모든 사람들 앞에 부끄러워해야 하오. 문학으로 먹고사는 사람은 균형을 상실한 것이고, 아무리 맛이 좋다 하여도 지나치게 큰 거위의 간은 언제나 병든 거위를 전제하는 거요."

자신의 이마에 땀을 흘리면서 빵을 벌지 않는 모든 사람들은 조금은 부끄러워해야 하는데, 아직 완전한 곤경에 처해 본 적이 없는 사람은 자신이 작가라고 말할 경우 부끄러움을 느낀다. 그렇게 나는 이런저런 것들을 생각했고, 노파에게 무어라고 말할 것인지 곰곰이 생각했다. 노파는 내가 머뭇거리는 걸 보고 놀라서 나를 바라보고 말했다.

"내가 무슨 일을 하느냐고 물었는데 왜 말해주지 않나? 떳떳한 일을 하고 있지 않다면 다른 일을 붙잡게. 그게 탄탄하다네. 자네는 나를 뒤쫓는 형리나 첩자는 아니겠지? 자네가 누구이며 무슨 일을 하려고 하는 나와는 상관없으니 사네가 누군지 말해주게! 자네가 낮에 여기에 앉아 있다면 나는 자네를 넘어지지 않기 위해 집 담벼락에 기대고 있는 게으름뱅이라고 믿을 텐데."

그때 아마도 그녀를 이해시키는 다리 역할을 할 수 있을 어휘 하나가 내게 떠올랐다. 나는 말했다.

"사랑하는 할머니, 저는 글 쓰는 사람이에요."

그러자 그녀는 말했다.

"그래, 그런 거라면 바로 말했어야지. 자네는 말하자면 펜으로 살아가는 사람이네. 그러려면 예리한 머리와 빠른 손가락놀림과 착한 마음이 있어야지, 그렇지 않으면 벽에 부딪히지. 자네가 글을 쓴다고? 그렇다면 자네가 공작님께 청원서 한 장을 써줄 수 있겠나? 많은 다른 사람들 손에 머물러 있지 않고 꼭 읽혀지는 청원서 말일세."

나는 말했다.

"할머니, 물론 할머니께 청원서 써드릴 수 있어요. 그것이 재빨리 작성되도록 모든 노력을 다할게요."

그녀는 말했다.

"그래, 그래 준다니 착하기도 하군. 하느님께서 자네에게 보답해주시고, 나보다 더 오래 살게 해주시고, 자네에게 노년에 편안한 마음과 나에게 하신 것처럼 장미꽃과 탈러가 있는 아름다운 밤을 주시고, 자네가 곤경에 처했을 때 청원서를 써줄 친구를 내려주시길. 그럼 사랑하는 친구, 이제 집으로 가서 종이 한 두루마리를 사서 청원서를 쓰게. 나는 여기서 자네를 기다리겠네. 아직 한 시간이 남아 있네. 그런 다음 나는 내 대녀에게로 갈 건데 자네도 함께 가도 되네. 그녀 또한 그 청원서를 보면 기뻐할 걸세. 그녀는 아주 착한 마음을 지니고 있지. 하지만 하느님의 심판은 불가사의한 것이지."

이 말을 한 다음 노파는 다시 조용해졌고, 머리를 숙이고 기도하는 것 같았다. 탈러는 아직도 그녀의 무릎 위에 놓여 있었다. 그녀는 울고 있었다. 나는 말했다.

"사랑하는 할머니, 무슨 일이예요, 무슨 슬픈 일이 있어 그렇게 우시나요?"

"아니, 내가 울면 안 되는 이유라도 있나? 나는 탈러에 대해 울고, 청원서에 대해 울고, 모든 것에 대해 운다네. 하지만 그건 아무 도움도 되지 않아. 이 땅에서는 우리 인간이 울어야 하는 일보다는 모든 것이 훨씬 더 낫고, 쓰디쓴 눈물조차 너무나 달콤하지. 자네 하느님이 모든 것을 얼마나 훌륭하고 놀랍게 창조해내셨는지 저 건너 약국에 있는 금으로 장식된 낙타를 한 번 보게나! 하지만 인간은 그걸 모르네. 저런 낙타가 바늘구멍으로 들어가는 것이 부자가 천국으로 들어가는 것보다 쉽지. 그런데 자네는 왜 아직도 거기에 앉아 있나? 가서 두루마리 종이를 사서 청원서를 써 가지고 오게."

나는 말했다.

"사랑하는 할머니, 할머니께서 제게 무엇을 써넣어야 하는지 말씀해 주시지 않으면 제가 어떻게 청원서를 써드릴 수 있겠어요?"

그녀가 대답했다.

"그걸 자네에게 말해줘야만 하나? 자네에게 모든 걸 얘기해줘야 한다면 글 쓰는 건 기술도 아니고, 자네가 작가라고 말하는 걸 부끄러워하는 것도 놀라운 일이 아니로군. 그럼 내가 할 수 있는 데까지 말해주겠네. 청원서에는 '그대 죽은 자들, 그대 죽은 자들 소생하여 최후의 심판 앞에 나설지어다!'가 울려 퍼질 때 사랑하는 두 사람이 나란히 누워 쉬어야 하며, 그 중 남자는 사지를 온전히 보전할 수 있도록 해부대로 가져가서는 안 된다고 쓰게."

이때 그녀는 다시 비통하게 울기 시작했다.

나는 무거운 고통이 그녀를 괴롭히고 있는데도 그녀는 자신의 세월의 짐을 지고 그저 각각의 순간들 속에서만 고통스럽게 느끼고 있다고 짐작했다. 그녀는 한탄하지 않고 울었으며, 그녀의 말은 언제나 똑같이 조용하고 냉정했다. 나는 그녀에게 다시 한 번 이 도시로 오게 된 이유에 대해 모두 이야기해 달라고 부탁했고, 그녀는 이렇게 말했다.

"내가 자네에게 얘기했던 창기병인 내 손자는 앞서 말한 대로 내 대녀를 무척 사랑했네. 사람들이 매끈한 용모에 따라 어여쁜 안네를이라고 부르는 그녀에게 언제나 명예에 대해 이야기했고, 그녀가 그녀의 명예와 함께 그 애의 명예 또한 지켜야 한다고 늘 얘기해주었지. 그래서 그 소녀는 얼굴과 옷차림에서 명예를 띤 아주 두드러진 어떤 면모를 지녔다네. 그녀는 다른 모든 하녀들보다 더 우아하고 예의발랐지. 그녀의 몸에서는 모든 것이 흐트러짐이 없었는데, 한번은 어느 녀석이 춤을 추면서 그녀를 조금 거칠게 끌어안고 콘트라베이스의 줄받침보다 더 높이 그녀를 들어올려 돌리자 그녀는 내게 와서 이에 대해 비통하게 울고는 그것은 자신의 명예에 어긋나는 일이라고 말했다네. 아, 안네를은 언제나 독특한 소녀였지. 때때로 아무도 보지 않을 때 그녀는 두 손으로 앞치마를 붙잡고 그 안에 불이라도 들어 있는 듯 그것을 몸에서 떼어내고는 곧장 격하게 울기 시작했다네. 하지만 그렇게 하는 것은 근원이 있어. 악마는 쉬지 않으므로 그것이 그녀를 그렇게 하도록 이빨로 물고 끌고 간 거지. 그 아이가 늘 명예 뒤에만 머물러 있지 않고 우리의 사랑하는 하느님께 의지했더라면 온갖 고통 속에서 그 애와 헤어지지 않고, 그녀의 명예 대신 그 애를 위해 수치와 멸시를 견뎌낼 수 있었을 텐데. 주님은 틀림없이 불쌍히 여기시고 일은 뜻대로 되겠지. 아, 그들이 꼭 만나도록 하느님의 뜻이 이루어지길!

　창기병은 다시 프랑스에서 지냈고, 그 애가 오랫동안 편지를 보내지 않아 우리는 그 애가 죽은 것으로 믿고 자주 그 애를 생각하며 울었다네. 그러나 그 애는 심한 부상으로 병원에 입원해 있었던 걸세. 다시 동료들에게 복귀하여 하사관에 임명되자 그 애에게는 2년 전 그 애의 배다른 형이 그 애는 졸병일 뿐이며 아버지는 하사관이라고 내뱉었던 일이 생각났다네. 그러고는 프랑스 하사관에 관한 이야기와 그 애가 작별할 때 안네를에게 명예에 대해 그토록 많이 얘기했던 일이 떠올랐다네. 그래서 그 애는 마음의 안정을 잃고 향수를 느꼈어. 무슨 일이 있느냐고 묻는 기병대장에게 그 애는 이렇게 말했다네. '아, 기병대장님, 무언가가 저를 이빨로 물어뜯어 집으로 끌고 가는 것 같습니다.' 그래서 그들은 그 애에게 말을 타고 귀향하도록 해주었는데, 모든 장교들이 그 애를 신임했기 때문이지. 그 애는 석 달의 휴가를 얻었고, 그 군마를 타고 다시 돌아가도록 되어 있었지. 그 애는 말에게 고통을 주지 않으면서 가능한 한 빨리 달렸는데, 자신에게 맡겨진 말이었기에 그는 그것을 전보다 더 소중히 보호했다네. 어느 날 그 애에게는 집으로 서둘러 가고 싶은 심한 충동이 일었는데, 그 날은 바로 그 애 어미의 기일 전날이었네. 그 애에게는 그 애 어미가 말 앞으로 달려가면서 '카스페를, 내게 명예를 행해다오!'라고 외치는 듯했다네. 아, 나는 이날 그 애 어미의 무덤에 홀로 앉아서 카스페를도 내 곁에 있으면 좋겠다는 생각을 했다네. 나는 물망초꽃으로 화환을 엮어 주저앉은 십자가에 매달고는 주변의 공터를 재보면서 여기는 내가 누울 곳이고, 하느님이 고향에서 그 애의 무덤을 내려주신다면 저기에는 카스페를이 누워야 하고, 그리하여 '그대 죽은 자들, 그대 죽은 자들 소생하여 최후의 심판 앞에 나설지어다!'가 울려 퍼질 때 우리가 모두 함께 있게 되리라는 생각을 했다네. 그러나 카스페를은 오지 않았어. 나는 그 애가 그토록 가까이 와 있어서 충분히 집에 올 수도 있었다는 것을 몰랐다네. 그 애는 서둘러 달려가고픈 충동이 일었는데, 프랑스에서도 자주 이날을 생각하고는 어미의 무덤을 장식하기 위해 아름다운 금잔화로 만든 조그만 화환을 가져왔기 때문이지. 그 애는 또한 안네를에게 줄 화환도 가져왔는데, 그녀가 자신의 명예로운 날까지 그것을 간직하도록 말일세."

여기서 노파는 조용해졌고 고개를 저었다. 그러나 내가 그녀의 마지막 부분의 말인 "그녀가 자신의 명예로운 날까지 그것을 간직하도록"을 반복하자 그녀는 말을 계속했다.

"내가 그것을 간청할 수 있을지 누가 알겠나. 아, 내가 공작님을 깨울 수만 있다면 좋으련만!"

나는 물었다.

"무엇 때문에요? 무슨 일이 있는 거예요, 할머니?"

그러자 그녀는 진지하게 말했다.

"오, 끝이 없다면 일생은 무슨 의미가 있으며, 영원하지 않다면 삶은 무슨 의미가 있으랴!"

그러고 나서 그녀는 자신의 이야기를 계속했다.

"카스페를은 점심 때에는 충분히 우리 마을에 도착할 수도 있었지만 아침에 여관 주인이 마구간에서 그 애의 말이 지쳐있다고 주의시키며 이렇게 말했다네. '친구, 이건 기사에게 명예롭지 않은 일이네' 이 말이 카스페를의 심금을 울렸지. 그 애는 안장을 비워서 가볍게 하여 얹고, 말의 상처를 치료하기 위해 전력을 다했으며, 고삐를 잡고 말을 끌면서 걸어서 길을 떠났다네. 그래서 그 애는 저녁 늦게 우리 마을에서 1마일 떨어진 방앗간까지 왔네. 그 애 아비의 오랜 친구인 방앗간 주인은 그 애를 잘 알고 있었고 외지에서 온 아주 귀한 손님처럼 그 애를 맞았다네. 카스페를은 자신의 말을 마구간으로 끌고 가서 안장과 배낭을 구석에 내려놓고는 방앗간주인에게 갔다네. 거기서 그 애는 자기 가족들에 대해 물어보고는 나 늙은 할머니는 아직 살아 있고, 그 애 아비와 배다른 형은 건강하며 아주 잘 지내고 있고, 바로 어제 그들이 곡식을 가지고 방앗간에 들렀으며, 그 애 아비는 말과 소 장사를 하여 아주 잘 되고 있고, 이제는 어느 정도 명예를 지키며 더 이상 엉망이 되어 나돌아 다니지 않는다는 소식을 들었다네. 이 소식을 듣고 카스페를은 정말로 기뻐했다네. 그 애가 어여쁜 안네를에 대해 묻자 방앗간주인은 자신은 그녀를 모르지만 로젠호프에서 일했던 게 그녀라면 들은 바로는 그녀는 무언가를 좀 더 배울 수 있고 더 많은 명예가 있다는 이유로 수도에서 고용살이를 하고 있는데, 이 소식은 1년 전 로젠호프에서 일하는 하인에게서 들었다고 말했다네. 이 소식 또한 카스페를을 기쁘게 했다네. 그 애는 그녀를 당장 볼 수 없는 게 섭섭했지만 곧 수도에서 아주 우아하고 화려한 모습으로 그녀를 볼 수 있기를 바랐고, 하사관으로서 일요일에 그녀와 함께 산책하는 것 또한 그 애에게는 진정한 명예로 여겨졌다네. 이제 그 애는 방앗간주인에게 프랑스에서의 여러 가지 일들을 이야기했고, 그들은 함께 먹고 마셨다네. 그 애가 곡식을 쏟아 붓는 일을 돕고 나서 방앗간주인은 그 애를 이층 방으로 데려가 자게 했고, 자신은 아래층 곡식자루들 위에 누워 잤다네. 착한 카스페를은 무척 피곤했지만 물레방아 돌아가는 소리와 고향에 대한 그리움으로 깊은 잠을 들 수 없었다네. 그 애는 매우 심란했고, 죽은 어미와 어여쁜 안네를과 하사관으로서 가족들 앞에 나서게 될 때 자기 앞에 펼쳐질 명예를 생각했다네. 그 애는 마침내 살짝 잠이 들었다가 불안한 꿈 때문에 깜짝 놀라 깨곤 했다네. 꿈속에서 그 애는 여러 번 죽은 어미가 다가와서 그 애에게 손을 움켜잡고 도움을 청하는 것 같았다네. 그러고는 그 애가 죽어서 묻히게 되는 꿈을 꾸었는데, 죽은 자가 되어 스스로 걸어서 무덤으로 가는 그 애 옆에 어여쁜 안네를이 함께 가고 있었다네. 그 애는 친구가 아무도 따라가지 않는다고 마구 울었다네. 묘지에 당도하자 어미의 무덤 옆에 그 애의 무덤이 있었고, 안네를의 무덤 또한 거기에 있었다네. 그 애는 안네를에게 주려고 가져온 화환을 그녀에게 주고, 어미의 화환은 어미의 무덤에 걸어놓았지. 그런 다음 주위를 둘러보았는데 나와 안네를 밖에는 아무도 없다는 걸 알았다네. 그때 누군가가 안네를의 앞치마를 잡아 무덤 안으로 끌어내렸는데, 그러자 그 애도 무덤 속으로 뛰어내리며 말했다네. '여기 내게 마지막 명예를 행하여, 용감한 군인인 내 무덤 안에 조포를 쏘아줄 사람이 아무도 없단 말입니까?' 그리고는 그 애는 자신의 권총을 뽑아 손수 무덤 안으로 쏘았다네. 그 애는 총소리에 크게 놀라 깨었는데, 그 총소리로 인해 창문이 삐거덕거리는 것 같았기 때문이었지. 그 애는 병인을 둘러보았는데, 그때 또 한 발의 총성이 울리고, 창문의 삐거덕거리는 소리를 뚫고 방앗간에서 요란한 소음과 외침소리가 들렸다네. 그 애는 침대에서 뛰어 일어나 자신의 칼을 잡았네. 그 순간 방문이 열렸고, 그 애는 보름달빛 속에 복면을 한 두 남자가 몽둥이를 들고 자신에게 달려드는 것을 보았다네. 그 애는 그러나 방어태세를 갖추고 그중 한 사람의 팔을 내려치자 둘은 빗장이 밖에 달려 있는 열린 문으로 나가 빗장을 잠근 다음 달아났다네. 카스페를은 그들을 뒤쫓아 가려고 했으나 헛일이었다네. 마침내 그 애는 문의 판자를 부서뜨릴 수 있었고, 그 구멍을 통해 재빨리 계단을 타고 내려갔다네. 그 애는 방앗간주인의 비명을 듣고는 재갈이 물린 채 곡식자루들 사이에 누워 있는 그를 발견했지. 카스페를은 그를 풀어주고 나서 즉시 마구간으로 들어가 말과 배낭을 찾았지만 둘 다 도둑맞은 뒤였다네. 그 애는 크게 비통해하며 급히 방앗간으로 돌아가 주인에게 자신의 전 재산과 자신에게 맡겨진 말을 도둑맞았다며, 무엇보다도 말을 도둑맞은 것에 대해서는 슬픔을 달랠 길이 없다고 한탄했다네. 방앗간 주인은 그러나 위층 장롱에서 금이 가득찬 자루를 가지고 와서 그 애 앞에 서서 말했다네. '사랑하는 카스페를, 걱정하지 말게. 나는 자네 덕분에 내 재산을 구했네. 도둑들은 위층 자네 방에 있던 이 자루를 노렸던 건데, 자네가 지켜준 데 대해 나는 한없이 감사하네. 나는 도둑맞은 게 아무것도 없네. 마구간에서 자네의 말과 배낭을 발견한 놈들은 틀림없이 밖에서 망을 보던 놈들이었을 거야. 그놈들이 안장표식을 보고 이 집에 기병이 묵고 있음을 알아차리고는 총을 쏘아 위험하다는 걸 알렸을 걸세. 나 때문에 자네가 고통을 받아서는 안 되지. 나는 자네에게 말을 되찾아주기 위해 모든 노력과 돈을 아끼지 않을 것이네. 만약 말을 찾지 못한다면 자네에게 그 만큼 비싼 것으로 한 필 사주겠네.' 그러자 카스페를이 말했다네. '저는 아무것도 받지 않겠습니다. 그것은 제 명예에 반하는 일이지요. 하지만 제게 급한 대로 70탈러를 빌려주신다면 저는 차용증을 써드리고 2년 안에 그것을 갚아드리겠습니다.' 그들은 그렇게 하기로 합의했고, 창기병은 부근의 귀족들 중 재판장도 살고 있는 자신의 마을로 급히 달려가기 위해 그와 헤어졌는데, 그 애는 재판장에게 이 사건을 보고하려고 했다네. 방앗간주인은 인근 마을의 어느 결혼식에 가 있던 부인과 아들을 기다리기 위해 집에 남았다네. 그들이 돌아오면 그는 창기병을 뒤따라 가 함께 법원에 고소할 생각이었지.

사랑하는 글 쓰는 이여, 자네는 불쌍한 카스페를이 당당하게 말을 타고 달리려 했던 길을 얼마나 참담한 마음으로 걸어서 빈털터리로 달려왔을지 짐작할 수 있겠지. 그 애가 번 51탈러, 그 애의 하사관 임명장, 그 애의 휴가, 어미의 무덤에 놓고 안네를에게 줄 화환을 몽땅 도둑맞았던 걸세. 그 애는 완전히 절망적인 기분이었지. 그런 상태로 밤 1시에 그 애의 고향에 도착하여 곧장 마을 입구 첫 번째 집인 재판장의 집 문을 두드렸다네. 그 애는 안으로 들어가 고소를 했고, 도둑맞은 모든 것을 댔다네. 재판장은 그 애에게 마을에서 말을 가지고 있는 유일한 농부인 그 애 아버지에게로 즉시 가서 아버지와 형과 함께 도둑의 흔적이라도 찾을 수 있을지 주변을 순찰하라고 명했다네. 그 사이 그는 다른 사람들을 걸어서 내보내고, 방앗간주인이 오면 더 자세한 상황을 알아보겠노라고 말했다네. 그래서 카스페를은 재판장 집을 나서 아비의 집으로 향했는데, 내 오두막집을 지나야 했던 그 애는 창문을 통해 내가 그 애의 죽은 어미 생각에 잠을 이루지 못하고 찬송가를 부르는 소리를 듣고는 문을 두드리며 말했다네. '찬미 예수, 사랑하는 할머니, 카스페를이 왔어요.' 아, 그 말이 내게 얼마나 뼛속깊이 파고들던지! 나는 창문으로 뛰어가 문을 열고 끝없는 눈물을 흘리면서 그 애를 끌어안고 입을 맞췄다네. 그 애는 무척 급하게 자신의 불행에 대해 얘기했고 재판장으로부터 그 애 아비에게 가 어떻게 하라는 명을 받았는지 말해주었다네. 그 애는 자신의 명예는 말을 되찾는 데에 달려 있기 때문에 도둑을 뒤쫓기 위해 지금 바로 가야 한다고 말했지.

잘은 모르지만 명예라는 말이 내 온몸에 사무치게 파고들었는데, 그것은 그 애 앞에 놓인 무거운 심판을 내가 잘 알고 있었기 때문일세. '네 의무를 다하고 명예는 오직 하느님께만 드리거라!'라고 나는 말했고, 그 애는 나와 헤어져 마을의 다른 쪽 끝에 있는 핑켈의 저택을 향해 급히 떠났다네. 그 애가 떠났을 때 나는 무릎을 꿇고 앉아 하느님께 그 애를 보호해달라고 기도했네. 나는 그 어느 때보다 불안한 마음으로 기도하면서 계속하여 이렇게 말할 수밖에 없었네. '주여, 당신의 뜻이 하늘에서와 마찬가지로 땅에서도 이루어지기를 바라옵니다.'

카스페를은 지극히 불안해하며 아비에게 달려갔다네. 그 애는 뒤쪽 정원 울타리를 넘어 올라가 펌프질하는 소리와 마구간에서 말이 우는 소리를 들었는데, 그것이 그 애의 마음속을 꿰뚫고 들어왔다네. 그 애는 조용히 멈춰 서서 달빛 속에서 두 남자가 몸을 씻는 것을 보고는 가슴이 찢어지는 듯했다네. 한 사람이 '이 빌어먹을 것이 내려가지를 않네'라고 말하자 또 한 사람이 이렇게 말했다네. '말의 꼬리를 자르고 갈기를 잘라 놓기 위해 먼저 마구간으로 가자. 배낭은 말똥 밑에 충분히 깊이 묻어놓았지?' 그러자 상대가 '예'라고 말했다네. 그들은 마구간으로 갔고, 카스페를은 비탄에 빠져 미치광이처럼 앞으로 뛰어나가 그들 뒤에서 마구간 문을 잠그고 외쳤지. '공작님의 이름으로! 항복하라! 반항하는 자는 쏘아버리겠다!' 아, 그 애는 자신의 아비와 배다른 형을 자신의 말을 훔친 도둑으로 붙잡았던 걸세. 그 애는 이렇게 외쳤다네. '나의 명예, 나의 명예는 사라졌다! 나는 불명예스런 도둑의 아들이다.' 두 사람은 마구간 안에서 이 말을 듣고 불쾌해져서 이렇게 외쳤다네. '카스페를, 모든 걸 다 되찾게 해줄 테니 오늘이 제삿날인 네 죽은 어머니를 위해서라도 네 아버지와 형을 불쌍히 여겨다오!' 카스페를은 그러나 절망한 듯 '나의 명예, 나의 의무!'만을 계속해서 외쳤고, 그들이 강압적으로 문을 부수려 하고 흙벽에 구멍을 내어 달아나려고 하자 공중에 권총 한 발을 쏜 다음 외쳤다네. '도와줘요, 도와줘, 도둑이오, 도와줘요!' 재판장에 의해 잠에서 깬 농부들은 방앗간에 침입한 자들을 어떤 길들로 뒤쫓을 것이지 논의하기 위해 이미 가까이 다가와 있었지. 그들은 총소리와 외침소리를 듣고 마구간 안으로 몰려 들어갔다네. 늙은 핑켈은 여전히 아들에게 문을 열어달라고 간청하고 있었지만 카스페를은 이렇게 말했다네. '나는 군인이고 정의에 봉사해야만 합니다.' 그때 재판장과 농부들이 들이닥쳤지. 카스페를은 이렇게 말했다네. '하느님도 무심하시지. 재판장님, 제 아버지와 형이 바로 도둑입니다. 아, 내가 세상에 태어나지 말았어야 했는데! 여기 이 마구간에서 저는 이들을 붙잡았으며, 제 배낭은 말똥 속에 묻혀 있습니다.' 그러자 농부들이 마구간 안으로 뛰어 들어가 늙은 핑켈과 아들을 묶어 방안으로 끌고 갔다네. 카스페를은 말똥을 파헤쳐 배낭을 끌어내어 두 개의 화환을 꺼낸 다음 방으로 들어가지 않고 묘지의 그 애 어미 무덤으로 갔다네. 날이 밝았지. 나는 풀밭에 앉아 나와 카스페를을 위해 물망초꽃으로 두 개의 화환을 엮어 만들었다네. 나는 그 애가 말을 타고 돌아오면 나와 함께 어미의 무덤을 장식하게 되리라고 생각했다네. 그때 마을에서 나는 들어보지 못한 시끄러운 소리를 들었는데, 소란한 것이 싫고 혼자 있고 싶어서 마을을 빙 돌아 묘지로 갔다네. 그때 총소리가 났고, 나는 공중으로 연기가 솟아오르는 걸 보고 급히 묘지로 올라갔는데 …… 하느님, 이럴 수가! 카스페를이 어미의 무덤 위에 쓰러져 죽어 있었다네. 그 애는 총을 쏘아 자신의 심장을 관통시켰는데, 어여쁜 안네를에게 주려고 가져온 화환을 단추에 매어 가슴 위에 매달아놓고 그 화환 사이로 심장을 쏜 거라네. 그 애는 어미에게 줄 화환은 이미 십자가에 매달아 두었다네. 이 광경을 보고 나는 발밑에서 땅이 꺼져 내리는 것 같았네. 나는 그 애에게 달려들어 쉬지 않고 외쳐댔다네. '카스페를, 이 불쌍한 것아, 무슨 짓을 저지른 거냐? 아, 도대체 누가 네게 너의 비극을 이야기해 주었느냐? 어째서 내가 너를 떠나보내기 전에 모든 것을 네게 얘기해 주지 않았던지! 이런 너를 보게 되면 네 가련한 아비와 형은 무어라고 할 것인지!' 나는 그 애가 이 두 사람 때문에 그런 참극을 저질렀다는 걸 몰랐다네. 나는 완전히 다른 이유가 있다고 믿었다네. 그래서 더 화가 났다네. 재판장과 농부늘은 늙은 핑켈과 아들을 밧줄로 묶었고, 비통함에 목이 메어 나는 아무 말도 할 수 없었다네. 재판장이 나에게 손자를 보지 못했느냐고 물었지. 나는 그 애가 누워 있는 곳을 가리켰지. 재판장은 그 애에게 다가갔고, 그 애가 무덤 위에서 울고 있는 것으로 믿고 그 애를 흔들자 피가 아래로 뿜어 나왔다네. 재판장은 외쳤다네. '하느님 맙소사, 카스페를이 자살을 했소!' 그때 붙잡혀 묶인 두 사람도 전율하며 서로를 바라보았고, 사람들은 카스페를의 사체를 그 두 사람과 함께 재판장의 집으로 옮겼다네. 마을은 온통 비탄의 소리로 가득찼으며, 나중에 농부의 아낙들이 나를 데리고 갔다네. 아, 그것은 내 생애에서 가장 끔찍스런 길이었지!"

그때 노파는 다시 조용해졌고, 나는 그녀에게 말했다.

"사랑하는 할머니, 할머니의 고통이 무척 심하시겠어요. 하지만 하느님께서는 할머니를 진정으로 사랑하고 계시지요. 하느님께서 가장 혹독하게 때리시는 자들은 그의 가장 사랑하는 아이들이니까요. 사랑하는 할머니, 이제 무엇 때문에 그 먼 길을 걸어 이곳으로 오시게 되었으며, 청원서는 무엇을 위해 제출하시려는 건지 말씀해 주시겠어요?"

"아니, 그건 자네도 짐작할 수 있을 텐데."

그녀는 아주 조용히 말을 이어갔다.

"카스페를과 어여쁜 안네를 위한 명예로운 무덤을 위해서라네. 나는 안네를에게 그녀의 명예로운 날 주려고 화환을 가져왔는데, 이것이 카스페를의 피로 온통 얼룩져 있네. 한번 보게!"

그녀는 보따리에서 금박 장식의 작은 화환을 꺼내어 내게 보여주었다. 나는 날이 밝기 시작하는 어스름 속에서 그것이 탄흔으로 검게 변하고 피로 얼룩져 있는 것을 볼 수 있었다. 나는 노파의 불행에 대해 가슴이 몹시 아팠고, 그녀가 불행을 겪어나가는 대범함과 단호함이 내 마음을 존경심으로 채웠다. 나는 그녀에게 말했다.

"아, 사랑하는 할머니, 불쌍한 안네를에게 그녀가 놀라서 곧장 쓰러져 죽지 않도록 어떤 식으로 그 불행한 소식을 전하실 것이며, 안네를에게 그 슬픈 화환을 가져다 줄 명예로운 날은 도대체 어떤 날인가요?"

그녀는 말했다.

"사랑하는 젊은이, 그럼 나와 함께 가세. 자네도 나를 따라 그녀에게 가도 되네. 나는 빨리 걸어갈 수 없으니 꼭 제 시간에 대서 그녀를 보게 될 걸세. 가는 도중에 모든 걸 자네에게 이야기해주겠네."

그녀는 일어서서 아주 조용히 아침기도를 하고 옷가지들을 정리하고 나서 보따리를 내 팔에 걸었다. 새벽 2시였고, 날이 어렴풋이 밝아왔고, 우리는 고요한 길을 따라 걸어갔다.

노파는 계속하여 이야기했다.

"이보게, 핑켈과 그의 아들이 감옥에 갇혔을 때 나는 재판장을 찾아 법원으로 가야만 했다네. 죽은 카스페를은 책상 위에 눕혀져 있고, 그 애의 창기병 외투로 덮인 채 안으로 옮겨졌는데, 나는 재판장에게 그 애에 대해 알고 있는 것과 오늘 아침 창문을 통해 그 애가 내게 했던 말 등 모든 것을 말해야 했다네. 재판장은 내가 말하는 모든 것을 자기 앞에 놓인 조서에 그대로 적었다네. 그리고 나서 그는 사람들이 카스페를 옆에서 찾아낸 메모장을 훑어보았는데, 그 안에는 여러 가지 계산들과 명예에 관한 몇몇 이야기들과 프랑스 하사관에 관한 이야기가 담겨 있었고, 메모장 뒤에는 연필로 무언가가 쓰여 있었다네."

노파는 나에게 수첩을 건네주었고, 나는 다음과 같은 불행한 카스페를의 마지막 유언을 읽었다.

"나는 수치를 안고 계속 살아갈 수는 없습니다. 내 아버지와 형은 도둑이며, 바로 나에게서 도둑질을 했습니다. 내 가슴은 찢어질 듯했지만 나는 그들을 체포하여 법정에 넘겨야만 했습니다. 나는 내 영주의 군인이며, 나의 명예가 내게 용서를 허용하지 않기 때문입니다. 나는 명예를 위해 내 아버지와 형을 징벌에 넘겼습니다. 아, 모두 나를 위해 내가 쓰러진 이곳 내 어머니 옆에 나의 명예로운 무덤을 허용해주도록 청원해 주시길! 내가 그 사이를 통해 나를 쏘았던 이 작은 화환은 할머니께서 어여쁜 안네를에게 보내 내 인사를 전해주세요. 아, 그녀를 생각하면 죽도록 가슴 아프지만 그녀는 언제나 충실히 명예를 지켜왔기 때문에 도둑의 아들과 결혼해서는 안 됩니다. 사랑하는 어여쁜 안네를, 나로 인해 너무 놀라지 말고 진정하기 바라며, 지난날 조금이라도 나를 좋게 여겼었다면 나를 욕하지 말아주오! 나는 나의 수치 앞에 달리 어떻게도 할 수 없소! 나는 평생 동안 명예를 유지하기 위해 많은 노력을 해왔으며, 이미 하사관이 되어 기병중대에서 최고의 명성을 얻었고, 더 나아가 꼭 장교가 될 테지만 그대 안네를 버리고 더 귀한 처녀와 결혼하지는 않을 거요. 하지만 바로 그 명예 때문에 아버지를 붙잡아 법정에 세워야만 하는 도둑의 아들은 수치를 안고 계속 살아갈 수는 없소. 안네를, 사랑하는 안네를, 이 작은 화환을 받아주오. 나는 언제나 진실하게 그대 곁에 있어왔으니 하느님께서도 나를 용서해 주실 것이오! 나는 이제 당신에게 다시 자유를 주지만 내게 명예를 행하고 결코 나보다 못한 사람과는 결혼하지 마오. 그리고 당신이 할 수 있다면 내가 내 어머니 옆에서 명예로운 무덤을 차지할 수 있도록 나를 위해 청원해주오. 또한 당신이 여기 우리 마을에서 죽게 된다면 당신 또한 우리 옆에 묻히도록 하오. 할머니도 우리에게 오시게 되면 우리는 모두가 함께 모이게 되는 거요. 내 배낭 속에 50탈러가 있는데, 당신의 첫 아이를 위해 그것을 이자가 붙게 굴리도록 하오. 내 은시계는 내가 명예롭게 묻히게 되면 신부님께서 가지시도록 해주오. 내 말과 제복과 무기는 공작님께 귀속된 것이고, 이 수첩은 당신 것이오. 잘 있어요, 더없이 소중한 당신, 안녕히 계세요, 사랑하는 할머니, 저를 위해 기도해 주시고 모두들 안녕히 계세요! 하느님께서 나를 불쌍히 여기시길. 아, 이 어마어마한 나의 절망!"

나는 고결함에 틀림없을 불행한 한 인간의 이 마지막 유언을 비통한 눈물을 흘리지 않고는 읽을 수가 없었다. 나는 노파에게 말했다.

"카스페를은 정말로 훌륭한 사람이었음에 틀림없군요, 사랑하는 할머니."

그녀는 이 말을 듣고 멈춰 서서 내 손을 꼭 잡고 감정에 사무치는 목소리로 이렇게 말했다.

"그래, 그 애는 이 세상에서 가장 훌륭한 인간이었지. 하지만 마지막의 절망이라는 말은 쓰지 말았어야 했네. 그 말이 그 애에게서 명예로운 무덤을 빼앗고 그 애를 해부대로 데려간다네. 아, 사랑하는 글 쓰는 이, 그대가 이 일을 해결하는

데 도와줄 수만 있다면 좋으련만!"

나는 물었다.

"어떻게 된 거예요, 할머니? 이 마지막 말이 어떻게 하여 그렇게 되도록 한단 말이에요?"

할머니는 이렇게 대답했다.

"그래, 틀림없어. 재판장이 내게 직접 말해주었으니까. 우울증으로 인한 자살자들만이 명예롭게 묻히고, 절망으로 자살한 자들은 모두 해부대로 보내라는 명령이 모든 법원에 내려졌다네. 그래서 재판장은 나에게 카스페를은 스스로 자신의 절망을 자백했으므로 그 애를 해부대로 보내야만 한다고 말해주었다네."

나는 말했다.

"그건 이상한 규칙이군요. 사람들은 자살이 발생할 때마다 그것이 우울증으로 인한 건지 절망으로 인한 건지 가리기 위해 소송을 하게 될 거고, 소송은 오래 걸릴 수밖에 없어 재판관과 변호사들이 그로 인해 우울증과 절망에 빠져 해부대로 가겠군요. 하지만 안심하세요, 사랑하는 할머니. 우리의 공작님은 좋은 분이니 사정을 모두 듣게 되면 틀림없이 불쌍한 카스페를에게 어머니 옆에 조그만 공간을 허용해주실 거예요."

노파는 내답했나.

"하느님께서 그걸 내려주시기를! 자, 사랑하는 젊은이, 재판장은 모든 것을 조서에 적고는 내게 이 수첩과 어여쁜 안네를에게 줄 화환을 건네주었네. 그래서 나는 안네를에게 그녀의 명예로운 날 전별품으로 위안을 주기 위해 어제 이곳으로 달려왔다네. 카스페를은 제때에 죽었지. 그 애가 모든 걸 알았더라면 그 애는 슬픔으로 미쳐버렸을 걸세."

나는 노파에게 물었다.

"도대체 어여쁜 안네를에게 이제 무슨 일이 있는 건가요? 할머니는 그녀에게 몇 시간밖에 남아 있지 않다고 하시고는, 그녀의 명예로운 날에 대해 말씀하시고, 이제 할머니가 전해주실 슬픈 소식에 의해 그녀가 위안을 얻게 된다고 말씀하십니다. 제게 모든 걸 털어놔 주세요. 그녀가 다른 남자와 결혼식을 올리나요? 그녀가 죽었나요? 병들었나요? 제가 청원서에 써넣으려면 저는 모든 걸 알아야만 해요."

그러자 노파가 대답했다.

"아, 사랑하는 글 쓰는 이, 이제 이렇게 됐으니 하느님의 뜻이 이루어지기를! 그런데 말야, 카스페를이 왔을 때 나는 그다지 크게 기쁘지 않았고, 카스페를이 목숨을 끊었을 때도 그다지 크게 슬프지 않았다네. 하느님께서 엄청난 고통을 진 나를 불쌍히 여기지 않으셨다면 나는 그것을 견뎌내고 살아올 수 없었을 걸세. 그래, 그대에게 말하건대 내 가슴 앞에는 쇄빙선과도 같이 돌 하나가 놓여 있었는데, 거대한 빙산더미처럼 나를 향해 달려들어 내 가슴에 부딪혔을 온갖 고통들이 이 돌에 부딪혀 산산조각 나 차갑게 사라져버렸다네. 이제 자네에게 뭔가를 얘기해주겠는데, 슬픈 이야기라네.

내 대녀인 어여쁜 안네를이 내 사촌이며 우리와 7마일 떨어져 살았던 자신의 어미를 잃었을 때 나는 그 병든 여인 곁에 있었다네. 그녀는 가난한 농부의 과부였으며, 젊었을 때는 어느 사냥꾼을 좋아했지만 그의 난폭한 생활 때문에 그를 받아들이지는 않았지. 그 사냥꾼은 마침내 살인으로 인해 생사의 기로에 처한 채 감옥에 갇히는 불행에 빠졌지. 내 사촌은 병석에 누워 이 사실을 알게 되고는 너무 슬퍼서 날마다 점점 더 쇠약해져갔고, 마침내 임종의 시간에 내게 어여쁜 안네를을 나의 대녀로 넘겨주고는 나와 작별을 하면서 마지막 순간에 내게 이렇게 말했다네. '사랑하는 안네 마르그레트, 만약 불쌍한 유르게가 갇혀 있는 그 소도시에 가게 되면 간수를 통해 내가 임종의 침대에 누워 그가 하느님께 돌아갈 것을 부탁하고, 삶의 마지막 순간에 그를 위해 진심으로 기도했으며, 그에게 따뜻한 인사를 보낸다고 전해주세요.' 내 사촌은 이 말을 한 뒤 곧바로 숨졌고, 그녀가 땅에 묻힌 다음 나는 세 살 난 어린 안네를을 팔에 안고 집으로 돌아왔다네.

나는 그 소도시의 어귀에서 형리의 집을 통과해 지나갔는데, 그 형리가 수의사로 이름났었기에 우리 마을 이장에게 줄 몇 가지 약을 받아가기로 했다네. 나는 방으로 들어가서 용건을 말했더니 그는 약초들을 보관해 둔 창고로 자신을 따라와서 약초 고르는 것을 도와달라고 답했다네. 나는 안네를을 방에 두고 그를 따라갔지. 우리가 돌아와 방으로 들어섰을 때 안네를은 벽에 붙은 조그만 장롱 앞에 서서 이렇게 말했다네. '할머니, 저 안에 쥐가 있어. 딸가닥거리는 소리 좀 들어봐. 저 안에 쥐가 있어!'

그 아이의 이 말에 형리는 매우 심각한 표정을 짓고는 장롱을 열더니 '하느님 우리를 용서해 주소서!'라고 말했다네. 그가 장롱 안 고리에 홀로 걸려 있는 자신의 처형용 칼이 이리저리 흔들리고 있는 것을 보았기 때문이라네. 그는 칼을 내려서 잡았고, 나는 소름이 끼쳤다네. 그는 이렇게 말했지. '사랑하는 부인, 당신이 어린 안네를을 아끼신다면 내가 이 칼로 이 아이의 목둘레를 따라 살을 좀 째도 놀라지 마십시오. 이 칼이 이 아이 앞에서 흔들렸고, 이 아이의 피를 요구했기 때문인데, 내가 이걸로 아이의 목을 째지 않으면 아이의 앞날에 큰 불행이 닥칠 겁니다.' 그는 아이를 붙집았고, 아이는 놀라시 울기 시작했다네. 나도 소리를 지르고 안네를을 빼앗았다네. 그 사이 그 소도시의 시장이 사냥을 다녀오다가 형리에게 병이 난 개를 치료하기 위해 들어왔다네. 시장이 소리를 지른 원인이 무언지 물었고, 안네를은 '저 사람이 나를 죽이려고 해요!'라고 외쳤다네. 나는 무서워서 제정신이 아니었다네. 형리는 시장에게 사정을 설명했다네. 시장은 형리가 말한 미신에 대해 엄한 경고를 하며 강하게 비난했지. 형리는 이에 아주 조용히 있으면서 이렇게 말했다네. '나의 조상들이 그걸 지켜왔으므로 나도 그것을 지키고 있지요.' 그러나 시장은 이렇게 말했지. '프란츠 형리, 지금 내가 자네에게 내일 아침 6시에 자네가 사냥꾼 유르게의 목을 쳐야 한다는 걸 통보하기 때문에 자네의 칼이 흔들렸다고 믿는다면 용서하겠네만, 자네가 그것을 이 사랑스런 아이에게 귀결시키는 것은 어리석고 엉뚱한 것일세. 나중에 나이가 들어 사람들이 그의 어린 시절에 그런 일이 일어났었다는 걸 얘기해 준다면 한 인간을 절망으로 몰아넣을 수도 있지. 우리는 어떤 인간도 유혹해서는 안 되네' 형리 프란츠는 '어떤 형리의 칼 또한 유혹해서는 안 되지'라고 혼잣말을 하며 칼을 다시 장롱 안에 걸었다네. 이제 시장은 안네에게 입맞춤을 하고 사냥가방에서 과자를 꺼내주었으며, 나에게 내가 누구이며 어디서 와서 어디로 가는 것인지를 묻더군. 나는 그에게 내 사촌의 죽음과 사냥꾼 유르게와 관련하여 내가 부탁 받은 것을 이야기하자 그는 내게 이렇게 말했다네. '당신은 그 부탁을 이행해야겠군요. 내가 직접 당신을 그에게 인도하겠소. 그는 냉혹한 마음을 지니고 있는데, 아마도 죽어가는 착한 여인의 추모가 생의 마지막 순간에 처한 그의 마음을 움직이게 할 거요.' 그 선량한 시장은 나와 안네를 대문 앞에 서 있던 자신의 마차에 태웠고, 우리를 데리고 그 소도시 안으로 달려갔다네.

시장은 나를 요리사에게 보냈고 우리는 좋은 음식을 얻어먹었다네. 저녁 무렵에 시장은 나와 함께 그 불쌍한 죄인에게 갔다네. 내가 그 죄인에게 내 사촌의 마지막 말을 전하자 그는 비통하게 울면서 '아 하느님, 그녀가 내 아내가 되었더라면 내가 이 지경에까지 이르지는 않았을 텐데'라고 외쳤다네. 그리고 나서 그는 다시 한 번 자신에게 와주도록 신부에게 부탁해 줄 것을 갈망했고, 자신도 신부와 함께 기도를 올리겠다고 말했다네. 시장은 그렇게 하기로 약속하고, 그의 마음이 변화된 것을 칭찬하고는 죽기 전에 소원 한 가지라도 있는지 묻고, 자신이 들어줄 수 있을지도 모른다고 말했다네. 그러자 사냥꾼 유르게는 이렇게 말했다네. '아, 여기 이 착한 할머니에게 내일 그녀 사촌의 어린 딸을 데리고 나의 처형장에 있어달라고 부탁해 주십시오. 그것이 내 삶의 마지막 순간에 내 마음을 강하게 해줄 겁니다.' 그래서 시장은 내게 그렇게 해주도록 부탁했고, 나는 너무 무서워서 그 불쌍하고 비참한 사람의 청을 뿌리칠 수 없었다네. 나는 그에게 악수를 청하고 흔쾌히 그렇게 하겠다고 약속할 수밖에 없었지. 그는 울면서 지푸라기 바닥 위에 주저앉았다네. 그러고 나서 시장은 나와 함께 친구인 신부에게 갔네. 나는 신부에게 그가 감옥으로 출발하기 전에 다시 한 번 모든 것을 이야기해야만 했다네.

그날 밤 나는 아이와 함께 시장의 집에서 자야 했고, 다음날 아침 사냥꾼 유르게의 처형장을 향해 힘겨운 길을 걸어갔다네. 나는 둘러선 사람들 속에서 시장 옆에 서서 그가 처형당하는 것을 지켜보았다네. 사냥꾼 유르게는 애틋하게 마지막 발언을 했고, 모든 사람들이 울었다네. 그는 나와 내 앞에 서 있던 어린 안네를 무척 동요하며 바라보았고, 그런 다음 형리 프란츠에게 입을 맞췄네. 신부가 그와 함께 기도했고, 두 눈이 가려지고 그는 무릎을 꿇었다네. 그때 형리가 그의 목을 죽음의 칼로 내리쳤다네. 나는 '아이고머니, 이럴 수가!'라고 외쳤는데, 유르게의 머리가 안네에게로 날아오더니 이빨로 그 아이의 치마를 물었고 아이가 너무 놀라 비명을 질렀기 때문이라네. 나는 내 앞치마를 벗어 던져 그 끔찍스런 머리를 덮었는데, 그때 형리 프란츠가 급히 달려와 머리를 떼어내고는 말했다네. '할머니, 할머니, 내가 어제 뭐라고 했어요? 나는 내 칼을 잘 아는데, 그것은 살아있어요!' 나는 무시워서 나자빠졌고, 안내를은 두려움에 소리를 질렀디네. 시장은 몹시 당황하여 나와 아이를 자신의 집으로 태워 보냈고, 거기서 그의 부인이 내게 나와 아이가 입을 옷들을 주었네. 오후에는 시장과 안네를 보려는 그 도시의 많은 사람들이 우리에게 돈을 주어 나는 20탈러의 돈과 안네를이 입을 많은 옷을 얻게 되었다네. 저녁에는 신부가 찾아와서 내게 오랫동안 얘기해주었는데, 내가 안네를을 오직 하느님의 경건함 속에서 올바르게 키워야 하며, 온갖 슬픈 징조들은 멸시해야 할 사탄의 덫일 뿐이므로 무시해버려야 한다고 말했네. 그러고 나서 신부는 안네를에게 줄 예쁜 성경책 한 권도 주었는데, 그것을 그녀는 지금도 가지고 있다네. 선량한 시장은 다음날 아침 우리를 3마일 떨어진 집으로 태워다주었다네. 아, 어쩌면 이럴 수가. 모든 것이 딱 들어맞았어!"

섬뜩한 예감이 나를 사로잡았고, 노파의 이야기는 나를 완전히 으스러뜨렸다. 나는 이렇게 외쳤다.

"아이고 할머니, 불쌍한 안네를에게 무슨 일이 생긴 것이며, 전혀 어떻게 할 수 없는 건가요?"

노파는 말했다.

"그것이 그녀를 이빨로 물어 그렇게 이끈 거야. 오늘 그녀가 처형되는데, 그녀는 절망 속에서 그 일을 저질렀고, 그녀의 마음속에는 명예, 바로 그 명예가 자리하고 있었지. 그녀는 명예 때문에 망가져 버렸다네. 그녀는 어느 귀족에게 유혹 당했는데, 그는 그녀를 버렸다네. 그녀는 지난날 내가 사냥꾼 유르게의 머리 위에 던졌던, 내게서 몰래 훔쳐간 바로 그 앞치마로 자신의 아이를 질식사시켰다네. 아, 그것이 그녀를 이빨로 물어 그렇게 이끈 것이고, 그녀는 그 일을 혼란상태 속에서 저질렀지. 귀족은 그녀에게 명예를 약속했고, 카스페를이 프랑스에서 눌러 살게 되었다고 말했다네. 그러자 그녀는 절망하여 그런 나쁜 짓을 저지르고 스스로 처형 받으러 나섰다네. 4시에 그녀가 처형된다네. 그녀는 내게 자기에게 와주기 바란다는 편지를 써 보냈다네. 나는 그렇게 하려고 하며, 그녀에게 불쌍한 카스페를의 작은 화환과 인사를 전해주고 오늘밤 내가 받은 장미꽃을 가져다 주려고 하네. 그것이 그녀를 위로해줄 걸세. 아, 사랑하는 글 쓰는 이, 그대가 청원서에서 그녀와 카스페를의 육신이 우리의 묘지로 옮겨올 수 있도록 영향을 미쳤으면 좋겠네."

나는 외쳤다.

"제가 온갖 것을 다 시도해 보지요! 저는 곧장 성으로 달려가겠습니다. 할머니께 장미꽃을 드린 제 친구가 거기에서 보초를 서고 있으므로 그에게 공작님을 깨우도록 하고, 저는 공작님의 침대 앞에 무릎을 꿇고 안네를을 사면해 달라고 청할 것입니다."

노파는 냉담하게 말했다.

"사면이라고? 그것이 그녀를 이빨로 물어 그리로 끌고 갔네. 이보게, 사랑하는 친구, 사면보다는 정의가 더 낫네. 이 땅에서 온갖 사면이 무슨 소용이 있나? 우리는 모두 심판 앞에 서야 하네.

그대 죽은 자들, 그대 죽은 자들 소생하여,
최후심판 앞에 나설지어다.

이봐, 그녀는 사면을 원치 않네. 사람들은 그녀가 아이의 아버지를 댄다면 사면 해주겠다고 제안했지만 안네를은 이렇게 말했다네. '나는 그의 아이를 살해했으므로 죽으려 하며, 그를 불행에 빠뜨리고 싶지 않습니다. 나는 내 벌을 감수해야만 합니다. 그래서 내 아이에게 가겠습니다. 하지만 내가 그의 이름을 댄다면 그는 파멸하게 될 겁니다.' 이에 따라 그녀에게는 칼의 심판이 내려졌다네. 그대는 공작님께 가서 카스페를과 안네를에게 명예로운 무덤을 허락해 달라고 부탁하게! 저기 좀 보게. 저기 신부님이 감옥으로 들어가시는군. 나는 신부님께 나를 안으로, 어여쁜 안네를에게 데려다 달라고 부탁하겠네. 자네가 서두른다면 자네는 아마도 처형장 밖의 우리에게 카스페를과 안네를의 명예로운 무덤이라는 위안을 가져다 줄 수 있을 걸세."

이런 말을 하는 중에 우리는 신부를 만났고, 노파는 감옥에 갇힌 여인과 자신과의 관계를 이야기했으며, 신부는 그녀를 친절하게 감옥으로 데려갔다. 나는 지금까지 그렇게 빨리 달려본 적이 없을 만큼 급히 성으로 달려갔고, 그로싱어 백작의 집을 지나면서 정원 별채의 열린 창문으로부터 류트(16~17세기에 유행하던 뜯는 현

악기)에 맞춰 노래하는 고운 목소리를 들었다. 그때 나는 위안을 받았고, 그것이 희망의 징조처럼 여겨졌다.

은총은 사랑에 대해 얘기했지만
명예는 잠들지 않고 깨어
은총의 사랑으로 가득차서
명예 속의 멋진 밤을 기원하네.
사랑이 장미꽃을 줄 때
은총은 면사포를 쓰고
명예는 은총을 사랑하기에
청혼자에게 인사하네.

아, 나는 더 좋은 징조들을 만났다! 백 걸음쯤 더 걸어가서 나는 거리 위에 놓여 있는 하얀 면사포를 발견했다. 내가 풀어헤쳐 보니 그것은 향기로운 장미꽃들로 가득차 있었다. 나는 그것을 손에 들고 정말 이거야말로 은총이구나 생각하며 계속 달려갔다. 모퉁이를 돌 때 외투로 몸을 감싼 한 남자를 보았는데, 내가 그의 앞을 지나쳐 갈 때 그는 얼굴을 보이지 않기 위해 급히 내게 등을 돌렸다. 나는 아무 것도 보지도 듣지도 않고 오직 마음속에서 은총, 은총! 만을 생각하며 격자 대문을 통과하여 성안으로 뛰어 들어갔기 때문에 그는 그럴 필요가 없었을 것이다. 다행히도 사관 그로싱어 백작이 꽃이 핀 밤나무 아래에서 보초를 서며 이리저리 거닐다가 이미 나를 향해 다가오고 있었다.

나는 격렬하게 말했다.

"사랑하는 백작님, 나를 곧장 공작님께 데려다 주세요. 지금 즉시요. 그렇지 않으면 모든 게 너무 늦고, 모든 게 끝장나요!"

그는 이 부탁에 당황한 듯 말했다.

"이 밤늦은 시간에 무슨 생각을 하고 있는 건가? 그건 불가능해. 열병식장으로 오면 자네를 소개시켜주겠네."

나는 발밑에서 땅이 불타는 듯 초조해서 이렇게 외쳤다.

"지금 아니면 필요 없어요! 꼭 그래야 합니다. 한 인간의 목숨이 달려 있어요."

그로싱어는 단호하게 거절하며 대답했다.

"지금은 안 돼. 내 명예가 달려 있지. 내게는 오늘밤 어떤 소식도 올리지 못하도록 되어 있네."

명예라는 말이 나를 절망시켰다. 나는 카스페를의 명예와 안네를의 명예를 생각하고는 말했다.

"빌어먹을 명예! 바로 그 명예가 남아 있는 마지막 도움을 베풀기 위해 나는 공작님을 만나야 돼요. 당신이 내가 찾아왔다고 알리지 않으면 내가 공작님께 큰 소리로 외칠 거요."

그러자 그로싱어가 격하게 말했다.

"그렇게 날뛰면 초소 안에 집어넣을 거야. 자네 몽상가로군. 상황을 모르고 있어."

나는 대답했다.

"오, 나는 상황을 잘 알고 있어요. 끔찍한 상황을! 나는 공작님께 가야 돼요. 촌각을 다투는 일이에요! 당신이 내가 찾아온 것을 알리지 않으면 나 혼자서 공작님께 달려가겠어요."

이렇게 말하면서 내가 공작의 방으로 오르는 계단으로 가려는데 나와 마주쳤던 외투로 감싼 바로 그 남자가 급히 그 계단을 올라가고 있었다. 그로싱어는 내가 이 남자를 보지 못하도록 강제로 나를 돌아서게 했다. 그는 이렇게 속삭였다.

"무슨 짓이야, 이 바보야? 입 다물고 가만히 있어. 자네가 나를 불행에 빠뜨릴 수도 있어!"

나는 말했다.

"당신은 왜 저기로 올라가는 저 사람은 끌어내리지 않는 거요? 그 사람은 나보다 더 급하게 전달할 것은 없을 거요. 아, 너무나 급박해서 나는 기필코, 기필코! 한 불행한, 유혹 당한, 가련한 인간의 운명이 달려 있는 문제예요."

그로싱어가 대답했다.

"자네는 그 남자가 올라가는 것을 보았네. 거기에 대해 한 마디라도 입 밖에 내면 자네는 내 칼날 앞에 서게 될 걸세. 그 사람이 올라갔으므로 당신은 올라갈 수 없네. 공작님은 그와 볼일이 있으시네."

그때 공작의 방 창에 불이 켜졌다.

"보세요, 공작님이 불을 켰어요. 일어나셨어요! 나는 공직님께 말해야 돼요. 제발 나를 들여보내주세요. 그렇지 않으면 도와달라고 소리칠 겁니다."

그로싱어는 내 팔을 붙잡고 말했다.

"자네 술에 취했으니 초소 안으로 들어가게. 나는 자네 친구니 푹 자고 나서 오늘밤 내가 순찰할 때 문 옆에서 노파가 불렀던 노랫말을 내게 얘기해 주게. 나는 그 노래에 무척 관심이 많아."

나는 외쳤다.

"바로 그 노파와 그녀의 가족들 때문에 나는 공작님과 얘기해야 돼요!"

그로싱어는 말했다.

"노파 때문이라고? 노파 때문이라면 나하고 얘기하세. 높으신 양반들은 그런 사람에게는 관심이 없네. 빨리 초소로 가세!"

그는 나를 끌고 가려고 했다. 그때 성의 시계가 3시 반을 울렸다. 그 시계소리는 고통의 외침처럼 내 가슴속을 파고들었다. 나는 있는 힘을 다해 공작의 창문을 올려다보며 외쳤다.

"도와주세요! 제발 가련한, 유혹 당한 한 인간을 도와주세요!"

그러자 그로싱어는 이성을 잃었다. 그는 내 입을 막으려 했지만 나는 그와 몸싸움을 벌였다. 그는 내 목덜미를 치고는 욕을 했다. 나는 아무 소리도 들리지 않는 듯했다. 그는 초소를 향해 외쳤고, 하사가 몇 명의 군인들과 함께 나를 붙잡으려고 달려왔다. 그러나 그 순간 공작의 창문이 열리고 다음과 같은 소리가 들려왔다.

"사관 그로싱어 백작, 무슨 일인데 그렇게 소란한가? 그 사람을 지금 즉시 올려 보내게!"

나는 사관의 지시를 기다리지 않고 계단을 뛰어올라가 공작의 발 앞에 주저앉았는데, 공작은 어리둥절해하고 언짢아하며 나에게 일어서라고 명했다. 그는 장화를 신고 박차를 맸으며, 가슴 위로 세심하게 여민 잠옷을 입고 있었다.

나는 창기병의 자살과 어여쁜 안네를에 대해 노파가 내게 얘기해 준 모든 것을 긴급을 요하는 듯 급박하게 공작에게 말했다. 사면이 불가능하다면 최소한 처형을 몇 시간만이라도 연기해줄 것과 불행한 두 사람에게 명예로운 무덤을 마련해줄 것을 간청했다. "아, 사면, 사면!" 하고 나는 내가 발견한 장미꽃이 가득 담긴 하얀 면사포를 가슴에서 꺼내면서 외쳤다.

"제가 여기로 오다가 길에서 발견한 이 면사포가 제게 사면을 약속해 주는 것 같았습니다."

공작은 격하게 면사포를 움켜잡더니 심하게 동요했다. 그는 면사포를 두 손에 쥐었고, 나는 말했다.

"전하! 이 가련한 소녀는 잘못된 명예욕의 희생자입니다. 어느 귀족이 그녀를 유혹하여 결혼을 약속했습니다. 아, 그녀는 그 사람의 이름을 대느니 차라리 죽겠다고 할 정도로 착합니다."

그때 공작은 내 말을 가로막고는 두 눈에 눈물을 글썽이며 말했다.

"아무 말도, 제발 아무 말도 하지 말게!"

그리고 그는 문 옆에 서 있던 사관 그로싱어에게 몸을 돌려 매우 급박하게 이렇게 말했다.

"여기 이 사람과 함께 말을 타고 급히 떠나게. 있는 힘을 다해 말을 몰아 곧장 처형장으로 달려가게. 이 면사포를 칼끝에 매달고 신호를 보내면서 사면, 사면! 을 외치게. 나도 따라가겠네."

그로싱어는 면사포를 받았다. 그는 완전히 변해 있었고, 두려움과 조급함으로 마치 유령처럼 보였다. 우리는 마구간으로 뛰어 들어가 말에 올라타 박차를 가했다. 그는 미치광이처럼 성문을 빠져나갔다. 그는 면사포를 자신의 칼끝에 매달고 외쳤다.

"아이고, 내 누이동생!"

나는 그가 무슨 말을 하는지 이해할 수 없었다. 그는 말 잔등에 높이 앉아 면사포를 흔들며 "사면, 사면!"을 외쳤다. 우리는 언덕 위에서 처형장 주변에 사람들이 떼지어 몰려든 것을 보았다. 나의 말은 나부끼는 면사포에 겁을 냈다. 나는 말을 잘 타지 못해 그로싱어를 따라갈 수 없었다. 그는 전속력으로 달렸고, 나는 온 힘을 다했다. 그러나 서글픈 운명! 근처에서 포병대가 훈련을 하고 있었고, 대포 소리는 멀리서 외치는 우리의 소리를 들을 수 없게 만들었다. 그로싱어는 돌진해 들어갔고, 군중들은 양쪽으로 흩어졌다. 나는 빙 둘러선 사람들 속을 바라보았는데, 이른 아침햇살을 받아 쇠붙이가 번쩍이는 것을 보았다. 아 이럴 수가. 그것은 번쩍이는 형리의 칼이었다. 나는 가까이 달려갔고, 사람들의 탄식소리를 들었다. 그로싱어는 "사면, 사면!"을 외쳤다. 그는 면사포를 나부끼며 에워싼 사람들을 뚫고 미치광이처럼 돌진해 들어갔다. 그러나 형리는 그에게 어여쁜 안네의 피가 떨어지는 머리를 내밀었는데, 그것은 그에게 서글프게 미소 짓고 있었다. 그러자 그로싱어는 땅바닥 시체 위에 쓰러져 외쳤다.

"하느님, 저를 용서해 주소서! 여러분, 나를 죽여주시오. 나를 죽여주시오. 내가 그녀를 유혹했으며, 내가 그녀의 살인자요!"

복수심에 찬 분노가 군중을 사로잡았다. 부인들과 처녀들이 몰려들어 그를 안네를의 사체에서 떼어내어 발로 짓밟았으며, 그는 저항할 수 없었다. 초병들도 분노하는 군중을 진정시킬 수 없었다. 그때 외침이 울렸다.

"공작님이시다, 공작님이시다!"

공작은 무개마차를 타고 왔으며, 아주 젊은 한 사람이 모자를 얼굴 아래로 깊숙이 눌러쓰고 외투로 몸을 감싼 채 공작의 옆에 앉아 있었다. 사람들은 그로싱어를 끌고 왔다. 그 젊은 장교는 여자목소리로 마차에서 외쳤다.

"이럴 수가, 내 오빠가!"

공작은 당황하여 그에게 말했다.

"조용히 하게!"

공작은 마차에서 뛰어내렸는데, 그 젊은 사람도 따라 내리려고 하자 공작은 거칠게 그를 밀어 넣었다. 그 젊은 사람이 장교로 변장한 그로싱어의 누이동생임이 곧장 드러났다. 공작은 폭행을 당하고 피투성이가 되어 기진맥진해 있는 그로싱어를 마차에 태우도록 했고, 누이동생은 더 이상 아무 것도 고려하지 않고 외투를 벗어 그를 덮어줌으로써 모두가 여자옷차림을 한 그녀를 보았던 것이다. 공작은 당황했지만 정신을 가다듬어 곧장 마차를 돌려 백작의 누이동생을 오빠와 함께 집으로 태우고 가도록 명했다. 이 일은 군중의 분노를 어느 정도 가라앉혔다. 공작은 큰 소리로 보초를 서고 있는 장교에게 말했다.

"백작의 누이동생은 오빠가 사면령을 전하기 위해 말을 타고 자기 집 앞을 지나가는 것을 보고 이 기쁜 일에 함께 하고 싶어 했다. 내가 같은 목적으로 지나칠 때 그녀는 창 옆에 서서 내게 내 마차에 함께 타고 가게 해달라고 부탁했다. 나는 이 착한 아이의 청을 거절할 수 없었다. 그녀는 사람들의 주목을 일으키지 않기 위해 오빠의 외투와 모자를 이용했는데, 생각지도 못한 이 불행한 사건에 깜짝 놀라 일을 이렇게 엉뚱한 스캔들로 만든 것이다. 그런데 소대장, 그대는 어찌하여 불행한 그로싱어 백작을 군중에게서 보호하지 못했는가? 그가 말에서 떨어져 너무 늦게 온 것은 애석한 일이었다. 하지만 그는 거기에 아무런 책임이 없다. 나는 백작을 학대한 자들을 체포하여 벌을 내리겠다."

공작의 이 말에 모든 사람들이 이렇게 외쳤다.

"그는 사기꾼이며, 유혹자이고, 어여쁜 안네를의 살인자였습니다. 그 비열하고 몹쓸 자가 제 입으로 그렇게 말했습니다!"

사방에서 이렇게 외쳐대고 신부와 장교와 처형 관계자들도 그것을 증명하자 공작은 너무 심한 충격을 받아 아무 말도 못하고 그저 이렇게 말할 뿐이었다.

"끔찍해. 끔찍해. 오, 비참한 사람!"

이제 공작은 창백하게 질린 채 사람들이 둘러싸 만든 원 안으로 들어서서 어여쁜 안네를의 사체를 보려고 했다. 그녀는 하얀 레이스가 달린 검은 옷에 싸여 녹색 잔디 위에 놓여 있었다. 앞서 벌어진 모든 일에 대해 무관심한 할머니는 안네를의 머리를 몸통 옆에 가져다놓고 끔찍한 절단 부위를 자신의 앞치마로 덮었다. 그녀는 안네를의 두 손을 지난날 그 작은 도시에서 신부가 어린 안네를에게 선사했던 성경책 위에 합장시켜 놓느라 여념이 없었다. 노파는 금으로 된 작은 화환을 안네를의 머리 위에 매달고 밤에 그로싱어가 준 장미꽃은 누구에게 준 것인지도 모른 채 안네를의 가슴에 꽂았다.

이 모습을 보고 공작이 말했다.

"어여쁘고 불행한 안네를! 수치스런 유혹자여, 그대는 너무 늦게 왔구나! 불쌍한 할머니, 당신만이 죽음에 이를 때까지 그녀 곁에 진실하게 머물러주었구려."

그는 이렇게 말하면서 가까이에 내가 있는 것을 보고 말했다.

"그대는 내게 하사관 카스페를의 유언에 대해 말했는데, 그걸 가지고 있나?"

그래서 나는 노파에게 몸을 돌려 말했다.

"불쌍한 할머니, 카스페를의 수첩을 제게 주세요. 전하께서 그의 유언을 읽으시겠답니다."

아무 것에도 관심이 없는 노파는 퉁명스럽게 말했다.

"자네는 또 나타났나? 자네는 차라리 집에 처박혀 있는 게 좋았을 텐데. 청원서 가지고 있나? 이제는 너무 늦었네. 나는 그 불쌍한 아이에게 명예로운 무덤 속에서 카스페를에게 갈 것이라는 위로를 줄 수 없게 됐어. 아, 나는 그녀에게 그런 거짓말을 했지만 그녀는 내 말을 믿지 않았네."

공작은 노파의 말을 막고 말했다.

"그대는 속이지 않았네, 할멈. 그 사람은 최선을 다했으며, 모든 책임은 말이 넘어졌기 때문이오. 안네를은 자신의 어머니와 착한 청년이었던 카스페를 옆에서 명예로운 무덤을 갖게 될 것이오. 두 사람에게는 '하느님만이 명예를 내려주시리라!'는 주제로 장례식에서 설교가 행해질 것이오. 카스페를은 사관으로서 묻히게 될 것이며, 그의 기병중대는 그에게 세 발의 조포를 무덤 속으로 쏘아줄 것이고, 범죄자 그로싱어의 칼이 그의 관 위에 놓이게 될 것이오."

이 말을 한 다음 공작은 면사포를 매단 채 아직 땅에 놓여 있던 그로싱어의 칼을 잡아 면사포를 끌어내린 다음 그것으로 안네를을 덮어주고 말했다.

"이 소녀에게 흔쾌히 사면을 가져다주었을 이 불행한 면사포가 소녀에게 명예를 다시 부여해 줄 것이다. 소녀는 명예롭게 사면되어 죽은 것이며, 면사포는 그녀와 함께 묻히게 될 것이다."

공작은 보초를 서는 장교에게 다음과 같이 말하며 칼을 넘겨주었다.

"그대는 오늘 열병식에서 창기병과 이 가련한 소녀의 장례식에 따른 나의 명령을 받을지어다."

공작은 이제 무척 감동하며 카스페를의 유언을 읽었다. 노파는 기쁨의 눈물을 흘리며 자신이 가장 행복한 여인이기라도 한 듯 공작의 두 발을 팔로 감쌌다. 공작은 노파에게 말했다.

"기뻐하오. 당신은 세상을 뜰 때까지 연금을 받게 될 것이며, 나는 당신의 손자와 안네를에게 기념비를 세워줄 것이오."

공작은 신부에게 명해 처형된 안네를이 누워 있는 관과 함께 노파를 신부의 집을 거쳐 그녀의 고향으로 데려다주고 장례를 돌보도록 했다. 그 사이 자신의 부관들이 말을 타고 오자 공작은 나에게 말했다.

"그대는 나의 부관에게 이름을 말해주라. 내가 그대를 호명하겠다. 그대는 아름다운 인간적 열정을 보여줬다."

부관은 내 이름을 자신의 수첩에 적어 넣고 내게 정중한 인사말을 했다. 그러고 나서 공작은 군중들의 인사를 뒤로하고 시내로 질주해 갔다. 어여쁜 안네를의 사체는 착한 할머니와 함께 신부 집으로 옮겨졌고, 다음날 밤 신부는 노파와 함께 그녀의 고향으로 돌아갔다. 장교는 그로싱어와 기병중대 창기병의 칼을 가지고 다음날 저녁에 그곳에 도착했다. 이제 착한 카스페를은 관 위에 그로싱어의 칼과 하사관 임명장이 놓인 채 어여쁜 안네를과 나란히 그의 어머니 옆에 묻혔다. 나도 서둘러 달려가서 노파를 인도했는데, 그녀는 어린애처럼 기뻐했지만 말은 거의 하지 않았다. 그리고 창기병들이 무덤 속으로 카스페를에게 세 발의 조포를 쏘았을 때 그녀는 내 팔에 쓰러져 숨을 거뒀다. 그녀 또한 가족들 곁에 묻혔다. 하느님께서 그들 모두에게 기쁜 소생을 내려주시길!

그대들은 선두에 나설 것이며,
거기에는 사랑스런 천사들이 앉으리라.
그때는 사랑하는 하느님이
아름다운 무지개를 타고 오시리.
그때는 언젠가 우리의 주 예수를 가두었던
사악한 유대인들은 가버리리.

높은 나무들은 더없이 밝게 빛나고,

단단한 돌들은 더없이 잘게 부서지리.

이 기도를 올릴 수 있는 자는

그 날 한 번만 기도하면

영혼이 하느님 앞에 서리라.

우리가 하늘나라로 들어갈 때!

아멘.

수도로 돌아왔을 때 나는 그로싱어 백작이 죽었다는 소식을 들었다. 그는 독약을 마셨다고 했다. 내 집에서 나는 그의 편지를 발견했다. 그는 편지 속에서 나에게 다음과 같이 말했다.

나는 자네에게 무척 감사하네. 자네는 오랫동안 내 가슴을 쥐어뜯어 온 내 수치를 밖으로 드러내 주었네. 나는 노파의 그 노래를 잘 알고 있었는데, 그것은 안네를이 내게 자주 낭송해 주었던 것이지. 그녀는 이루 말할 수 없이 고결한 사람이었네. 나는 비열한 유혹자였고. 그녀는 내가 써준 결혼약정서를 지니고 있었는데 그것을 태워버렸지. 그녀는 나의 늙은 아주머니 한 분 집에서 일했는데, 자주 우울증에 시달렸네. 나는 마법적인 효력이 있는 어떤 의약품으로 그녀의 영혼을 사로잡았네. 하느님께서 나를 용서해 주시길! 자네는 내 누이동생의 명예 또한 구해주었네. 공작님은 그녀를 사랑하며, 나는 그의 총애자인데 그 이야기가 그를 놀라게 했지. 가련하게도 나는 독약을 마셨네.

요제프 그로싱어 백작

사냥꾼 유르게가 참수 당할 때 그의 머리가 물었던 어여쁜 안네를의 앞치마는 공작의 미술품전시실에 보관되었다. 공작은 그로싱어 백작의 누이동생을 은총의 면사포라는 이름으로 제후계급으로 높여 그녀와 결혼할 것이라고 한다. ……시 市 인근의 다음 번 사열식에서 마을 묘지에 있는 두 불행한 명예의 희생자들 무덤에 기념상이 세워져 봉헌될 것이며, 공작은 공작부인과 함께 손수 참석할 것이라고 한다. 공작은 이에 대단히 만족하고 있으며, 그 아이디어는 공작부인과 공작이 함께 고안했다고 한다. 그 기념상은 십자가 앞에서 양쪽으로 나뉘어 똑같이 몸을 땅으로 깊이 숙이고 있는데, 그릇된 명예와 참된 명예를 나타내고 있다. 정의는 활처럼 휜 칼을 들고 한쪽에 서 있고, 은총은 다른 쪽에서 면사포를 펼치고 있다. 사람들은 정의의 머리에서는 공작과 닮은 점을, 은총의 머리에서는 공작부인의 얼굴과 닮은 점을 찾으려 한다.

임멘 호

테오도르 슈토름

노인

어느 늦가을 오후 옷을 잘 차려입은 한 노인이 천천히 거리를 내려가고 있었다. 그는 산보를 하고 돌아와 집으로 돌아가는 듯했는데, 유행이 지난 버클 장식의 구두가 먼지로 덮여 있었기 때문이다. 그는 금단추가 달린 등나무지팡이를 팔 밑에 끼고 있었다. 그는 새하얀 머리털과 독특한 대조를 이루는, 지나간 젊은 시절을 몽땅 담고 있는 듯한 검은 눈으로 조용히 주변을 둘러보거나 저녁 안개에 잠긴 채 자기 앞에 놓인 도시를 내려다보았다. 그는 거의 이방인처럼 보였다. 지나가는 많은 사람들이 자신도 모르게 이 노인의 진지한 눈을 들여다 보았지만 그들 중 단지 몇 사람만이 그에게 인사를 했기 때문이다. 마침내 그는 어느 높은 뾰족 지붕 집 앞에 멈춰 섰고, 다시 한 번 시내를 건너다보고는 현관으로 들어섰다. 문의 종소리가 울리자 안쪽 방안에서는 현관 쪽으로 난 작은 창에 녹색 커튼이 올려지고 그 뒤에서 한 늙은 부인의 얼굴이 보였다. 그 남자는 등나무지팡이로 그녀에게 신호를 보냈다.

"아직 불을 켜지 마시게!"

그는 남쪽지방의 억양으로 말했고, 가정부는 커튼을 다시 내렸다. 노인은 넓은 현관을 지나 거실을 통과해갔는데, 거실 벽들에는 도자기 꽃병들이 들어 있는 커다란 참나무 장식장들이 서 있었다. 그는 마주해있는 문을 통해 조그만 마루로 들어섰는데, 그곳에서 좁은 계단이 뒤채의 위층 방으로 이어져 있었다. 그는 계단을 천천히 올라가 위층에서 문을 열고 적당히 넓은 방안으로 들어섰다. 그곳은 은밀하고 조용했다. 한쪽 벽은 거의 서류장과 책장으로 차 있었고, 또 다른 벽에는 사람과 풍경 사진들이 걸려 있었다. 펼쳐진 몇 권의 책들이 여기저기 놓여 있는 녹색 보가 덮인 책상 앞에는 빨간 비단방석이 깔린 묵직한 등받이의자가 서 있었다. 노인은 모자와 지팡이를 구석에 놓은 다음 등받이의자에 앉았는데, 두 손을 맞잡은 채 산보에서 돌아와 푹 쉬려는 듯 보였다. 그가 그렇게 앉아 있는 동안 날은 점점 더 어두워졌고, 마침내 달빛이 유리창을 통해 벽에 걸린 그림들로 떨어졌다. 노인의 두 눈은 자신도 모르게 밝은 달빛이 계속 서서히 옮겨가는 것을 좇았다. 이제 달빛은 초라한 검은 액자 속의 조그만 사진 위로 왔다.

"엘리자베트!"

노인이 나지막하게 말했다. 그리고 그가 이 말을 하자 시간은 바뀌었다. 그는 어린 시절로 돌아가 있었다.

아이들

곧장 한 조그만 소녀의 우아한 모습이 그에게 다가왔다. 여자아이는 엘리자베트라고 불렸으며, 다섯 살쯤 된 듯했고, 그의 나이는 여자아이의 두 배였다. 여자아이는 목에 빨간 비단목도리를 두르고 있었는데, 그것은 갈색 눈과 어울려 여자

아이를 멋지게 보이게 했다.

"라인하르트. 우리 논다, 놀아! 하루 종일 수업이 없고, 내일도 없어."

여자아이가 외쳤다.

라인하르트는 팔 밑에 끼고 있던 주판을 대문 뒤에 슬쩍 던져놓았고, 그런 다음 두 아이는 집을 지나 정원으로, 다시 정원 문을 빠져나가 초원으로 달려갔다. 예기치 않은 방학이 그들에게 무척이나 도움이 되었다. 라인하르트는 엘리자베트의 도움을 받아 이곳에 뗏장으로 집을 세웠었다. 그들은 그 안에서 여름밤을 지내려고 했는데, 아직 벤치가 마련되지 않았다. 이제 그는 곧장 작업에 착수했다. 못, 망치와 필요한 판자들은 이미 준비되어 있었다. 그러는 동안 엘리자베트는 둑을 따라 걸어가서 야생 당아욱의 둥그런 씨앗들을 따서 앞치마 속에 모았는데, 그녀는 그걸로 팔찌와 목걸이를 만들고자 했다. 라인하르트가 많은 못들을 구부러지게 박은 가운데에도 마침내 벤치를 완성시키고 나서 다시 햇살이 비치는 밖으로 나왔을 때 엘리자베트는 이미 멀리 초원의 반대쪽 끝에 가 있었다.

"엘리자베트! 엘리자베트!"

그가 부르자 그녀가 왔는데, 그녀의 곱슬머리가 나부꼈다. 그는 말했다.

"이리 와, 이제 우리들의 집이 완성되었어. 너 무척 덥겠구나. 우리 들어가서 새 벤치 위에 앉자. 너에게 어떤 이야기 해줄게."

그러고는 둘은 안으로 들어가 새 벤치 위에 앉았다. 엘리자베트는 앞치마에서 둥근 씨앗들을 꺼내 긴 끈에 꿰었고, 라인하르트는 이야기를 하기 시작했다.

"옛날에 세 명의 실 잣는 여자가 있었는데……."

"아, 나 그 얘기 달달 외우고 있어. 언제나 똑같은 얘기 좀 그만 해."

엘리자베트가 말했다.

그래서 라인하르트는 세 명의 실 잣는 여자에 대한 이야기는 집어치워야 했으며, 그 대신 사자굴 속에 내던져진 불쌍한 남자에 대한 이야기를 해주었다.

그는 말했다.

"이제 밤이 되었는데, 너 알지? 아주 깜깜한 밤. 그리고 사자들은 잠을 잤어. 하지만 사자들은 이따금 잠자면서 하품을 하고 붉은 혀를 내밀었어. 그래서 그 남자는 몸서리를 쳤고 아침이 오기를 기다렸어. 그때 갑자기 그의 둘레에 밝은 빛이 비추었고, 그가 올려다보자 그의 앞에 한 천사가 서 있었어. 천사는 그에게 손짓을 하고는 곧장 바위 속으로 들어갔어."

엘리자베트는 주의 깊게 들었다. 그리고 말했다.

"천사라고? 그럼 날개도 달렸겠네?"

"이야기가 그렇다는 거지. 세상에 천사는 없는 거야."

라인하르트가 대답했다.

"에이 시시해, 라인하르트!"

여자아이는 이렇게 말하고 그의 얼굴을 빤히 쳐다보았다. 그가 침울하게 그녀를 바라보자 그녀는 이상하다는 듯 물었다.

"사람들은 왜 항상 그렇게 말하지? 엄마도 아줌마도 학교에서도 늘 그렇게 말하잖아?"

"나도 모르겠어." 그가 대답했다.

"그런데 말이야, 사자들도 없는 거야?"

"사자들? 사자들은 있는 건지! 인도에서는 우상을 섬기는 중들이 사자들을 마차 앞에 매달고 함께 사막을 뚫고 달린대. 내가 어른이 되면 직접 한 번 그곳에 가 볼 거야. 거기는 우리가 사는 이곳보다 훨씬 더 멋지고, 겨울이 없어. 너도 나와 함께 가야 돼. 그러겠니?"

"응. 하지만 엄마도 함께 가야 해. 그리고 너의 엄마도."

엘리자베트가 말했다.

"안 돼. 그때가 되면 그분들은 너무 늙어서 함께 갈 수 없어."

"하지만 나는 혼자 못 가."

"너는 가도 돼. 그때가 되면 너는 내 아내가 될 거고, 그러면 다른 사람들이 너에게 어떤 명령도 할 수 없을 거야."

"하지만 엄마가 우실 거야."

"우리는 다시 돌아오는 거야. 말해 봐, 너 나와 함께 가는 거지? 그렇지 않으면 나는 혼자 갈 거고, 다시는 돌아오지 않을 거야."

라인하르트는 소리 높여 말했다.

어린 소녀는 울음을 터뜨리려 했다. 그러고는 말했다.

"그렇게 화난 눈으로 보지 마. 나도 함께 인도로 갈게."

라인하르트는 한없이 기뻐하며 소녀의 손을 잡고 초원으로 데리고 갔다.

"인도로, 인도로."

그는 이렇게 노래하며 소녀와 함께 펄쩍펄쩍 뛰며 맴돌았고, 그리하여 소녀의 목에서 붉은 목도리가 날아가 버렸다. 그런 다음 그는 갑자기 소녀를 놓아주고 진지하게 말했다.

"거기에 가도 아무 일도 일어나지 않을 거야. 넌 용기도 없구나."

"엘리자베트! 라인하르트!"

성원 입구에서 그들을 부르는 소리가 들려왔다.

"여기 있어요! 여기 있어요!"

아이들은 이렇게 대답하고 손을 맞잡고 집을 향해 뛰어갔다.

숲속에서

아이들은 그렇게 함께 지냈다. 소녀는 그에게 종종 너무 차분했고, 소년은 그녀에게 종종 너무 격렬했지만 그것이 그들의 사이를 벌려놓지는 않았다. 그들은 거의 모든 자유시간을 함께 보냈다. 겨울에는 어머니들의 제한된 방안에서, 여름에는 숲속과 들판에서.

한번은 라인하르트의 면전에서 엘리자베트가 학교선생님에게 꾸중을 듣자 라인하르트는 선생님의 관심을 자신에게 돌리기 위해 화를 내며 자신의 패널을 책상에 부딪혔다. 그것은 발각되지 않았다. 그러나 라인하르트는 그 지리수업에 관심을 몽땅 잃었다. 그 대신 그는 한 편의 긴 시를 지었다. 시 속에서 그는 자신을 어린 독수리로 비유했고, 선생을 회색 까마귀로 비유했으며, 엘리자베트는 하얀 비둘기였는데, 독수리는 머지않아 자신의 날개가 자라게 되면 회색 까마귀에게 복수하기로 맹세했다. 어린 시인의 눈에는 눈물이 글썽였고, 그는 자신이 무척 숭고하게 느껴졌다. 집에 돌아오자 그는 하얀 종이들을 많이 꿰어 조그만 양피지 책을 만들었다. 그는 그 맨 앞면에 조심스런 손놀림으로 자신의 첫 시를 썼다. 곧 그는 다른 학교를 다니게 되었다. 여기에서 그는 자기 또래의 많은 새 친구들을 사귀었지만 그것으로 인해 엘리자베트와의 교제가 방해받지는 않았다. 그는 이제 자신이 그녀에게 몇 번이고 반복하여 이야기해주었던 동화들 중에서 그녀가 가장 마음에 들어 했던 것들을 적어 넣기 시작했다. 그러면서 그에게는 자주 자기 자신의 생각도 시로 써넣고 싶다는 기분이 들었다. 그러나 그는 왜 그런지는 알 수 없었으며, 언제까지나 그 이유를 알아낼 수 없었다. 그는 자신이 들은 대로 정확하게 이야기들을 적었다. 그런 다음 그는 그 종이들을 엘리자베트에게 주었고, 그녀는 그것들을 자신의 보관함 서랍 속에 소중히 보관했다. 그리고 이따금 저녁에 그가 함께 있는 가운데 그녀가 그녀의 엄마에게 그 노트들 속의 이야기들을 읽어주는 것을 들을 때면 그는 기분 좋은 만족감을 느꼈다.

7년이 지났다. 라인하르트는 상급과정 교육을 위해 그 도시를 떠나야 했다. 엘리자베트는 라인하르트 없는 시간이 존재할 것이라고는 생각조차 하지 못했다.

어느 날 그가 그녀에게 전과 다름없이 그녀를 위해 동화들을 써주겠다고 말하자 그녀는 기뻤다. 그는 자기 어머니에게 보내는 편지로 그녀에게 동화들을 보낼 것이며, 그녀는 그것들을 읽고 마음에 들었는지 그에게 답장을 보내줘야 한다고 말했다. 출발일이 다가왔다. 그러나 양피지 책 속에는 출발 전까지 여전히 많은 시들이 담겨졌다. 그 책 자체와 점점 하얀 종이들의 거의 절반을 채우게 된 노래들의 동기가 된 것은 대부분 엘리자베트임에도 불구하고 그녀에게만은 그것이 비밀이었다.

6월이었고, 라인하르트는 다음날 떠나게 되어 있었다. 사람들은 다시 한 번 함께 축하의 날을 즐기고자 했다. 그리하여 많은 사람들이 큰 무리를 이루어 가까이에 있는 숲들 중 한 곳으로 소풍을 가게 되었다. 사람들은 숲의 변두리까지 몇 시간이 걸리는 길은 마차로 간 다음 음식바구니들을 내려서 들고 계속 걸어갔다. 먼저 전나무 숲을 통과해 가야 했는데, 서늘하고 어둠침침했으며 땅바닥에는 이곳저곳에 가느다란 나뭇잎들이 흩어져 있었다. 반시간의 보행 끝에 사람들은 전나무 숲의 어둠에서 빠져나와 신선한 너도밤나무 숲속으로 들어섰다. 여기에서는 모든 것이 밝고 푸르렀으며, 이따금 잎이 무성한 나뭇가지들 사이로 햇살이 내리비쳤다. 어린 다람쥐 한 마리가 그들의 머리 위로 이 가지에서 저 가지로 뛰어다녔다. 위쪽으로 우듬지들을 한 무척 오래된 너도밤나무들이 두명한 나뭇잎 아치를 하고 서 있는 곳에서 일행은 멈추었다. 엘리자베트의 어머니는 바구니들 중 한 개를 열었고, 한 노인은 자신을 음식조달관이라 자칭했다. 그는 외쳤다.

"모두들 내 주위로 모이렴, 너희들 어린 녀석들아! 그리고 내가 너희들에게 무슨 말을 하는지 제대로 새겨들으렴. 아침식사용으로 이제 너희들 모두가 각자 마른 빵 두 개씩을 받는다. 버터는 집에 남겨두었으니 부식은 너희들 스스로 찾아야만 한다. 숲속에는 산딸기가 충분히 있다. 즉 그것을 찾을 줄 아는 사람에게는 얼마든지 있다는 얘기다. 찾지 못하는 서툰 사람은 빵을 메마른 상태로 먹어야만 한다. 인생에서는 어디나 그런 법이다. 너희들 내 말 알아들었지?"

"물론이지요!"

아이들이 외쳤다.

노인은 말했다.

"아직 내 말은 끝나지 않았다. 우리 늙은이들은 일생 동안 이미 충분히 나돌아 다녔다. 그래서 우리는 이제 집에, 다시 말해서 여기 이 가지들이 넓게 드리워진 나무들 아래에 머물면서 감자를 벗기고, 불을 지펴서 식탁을 차리고, 12시가 되면 달걀도 삶을 거야. 그 대신 너희들은 너희들이 딴 산딸기의 절반을 우리에게 내놓아 우리도 후식을 먹을 수 있도록 해야 한다. 이제 이쪽저쪽으로 가서 열심히 찾아라!"

아이들은 온갖 장난기어린 표정들을 지었다.

"멈춰라!"

노인이 다시 한 번 외쳤다.

"이건 너희들에게 말할 필요도 없는 건데, 산딸기를 찾지 못하는 사람은 우리에게 가져다 바치지 않아도 된다. 하지만 명심해야 할 것은 그런 사람은 우리 늙은이들에게서도 아무 것도 받지 못한다는 것이다. 그리고 너희들은 오늘 좋은 교훈들을 충분히 얻게 될 텐데, 너희들이 산딸기를 덤으로 갖게 된다면 너희들은 오늘 하루 삶을 성공적으로 이끄는 것이다."

아이들은 같은 생각이었으며, 짝을 지어 길을 떠났다.

"가자, 엘리자베트. 내가 산딸기 많은 곳을 알고 있어. 네가 마른 빵을 먹어서는 안 되지."

라인하르트가 말했다.

엘리자베트는 밀짚모자의 녹색 끈을 묶어 팔 위에 걸었다. 그리고 말했다.

"그럼 가. 바구니는 준비되었어."

그리고 나서 그들은 숲속으로 점점 더 깊이 들어갔다. 그들은 햇볕이 뚫고 들어오지 못하는 축축한 나무그늘을 통과하여 갔는데, 그곳은 모든 것이 고요했고, 보이지 않는 위쪽 공중에서 매들의 외침만이 들렸다. 그런 다음 그들은 다시 빽빽한 수풀을 통과해 갔는데, 수풀이 너무 빽빽하여 라인하르트가 나뭇가지를 꺾기도 하고, 덩굴을 옆으로 제쳐놓기도 하면서 길을 트기 위해 앞장서 가야 했다. 그러나 곧 라인하르트는 뒤에서 엘리자베트가 자신의 이름을 부르는 소리를 들었다. 그는 몸을 돌렸다. 그녀가 외쳤다.

"라인하르트! 기다려, 라인하르트!"

그녀는 보이지 않았다. 마침내 그는 조금 떨어진 곳에서 그녀가 덤불과 싸우고 있는 것을 보았다. 그녀의 작고 귀여운 머리통이 간신히 수풀 위로 드러나 흔들렸다. 그는 다시 되돌아가서 그녀를 데리고 뒤엉킨 초목 사이를 뚫고 탁 트인 곳으로 나왔다. 그곳에서는 파란 나비들이 외로운 들꽃들 사이에서 날아다니고 있었다. 라인하르트는 엘리자베트의 달아오른 얼굴에서 축축한 머리칼을 쓸어 올려주었다. 그런 다음 그는 그녀의 머리 위에 밀짚모자를 씌워주려고 했지만 그녀가 거절했다. 그러자 그는 그녀에게 간청했고 결국 그녀는 밀짚모자를 쓰게 되었다.

"그런데 산딸기는 도대체 어디에 있는 거야?"

그녀는 마침내 멈춰 서서 깊은 숨을 몰아쉬며 물었다.

"여기에 있었는데. 두꺼비들이 우리보다 먼저 다녀갔나 보다. 아니면 담비나 어쩌면 요정들이 다녀갔을지도 몰라."

그가 말했다.

"그래. 잎들은 아직 남아 있어. 하지만 여기서 요정들 얘기는 하지 마. 나는 아직 전혀 피곤하지 않으니 우리 가서 계속 찾아 봐."

엘리자베트가 말했다.

그들 앞으로 작은 개천이 흐르고 있었고, 그 건너편에 다시 숲이 펼쳐졌다. 라인하르트는 엘리자베트를 팔로 안고 개천을 건넜다. 잠시 후 그들은 울창하게 그늘진 나무숲을 지나 다시 탁 트인 밝은 곳으로 나왔다. 소녀가 말했다.

"여기에 틀림없이 산딸기가 있을 거야. 달콤한 향기가 나."

그들은 햇살이 내리쬐는 곳을 이리저리 찾으며 돌아다녔지만 산딸기는 없었다. 라인하르트가 말했다.

"아니야, 그건 야생초 냄새일 뿐이야."

나무딸기 수풀과 가시덩굴이 곳곳에 뒤엉켜 있었고, 키 작은 풀들과 번갈아 가며 탁 트인 땅바닥을 덮고 있는 야생초들의 독한 냄새가 대기를 가득 채웠다. 엘리자베트가 말했다.

"여기는 쓸쓸해. 다른 아이들은 어디에 있을까?"

라인하르트는 돌아갈 길을 생각하지 않았다.

"잠깐 기다려. 바람이 어느 쪽에서 불어오지?"

그는 이렇게 말하고, 손을 높이 들어올렸다. 그러나 바람은 불지 않았다.

"조용히 해 봐. 그들이 이야기하는 게 들리는 것 같아. 아래쪽으로 한 번 소리쳐 봐."

엘리자베트가 말했다.

라인하르트는 손을 둥글게 말아 입에 대고 외쳤다.

"이쪽으로 와!"

그러자 "이쪽으로 와!"라는 소리가 되돌아왔다.

"그들이 대답하네!"

엘리자베트는 이렇게 말하며 손뼉을 쳤다.

"아니야. 그건 아무것도 아니고, 메아리일 뿐이야."

엘리자베트는 라인하르트의 손을 붙잡았다. 그리고 말했다.

"나 무서워!"

라인하르트는 말했다.

"괜찮아. 무서워할 필요 없어. 여기 아주 근사한 걸. 저기 풀들 사이의 그늘에 앉아. 우리 조금 쉬자. 우리는 다른 아이들을 곧 찾게 될 거야."

엘리자베트는 가지가 축 늘어진 너도밤나무 아래에 앉아서 조심스럽게 사방으로 귀를 기울였다. 라인하르트는 거기에서 몇 발짝 떨어진 나무그루터기 위에 앉아 말없이 그녀를 건너다보았다. 해는 그들의 머리 바로 위에 떠 있었고, 한낮의 작열하는 햇살이 뜨거웠다. 금빛을 반짝이는 강청색의 작은 파리들이 날갯짓을 하며 공중에 떠 있었고, 그들 주위에서는 부드럽게 붕붕거리고 윙윙거리는 소리가 들렸다. 이따금 숲속 깊은 곳에서 딱따구리의 쪼는 소리와 다른 산새들이 날카롭게 지저귀는 소리가 들려왔다.

"들어 봐. 종이 울리고 있어."

엘리자베트가 말했다.

"어디서?"

라인하르트가 물었다.

"우리 뒤쪽에서. 들리지? 정오가 되었어."

"그렇다면 우리 뒤쪽으로 도시가 자리 잡고 있는 거야. 그리고 곧장 앞으로 뚫고 나아가면 틀림없이 우리는 다른 아이들을 만나게 돼."

그래서 그들은 돌아가는 길을 택했고, 산딸기 찾는 일은 포기했는데, 엘리자베트가 지쳤기 때문이었다. 마침내 나무들 사이로 일행의 웃음소리가 울려왔다. 그러고는 그들은 땅바닥에서 하얀 천이 가물거리는 것을 보았는데, 그것은 식탁이었으며, 그 위에는 산딸기가 수북하게 쌓여 있었다. 노인은 냅킨을 단춧구멍에 꽂고 구운 고깃덩이를 열심히 썰면서 아이들에게 자신의 설교를 계속해나갔다.

"저기 낙오자들이 온다."

아이들은 나무 사이로 걸어오는 라인하르트와 엘리자베트를 보자 이렇게 외쳤다.

"이쪽으로! 수건들을 털어내고, 모자들을 뒤집어라! 이제 너희가 찾은 것을 이리 내놓으렴."

노인이 외쳤다.

"배고프고 목말라요!"

라인하르트가 말했다.

"그게 전부라면 너희는 그걸 가질 수밖에 없지. 너희는 내가 한 말을 알고 있겠지. 여기서는 게으름뱅이들은 얻어먹지 못해."

노인은 그들을 향해 가득찬 접시를 들어올리고 말했다.

결국 라인하르트가 간청한 끝에 식탁이 마련되었고, 그때 관목수풀에서 지빠귀가 지저귀었다.

그날은 그렇게 지나갔다. 그러나 라인하르트는 무언가를 찾았다. 그것은 산딸기가 아니었지만 그것 또한 숲속에서 자라난 것이었다. 그는 집에 돌아오자 자신의 낡은 양피지책 속에 이 시를 적어 넣었다.

여기 산비탈에

바람은 온통 숨을 죽이고,

나뭇가지들은 늘어져 있는데,

그 아래 그 아이가 앉아 있네.

그녀는 백리향百里香 속에 앉아 있고,

진한 향기 속에 앉아 있네.

파란 파리들은 윙윙거리며

공중에서 반짝이네.

숲은 말없이 서 있고,
그녀는 총명하게 숲속을 들여다보네.
그녀의 갈색 곱슬머리 주위로
햇살이 모여드네.

뻐꾸기는 멀리서 웃고,
내게 떠오르는 생각은
그녀가 숲의 여왕의
금빛 눈을 하고 있다는 것이라네.

그렇게 그녀는 그의 보호의 대상일 뿐만 아니라, 그의 앞에 펼쳐지는 삶의 온갖 사랑스럽고 소중한 것의 상징이기도 했다.

그때 길가에 그 아이가 서서

성탄절이 다가왔다. 아직 오후시간이었는데, 라인하르트는 다른 대학생들과 함께 시청 지하주점의 낡은 참나무 식탁에 앉아 있었다. 벽에 걸린 램프들에 불이 켜 있었는데, 그곳 지하는 이미 어두워졌기 때문이다. 하지만 손님들은 드문드문 모여들었고, 종업원들은 벽기둥에 느긋하게 기대고 있었다. 둥근 천장 아래 한쪽 구석에서는 바이올린 연주자와 치터를 연주하는 소녀가 섬세한 집시풍의 용모를 하고 앉아 있었다. 그들은 악기를 무릎 위에 올려놓고 무심히 앞을 바라보고 있는 듯했다.

대학생들의 식탁에서 샴페인 병마개가 펑 하고 터졌다.

"마셔, 나의 사랑스런 보헤미아 아가씨!"

귀공자 같은 외모를 한 젊은이가 소녀에게 가득찬 술잔을 건네면서 외쳤다.

"나는 마시고 싶지 않아요."

그녀는 자세를 바꾸지 않고 말했다.

"그럼 노래를 불러!"

그 귀공자는 이렇게 외치고 그녀의 무릎에 은화 한 닢을 던졌다. 소녀는 천천히 손가락으로 자신의 검은 머리를 매만졌고, 바이올린 연주자는 그녀의 귀에 대고 귓속말을 했다. 그러나 그녀는 머리를 뒤로 젖히고 턱을 치터 위에 받쳤다.

"저 사람을 위해서는 연주하지 않을래요."

그녀가 말했다.

라인하르트는 손에 술잔을 들고 뛰어올라가 그녀 앞에 섰다.

"당신 원하는 게 뭐예요?"

그녀가 당돌하게 물었다.

"너의 눈을 보는 것."

"내 눈이 당신과 무슨 상관이 있지요?"

라인하르트는 불타는 눈으로 그녀를 내려다보았다.

"너의 눈빛은 거짓된 것이란 걸 나는 잘 알지!"

그녀는 뺨을 손바닥에 묻고 그를 훔쳐보았다. 라인하르트는 술잔을 입으로 들어올렸다.

"너의 아름다운, 거짓된 눈을 위하여!"

그는 이렇게 말하고 마셨다.

그녀는 웃고 머리를 휙 돌렸다.

"주세요!"

그녀는 이렇게 말했고, 자신의 검은 눈을 그의 눈과 마주치면서 천천히 남은 술을 마셨다. 그런 다음 그녀는 삼화음을 취해 좀 더 깊고 격정적인 목소리로 노래를 불렀다.

오늘, 오직 오늘만
나는 이렇게 아름답네.
내일, 아 내일이면
모든 것이 사라지네!

오직 이 순간만
당신은 아직 나의 것.
죽음, 아 죽음을
나는 홀로 맞아야 하네.

바이올린 연주자가 빠른 템포로 후주곡을 연주하는 동안 주점에 새로 들어선 한 사람이 일행에 끼어들었다.

그는 말했다.

"자네를 데리러 왔네. 자네가 집을 나와 있는 동안 자네에게 크리스마스 선물이 와 있네."

"크리스마스 선물이라고? 나에게 그런 게 올 리 없는데."

라인하르트가 말했다.

"무슨 소리야! 자네의 방안이 온통 전나무 성탄트리와 구운 케이크 냄새로 가득한데."

라인하르트는 술잔을 내려놓고 자신의 모자를 집어 들었다.

"무슨 일인데요?"

소녀가 물었다.

"나 바로 가봐야 돼."

그녀는 이마를 찡그렸다.

"가지 말고 있어요!"

그녀는 작은 목소리로 외치고 친밀하게 그를 쳐다보았다.

라인하르트는 머뭇거렸다. 그러고는 말했다.

"그럴 수 없어."

그녀는 웃으면서 발끝으로 그를 찼다.

"가요! 당신은 아무 소용도 없어요. 당신들 모두 아무 소용이 없어요."

그녀가 말했다. 그녀가 몸을 돌려 돌아서는 동안 라인하르트는 천천히 지하계단을 올라갔다.

바깥 거리에는 어둠이 깊게 드리워져 있었다. 그는 열이 오른 이마에서 신선한 겨울공기를 느꼈다. 여기저기서 불타는 전나무의 밝은 빛이 창문으로부터 흘러나왔고, 이따금 안에서 작은 피리와 트럼펫의 시끄러운 소리와 환성을 지르는 아이들의 목소리가 들렸다. 구걸하는 아이들은 떼를 지어 이집 저집을 돌아다니거나 계단 난간 위에 앉아서 창문을 통해 자신들에게 허용되지 않은 화려한 광경을 들여다보려고 했다. 때때로 갑자기 대문이 열리고 꾸짖는 목소리가 그 어린 손님들의 무리를 밝은 집으로부터 어두운 골목으로 내쫓았다. 다른 어떤 집 현관에서는 오래된 크리스마스 캐럴이 불려졌고, 그 아래에서는 낭랑한 소녀들의 목소리가 들렸다. 라인하르트는 그 소리를 듣지 못했고, 모든 것을 지나쳐서 이 거리에서 저 거리로 재빨리 걸어갔다. 그가 자기 집에 왔을 때는 완전히 어두워져 있었다. 그는 비틀거리며 계단을 올라 자기 방으로 들어섰다. 달콤한 향기가 그를 향해 풍겨와 고향 생각을 일으켰는데, 그것은 집에서 크리스마스 때 어머니 방에서 나는 냄새였다. 그는 떨리는 손으로 등불을 켰다. 그러자 책상 위에는 커다란 소포가 놓여 있었고, 그가 그것을 풀자 익숙한 갈색 축하케이크들이 펼쳐졌다. 몇몇 케이크들 위에는 설탕으로 그의 이름 첫 글자들이 쓰여 있었는데, 그렇게 할 사람은 엘리자베트 말고는 아무도 없었다. 그러고는 섬세하게 수놓인 속옷이 든 작은 꾸러미가 나타났고, 손수건과 커프스, 마지막으로 어머니와 엘리자베트가 쓴 편지들이 있었다. 라인하르트는 먼저 엘리자베트의 편지를 펼쳤다. 엘리자베트는 이렇게 쓰고 있었다.

"아름다운 설탕 글씨들은 케이크를 만드는 데 누가 도왔는지 당신에게 잘 설명해줄 수 있겠지요. 당신을 위해 커프스에 수놓은 사람도 바로 그 사람이랍니다. 우리에게서는 이제 크리스마스의 저녁이 무척 조용해질 거예요. 우리 엄마는 언제나 9시 반이면 벌써 물레를 구석으로 치우신답니다. 당신이 없는 이번 겨울은 무척이나 쓸쓸하군요. 지난 일요일에는 당신이 내게 선물로 준 되새까지 죽었어요. 나는 무척 많이 울었어요. 하지만 나는 그것을 늘 잘 돌봐왔어요. 그 새는 햇살이 새장 안으로 비치는 저녁이면 언제나 노래했지요. 당신도 알다시피 엄마는 그 새가 온힘을 다해 노래 부를 때면 입을 다물게 하기 위해 새장 위에 수건을 걸어놓았지요. 이제 방안은 더 조용해졌고, 당신의 친구 에리히가 가끔 우리를 방문할 뿐이랍니다. 당신은 언젠가 그가 자신의 외투와 닮아 보인다고 말했었지요. 나는 이제 그가 대문으로 들어설 때마다 늘 그 생각을 하지 않을 수가 없으며, 그게 너무도 우스꽝스러워요. 하지만 엄마에게는 얘기하지 마세요. 그러면 엄마는 조금 언짢아할 거예요. 내가 당신의 어머니께 크리스마스에 무슨 선물을 해야 좋을지 말해줘요! 당신이 조언해주지 않는다면? 나 자신을 드리면 되지! 에리히는 검은 분필로 나를 그리곤 해요. 나는 이미 세 번이나 그의 앞에서 앉아 있어야 했어요. 매번 꼬박 한 시간 동안이나. 낯선 사람이 내 얼굴을 그렇게 속속들이 들여다보는 것이 정말 역겨웠어요. 나는 그렇게 하려고 하지 않았는데, 엄마가 내게 권했어요. 엄마는 그것이 착한 베르너 부인에게 커다란 기쁨을 안겨드리게 될 것이라고 말했지요.

라인하르트, 그런데 당신은 약속을 지키지 않는군요. 당신은 동화를 보내지 않았어요. 나는 자주 당신의 어머니께 불평을 털어놓았는데, 그때마다 어머니는 늘 당신이 그런 하찮은 일보다 더 많은 할 일이 있다고 말씀하시더군요. 그러나 나는 그 말을 믿지 않아요. 분명 다른 이유가 있는 거라고 생각해요."

이제 라인하르트는 어머니의 편지도 읽었으며, 두 편지를 모두 읽고 그것들을 천천히 다시 접어 치웠을 때 격렬한 향수가 그를 엄습했다. 그는 잠시 방안을 이리저리 거닐었다. 그는 나지막하게 반쯤 알아들을 수 있을 정도로 혼자서 이렇게 읊조렸다.

그는 거의 길을 잃고
어디로 빠져나갈지 알지 못하네.
그때 길가에 그 아이가 서서
그에게 집으로 가라고 손짓하네!

그런 다음 그는 책상으로 가서 돈을 조금 꺼내어 다시 거리로 내려갔다. 거리는 그 사이에 더 조용해졌다. 크리스마스 트리들은 불이 꺼졌고, 아이들의 행렬도 끝이 났다. 바람이 적막한 거리를 휩쓸고 지나갔다. 노인들과 젊은이들이 가족 단위로 자신들의 집에서 함께 모여 앉아 있었고, 크리스마스 저녁의 후반부가 시작되었다.

라인하르트가 시청 지하주점 근처에 오자 지하에서 바이올린 소리와 치터를 연주하는 소녀의 노랫소리가 들려왔다. 아래쪽에서 지하주점 출입문의 종소리가 울리고 한 검은 모습의 사람이 비틀거리며 흐릿하게 불빛이 비치는 넓은 계단을 올라왔다. 라인하르트는 건물 그림자들 속으로 들어선 다음 재빨리 지나쳐갔다. 잠시 후에 그는 불빛이 반짝이는 보석가게에 도착했고, 거기에서 붉은 산호로 된 조그만 십자가 한 개를 산 다음 왔던 길로 다시 돌아갔다.

그는 자신의 집에서 멀리 떨어지지 않은 곳에서 초라한 누더기를 걸친 어느 조그만 소녀가 어떤 집의 높은 대문 앞에 서서 문을 열려고 헛되이 애쓰고 있는 것을 보았다.

"내가 도와줄까?"

그가 말했다. 그 아이는 아무 대답도 하지 않고 무거운 대문 걸쇠를 붙잡았다. 라인하르트가 이미 대문은 열었다.

"안 돼. 그들은 너를 쫓아낼 거야. 나와 함께 가자! 내가 너에게 크리스마스 케이크를 주마."

그가 말했다. 그러고 나서 그는 대문을 다시 닫고 그 조그만 소녀의 손을 잡았다. 소녀는 말없이 그와 함께 그의 집으로 들어갔다.

그는 나갈 때 등불을 켜놓았었다.

"여기 네 케이크가 있다."

그는 이렇게 말하고 자신의 소중한 케이크의 절반을 소녀의 앞치마 속에 넣어주었는데, 설탕 글씨가 있는 것만은 남겨두었다.

"이제 집으로 가서 엄마에게도 그걸 드리거라."

그 아이는 수줍어하는 눈길로 그를 올려다보았다. 그 아이는 그런 친절함에 익숙하지 않아 그에 대해 어떤 반응도 내보일 수 없는 듯 보였다. 라인하르트는 문을 열고 소녀에게 등불을 비춰주었으며, 그 아이는 케이크를 가지고 새처럼 계단을 훌쩍 날아 내려가 집으로 갔다.

라인하르트는 난로의 불꽃을 키우고 먼지 덮인 잉크병을 책상 위에 놓았다. 그런 다음 그는 앉아서 밤새도록 어머니와 엘리자베트에게 편지를 썼다. 남은 크리스마스 케이크는 손대지 않은 채 그의 옆에 놓여 있었다. 그러나 엘리자베트가 만든 커프스는 그가 끼고 있었는데, 그것은 그의 하얀 모직 재킷과 아주 멋지게 잘 어울렸다. 그는 겨울햇살이 얼어붙은 유리창 위에 쏟아지고 마주 놓인 거울 속에서 창백하고 진지한 얼굴이 모습을 드러낼 때에도 여전히 그렇게 앉아 있었다.

고향에서

부활절이 되었을 때 라인하르트는 고향을 찾았다. 도착한 다음날 아침 그는 엘리자베트에게 갔다.

"너 많이 컸구나."

그는 아름답고 가냘픈 소녀가 자신에게 미소 지으며 다가오자 이렇게 말했다. 그녀는 얼굴을 붉혔지만 아무 대답도 하지 않았다. 그가 반갑게 맞으며 붙잡은 손을 그녀는 살그머니 빼내려고 했다. 그는 그녀를 의아스러운 듯 바라보았다. 전에는 그녀가 그러지 않았었는데, 이제 그들 사이에는 뭔가 낯선 것이 끼어든 것 같았다. 그가 고향에 오래 머물고 날마다 그녀를 찾아와도 여전히 그러했다. 그들이 단 둘이서 함께 앉아 있을 때면 말없는 침묵이 생겼고, 그것은 그에게 고통스러웠으며, 그는 걱정을 하며 그것을 막으려고 애썼다. 방학 동안에 확실한 즐거움을 맛보기 위해 그는 대학생활의 첫 몇 달 동안 틈나는 대로 열심히 탐구했던 식물학을 엘리자베트에게 가르쳐주기 시작했다. 모든 일에서 그의 뜻에 따르는 데 익숙해져 있는데다 배움의 욕구가 강한 엘리자베트는 그것을 기꺼이 받아들였다. 이제 일주일에 몇 번은 들판이나 황야로 소풍을 가게 되었는데, 그러면 그들은 점심 때 녹색 식물 채집상자에 약초와 꽃들을 가득 채워 집으로 가져왔으며, 라인하르트는 함께 채집한 것들을 엘리자베트와 나누기 위해 몇 시간 후에 다시 오곤 했다.

그런 목적으로 어느 날 오후 그가 방안에 들어섰을 때 지금껏 보지 못했던 금도금이 된 새장을 엘리자베트가 싱싱한 별꽃들로 장식하고 있었다. 새장 안에는 카나리아 한 마리가 앉아서 날개를 치고 소리를 지르며 엘리자베트의 손가락을 쪼고 있었다. 전에는 거기에 라인하르트가 준 새가 들어 있었다.

"내 불쌍한 되새가 죽고 나서 금빛 새로 변해버렸나?"

그는 쾌활하게 물었다.

"되새가 그렇게 될 리가 있나. 자네 친구 에리히가 오늘 낮에 엘리자베트에게 주려고 그것을 자기 농장에서 보내왔다네."

등받이의자에 앉아 실을 잣고 있던 엘리자베트의 어머니가 말했다.

"어떤 농장에서요?"

"자네 모르고 있었군?"

"무엇을요?"

"에리히가 한 달 전부터 임멘 호숫가에 있는 부친의 제2 농장을 물려받아 운영하고 있다는 거 모르나?"

"하지만 지금까지 어머니께서는 제게 거기에 대해 한마디도 하지 않으셨잖아요."

"이런. 자네가 자네 친구에 대해 한마디도 물어보지 않았잖아. 그는 호감이 가는 사려 깊은 젊은이시."

어머니는 커피를 준비하기 위해 밖으로 나갔다. 엘리자베트는 라인하르트에게 등을 돌리고 작은 나뭇잎들을 정리하는 데 열중했다. 그녀가 말했다.

"잠깐만 기다려요. 곧 끝나요."

라인하르트가 평소와는 달리 대답을 하지 않자 그녀는 몸을 돌렸다. 그의 눈속에는 그녀가 지금껏 알아채지 못했던 돌연한 근심의 기색이 서려 있었다.

"무슨 일이에요, 라인하르트?"

그녀는 그에게 가까이 다가서면서 물었다.

"내가 뭘?"

그는 아무렇지도 않다는 듯 말하고 꿈꾸듯이 그녀의 눈 속을 들여다보았다.

"당신은 무척 슬퍼 보여요."

"엘리자베트, 나는 저 노란 새를 견딜 수가 없어."

그녀는 놀라면서 그를 바라보았고, 그를 이해할 수 없었다. 그녀는 말했다.

"당신 참 이상하군요."

그는 그녀의 두 손을 잡았고, 그녀는 그의 손에 잡힌 채 가만히 있었다. 곧 어머니가 다시 들어왔다.

커피를 마신 후 어머니는 물레 옆에 앉았고, 라인하르트와 엘리자베트는 식물들을 정리하기 위해 옆방으로 갔다. 이제 그들은 꽃실의 수를 세고, 잎과 꽃들을 조심스럽게 펼쳐서 종별로 두 개씩 표본을 골라 그것들을 말리기 위해 큰 책의 갈피 사이에 끼웠다. 햇살이 내리쬐는 고요한 오후였으며, 옆에서 어머니의 물레 돌아가는 소리밖에 들리지 않았다. 이따금 라인하르트가 식물들의 강과 목을 대거나 엘리자베트의 서툰 라틴어명칭 발음을 교정해 줄 때면 그의 가라앉은 목소리가 들렸다.

"이제 보니 은방울꽃이 없네."

그녀는 모든 채집물을 분류하여 정리한 다음 말했다.

라인하르트는 주머니에서 조그만 흰색 양피지책을 꺼냈다.

"여기 네게 줄 은방울꽃자루가 있지."

그는 반쯤 마른 식물을 책 속에서 꺼내면서 말했다.

엘리자베트는 글이 적힌 책갈피들을 보고 물었다.

"당신 또 동화들을 썼어요?"

"이건 동화가 아니야."

그는 이렇게 대답하고, 그녀에게 그 책을 건넸다.

거기에 담긴 것은 오로지 시들이었고, 대부분의 시들이 기껏해야 한쪽 면을 채우고 있었다. 엘리자베트는 책장을 한 장씩 넘겼다. 그녀는 제목들만 읽는 것 같았는데, 거의 모든 시들이 '그녀가 선생에게 혼났을 때', '그녀가 숲속에서 길을 잃었을 때', '부활절 동화와 함께', '그녀가 내게 처음으로 편지를 썼을 때' 등과 같은 제목을 달고 있었다. 라인하르트는 탐색하면서 그녀를 바라보았는데, 그녀가 계속 책장을 넘기는 동안 마침내 그녀의 맑은 얼굴에 엷은 홍조가 일어 점차 얼굴 전체로 퍼져나가는 것을 볼 수 있었다. 그는 그녀의 눈을 보려고 했지만 엘리자베트는 고개를 들지 않았고, 마침내 말없이 그의 앞에 책을 내밀었다.

"그걸 내게 그렇게 돌려주지 마!"

그가 말했다.

그녀는 양철 채집상자에서 갈색 잔가지 한 개를 꺼냈다.

"책 속에 당신이 좋아하는 풀을 넣어줄게요."

그녀는 이렇게 말하고 그의 손에 그 책을 건네주었다.

마침내 방학의 마지막 날이자 라인하르트가 출발하는 날 아침이 왔다. 엘리자베트는 어머니께 간청하여 자신의 친구를 집에서 몇 정거장 떨어진 우편마차까지 바래다주는 것을 허락받았다. 그들이 대문을 나서자 라인하르트는 그녀에게 팔을 맡겼고, 그렇게 말없이 그 날씬한 소녀와 나란히 걸어갔다. 그들이 성거상에 가까이 다가가면 갈수록 그에게는 긴 이별을 하기 전에 꼭 필요한, 자신의 미래의 삶에 온갖 가치와 온갖 애정이 달려 있는 어떤 말을 전해야만 할 것 같은 생각이 들었지만 그는 어떻게 말을 해야 할지 알 수가 없었다. 그것이 그를 초조하게 하여 그는 점점 더 천천히 걸었다.

"너무 늦겠어요. 성 마리엔교회에서 벌써 10시를 알리는 종이 울렸어요."

그녀가 말했다.

그러나 그는 그렇다고 더 빨리 걷지 않았다. 마침내 그는 더듬거리며 말했다.

"엘리자베트, 이제 2년 안에는 나를 보지 못할 거야 …… 내가 다시 돌아와도 틀림없이 지금처럼 똑같이 나를 좋아하겠지?"

그녀는 고개를 끄덕이고 다정하게 그의 얼굴을 들여다보았다. 잠시 후 그녀는 말했다.

"나도 당신을 지켜줄 거예요."

"나를? 누구로부터 나를 지켜준다는 거지?"

"내 엄마로부터요. 우리는 어제 저녁 당신이 돌아간 다음 당신에 대해 오래도록 얘기했어요. 엄마는 당신이 옛날처럼 그렇게 좋은 것 같지 않다고 하셨거든요."

라인하르트는 잠깐 동안 침묵했다. 그런 다음 그는 그녀의 손을 잡았고, 그녀의 천진난만한 눈을 진지하게 들여다보면서 말했다.

"나는 여전히 옛날과 똑같이 좋은 사람이야. 너만은 그걸 굳게 믿어줘! 너는 믿지, 엘리자베트?"

"응."

그녀가 말했다. 그는 그녀의 손을 놓고 그녀와 함께 마지막 거리를 재빨리 지나쳐갔다. 작별이 가까워져 올수록 그의 얼굴은 기쁜 빛을 띠었고, 그는 그녀에게 너무 빠를 정도로 걸었다.

"웬일이에요, 라인하르트?"

그녀가 물었다.

"나는 비밀이 하나 있다. 아주 멋진 비밀!"

그는 이렇게 말하고 반짝이는 눈으로 그녀를 바라보았다.

"내가 2년 후에 다시 돌아오면 그때 알게 될 거야."

그러는 사이 그들은 우편마차에 도착했다. 시간은 꼭 맞았다. 라인하르트는 다시 한 번 그녀의 손을 잡았다. 그는 말했다.

"잘 있어! 잘 있어, 엘리자베트. 우리가 한 말 잊지 마."

그녀는 머리를 끄덕였다.

"잘 가요!"

그녀가 말했다. 라인하르트는 마차에 올랐고, 말들이 마차를 끌기 시작했다.

마차가 모퉁이를 돌 때 그는 다시 한 번 그녀의 사랑스런 모습을 보았는데, 그녀는 돌아서서 천천히 걸어가고 있었다.

한 통의 편지

거의 2년 후 라인하르트는 책과 서류들 사이에 있는 램프 앞에 앉아 함께 공동 연구를 하는 한 친구를 기다리고 있었다. 누군가가 계단을 올라왔다.

"들어와!"

그러나 그 사람은 주인아줌마였다.

"편지 왔어요, 베르너 군!"

그리고 나서 그녀는 다시 내려갔다.

라인하르트는 고향을 방문한 이후 엘리자베트에게 편지를 쓰지 않았고 그녀로부터 편지를 받은 적도 없었다. 이 편지 또한 그녀에게서 온 것이 아니었고, 그의 어머니의 필체로 되어 있었다. 라인하르트는 뜯어서 읽었는데, 곧 다음과 같은 내용을 읽게 되었다.

"내 사랑하는 아이야, 네 나이에는 거의 해마다 자신만의 독특한 얼굴을 갖게 되지. 청춘은 스스로를 더 초라하게 놔두지 않기 때문이란다. 이곳도 많은 것이 변했는데, 내가 너를 제대로 이해해왔다면 그것은 무엇보다도 네게 가슴 아픈 일일 것이다. 에리히가 지난 석 달 동안 두 번이나 청혼을 했지만 거절당한 뒤 마침내 어제 엘리자베트로부터 승낙을 얻었단다. 그녀는 줄곧 그런 결정을 내리지 못해왔는데, 결국 그렇게 한 거야. 그녀는 아직 퍽 어리지. 결혼식은 곧 열린다고 하는데, 그러면 그녀의 어머니도 그들과 함께 이곳을 떠날 것이란다."

임멘 호

다시 몇 년이 흘렀다. 어느 따스한 봄날 오후에 햇볕에 그을린 건강한 얼굴의 한 젊은 남자가 내리막 숲길을 걸어가고 있었다. 그는 진지한 잿빛 눈으로 긴장한 채 마침내 단조로운 길의 변화가 시작되기를 기대하듯 멀리 바라보았는데, 여전히 변화의 조짐은 보이지 않았다. 마침내 아래쪽에서 마차 한 대가 천천히 올라왔다.
"여보세요! 농부양반."
방랑자는 옆으로 지나쳐가는 농부에게 외쳤다.
"이리로 가면 임멘 호로 가는 게 맞소?"
"계속 곧장 가시오."
농부는 이렇게 대답하고 둥근 모자를 벗어 인사했다.
"거기까지는 아직 먼가요?"
"바로 코앞이오. 파이프담배 반도 채 피우기 전에 그 호수에 당도할 거요. 저택이 바로 그 옆에 있지요."
농부는 마차를 몰고 지나갔고, 그 사람은 더 서둘러 나무들 아래를 따라 걸어갔다. 15분 후에 그의 왼쪽 편에서 갑자기 그늘이 사라졌다. 길은 가파른 비탈 옆을 지나고 있었고, 백년 된 참나무들의 꼭대기가 간신히 길에까지 솟아올라 있었다. 그 너머로 햇살이 비치는 넓은 풍경이 펼쳐졌다. 아래쪽 깊숙한 곳에 잔잔하고 검푸른 호수가 햇살이 비치는 녹색 숲들로 에워싸인 채 놓여 있었다. 숲들은 한쪽 부분에서만 트여서 푸른 산들에 의해 막히는 곳까지 깊숙한 원경을 펼치고 있었다. 그곳을 가로질러 맞은편 숲의 녹색 수림 가운데에는 하얀 눈 같은 것이 펼쳐져 있었다. 그것은 꽃이 만개한 과일나무들이었는데, 그 앞쪽으로 높은 호숫가에 빨간 기와지붕을 한 하얀 저택이 솟아 있었다. 황새 한 마리가 굴뚝 위를 날아올라 천천히 물위에서 맴돌고 있었다.

"임멘 호!"

방랑자는 외쳤다. 그는 이제 거의 여행의 목적지에 도착한 것 같았다. 왜냐하면 그는 움직이지 않고 서서 발언저리에 솟아 있는 나무들의 꼭대기를 넘어 물위에 비친 저택의 모습이 잔잔히 흔들리는 다른 쪽 호숫가를 건너다보았기 때문이다. 그런 다음 그는 갑자기 길을 계속 걸어갔다.

이제 길은 거의 가파르게 경사져 내려갔고, 그리하여 아래쪽에 서 있는 나무들이 다시 그늘을 드리웠으며, 동시에 호수의 전망을 가렸는데, 호수는 가끔 나뭇가지들 사이를 뚫고 반짝였다. 곧 길은 다시 완만하게 오르막을 이루었고, 좌우로 나무들이 사라졌으며, 그 대신 길옆을 따라 잎이 무성한 포도밭 언덕이 펼쳐졌는데, 길의 양옆에는 윙윙거리며 우글대는 벌들로 가득찬 꽃핀 과일나무들이 서 있었다. 갈색 외투를 입은 한 늠름한 남자가 방랑자를 향해 다가왔다. 그는 방랑자에게 거의 도달하자 모자를 흔들며 밝은 목소리로 외쳤다.

"잘 왔네, 잘 왔어, 라인하르트! 임멘 호 농장에 온 걸 환영하네!"

"안녕, 에리히, 자네의 환대에 감사하네!"

라인하르트는 그에게 답하며 외쳤다.

그런 다음 그들은 서로 다가서서 악수를 청했다.

"정말 자네가 맞나?"

에리히는 가까이에서 자신의 옛 학창시절 친구의 진지한 얼굴을 들여다보며 말했다.

"물론 그렇지, 에리히. 자네도 그 모습 그대로군. 단지 과거에도 늘 그랬었지만 좀 더 밝아 보이네."

이 말에 기분 좋은 미소가 에리히의 단순한 얼굴 표정을 좀 더 밝게 했다.

"맞아, 라인하르트. 자네도 알다시피 나는 그 후 큰 행운을 얻었지."

에리히는 라인하르트에게 다시 한 번 손을 내밀면서 말했다. 그런 다음 그는 손을 비비며 만족스럽게 외쳤다.

"이건 깜짝 놀랄 사건일 거야! 그녀는 그 사람을 예상하지 못하고 있을 걸. 전혀!"

"깜짝 놀랄 사건이라고? 도대체 누구에게 말이야?"

라인하르트가 물었다.

"엘리자베트에게."

"엘리자베트라고! 자네 그녀에게 내가 온다는 얘기 하지 않았나?"

"말하지 않았지, 라인하르트. 그녀는 자네가 오리라고는 생각도 못할 거고, 장모님도 마찬가지일 거야. 나는 기쁨을 더 크게 하려고 완전히 비밀리에 자네를 초대한 걸세. 자네도 알다시피 나는 늘 나만의 조용한 계획들을 꾸며왔지."

라인하르트는 곰곰이 생각에 잠겼고, 그들이 농장에 가까이 다가갈수록 그의 가슴은 무거워지는 듯했다. 길의 왼쪽 편에서는 이제 포도밭이 끝나고 드넓은 채소밭이 펼쳐졌는데, 그것은 거의 호숫가에까지 뻗쳐 있었다. 황새는 그 사이 아래로 내려앉아 위엄 있게 채소밭 사이를 이리저리 거닐었다.

"훠이!"

에리히가 손뼉을 치며 외쳤다.

"저 다리 긴 이집트황새 녀석이 또다시 내 어린 완두콩 줄기를 훔쳐 먹고 있네!"

황새는 천천히 몸을 일으켜 새로 지은 한 건물의 지붕 위로 날아갔는데, 그 건물은 채소밭 끝에 있었고, 그 담들에는 뒤엉킨 복숭아와 살구나무 가지들이 늘어져 있었다.

"저것은 주정공장이네."

에리히가 말했다.

"내가 2년 전에 세웠지. 관리용 건물은 돌아가신 아버지께서 새로 세우셨고, 살림집은 이미 할아버지께서 지으셨다네. 그렇게 계속 조금씩 넓혀 나가는 거지."

그들은 이런 말을 하면서 어느 넓은 광장으로 왔는데, 그곳의 옆쪽은 농장 관리용 건물과, 뒤쪽은 저택과 경계를 이루고 있었다. 저택의 양옆은 높은 정원 담과 연결되어 있었는데, 이 담 뒤로 주목으로 된 어두운 벽들의 모습이 보였고, 여기저기에 라일락나무들이 꽃이 만개한 가지들을 마당으로 늘어뜨리고 있었다. 햇살과 작업으로 얼굴이 달아오른 남자들이 광장을 지나가며 그들에게 인사했고, 에리히는 이 사람 저 사람에게 작업지시를 하거나 그들의 그날 작업에 대해 물었다. 그러고는 그들은 집에 도착했다. 그들은 높고 서늘한 현관복도에 들어섰고, 그 끝에서 좀 더 어두운 왼쪽 옆 통로로 꺾어들었다. 여기에서 에리히는 문을 열었고, 그들은 어느 넓은 정원홀로 들어섰는데, 그곳은 마주해 있는 창문들을 덮고 있는 빽빽한 나뭇잎들에 의해 양쪽이 초록빛 어스름으로 가득차 있었다. 그러나 이 창문들 사이에서 넓게 양쪽으로 열린 높은 두 개의 문이 빛나는 봄 햇살을 가득 들어오게 했고, 원형 화단과 높이 경사진 나뭇잎담장이 있는 정원의 전망을 볼 수 있게 했다. 정원은 곧게 뻗은 넓은 통로에 의해 양분되었고, 그 통로를 통해 호수와 더 먼 곳에 마주해 있는 숲들을 바라볼 수 있었다. 그들이 안으로 들어서자 샛바람이 그들에게 한 줄기 향기를 실어다주었다.

정원 문 앞 테라스 위에는 소녀 같은 모습의 하얀 옷차림을 한 여인이 앉아 있었다. 그녀는 일어나서 들어서는 사람들을 향해 걸어갔다. 그러나 몇 걸음 떼어놓기도 전에 그녀는 발에 뿌리가 박힌 듯 멈춰 서서 그 낯선 남자를 꼼짝 하지 않고 응시했다. 그는 그녀에게 웃으면서 손을 내밀었다.

"라인하르트!"

그녀가 외쳤다.

"라인하르트! 이럴 수가, 당신이로군요! 우리는 오랫동안 보지 못했지요."

"오래 보지 못했지."

그는 이렇게 말하고 더 이상 아무 말도 할 수 없었는데, 그녀의 목소리를 듣자 가슴에 미묘한 아픔을 느꼈기 때문이다. 그가 그녀를 올려다보자 그녀는 몇 년 전 그가 고향에서 작별인사를 건넸던 당시와 똑같이 귀엽고 사랑스런 모습으로 그의 앞에 서 있었다.

에리히는 기쁨에 빛나는 얼굴을 하고 문 옆에 서 있었다. 그는 말했다.

"자, 엘리자베트, 정말이지 당신 그 사람이 올 거라고는 예상하지 못했을 거야. 꿈에도 상상하지 못했을 걸!"

엘리자베트는 에리히를 친밀한 눈빛으로 바라보았다. 그리고 그녀는 말했다.

"당신 정말 멋져요, 에리히!"

에리히는 그녀의 가는 손을 어루만지면서 꼭 쥐었다. 그리고 말했다.

"우리 이제 그를 맞게 되었으니 너무 빨리 보내지 맙시다. 그가 오랫동안 떠나 있었으니 우리가 다시 고향에 친숙해지도록 만들어야겠소. 그가 얼마나 이국적이고 고상하게 보이는지 한 번 봐요."

엘리자베트의 수줍어하는 눈길이 라인하르트의 얼굴을 훑어보았다. 라인하르트는 말했다.

"그건 오로지 우리가 함께 지내지 않은 세월 때문이지."

이 순간 엘리자베트의 어머니가 작은 열쇠바구니를 팔에 걸고 문으로 들어왔다.

"베르너! 어머나, 예기치 않은 너무나 귀한 손님이 왔네."

그녀는 라인하르트를 보자 말했다. 그리고 이제 묻거니 답하거니 하며 즐거운 시간이 평온하게 이어졌다. 여자들이 앉아서 자신들의 일을 했고, 라인하르트가 자신을 위해 마련된 다과를 즐기는 동안 에리히는 그의 옆에 앉아 단단한 해포석

담뱃대에 불을 붙이고 연기를 내뿜으며 대화를 나누었다.

다음날 라인하르트는 에리히와 함께 밖으로 나가 밭, 포도밭, 호프재배지, 주정공장을 돌아보았다. 모든 것이 잘 정돈되어 있었고, 들판과 공장에서 일하는 사람들은 모두가 건강하고 만족스런 모습이었다. 점심때 가족이 정원홀에 모두 모였고, 주인들이 편안하게 대해줌에 따라 그날은 다소간 함께 어울려 보냈다. 라인하르트는 오전의 처음 몇 시간과 마찬가지로 저녁식사 전 몇 시간만은 자신의 방에서 작업을 하며 머물렀다. 그는 수년 전부터 민중 속에 살아남아 있는 운율과 노래들을 손에 넣을 수 있는 데까지 수집해왔는데, 이제 귀중한 수집물들을 정리하고 가능하면 인근지역의 새로운 기록물들을 덧붙여 확충해 나가는 일을 했다. 엘리자베트는 어느 때건 온화하고 다정했다. 그녀는 언제나 변함없는 에리히의 배려를 겸손하게 감사하는 마음으로 받아들였고, 라인하르트는 이따금 옛날의 그토록 활달하던 아이가 어떻게 하여 이런 조용한 부인으로 변했는지를 생각했다.

그는 그곳에 머문 이틀째 날부터 저녁마다 호숫가를 따라 산보를 하곤 했다. 길은 정원 바로 아래로 나 있었다. 정원의 끝에 솟아오른 땅 위에는 키 큰 자작나무들 아래에 벤치 한 개가 놓여 있었다. 어머니는 그것을 저녁벤치라고 불렀는데, 그것이 서쪽을 향해 놓여 해가 지는 것을 보기 위해 저녁시간에 가장 많이 이용하기 때문이었다. 라인하르트는 어느 날 저녁 이 길에서 산보를 하던 중 갑작스런 비에 깜짝 놀라 돌아오게 되었다. 그는 호숫가에 서 있는 보리수나무 아래에서 비를 피했으나 곧 굵은 빗방울들이 나뭇잎 사이로 떨어져 내렸다. 온몸이 흠뻑 젖은 채 그는 비를 맞으며 천천히 다시 집을 향해 걸어갔다. 날은 거의 어두워졌고, 비는 점점 더 세차게 내렸다. 그가 저녁벤치에 가까이 왔을 때 희미하게 빛나는 자작나무 둥치들 사이에서 하얀 여인의 모습이 보이는 것 같았다. 그녀는 움직이지 않고 서 있었고, 그가 가까이 다가가 보니 그녀는 누군가를 기다리고 있는 듯 그를 향하고 있었다. 그는 그 사람이 엘리자베트일 것이라고 믿었다. 그러나 그녀에게 도달하여 그녀와 함께 집으로 돌아가기 위해 좀 더 빨리 걷자 그녀는 천천히 방향을 바꾸어 어두운 샛길로 사라졌다. 그는 그녀의 그런 행동에 종잡을 수가 없었다. 그러나 그는 다분히 엘리자베트에 대해 화가 났고, 그 여자가 정말 엘리자베트였는지 의심이 갔다. 하지만 그는 쑥스러워서 그것을 그녀에게 물어볼 수는 없었다. 그는 집에 도착하여 엘리자베트가 정원 문을 통해 들어서는 것을 보게 될까봐 정원홀로 들어가지 않았다.

엄마가 그걸 원하셨기에

며칠 후 저녁 무렵이었는데, 이 시간에는 늘 그러하듯 가족이 정원홀에 함께 앉아 있었다. 문들은 열려 있었고, 해는 이미 호수 건너편 숲 뒤로 넘어가 있었다.
라인하르트는 오후에 시골에 살고 있는 한 친구에게서 전해 받은 몇 곡의 민요들을 가르쳐달라는 부탁을 받았다. 그는 자신의 방으로 올라갔다가 곧 하나하나 깨끗하게 쓰인 낱장들을 이어 만든 듯 보이는 종이두루마리를 가지고 나왔다.
모두들 책상 옆에 앉았는데, 엘리자베트는 라인하르트의 곁에 앉았다. 라인하르트가 말했다.
"어쨌든 우리 읽어봅시다. 나도 아직 이것을 다 읽어보지 않았어요."
엘리자베트는 그 필사본을 펼쳤다. 그녀는 말했다.
"여기에 악보가 있네. 이건 당신이 노래 불러야겠어요, 라인하르트."
라인하르트는 먼저 티롤지방의 몇몇 요들송들을 읽었는데, 읽으면서 이따금 조그만 소리로 흥겨운 멜로디를 흥얼거렸다. 누구나 느끼는 경쾌함이 일행을 사로잡았다.
"그런데 이 아름다운 노래들은 누가 만들었을까요?"

엘리자베트가 물었다.

"아, 그건 들어보면 재단사들과 이발사들, 또한 그런 부류의 명랑한 계층의 사람들이 만들었다는 걸 알 수 있지."

에리히가 말했다.

그러자 라인하르트는 말했다.

"그것들은 결코 만들어지지 않는다네. 그것들은 자라나고, 공중에서 떨어지고, 거미줄처럼 땅위를 여기저기 날아다니며, 수천 곳에서 동시에 불려진다네. 우리는 이 노래들 속에서 우리 자신의 아주 독특한 삶과 고통을 발견하게 되고, 마치 우리 모두가 이 노래들이 생겨나는 것을 도운 것 같은 느낌이 들지."

그는 다른 종잇장을 집어 들었다.

"나는 높은 산 위에 서서……."

"나 그 노래 알아요! 처음에 음만 잡아줘요, 라인하르트. 내가 도와줄게요."

엘리자베트가 외쳤다. 이제 두 사람은 그 멜로디를 노래했는데, 그것은 너무 신비로워서 인간에 의해 고안되었다고는 믿기 어려울 정도였다. 엘리자베트는 약간 흐릿한 알토음성으로 라인하르트의 테너음성을 받쳐주었다.

어머니는 앉아서 쉬지 않고 바느질을 하고 있었고, 에리히는 두 손을 포개고 경건하게 귀를 기울였다. 노래가 끝나자 라인하르트는 그 종잇장을 말없이 옆으로 치웠다. 호숫가로부터 저녁의 정적을 뚫고 목동의 종소리가 울려왔다. 그들은 자신도 모르게 귀를 기울였으며, 그러자 맑은 소년의 목소리가 이렇게 노래했다.

나는 높은 산 위에 서서,

깊은 골짜기를 바라보고……

라인하르트가 미소 지었다.

"저 노랫소리 잘 들리지? 그렇게 그것은 입에서 입으로 전해지는 거지."

"저 노래는 이 지방에서 자주 불려져요."

엘리자베트가 말했다.

"맞아. 저 애는 목동 카스파르인데, 힘센 짐승들을 집으로 몰고 가고 있지."

에리히가 말했다.

그들은 목동의 종소리가 위쪽 관리용 건물 뒤로 사라질 때까지 잠시 동안 귀를 기울였다. 라인하르트가 말했다.

"저것은 원초적 소리들이지. 그것들은 깊은 숲속에서 잠자며, 누가 그것들을 찾아냈는지는 아무도 모르지."

그는 새 종잇장을 꺼냈다.

이미 날은 더 어두워졌고, 붉은 저녁 햇살이 호수 건너편 숲 위에 거품처럼 드리워 있었다. 라인하르트는 그 종잇장을 펼쳤고, 엘리자베트는 옆에서 한 손을 종이 위에 놓고 함께 들여다보았다. 그런 다음 라인하르트가 읽었다.

엄마가 그걸 원하셨기에

난 다른 남자를 택해야 한다네.

내가 지금껏 간직해온 것을

내 가슴은 잊어야 한다네.

잊고 싶지 않으면서도.

내가 엄마에게 하소연해도

엄마는 들어주지 않으셨다네.

지난날 명예 속에 머물던 것이

이제는 죄가 되어버렸네.

난 어찌해야 하나!

내 모든 긍지와 기쁨 대신

난 고통을 얻었다네.

아, 그렇게 되지 않았어야 했건만.

아, 구걸이나 하러 다녔으면.

갈색 황무지를 넘어!

읽는 동안 라인하르트는 종이가 살며시 진동하는 것을 느꼈다. 그가 읽는 것을 마치자 엘리자베트는 자신의 의자를 뒤로 밀치고 말없이 정원으로 내려갔다. 어머니의 시선이 그녀를 좇았다. 에리히가 뒤따라가려고 했지만 어머니가 말했다.

"엘리자베트는 밖에서 할 일이 있네."

그래서 그는 그대로 있었다.

밖에서는 정원과 호수 위에 저녁이 점점 더 짙게 깔리고 있었고, 나방들은 윙윙거리며 열린 문들 옆에서 날아다녔다. 문들을 통해 꽃과 수풀의 향기가 점점 더 강하게 밀려들어왔다. 물에서는 개구리들의 울음소리가 들려왔고, 창문 아래에서는 밤꾀꼬리 한 마리가 울었고, 정원 깊숙한 곳에서도 또 한 마리가 울었다. 달은 나무들 위를 내려다보고 있었다. 라인하르트는 엘리자베트의 고운 모습이 사라진 현관 통로들 사이를 잠시 동안 바라보있다. 그러고 나시 그는 원고를 다시 둘둘 말았고, 옆에 함께 있는 사람들에게 인사를 하고는 집을 나서 호숫가로 내려갔다.

숲들은 말없이 서서 검은 자태를 호수 위에 멀리 펼치고 있었고, 호수의 가운데는 음침한 어스름 달빛 속에 놓여 있었다. 이따금 나무들 사이에서 나지막하게 쏼쏼 나뭇잎 부딪히는 소리가 들려왔지만 바람이 불어서 그런 것은 아니었고, 단지 여름밤의 입김이 있을 뿐이었다. 라인하르트는 호숫가를 따라 계속 걸었다. 그는 호숫가로부터 돌팔매질이 미치는 거리에 하얀 수련 한 송이가 떠 있는 것을 알아차렸다. 갑자기 그는 그 꽃을 가까이에서 보고 싶은 충동을 느꼈다. 그는 옷을 벗고 물속으로 들어갔다. 물은 얕았으며, 날카로운 풀과 돌들이 그의 발에 부딪혔고, 그는 여전히 헤엄을 쳐야 할 정도의 깊이에 이르지는 않았다. 그러다가 그가 갑자기 아래로 깊이 빨려 들어갔고, 물이 그의 위에서 소용돌이쳤으며, 그가 다시 물 위로 솟아오르는 데는 얼마간의 시간이 걸렸다. 이제 그는 손과 발을 휘젓고 빙빙 돌며 헤엄친 끝에 자신이 빨려들었던 지점이 어디인지를 알아보게 되었다. 그는 곧 수련도 다시 볼 수 있었는데, 그것은 반짝이는 커다란 잎들 사이에 외롭게 놓여 있었다. 그는 천천히 헤엄쳐 나가면서 이따금 물 밖으로 팔을 들어올렸고, 그리하여 떨어지는 물방울들이 달빛 속에서 반짝였다. 그러나 그와 꽃 사이의 거리는 여전히 그대로인 듯 여겨졌으며, 그가 돌아보자 호숫가는 점점 더 짙어지는 안개 속에 싸인 채 그의 뒤쪽에 놓여 있었다. 그런데도 그는 자신의 계획을 포기하지 않고, 힘차게 같은 방향으로 계속 헤엄쳐 갔다. 마침내 그는 그 꽃에 가까이 접근하여 은빛 꽃잎들을 달빛 속에서 분명하게 구별해낼 수 있게 되었다. 그러나 동시에 그는 그물에 휘감긴 것 같은 느낌이 들었으며, 바닥에서 미끄러운 나무줄기들이 솟아올라 그의 발가벗은 사지에 휘감겼다. 낯선 물이 시커멓게 그를 에워싸고 있었고, 그의 뒤에서는 물고기가 뛰어오르는 소리가 들렸다. 그는 낯선 환경에 갑자기 무서운 생각이 들어 휘감긴 풀들을 힘껏 떨쳐내고 전속력으로 땅을 향해 헤엄쳐 갔다. 그가 땅에서 호수를 되돌아보자 수련은 전과 마찬가지로 멀리에서 외롭게 깊은 어둠 속에 놓여 있었다. 그는 옷을 입고 천천히 집으로 돌아갔다. 정원을 지나 홀에 들어섰을 때 그는 에리히와 어머니가 다음날 떠나기로 되어 있는 짧은 업무여행을 준비하고 있는 것을 보았다.

"밤 늦게 어디 갔다 온 건가?"

어머니가 그를 향해 말했다.

"저요? 수련에게 다가가려고 했는데, 그러지 못했습니다."

그가 대답했다.

"도무지 자네 행동을 이해할 수가 없네! 도대체 수련으로 뭘 하려고 했나?"

에리히가 말했다.

"나는 그것을 옛날에 한 번 알았었는데, 이미 오래된 일이라네."

라인하르트가 말했다.

다음날 오후 라인하르트와 엘리자베트는 호수 건너편을 산책했는데, 삼림 사이를 지나기도 하고 앞으로 솟은 높은 호숫가를 오르기도 했다. 엘리자베트는 에리히로부터 그와 어머니가 없는 동안 라인하르트에게 주변의 멋진 경치들을, 특히 건너편 호숫가에서 농장의 모습을 보여줄 것을 부탁받았던 것이다. 그들은 이곳저곳을 걸어 다녔다. 마침내 엘리자베트는 피곤해져서 늘어진 나뭇가지들의 그늘 아래에 앉았고, 라인하르트는 그녀의 맞은편에서 나무둥치에 기대어 서 있었다. 그때 라인하르트는 깊은 숲속에서 뻐꾸기가 우는 소리를 들었고, 돌연 이 모든 것이 지난날 언젠가도 똑같았었다는 느낌이 들었다. 그는 특이한 미소를 지으며 그녀를 바라보았다.

"우리 산딸기 찾으러 갈까?"

그가 물었다.

"지금은 산딸기 철이 아닌데요."

그녀가 말했다.

"하지만 곧 산딸기 철이 올 거야."

엘리자베트는 말없이 고개를 저은 다음 일어섰고, 두 사람은 산책을 계속했다. 그녀가 그의 옆에서 걸어가는 동안 그의 시선은 계속하여 그녀를 향했다. 그녀가 자신의 옷에 의해 이끌려가듯 아름답게 걸어갔기 때문이다. 그는 자주 그녀의 전체 모습을 완전하게 보기 위해 자신도 모르게 한 발짝 뒤처졌다. 그렇게 하며 그들은 먼 곳까지 조망할 수 있는, 잡풀이 덮인 어느 탁 트인 공터에 도달했다.

라인하르트는 몸을 숙여 땅에서 자라고 있는 풀들 가운데 무언가를 뜯었다. 그가 다시 올려다보았을 때 그의 얼굴은 격정적인 고통의 표정을 띠고 있었다.

"이 꽃 알아?"

그가 말했다.

그녀는 그를 의아해하며 바라보았다.

"그건 에리카네요. 저는 그것을 숲속에서 자주 꺾었었지요."

그러자 그가 말했다.

"나는 집에 낡은 책이 한 권 있어. 전에 나는 그 안에 여러 가지 노래들과 시들을 적어 넣곤 했지. 하지만 이미 오래 전에 그만두었지. 그 책갈피 사이에는 에리카 꽃잎 한 장도 끼어 있는데, 그저 시든 꽃잎이지. 내게 그 꽃잎을 준 게 누군지 알아?"

그녀는 말없이 고개를 끄덕였다. 그러나 그녀는 눈을 내리뜨고 그가 손에 들고 있는 그 풀만을 바라보았다. 그렇게 그들은 오래도록 서 있었다. 그녀가 눈을 들어 그를 올려다보았을 때 그는 그녀의 눈이 눈물로 가득차 있는 것을 보았다.

그가 말했다.

"엘리자베트, 저 푸른 산들 뒤쪽에 우리 청춘의 시절이 놓여 있어. 그것은 어디에 머물러왔을까?"

그들은 더 이상 아무 말도 하지 않았고, 말없이 나란히 호수로 내려갔다. 공기는 후텁지근했고, 서쪽에서 검은 구름이 솟아올랐다.

"뇌우가 오려나 봐요."

엘리자베트는 걸음을 재촉하며 말했다. 라인하르트는 말없이 고개를 끄덕였고, 두 사람은 호숫가를 따라 재빨리 걸어가 그들의 보트에 이르렀다.

호수를 건너는 동안 엘리자베트는 한 손을 보트 가에 놓았다. 라인하르트는 노를 저으며 그녀를 건너다보았다. 그녀는 그를 지나쳐 먼 곳을 바라보았다. 그리하여 그의 시선은 아래로 내려와 그녀의 손 위에 머물렀다. 그리고 이 창백한 손은 그에게 무엇을 숨겨왔는지를 알려주는 모습이었다. 그는 그녀의 손에서 밤이면 아픈 가슴 위에 놓이는 아름다운 여인의 손을 곧잘 사로잡는 감춰진 고통의 미묘한 모습을 보았다. 엘리자베트는 그의 눈이 자신의 손에 머물고 있음을 느끼자 손을 천천히 보트에서 떼어 물속으로 집어넣었다.

저택에 도착하여 그들은 저택 앞에서 가위 가는 사람의 수레를 만났다. 길게 늘어진 검은 고수머리를 한 남자가 쉬지 않고 가위를 가는 바퀴를 돌리면서 이빨 사이로 집시의 멜로디를 흥얼대고 있었고, 줄에 묶인 개 한 마리가 헐떡이면서 그 옆에 앉아 있었다. 현관에서는 누더기를 걸친 무척이나 예쁜 얼굴을 하고 있는 한 소녀가 서서 구걸을 하며 엘리자베트에게 손을 뻗쳤다.

라인하르트는 주머니에 손을 넣었다. 그러나 엘리자베트가 앞서서 재빨리 자신의 지갑 속에 있는 돈을 모두 털어 그것을 그 거지소녀의 벌린 손에 쏟아 부었다. 그런 다음 엘리자베트는 급히 몸을 돌렸고, 라인하르트는 그녀가 흐느끼며 계단을 오르는 소리를 들었다. 그는 그녀를 멈춰 세우려고 했지만 곰곰이 생각한 끝에 계단에 그대로 서 있었다. 소녀는 여전히 받은 돈을 손에 든 채 움직이지 않고 현관에 서 있었다.

"네가 원하는 게 뭐니?"

라인하르트가 물었다.

소녀는 몸을 움찔했다.

"나는 더 이상 아무 것도 원하지 않아요."

소녀는 말했다. 그런 다음 소녀는 그를 향해 머리를 돌리고 어리둥절한 눈빛으로 그를 응시하면서 천천히 대문 쪽으로 갔다. 그는 어떤 이름을 외쳤으나 소녀는 그것을 듣지 못했다. 소녀는 머리를 숙이고 가슴 위에 팔을 포갠 채 뜰을 지나 아래로 내려갔다.

죽음, 아 죽음을
나는 홀로 맞아야 하네.

오래된 노래가 그의 귓전에 울렸고, 그는 숨을 죽였다. 그는 잠시 동안 그런 상태로 있다가 돌아서서 자기 방으로 올라갔다.

그는 작업을 하기 위해 앉았지만 아무 생각도 할 수 없었다. 그는 한 시간 동안을 헛되이 시도하다가 거실로 내려갔다. 아무도 없었고, 서늘하고 푸르스름한 저녁 어스름만이 내려 있었다. 엘리자베트의 재봉대 위에는 그녀가 오후에 목에 둘렀던 빨간 목도리가 놓여 있었다. 그는 그것을 손에 들었으나 그것이 마음을 아프게 하여 다시 내려놓았다. 그는 안정을 찾지 못했고, 호수로 내려가 보트를 풀었다. 그는 노를 저어 건너가 조금 전 엘리자베트와 함께 걸었던 모든 길들을 다시 한 번 걸었다. 그가 다시 집에 돌아왔을 때는 어두워져 있었다. 그는 뜰에서 마차 끄는 말들을 풀밭으로 데려가려던 마부를 만났다. 여행을 떠났던 사람들이 방금 돌아온 것이었다. 현관에 들어서면서 그는 에리히가 정원홀에서 이리저리 걸어다니는 소리를 들었다. 라인하르트는 그에게로 들어가지 않고, 잠시 가만히 서 있다가 조용히 계단을 올라 자기 방으로 갔다. 여기에서 그는 창가로 가 팔걸이 의자에 앉아 아래쪽 주목울타리에서 노래하는 밤꾀꼬리 소리를 들으려는 듯 하고 있었다. 그러나 그는 자기 심장의 고동소리만을 들을 뿐이었다. 아래쪽 집안에서는 모든 것이 적막에 잠겼고, 밤이 흘러갔는데, 그는 그것을 느끼지 못했다. 그는 그렇게 몇 시간을 앉아 있었던 것이다. 마침내 그는 일어서서 열린 창문 옆에 섰다. 나뭇잎들 사이로 밤이슬이 흘러내렸고, 밤꾀꼬리는 노래를 그쳤다. 점차 동쪽으로부터 연노랑 여명에 의해 밤하늘의 짙은 푸르름이 밀려나고 있었다. 신선한 바람이 일어 라인하르트의 뜨거운 이마를 스쳤고, 새벽 첫 종달새가 소리를 지르며 공중으로 날아올랐다. 라인하르트는 갑자기 몸을 돌려 책상으로 가서 더듬거리며 연필을 찾았고, 그것을 찾자 앉아서 하얀 두루마리종이 위에 몇 줄의 글을 썼다. 글을 마친 다음 그는 모자와 지팡이를 들고, 그 종이를 남겨놓은 채 조심스럽게 문을 열고 현관으로 내려갔다. 새벽어스름이 아직 구석구석에 남아 있었고, 커다란 집고양이가 거적 위에서 기지개를 켰고, 그가 무심코 내민 손에 등을 곧추세웠다. 바깥 정원에서는 벌써 참새들이 나뭇가지에서 재잘거리며 밤이 지나갔다는 것을 모두에게 알리고 있었다. 그때 그는 위쪽 집 안에서 문이 열리는 소리를 들었다. 누군가가 계단을 내려왔고, 그가 올려다보자 엘리자베트가 그의 앞에 서 있었다. 그녀는 그의 팔에 손을 얹었고, 입술을 실룩였지만 그는 아무 말도 들을 수 없었다. 마침내 그녀가 말했다.

"당신은 다시는 오지 않겠지요. 나는 알아요. 거짓말은 마세요. 당신은 결코 다시는 오지 않을 거예요."

"그래."

그가 말했다. 그녀는 손을 내리고 더 이상 아무 말도 하지 않았다. 그는 현관을 지나 대문 쪽으로 가다가 다시 한 번 돌아섰다. 그녀는 움직이지 않고 그 자리에 서서 힘없는 눈길로 그를 바라보았다. 그는 한 발짝 앞으로 나가 그녀를 향해 두 팔을 펼쳐 뻗었다. 그러고는 힘차게 돌아서서 대문을 빠져나갔다. 밖에는 세상이 신선한 아침빛 속에 놓여 있었고, 거미줄에 매달린 이슬방울들이 첫 햇살에 반짝였다. 그는 뒤돌아보지 않았다. 그는 재빨리 걸어 나갔으며, 그의 뒤로는 고요한 농장이 점점 더 깊숙이 가라앉았고, 그의 앞으로는 거대한 넓은 세계가 솟아올랐다.

노인

달빛은 더 이상 유리창에 비치지 않았고, 어두워졌다. 노인은 여전히 손을 모은 채 팔걸이의자에 앉아 텅 빈 방안을 바라보고 있었다. 점차 그의 눈앞에서 그를 에워싼 어둠이 검고 넓은 호수로 변해갔다. 검은 물결이 점점 더 깊게 겹겹이 이어져 펼쳐졌고, 너무 멀어서 노인의 눈이 거의 미치기 어려운 맨 마지막의 물결 위에는 하얀 수련 한 송이가 넓은 잎들 사이에서 외롭게 흔들렸다.

방문이 열리고 밝은 불빛이 방안으로 들어왔다.

"잘 왔어요, 브리기테. 등불을 책상 위에 놓아줘요."

노인이 말했다.

그런 다음 그는 의자를 책상으로 당기고, 펼쳐진 책들 중 한 권을 집어 들고 언젠가 청춘의 힘을 다 바쳐 행했던 연구에 몰입했다.

죽은 자는 말이 없다

아르투어 슈니츨러

그는 마차 안에 가만히 앉아 있는 것을 더 이상 견딜 수 없었다. 그는 마차에서 내려 이리저리 거닐었다. 이미 날은 어두워졌고, 고요하고 외진 거리의 몇몇 가로등 불빛은 바람에 흔들리며 이리저리 가물거렸다. 비는 그쳤고, 인도는 거의 말랐지만 포장되지 않은 차도는 아직 젖어 있었으며, 곳곳에 작은 웅덩이를 이루고 있었다.

프란츠는 프라터 거리에서 불과 백 보 떨어진 이곳에서 헝가리의 어느 작은 도시에 있는 것처럼 느낄 수 있다는 것이 기이하다고 생각했다. 어쨌든 이곳에서는 적어도 마음을 놓아도 될 것이며, 그녀가 두려워하는 아는 사람들도 만나지 않을 것이다.

그는 시계를 보았다. 7시였는데 이미 깜깜한 밤이었다. 이번에는 가을이 일찍 왔다. 또한 지긋지긋한 폭풍우도.

그는 외투 깃을 세우고 더 빨리 이리저리 거닐었다. 가로등 불빛이 비치는 창문들이 삐거덕거렸다. 그는 혼잣말을 했다.

"아직 30분이 남았군. 30분만 지나면 갈 수 있지. 아, 떠나려 해도 꽤 먼 길이 될 지도 모르지.”

그는 모퉁이에 멈춰 섰다. 여기에서 그는 그녀가 오게 될 양쪽 거리를 다 볼 수 있었다.

그는 바람에 날아가려는 모자를 꼭 붙들고 오늘 그녀가 올 것이라고 생각했다. 금요일이고…… 교수회의가 있고…… 따라서 그녀는 과감히 집을 나와서 좀 오래 있을 수 있을 거야…… 그는 마차길에서 울리는 종소리를 들었고, 이제 근처 네포묵 교회에서도 종소리가 울리기 시작했다. 거리는 더 번잡해졌다. 더 많은 사람들이 그의 곁을 지나쳐갔는데, 그가 보기에 대부분은 7시에 문을 닫은 가게들에서 나온 종업원들 같았다. 모두가 재빨리 걸어갔고, 걸음을 힘들게 하는 폭풍우와 일종의 싸움을 벌였다. 아무도 그에게 관심을 보이지 않았고, 두어 명의 여종업원만이 약간의 호기심으로 그를 올려다보았다. 갑자기 그는 낯익은 모습이 재빨리 다가오는 것을 보았다. 그는 그 사람을 향해 달려갔다. 그는 생각했다. 마차도 타지 않고? 그녀일까?

그녀였고, 그녀는 그를 알아보자 걸음을 재촉했다.

“걸어서 오는 거야?”

그가 말했다.

“카알 극장 옆에서 마차를 내렸어. 나는 전에도 한 번 그 마부의 마차를 탄 적이 있는 것 같아.”

한 남자가 그들 옆을 지나쳐가면서 여자를 흘깃 쳐다보았다. 젊은 그가 그를 거의 위협하듯 날카롭게 응시하자 그 남자는 재빨리 가버렸다. 여자는 그의 뒤를 바라보았다.

“저 사람 누구지?”

그녀가 걱정스럽게 물었다.

“모르는 사람이야. 이곳에는 아는 사람이 없으니 마음 푹 놓아. 이제 빨리 가서 마차에 올라타야지."

"저거 당신이 타고 온 마차야?"

"그래."

"무개마차네?"

"한 시간 전에 그렇게 멋지게 해놓았지."

그들은 마차 쪽으로 서둘러 갔고, 젊은 여자가 올라탔다.

"마부아저씨!"

젊은 남자가 외쳤다.

"도대체 마부는 어디에 있어?"

젊은 여자가 물었다.

프란츠는 주변을 둘러보았다. 그는 외쳤다.

"마부가 보이지 않으니 이상하네."

"야단났네!"

그녀가 조용히 외쳤다.

"잠깐만 기다려. 마부는 분명 저기에 있을 거야."

젊은 남자는 문을 열고 조그만 술집으로 들어갔다. 마부는 다른 사람들과 함께 식탁에 앉아 있다가 재빨리 일어났다.

"즉시 가겠습니다, 손님."

마부는 이렇게 말하고 일어선 채 자신의 포도주잔을 모두 비웠다.

"도대체 뭐하고 있는 겁니까?"

"아닙니다, 손님. 바로 갑니다."

그는 조금 비틀거리면서 말들에게로 달려갔다.

"어디로 갈까요, 손님?"

"프라터 왕실별장 쪽으로요."

젊은 남자가 올라탔다. 젊은 여자는 펼쳐진 덮개 아래 구석에서 거의 웅크린 상태로 몸을 완전히 숨긴 채 기대고 있었다.

프란츠는 그녀의 두 손을 잡았다. 그녀는 움직이지 않고 있었.

"내게 최소한 저녁인사말이라도 해주지 않을래?"

"부탁이야. 잠깐만 이대로 있게 해줘. 난 아직도 숨이 차."

젊은 남자는 한쪽 구석에 기대고 있었다. 두 사람은 잠시 침묵했다. 마차는 프라터 거리로 꺾어들었고, 테게톱(1827~1871, 오스트리아의 장군) 기념상 옆을 지나 잠시 후 넓고 어두운 프라터 가로수길을 달려갔다. 엠마는 갑자기 두 팔로 사랑하는 남자를 끌어안았다. 그는 자신을 그녀의 입술에서 갈라놓은 베일을 걷어 입을 맞췄다.

"마침내 내가 당신 곁에 있게 되었네!"

그녀가 말했다.

"우리가 서로 얼마나 오랫동안 보지 못했는지 알아?"

그가 외쳤다.

"일요일부터."

"그래, 그날도 그저 말도 못하고 멀리서만 바라보았지."

"무슨 얘기야? 당신은 우리 식구들과 함께 있었잖아."

"그래…… 너희와 함께 있었지. 아, 앞으로는 그렇게 되지 않을 거야. 나는 너희에게 결코 다시 가지 않을 거야. 그런데 왜 그래?"

"마차 한 대가 우리 옆으로 지나갔어."

"이봐, 오늘 프라터에서 마차를 타고 산책하는 사람들은 전혀 우리에겐 관심 없어."

"나도 그렇게 믿고 있었어. 하지만 누군가가 우연히 우리를 들여다볼 수도 있어."

"누구인지를 알아내는 건 불가능하지."

"부탁인데, 우리 다른 곳으로 가."

"너 좋을 대로 하자."

그는 마부를 불렀지만 마부는 듣지 못하는 것 같았다. 그러자 그는 몸을 앞으로 숙이고 손으로 마부를 건드렸다. 마부가 뒤를 돌아보았다.

"돌아가야겠어요. 그런데 왜 그렇게 말을 심하게 모십니까? 우리는 전혀 급하지 않은데! 우리는 어떤 길로 가느냐 하면…… 라이히스 다리 쪽으로 난 가로수길 아시나요?"

"라이히스 거리요?"

"그래요. 하지만 그렇게 빨리 달리지는 마세요. 전혀 그럴 필요 없습니다."

"무슨 말씀이세요, 손님. 말들을 이렇게 난폭하게 만드는 건 폭풍우입니다."

"아 그렇군요. 폭풍우."

프란츠는 다시 앉았다.

마부는 말들을 돌렸다. 말들은 되돌아 달렸다.

"당신 어제는 왜 오지 않았어?"

그녀가 물었다.

"내가 어떻게 갈 수가 있어?"

"나는 당신도 내 언니 집에 초대받은 걸로 생각했어."

"아, 그랬지."

"당신은 왜 거기에 오지 않았어?"

"다른 사람들 틈에서 너와 함께 있는 걸 견딜 수 없기 때문이야. 그래, 결코 다시는 가지 않을 거야."

그녀는 어깨를 들썩였다.

"우리 지금 어디에 있는 거야?"

그녀가 물었다.

그들은 철도 교량 아래 라이히스 거리로 접어들었다.

"저쪽으로 가면 커다란 도나우 강이지."

프란츠가 말했다.

"우리는 라이히스 다리 쪽으로 가는 중이야. 여기에는 아는 사람들이 없지!"

그는 놀리듯 덧붙였다.

"마차가 지독히도 흔들거리네."

"응, 이제 우리는 다시 자갈포장길 위에 있어."

"저 사람은 왜 마차를 지그재그로 몰지?"

"네게는 그렇게 보이는구나."

그러나 그도 마차가 필요 이상으로 그들을 심하게 이리저리 내동댕이치고 있다고 생각했다. 그는 그녀를 더 불안하게 하지 않기 위해 그런 것에 대해 아무 말도 하지 않으려 했다.

"나는 오늘 너와 진지하게 할 얘기가 많아, 엠마."

"그럼 빨리 시작해. 나는 9시에는 들어가 있어야 하니까."

"두 마디 말로 모든 게 결정될 수 있어."

"아니, 도대체 무슨 일이야?"

그녀가 외쳤다. 마차는 전차선로로 빠져들었고, 마부는 빠져나오려고 거의 마차를 전복시킬 듯 심하게 방향을 틀었다. 프란츠는 마부의 외투를 붙잡았다.

"멈춰요. 당신은 취했어요."

그는 마부에게 외쳤다.

마부는 간신히 말들을 멈춰 세웠다.

"하지만 손님……"

"자, 엠마, 우리 여기서 내리자."

"여기가 어디야?"

"벌써 다리 옆이지. 지금은 더 이상 폭풍우가 몰아치지 않아. 우리 조금 걷자. 마차를 타고 가면서는 제대로 얘기를 나눌 수 없어."

엠마는 베일을 아래로 끌어내리고는 뒤따랐다.

"폭풍우가 몰아치지 않는다고?"

그녀는 마차에서 내리면서 곧장 바람세례를 받자 이렇게 외쳤다.

그는 그녀의 팔을 붙들었다.

"마차로 뒤따라오세요."

그는 마부에게 외쳤다.

그들은 앞으로 걸어 나갔다. 다리는 길게 점차 가팔라졌고, 그들은 아무 말도 하지 않았다. 그들 두 사람은 아래에서 강물이 흘러가는 소리가 들리자 잠시 멈춰 섰다. 깊은 어둠이 그들을 에워쌌다. 넓은 강물은 잿빛으로 한없이 멀리 뻗쳐 있었고, 그들은 멀리서 강물 위로 둥둥 떠다니는 듯 보이면서 물속에 반사되는 빨간 불빛들을 보았다. 두 사람이 방금 지나온 강가에서 흔들리는 광선줄기가 물속으로 가라앉았다. 건너편에서는 강물이 검은 풀밭 속으로 사라져버린 것 같았다. 이제 더 먼 곳에서 천둥소리가 울리는 듯했고, 그 소리는 점점 더 가까이 다가왔다. 두 사람은 무의식적으로 붉은 불빛이 가물거리는 곳을 바라보았다. 밝은 창문들을 한 열차들이 굽은 철로 사이를 굴러 지나갔는데, 그것은 갑자기 어두운 밤으로부터 솟아나왔다가 곧장 다시 가라앉는 듯했다. 천둥은 점점 사라졌고, 조용해졌으며, 바람만이 갑작스런 돌풍이 되어 불어왔다.

오랜 침묵 끝에 프란츠가 말했다.

"우리는 가야 돼."

"물론이지."

엠마가 조용히 대답했다.

"우리는 가야 돼. 내 말은 완전히 떠나야 된다는 건데……."

프란츠는 힘주어 말했다.

"그건 안 돼."

"엠마, 안 된다는 건 우리기 겁쟁이이기 때문이야."

"그럼 내 아이는?"

"그는 아이를 네게 맡길 거야. 나는 그러리라고 굳게 믿고 있어."

"그리고 어떻게 떠나? 안개 낀 밤에 몰래 달아나?"

그녀가 조용히 물었다.

"아니야, 결코 그렇지 않아. 너는 그에게 다른 남자의 여자가 되었기 때문에 더 이상 그의 곁에서 살아갈 수 없다는 말만 하면 돼."

"당신 제정신이야, 프란츠?"

"네가 원한다면 내가 부담을 덜어주지. 내가 그에게 그 말을 해주겠어."

"그러면 안 돼, 프란츠."

그는 그녀를 바라보려고 했다. 그러나 그는 어둠 속에서 그녀가 고개를 들고 그를 향해 몸을 돌린 것밖에는 아무 것도 알아볼 수 없었다.

그는 잠시 침묵했다. 그리고 나서 그는 조용히 말했다.

"걱정하지 마. 나 그러지 않을 거야."

그들은 맞은 편 강가를 향해 걸어갔다.

"당신 들려? 저 소리는 뭐지?"

그녀가 말했다.

어둠 속에서 달가닥거리는 소리가 천천히 다가왔다. 조그만 붉은 불빛 한 개가 그들을 향해 흔들리며 다가왔다. 그들은 곧 그것이 시골수레의 앞쪽 채에 매달린 조그만 등에서 나오는 빛이라는 걸 알아차렸다. 그러나 그들은 그 수레에 짐이 실려 있는지, 사람들이 타고 가는지는 알아볼 수 없었다. 바로 그 뒤로 두 대의 똑같은 수레가 왔다. 그들은 뒤쪽 수레 위에 농부복장의 한 남자가 타고 있는 것을 알아볼 수 있었는데, 그는 막 파이프담배에 불을 붙이는 중이었다. 수레들은 지나갔다. 그러고 나서 그들은 스무 걸음쯤 뒤에서 그들을 따라오는 마차의 둔탁한 소리 외에는 다시 아무 소리도 듣지 못했다. 이제 다리는 맞은 편 강가 쪽으로 살짝 내려앉았다. 그들은 자신들 앞의 거리가 나무들 사이에서 어둠 속으로 길게 뻗어 있는 것을 보았다. 그들의 왼쪽과 오른쪽으로는 깊숙하게 풀밭이 놓여 있었는데, 그들은 마치 심연 속을 들여다보듯 그 안을 바라보았다.

오랜 침묵 끝에 프란츠가 갑자기 말했다.

"그럼 마지막이네……."

"뭐가?"

엠마가 걱정스런 목소리로 물었다.

"우리가 함께 있는 것 말야. 너 그 사람과 살아. 나는 너와 작별할게."

"당신 진심으로 하는 말이야?"

"물론."

"당신이 알다시피 우리가 늘 몇 시간씩 시간을 낭비해온 건 바로 당신 때문이야. 나 때문이 아니야!"

"그래, 그래, 네 말이 맞아. 자, 우리 돌아가자."

프란츠가 말했다.

그녀는 그의 팔을 더 꼭 잡았다.

"싫어. 지금은 가고 싶지 않아. 나는 이렇게 헤어지지는 않을래."

그녀는 부드럽게 말했다.

그녀는 그를 끌어당기고는 그에게 오랫동안을 입을 맞췄다. 그러고 나서 그녀는 물었다.

"우리가 여기서 계속 간다면 어디로 가게 되지?"

"그러면 곧장 프라하로 가게 돼."

"그다지 멀지 않네. 당신이 원한다면 좀 더 멀리 나가."

그녀는 웃으면서 말했다. 그녀는 어둠 속을 가리켰다.

"이봐요, 마부!"

프란츠가 외쳤다. 마부는 듣지 못했다.

프란츠는 또 외쳤다.

"멈춰요!"

마차는 계속 달려왔다. 프란츠는 마차로 달려갔다. 이제 프란츠는 마부가 자고 있다는 걸 알았다. 프란츠는 큰 소리로 마부를 깨웠다.

"우리는 조금 더 멀리 나가야겠는데…… 이 거리를 곧바로 달려서…… 내 말 알아듣겠어요?"

"알겠습니다, 손님."

엠마는 마차에 올랐고, 프란츠도 그녀를 따라 올랐다. 마부는 채찍을 가했고, 말들은 미친 듯이 빗물로 진창이 된 거리 위를 달려갔다. 두 사람은 마차가 이리저리 흔들어놓는 동안 서로 꼭 껴안고 있었다.

"썩 좋지는 않네."

엠마가 그의 입에 아주 가까이 대고 속삭였다.

이 순간 마차가 갑자기 공중으로 날아가는 듯했고, 자신이 밖으로 내동댕이쳐지는 느낌이 들어 무언가를 붙잡으려고 했지만 허공을 휘저었다. 그녀는 엄청난 속도로 원을 그리며 빙빙 도는 듯한 느낌이 들어 눈을 감을 수밖에 없었다. 그녀는 갑자기 자신이 땅바닥에 누워 있다는 걸 느꼈고, 온 세상과 멀리 떨어진 채 완전히 홀로 있는 듯 무시무시하고 무거운 정적이 몰려왔다. 그러고 나서 그녀는 여러 가지가 뒤섞인 소리를 들었다. 그녀는 아주 가까이에서 바닥에 부딪히는 말발굽소리들과 나지막한 흐느낌소리를 들었지만 아무 것도 볼 수는 없었다. 이제 그녀는 미칠 것 같은 공포를 느꼈다. 그녀는 소리를 질렀다. 그녀는 자신의 외침소리를 들을 수 없었으므로 공포는 더 커졌다. 갑자기 그녀는 무슨 일이 일어났는지를 정확히 알아차렸다. 마차가 이정표석과 같은 무언가에 부딪혀 전복되었고 그들이 밖으로 튕겨 나온 것이었다. 그는 어디 있지? 이것이 그녀의 다음 생각이었다. 그녀는 그의 이름을 외쳤다. 그리고 그녀는 자신이 외치는 소리를 들었다. 아주 작지만 어쨌든 자신의 소리가 들리긴 했다. 대답은 없었다. 그녀는 몸을 일으키려고 했다. 그녀는 간신히 일어나 땅바닥에 앉을 수 있었으며, 손을 뻗치자 그녀 옆에서 사람의 몸을 느낄 수 있었다. 그리고 이제 그녀는 눈으로 어둠 속을 꿰뚫어 볼 수 있었다. 프란츠가 아무런 움직임도 없이 그녀 옆에 누워 있었다. 그녀는 뻗은 손으로 그의 얼굴을 만졌는데, 얼굴 위로 무언가 축축하고 따뜻한 것이 흘러내리고 있었다. 그녀는 숨이 멎는 것 같았다. 피잖아? 무슨 일이 일어났지? 프란츠가 다쳐서 의식을 잃었어. 그런데 마부는, 도대체 그는 어디에 있지? 그녀는 마부를 불렀다. 아무 대답도 없었다. 그녀는 여전히 땅바닥에 앉아 있었다. 그녀는 온몸에 통증을 느꼈지만 자신에게는 아무 일도 일어나지 않았다고 생각했다. 뭘 어떻게 하지, 뭘 어떻게 하면 좋아…… 내게는 전혀 아무 일도 일어나지 않았지만 어떻게 할 수가 없잖아.

"프란츠!"

그녀는 외쳤다. 아주 가까이에서 어떤 목소리가 대답했다.

"어디 계세요, 아가씨? 그리고 남자손님은요? 아무 일도 없나요? 아가씨, 기다리세요. 잘 보이게 내가 등불을 켤게요. 오늘 꺾쇠가 제대로 채워져 있지 않았나. 나는 죄가 없어요. 내가 정신을…… 아니 이 빌어먹을 말들이 자갈더미 속으로 들어가 버렸어요."

엠마는 사지가 온통 아파왔지만 완전히 일어섰다. 마부에게 아무 일도 일어나지 않은 것이 그녀를 좀 더 안심시켰다. 그녀는 마부가 등 뚜껑을 열고 성냥을 긋는 소리를 들었다. 그녀는 공포에 떨며 불빛을 기다렸다. 그녀는 프란츠를 다시

한 번 만져볼 용기가 나지 않았다. 그녀는 생각했다. 아무 것도 볼 수 없으면 모든 것은 더 무섭게 보이므로 그는 틀림없이 눈을 뜰 거고…… 아무 일도 아닐 거야.

옆쪽에서 가물거리는 불빛이 나왔다. 그녀는 갑자기 마차를 보고 놀랐는데, 그것은 땅위에 있지 않고 한쪽 바퀴가 부서진 듯 도로변 구덩이를 향해 기울어진 채 세워져 있었다. 말들은 아주 조용히 서 있었다. 불빛이 가까이 다가왔다. 그녀는 불빛이 점차 이정표석을 지나고 자갈더미를 지나 구덩이 속으로 옮겨가는 것을 보았다. 그러고 나서 불빛은 프란츠의 발 위로 기어올라 그의 몸을 훑고, 그의 얼굴을 비추더니 얼굴 위에 멈췄다. 마부는 등을 땅 위에 세워놓았다. 누워 있는 자의 머리 바로 옆이었다. 엠마는 무릎을 꿇었고, 그의 얼굴을 바라보자 심장의 고동이 멎는 것 같았다. 그의 얼굴은 창백했고, 두 눈은 반쯤 떠 있어서 그녀는 흰자위만을 볼 수 있었다. 오른쪽 관자놀이로부터 한 줄기의 피가 서서히 뺨 위로 흘러내려 목 옆 셔츠 깃 아래로 흘러들어갔다. 그는 이빨로 아랫입술을 깨물고 있었다.

"가망이 없구나!"

엠마는 혼잣말을 했다.

마부도 무릎을 굽히고 얼굴을 자세히 바라보았다. 그러고 나서 그는 양손으로 머리를 잡아서 그를 일으켰다.

"뭐하는 거예요?"

엠마는 목소리를 낮춰 외쳤고, 스스로 일으키는 듯 보인 머리를 보고 깜짝 놀랐다.

"아가씨, 내가 보기엔 크게 불행한 일이 일어난 것 같습니다."

"그렇지 않아요. 그럴 수 없어요. 그렇다면 아저씨에게도 무슨 일이 일어났어야 했잖아요? 그리고 내게도……."

엠마가 말했다.

마부는 움직이지 않는 자의 머리를 떨고 있는 엠마의 무릎위에 다시 천천히 내려놓고 말했다.

"누구라도 오기만 하면 좋겠는데…… 농부들이라도 곧 오면 좋겠는데……."

"우리 어떻게 하면 좋아요?"

엠마가 입술을 떨며 말했다.

"아가씨, 마차가 부서지지 않았다면 좋았을 텐데…… 하지만 그것은 지금 망가져버렸으니…… 우리는 누군가가 올 때까지 어쩔 수 없이 기다려야 합니다."

마부는 계속하여 말했으나 엠마는 그의 말에 귀를 기울이지 않았다. 그러나 그러는 사이 그녀는 정신이 드는 듯했고, 무엇을 해야 할지 알게 되었다.

"인근의 집들까지는 얼마나 먼가요?"

그녀가 물었다.

"별로 멀지 않습니다, 아가씨. 조금만 가면 곧 프란츠 요젭스란트지요. 불빛이 있다면 우리는 집들을 볼 수 있을 테고, 그곳에는 5분 안에 갈 수 있습니다."

"아저씨가 거기로 가세요. 나는 여기에 있을 테니 사람들을 데려오세요."

"아가씨, 제 생각에는 제가 아가씨와 여기에 그대로 있는 것이 더 좋을 것 같습니다. 오래지 않아 누군가 올 겁니다. 때마침 이곳이 국도가 시작되는 곳이니……"

"그러면 너무 늦을 거예요. 너무 늦게 될 거예요. 우리는 의사가 필요해요."

마부는 움직이지 않는 자의 얼굴을 바라보고 나서 고개를 저으며 엠마를 쳐다보았다.

"아저씨가 뭘 안다고 그래요. 나 또한 알 수 없어요."

엠마가 외쳤다.

"예, 아가씨. 하지만 도대체 프란츠 요젭스란트에서 어떻게 의사를 찾는단 말입니까?"

"그렇다면 그곳에서 누군가가 시내로 가서……"

"아가씨, 이렇게 하면 되겠군요! 그곳 사람들은 아마 전화가 있을 겁니다. 그러니 구조대에 전화를 걸 수 있을 겁니다."

"예, 그게 가장 좋겠네요! 빨리 가세요, 달려가세요, 제발! 그리고 사람들을 데려오고…… 그리고…… 부탁이에요, 빨리 가세요. 도대체 또 뭐하는 거예요?"

마부는 엠마의 무릎위에 놓인 창백한 얼굴을 들여다보았다.

"구조대, 의사, 결코 큰 도움이 안 될 겁니다."

"가세요! 제발! 빨리 가세요!"

"그럼 바로 가겠습니다. 아가씨, 어둡다고 무서워만 하면 안 돼요."

그는 도로를 재빨리 달려갔다. 그는 혼자서 중얼거렸다.

"무서워해도 어쩔 수 없지. 한밤중에 국도 위에서……."

엠마는 움직이지 않는 자와 함께 혼자서 깜깜한 도로 위에 있었다.

"이제 어떻게 하지?"

그녀는 생각했다. 가망이 없습니다…… 그 말이 계속하여 그녀의 머릿속을 스쳐지나갔다…… 가망이 없습니다. 갑자기 그녀는 옆에서 숨소리가 들리는 것을 느꼈다. 그녀는 창백한 입술 쪽으로 몸을 숙였다. 아니었다. 거기에서는 아무런 입김도 나오지 않았다. 관자놀이와 뺨의 피는 마른 것 같았다. 그녀는 일그러진 그의 눈을 자세히 들여다보고 온몸을 떨었다. 그래, 나는 어째서 믿지 않는단 말인가! 틀림없는데…… 이건 죽음이야! 그리고 그녀는 온통 전율했다. 그녀는 점점 더 이렇게 느꼈다. 죽은 자. 나와 죽은 자, 내 무릎 위에 있는 죽은 자. 그리고 그녀는 떨리는 손으로 그의 머리를 밀쳐냈고, 그리하여 그는 다시 땅바닥에 누워 있게 되었다. 그제야 홀로 떨어져 있다는 몹시 섬뜩한 감정이 그녀를 엄습했다. 어째서 마부를 보냈나? 얼마나 바보 같은 생각이었나! 국도 위에서 죽은 남자를 데리고 혼자서 어떻게 하겠다는 건가? 사람들이 오면…… 그래, 사람들이 오면 어떻게 해야 하지? 여기서 얼마나 오래 기다려야 하지? 그녀는 다시 죽은 자를 바라보았다. 그녀는 자기 혼자만 그의 곁에 있는 것은 아니라는 생각이 들었다. 여기에는 불빛이 있지. 그리고 그녀에게는 이 불빛이 지금 자신이 생각할 수밖에 없는 사랑스럽고 정겨운 어떤 것으로 여겨졌다. 이 작은 불꽃 속에는 그녀를 에워싼 드넓은 까만 밤 속에서보다 더 많은 활력이 있었다. 그렇다. 그녀에게는 이 불빛이 자기 옆 땅바닥 위에 누워 있는 창백하고 무서운 남자에 맞서 자신을 보호해주는 존재로 여겨졌다. 그래서 그녀는 눈이 아른거리고 불빛이 흔들거리기 시작할 때까지 불빛을 오랫동안 들여다보았다. 그리고 갑자기 그녀는 꿈에서 깨어난 듯한 느낌이 들었다. 그녀는 뛰어 일어났다! 그건 안 돼, 그럴 수는 없어. 사람들이 여기서 그와 함께 있는 나를 발견해서는 안 돼. 그녀는 자신이 도로 위에 서 있는 자신의 모습과 발밑에 있는 죽은 자와 불빛을 바라보고 있는 것 같았다. 또한 그녀는 자신이 어마어마하게 커져서 어둠 속으로 빨려 들어가고 있는 모습을 보는 것 같았다. 나는 무엇을 기다리고 있지? 그녀는 생각했고, 머릿속에서는 자꾸만 이 생각이 솟구쳤다. 나는 무엇을 기다리고 있지? 사람들을? 그 사람들에게 내가 무슨 필요가 있지? 사람들은 와서 물을 텐데……그럼 나는……나는 여기서 어떻게 해야 하지? 모두가 내가 누구냐고 물을 거야. 나는 그들에게 뭐라고 대답해야 하지? 아무 대답도 못 해. 그늘이 오면 나는 아무 말도 하지 않을 거고, 침묵할 거야. 아무 말도……그들은 내게 강요하지는 못할 거야.

멀리서 목소리들이 들려왔다.

벌써 왔나? 그녀는 생각했다. 그녀는 불안해하며 귀를 기울였다. 목소리들은 다리 쪽으로부터 들려왔다. 그들은 마부가 데리고 온 사람들이 아닐 수도 있었다. 그러나 그들이 누구든 그들은 불빛을 알아보게 될 것이고, 그런 다음 그녀는 그들의 눈에 띄게 될 것인데, 그래서는 안 되었다.

그래서 그녀는 등을 발로 차 넘어뜨렸다. 등불은 꺼졌다. 이제 그녀는 깊은 어둠 속에 있게 되었다. 그녀는 아무 것도 볼 수 없었다. 죽은 그도 더 이상 보이지 않았다. 하얀 자갈더미만이 희미하게 빛났다. 목소리들은 점점 가까이 다가왔다. 그녀는 온몸을 떨기 시작했다. 여기서 발각되지 않아야만 한다. 어떻게 해서든 오직 발각되지 않는 것만이 다른 모든 것에 앞서 중요한 문제다. 그녀가 누구의 애인이라는 것이 알려지면 그녀는 파멸이다. 그녀는 온힘을 다해 두 손을 모은다. 그녀는 맞은 편 도로 위의 사람들이 자신을 알아채지 못하고 그대로 지나가게 되기를 기도한다. 그녀는 귀를 기울인다. 그래, 저 위쪽에서……그들은 무슨 얘기를 하지?……두 명 혹은 세 명의 여자들이다. 그들은 마차에 대해 얘기하는 걸로 보아 마차를 발견했는데, 그녀는 그들의 말을 알아들을 수 있었다. 마차 한 대가……뒤집어지고……그들은 그밖에 무슨 말을 할까? 그녀는 알아들을 수가 없다. 그들은 계속 걸어가고……지나갔다……다행히도! 그런데 이제, 이게 뭔가? 오, 왜 그녀는 그처럼 죽지 않았나? 그가 부럽다. 그에게서는 모든 것이 사라졌고……그에게는 이제 더 이상 어떤 위험도 두려움도 없다. 그러나 그녀는 많은 것을 두려워하고 있다. 그녀는 사람들이 여기서 자신을 발견하고, 누구인지 묻게 될 것을 두려워하며, 경찰에 불려가야만 하고, 모든 사람들이 자신의 남편은 어떻고 아이는 어떻다는 걸 알게 될 것을 두려워한다.

그녀는 자신이 벌써 오랫동안 마치 뿌리가 박힌 듯 거기에 서 있다는 것을 알아차리지 못한다. 그녀는 달아날 수 있으며, 거기에 서 있는 것은 아무에게도 도움이 되지 않고, 스스로를 불행에 빠뜨리는 것이다. 그녀는 한 발짝을 떼어놓는다……조심스럽게……그녀는 도로변 웅덩이를 건너야 하는데……한 발짝을 들어올린다. ― 오, 웅덩이는 아주 얕다! ― 그러고는 또 두 발짝을 떼어놓고, 마침내 도로 가운데에 이르고……그런 다음 잠시 조용히 서서 앞을 바라보고는 어둠 속으로 뻗친 음침한 길을 따라 계속 걷는다. 저쪽에, 저쪽에 도시가 있다. 그녀는 아무 것도 볼 수 없지만 방향만은 확실하다고 느낀다. 그녀는 다시 한 번 뒤로 돌아선다. 그다지 깜깜하지는 않다. 그녀는 마차를 뚜렷이 볼 수 있고, 말들도…… 또한 세심하게 주의를 기울이면 땅바닥에 누워 있는 사람의 윤곽도 알아볼 수 있다. 그녀는 눈을 크게 뜬다. 무언가가 그녀를 가지 못하도록 제지하고 있는 듯 여겨지는데, 그녀를 여기에 붙들어두려고 하는 것은 바로 그 죽은 자이고, 그의 위력에 그녀는 두려움을 느낀다. 그러나 그녀는 거기에서 세차게 벗어나고, 이제 땅이 너무 젖어 있다는 것을 알아차린다. 그녀는 미끄러운 도로 위에 서 있으며, 축축한 먼지안개는 그녀가 걸어가는 것을 방해했다. 그러나 이제 그녀는 걸어가며……더 빨리……달려가며……거기에서 달아나……다시 돌아간다……빛 속으로, 혼잡 속으로, 사람들에게로! 그녀는 도로를 따라 달리며, 넘어지지 않기 위해 옷을 높이 들어올린다. 바람이 그녀의 등 뒤에서 부는데, 그것은 그녀를 앞으로 내모는 듯하다. 그녀는 자신이 무엇으로부터 달아나는지 더 이상 잘 알지 못한다. 그녀에게는 자신이 저 뒤쪽 멀리 도로변 웅덩이 옆에 놓여 있는 창백한 남자에게서 달아나야만 하는 듯한 생각이 들며…… 다음으로 그녀는 머지않아 그곳으로 와 자신을 찾게 될 살아 있는 사람들에게서 달아나려고 한다는 생각을 하게 된다. 그들은 어떻게 생각할까? 사람들은 그녀를 뒤쫓아 오지 않을까? 그러나 더 이상 그녀를 따라잡지는 못할 것이다. 그녀는 곧 다리에 닿게 되고, 거리가 크게 벌어지게 되며, 그러면 위험은 사라진다. 사람들은 그녀가 누군지 짐작하지 못하고, 그 남자와 함께 마차를 타고 라이히스 거리를 달렸던 여자가 누구였는지 아무도 짐작할 수 없을 것이다. 마부는 그녀를 알지 못하며, 나중에 그녀를 보게 되더라도 역시 그녀를 알아보지 못할 것이다. 사람들은 그녀가 누구였는지에 대해서도 관심이 없을 것이다. 누구에게 문제가 된단 말인가? 그녀가 거기에 머물러 있지 않은 것은 매우 현명한 일이고, 비열한 일도 아니다. 프란츠가 그녀에게 옳은 말을 한 것인지도 모른다. 그녀는 집으로 가야만 하며, 아이가 있고, 남편이 있으며, 사람들이 거기에서 죽은 애인과 함께 있는 그녀를 발견하게 된다면 그녀는 끝장이 날 것이다. 다리가 나오고, 거리는 더 밝게 빛나며……그녀는 전과 마찬가지로 강물이 흐르는 소리를 듣는다. 그녀는 그와 함께 팔짱을 끼고 걸었던 그곳에 와 있다. 언제였더라? 몇 시간 전이었더라? 오래되지는 않았을 것이다. 오래되지 않았다고? 어쩌면 그렇지 않을지도 모르지! 아마도 그녀는 오랫동안 의식을 잃고 있었을지도 모르며, 오래전에 자정이 지나 벌써 아침이 다가오는지도 모르며, 집에서는 이미 그녀를 찾고 있을지 모른다. 아니, 아니, 그럴 리는 없다. 그녀는 자신이 의식을 잃지 않았었다는 것을 알고 있다. 그녀는 지금 자신이 어떻게 마차에서 떨어져 곧 모든 것을 뚜렷이 알게 되었는지를 처음 순간보다 더 정확하게 기억하고 있다. 그녀는 다리 위를 달려가면서 자신의 발걸음이 울리는 소리를 듣는다. 그녀는 왼쪽도 오른쪽도 바라보지 않는다. 이제 그녀는 어떤 모습이 자신에게 마주 오는 걸 알아차린다. 그녀는 걸음을 늦춘다. 마주 오는 사람은 누구일까? 그건 제복을 입은 어떤 사람이다. 그녀는 아주 천천히 걷는다. 그녀는 시선을 끌어서는 안 된다. 그녀는 그 남자가 자신에게 시선을 집중하고 있다고 믿는다. 그가 그녀에게 묻는다면? 그녀는 그의 옆을 지나며 제복을 알아보는데, 그는 안전순찰대원이다. 그녀는 그를 지나쳐간다. 그녀는 그가 자신의 뒤에서 멈춰서는 소리를 듣는다. 그녀는 다시 뛰어가고 싶은 것을 간신히 억누르는데, 그렇게 했다간 의심을 받을지도 모른다. 그녀는 전과 마찬가지로 여전히 천천히 걸어간다. 그녀는 마차선로의 딸랑거리는 소리를 듣는다. 자정이 멀지 않은 듯하다. 이제 그녀는 다시 더 빨리 걷는다. 그녀는 도시를 향해 서둘러 가는데, 이미 도로의 출구 옆 철로육교 아래에서 도시의 불빛들이 그녀를 향해 반짝이고, 그녀는 벌써 희미한 소음이 들려오는 것을 느낀다. 이 적막한 거리만 지나면 구원되는 것이다. 이제 그녀는 멀리서 울리는 날카로운 호각소리를 듣는데, 그것은 점점 더 날카롭게, 점점 더 가까이 다가오고, 마차 한 대가 쏜살같이 그녀 옆을 지나간다. 그녀는 저절로 그 자리에 멈춰 서서 마차를 바라본다. 마차가 어디로 가는지 그녀는 잘 안다. 그녀는 생각한다. 저렇게 빠를 수가! 그것은 마치 요술을 부리는 듯하다. 한 순간 그녀에게는 그 사람들의 등에 대고 소리를 질러, 그들을 따라 가서, 자신이 떠나왔던 곳으로 다시 돌아가야만 할 것 같은 생각이 든다. 잠깐 동안 그녀는 지금껏 느껴보지 못한 어마어마한 수치심에 사로잡히고, 자신이 비겁하고 나빴다는 걸 알게 된다. 그러나 마차 굴러가는 소리와 호각소리가 점점 더 아스라이 멀리 들리자 그녀에게는 강렬한 기쁨이 몰려오고, 그녀는 구원된 듯 서둘러 앞으로 걸어 나간다. 사람들이 그녀를 향해 마주오지만 그녀는 더 이상 그들을 두려워하지 않는다. 가장 힘든 일이 극복된 것이다. 도시의 소음이 뚜렷하게 들려오고, 그녀의 앞쪽은 점점 더 밝아진다. 그녀는 벌써 프라터 거리의 늘어선 집들을 보게 되고, 수많은 사람들의 물결이 자신을 기다리고 있는 것 같은 느낌이 들며, 그 속에서 흔적 없이 사라져버려도 될 것 같은 생각이 든다. 이제 그녀는 어느 가로등 밑에 다가오자 안심을 하고 시계를 쳐다본다. 9시 10분전이다. 그녀는 시계를 귀에 대본다. 그것은 멈춰 서 있지 않다. 그리고 그녀는 생각한다. 나는 살아 있으며, 건강하다. 내 시계도 가고 있는데……그는……그는……죽었다……운명이지……그녀에게는 모든 것이 어긋나버린 듯한……하지만 자기 쪽에는 아무런 잘못도 없다는 느낌이 든다. 그것은 증명되었어. 그래, 그것은 증명되었어. 그녀는 자신이 이렇게 큰 소리로 말하는 걸 듣는다. 그런데 운명이 바뀌었더라면? 그래서 지금 그녀가 거기 도랑 안에 누워 있고, 그가 살아 있다면? 그는 달아나지 않았을 것이다. 그렇다……그는 그러지 않았을 것이다. 그래, 그는 남자니까. 그녀는 여자이고 — 또한 그녀는 아이와 남편이 있다. 그녀의 행동이 옳았다. 그것은 그녀의 의무다 — 그녀의 의무. 그녀는 자신이 의무감에서 그렇게 행동했다는 것을 매우 잘 알고 있다. 그녀는 올바른 행동을 한 것이다. 자신도 모르게……마치……착한 사람들이 늘 그렇게 행동하듯. 이제 그녀는 발각될지도 모른다. 이제 의사들이 그녀에게 질문을 할지도 모른다. 마나님, 남편은요? 오 이럴 수가!

그리고 내일 신문들은 — 그리고 가족들은 — 그녀는 영원히 파멸하고, 남편을 되살릴 수 없게 될지도 모른다. 이것이 핵심문제이며, 다른 어떤 것도 아닌 이것 때문에 그녀는 스스로 파멸할지 모른다. 그녀는 철로 육교 밑에 와 있다. 계속 앞으로……계속……이제 테게톱 기념상에 이르고, 여기에서는 도로들이 여러 갈래로 갈라진다. 오늘은 비가 내리고 바람이 부는 가을저녁이라서 밖에 사람들이 별로 없다. 하지만 그녀는 자신을 둘러싸고 도시의 활기가 힘차게 솟구치는 듯 느낀다. 그녀가 떠나온 그곳에는 무시무시한 적막이 있었기 때문이다. 그녀는 시간여유가 있다. 남편이 오늘 열시쯤은 돼야 집에 돌아올 것이라는 걸 알고 있는 그녀는 시간적으로 옷을 갈아입을 수 있는 것이다. 이제야 그녀는 자신의 옷을 바라볼 생각을 한다. 그녀는 깜짝 놀라면서 옷이 온통 더러워져 있음을 깨닫는다. 하녀에게 뭐라고 말할까? 내일 그 사고에 대한 이야기가 모든 신문에 실려 읽혀지게 될 것이라는 생각이 그녀의 머릿속을 스치고 지나간다. 또한 마차 안에 있었는데 사라져서 찾지 못한 한 여자에 대해서도 도처에서 읽히게 될 것이라는 생각에 그녀는 다시금 몸을 떤다. 경솔한 행동이었으며, 그녀의 온갖 비겁한 행동은 쓸모없는 짓이었다. 그러나 그녀는 집 열쇠는 지니고 있다. 그녀는 손수 문을 따고, 아무에게도 들키지 않고 들어갈 수 있다. 그녀는 재빨리 마차를 잡아탄다. 그녀는 마부에게 집주소를 대려다가 현명하지 않은 듯한 생각이 들어 막 떠오른 어떤 거리이름을 말해준다. 프라터 거리를 통과해가는 동안 그녀는 무엇이든 느끼고자 하지만 그럴 수가 없다. 그녀는 집에 가서 마음 편히 있고 싶다는 오직 한 가지 소원밖에 없음을 느낀다. 다른 모든 것은 그녀의 관심 밖이다. 죽은 자를 거리 위에 버려두겠다고 결심한 그 순간에 그녀의 마음속에서는 그를 슬퍼하거나 애통해하려는 모든 것이 멈춰버려야 했다. 그녀는 지금 자기 자신에 대한 걱정 외에는 아무 것도 느끼지 못한다. 그녀가 비정한 것은 아니다. 결코 그렇지 않다! 그녀는 자신이 절망하게 될 날이 올 것임을 분명히 알고 있으며, 아마도 그녀는 그 일로 인해 파멸할 것임도 잘 알고 있다. 그러나 지금 그녀의 마음속에는 눈물을 거두고 예전과 똑같이 남편과 아이와 함께 편안하게 식탁에 앉고 싶은 갈망 외에는 아무 것도 없다. 그녀는 창밖을 내다본다. 마차는 도심을 지나가고, 여기서는 불빛이 밝게 비추며, 꽤 많은 사람들이 바삐 지나쳐간다. 이때 그녀에게는 갑자기 조금 전에 겪었던 모든 일이 전혀 사실이 아닌 듯 여겨진다. 그것은 악몽같이 여겨지며……실제 일어난 불변의 일이라고는 생각되지 않는다. 그녀는 광장으로 향하는 어느 골목길에서 마차를 세우고, 내려서 재빨리 모퉁이를 돌아 거기에서 다른 마차를 잡아타고는 마부에게 자신의 올바른 집주소를 댄다. 그녀는 지금은 전혀 어떤 생각을 할 수 없는 듯이 느낀다. 그는 지금 어디에 있을까라는 생각이 그녀에게 떠오른다. 그녀는 눈을 감는다. 그러자 병원에서 들것 위에 누워 자신의 앞에 있는 그를 보게 되고, 그러고는 갑자기 자신이 그의 옆에 앉아 함께 마차를 타고 가는 듯한 느낌을 받는다. 마차는 흔들리기 시작하고, 그녀는 그때처럼 밖으로 내동댕이쳐질까봐 두려워 비명을 지른다. 그때 마차가 멈춘다. 그녀는 몸을 움찔한다. 그녀는 자신의 집 대문 앞에 와 있다. 그녀는 재빨리 내려서 문지기가 창문으로 올려다보지 않도록 조용한 발걸음으로 서둘러 현관을 지나 계단을 오르고, 아무에게도 들리지 않도록 조용히 문을 딴 다음 앞방을 지나 자신의 방으로 들어간다. 성공이다! 그녀는 불을 켜고, 서둘러 옷을 벗어 장롱 속에 감춘다. 밤새 옷은 마를 것이며, 내일 그녀는 그것을 솔질하여 깨끗하게 해놓을 생각이다. 그런 다음 그녀는 얼굴과 손을 씻고 잠옷으로 갈아입는다.

    이제 밖에서 초인종이 울린다. 그녀는 하녀가 대문으로 가서 문을 여는 소리를 듣는다. 그녀는 남편의 목소리를 들으며, 그가 지팡이를 내려놓는 소리를 듣는다. 그녀는 자신이 이제 강해져야만 하며, 그렇지 않으면 모든 것이 헛일이 되어버릴 것이라고 느낀다. 그녀는 재빨리 식당으로 간다. 그리하여 남편과 동시에 식당에 들어선다.

"아, 당신 벌써 집에 와 있었군?"

그가 말한다.

"물론이지요. 벌써 오래 전에 왔는걸요."

그녀가 대답한다.

"당신이 오시는 걸 미처 보지 못했나 봐요."

그녀는 자연스럽게 보이려고 애쓰면서 미소를 짓는다. 미소를 지어야만 하는 것이 그녀를 무척 피곤하게 만든다. 그는 그녀의 이마에 입을 맞춘다.

어린 아들은 이미 식탁 옆에 앉아 있다. 아이는 오랫동안 기다려야만 했기에 잠이 들었다. 아이는 접시 위에 자신의 책을 올려놓고, 펼쳐진 책 위에 얼굴을 묻고 있다. 그녀는 아이 옆에 앉으며, 남편은 그녀와 마주앉아서 신문을 집어 들고 대강 들여다본다. 그러고 나서 그는 신문을 치우고 말한다.

"다른 사람들은 아직도 함께 앉아 계속 논의하고 있소."

"무슨 일에 대해서요?"

그녀가 묻는다.

그는 오늘 회의에 대해 매우 오랫동안 많은 것을 설명하기 시작한다. 엠마는 귀 기울여 듣는 듯 이따금 고개를 끄덕인다.

그러나 그녀는 아무 것도 듣지 않으며, 그가 무엇을 말하고 있는지 알지 못한다. 그녀는 무시무시한 위험에서 기이하게 빠져나온 듯한 기분이 들며……나는 구제되었고, 나는 집에 와 있다는 느낌뿐이다. 그리고 그녀의 남편이 계속하여 이야기하는 동안 그녀는 자신의 의자를 아이에게 더 가까이 끌어당기고, 아이의 머리를 자신의 가슴으로 끌어안는다. 그녀에게 이루 말할 수 없는 피로가 몰려온다. 그녀는 몸을 가누지 못하고, 졸음이 엄습하는 걸 느끼며, 마침내 눈을 감는다.

갑자기 그녀에게 한 가지 가능성이 떠오르는데, 그것은 그녀가 웅덩이에서 몸을 일으킨 순간 이후 전혀 생각지 못해온 것이다. 그가 죽지 않았다면! 만약 그가……아, 아니야, 전혀 의심의 여지가 없어……그 눈……그 입, 그리고……입술에서 아무 입김도 없었어. 하지만 기절도 있지. 숙련된 눈길도 혼동을 일으키는 경우가 있다. 그런데 그녀는 분명 숙련된 눈길을 갖고 있지 않다. 그가 살아 있다면, 그가 다시 의식을 찾는다면, 그가 갑자기 한밤중에 국도 위에서 홀로 발견된다면……그가 그녀를 향해 외치고……그녀의 이름을 부르고……마침내 그녀가 다쳤을까 두려워하고……그가 의사들에게 거기에 한 여자가 있었으며, 그녀는 멀리 내동댕이쳐졌음에 틀림없다고 말한다면. 그러면……그러면……그런 다음엔? 사람들은 그녀를 찾게 될 것이다. 마부는 사람들을 데리고 프란츠 요젭스란트에서 돌아올 것이고……그는 이렇게 설명할 텐데……내가 떠날 때 그 여자는 여기에 있었다. 그리고 프란츠는 짐작할 것이다. 프란츠는 알게 될 것이다……그는 그녀를 아주 잘 안다……그는 그녀가 달아났다는 걸 알게 될 것이며, 엄청난 분노에 사로잡힐 것이고, 복수하기 위해 그녀의 이름을 댈 것이다. 그는 끝장이 났으므로……또한 그녀가 최후의 순간에 자신을 홀로 버려둔 데 대해 깊은 상처를 받아 가차 없이 이렇게 말할 것이다. 그 여자는 엠마 부인인데, 내 애인이고……비겁하고 동시에 멍청합니다. 의사 선생님들, 당신들에게 신중함이 요구된다면 분명 그녀에게 이름을 묻지 말아야 할 겁니다. 당신들은 그녀를 그대로 놔두는 게 좋을 거고, 나 또한 그럴 겁니다. 아, 그녀가 당신들이 올 때까지 여기에 있었어야 했는데. 하지만 그녀가 그런 몹쓸 사람이 되었으므로 나는 당신들에게 그녀가 누군지를 말하겠습니다. 그건……아!

"당신 무슨 일 있어?"

교수는 일어서면서 매우 진지하게 묻는다.

"뭘……왜요?……뭐가요?"

"도대체 무슨 일이야?"

"아무 일도 없어요."

그녀는 아이를 더 꼭 끌어안았다.

교수는 그녀를 오랫동안 바라본다.

"당신 알아? 졸기 시작하더니……."

"그러고요?"

"그러고는 갑자기 소리를 질렀소."

"아……그래요?"

"우리가 꿈속에서 가위눌릴 때 외치는 것과 같았소. 당신 꿈꿨소?"

"모르겠어요. 난 아무 것도 모르겠어요."

그녀는 마주보이는 벽거울 속에서 자신의 얼굴을 보는데, 그것은 잔인하게 미소 짓고 있으며, 일그러진 표정을 하고 있다. 그녀는 그것이 자기 본연의 얼굴이라는 것을 알고 전율한다. 그리고 그녀는 그런 얼굴이 굳어질 것임을 깨달으며, 입도 뻥긋하지 못한다. 그녀는 이런 미소가 그녀가 살아 있는 한 자신의 입술 언저리에 맴돌게 될 것임을 안다. 그녀는 비명을 지르려고 한다. 그때 그녀는 두 손이 자신의 어깨위에 놓이는 걸 느끼고, 자신의 얼굴과 거울 속의 얼굴 사이로 남편의 얼굴이 끼어드는 것을 본다. 남편의 두 눈은 의아한 듯 위협적으로 그녀의 눈 속으로 빨려든다. 그녀는 이 마지막 시련을 이겨내지 못하면 모든 것이 끝장이라는 것을 알고 있다. 그녀는 자신이 다시 강해지는 것을 느끼고, 자신의 표정과 사지를 마음대로 제어할 수 있게 된다. 그녀는 이 순간 이것들을 이용하여 뜻하는 일을 시작할 수 있다. 그녀는 남편을 이용해야만 하며, 그렇지 못하면 헛일이다. 그리하여 그녀는 양손으로 아직 자신의 어깨위에 놓여 있는 남편의 두 손을 붙잡아 그를 자신에게로 끌어당기고, 밝고 사랑스런 눈빛으로 남편을 바라본다.

그녀는 이마 위에서 남편의 입술을 느끼면서 생각한다. 틀림없이……나쁜 망상이었어. 그는 그것을 아무에게도 얘기하지 않을 거고, 결코 복수하지 않을 거야. 결코……그는 죽었어……그는 틀림없이 죽었어……그리고 죽은 자는 말이 없어.

"어째서 그런 말을 하는 거요?"

그녀는 갑자기 남편의 목소리를 들었다. 그녀는 소스라치게 놀란다.

"도대체 내가 무슨 말을 했는데요?"

그녀는 자신이 갑자기 모든 것을 큰소리로 얘기해 준 듯한……이날 저녁에 있었던 일을 식탁에서 모두 털어놓은 것 같은 생각이 들었고……그리하여 그녀는 남편의 놀란 시선 앞에 좌절하면서 다시 한 번 묻는다.

"도대체 내가 무슨 말을 했는데요?"

"죽은 자는 말이 없어."

남편은 매우 천천히 그녀가 한 말을 다시 말한다.

"그래요……그래요……."

그녀는 말한다.

그리고 남편의 눈 속에서 그녀는 그에게 더 이상 아무 것도 숨길 수 없다는 것을 읽으며, 두 사람은 오랫동안 서로를 바라본다. 그런 다음 그는 그녀에게 말했다.

"아이를 침대로 데려가 눕혀요. 당신 내게 뭔가 얘기할 게 있는 것 같은데……."

"예."

그녀가 말했다.

그녀는 몇 년에 걸쳐 속여 온 이 남자에게 곧장 모든 사실을 털어놓아야 한다는 것을 알아차린다.

남편의 시선이 줄곧 자신에게 향하고 있음을 느끼면서 아이를 데리고 천천히 문을 나가 걸어가는 동안 그녀에게는 커다란 평온이 찾아든다. 마치 많은 것들이 다시 좋아질 것 같은…….

선로지기 틸

게르하르트 하우프트만

I

선로지기 틸은 당직이 닿거나 아파서 눕는 날을 빼고는 일요일마다 언제나 노이—치타우의 교회 안에 앉아 있었다. 10년이 흐르는 동안 그가 아팠던 적이 두 번 있었다. 한 번은 열차의 화차에서 떨어져 내린 석탄덩이 때문이었다. 그는 그것에 맞아 다리가 박살난 채 철길 옆 도랑에 내동댕이쳐졌다. 또 한 번은 쏜살같이 달려가던 급행열차로부터 그의 가슴 한가운데로 날아든 포도주병 때문이었다. 이 두 가지 사고 외에는 어떤 것도 그가 시간이 날 때면 곧장 교회로 가는 것을 막지 못했다.

그는 처음 5년 동안은 슈프레 강변의 주거지 쉔—쇼른슈타인에서 노이—치타우로 혼자서 건너다녀야만 했다. 그러다가 어느 화창한 날 그는 허약하고 병들어 보이는 어떤 여자를 데리고 나타났는데, 마을사람들 말대로 그녀는 헤라클레스같이 우람한 그의 체구에는 별로 어울리지 않았다. 그러더니 마찬가지로 어느 화창한 일요일 낮에 그는 교회의 제단에서 이 여자에게 일생을 함께 하자고 엄숙하게 청혼을 했다. 이 젊고 부드러운 여자는 2년 동안 교회 의자에서 그의 옆에 앉았으며, 2년 동안 뺨이 움푹 들어간 그녀의 섬세한 얼굴은 험한 날씨에 그을린 그의 얼굴 곁에서 낡아빠진 찬송가책을 함께 들여다보았다. 그러고는 갑자기 선로지기는 다시 전처럼 홀로 앉아 있게 되었다.

지나가 버린 어느 평일에 조종이 울렸으며, 그것이 전부였다.

마을사람들의 확인대로 선로지기에게서는 거의 변화를 느낄 수 없었다. 그의 깨끗한 외출제복의 단추들은 예전과 마찬가지로 반짝반짝 닦여 있었고, 붉은 머리칼은 평상시와 마찬가지로 말끔히 기름을 발라 군인처럼 가르마가 타져 있었다. 다만 그는 머리칼이 덮인 굵은 목을 약간 수그리고는 전보다 더 열렬하게 설교에 귀 기울이거나 노래를 불렀을 뿐이었다. 그에게 부인의 죽음이 그다지 큰 영향을 주지는 않았다는 것이 일반적인 견해였는데, 이러한 견해는 틸이 1년이 지난 후 두 번째로 어느 뚱뚱하고 힘센 알테—그룬트 출신의 소젖 짜는 여자와 결혼하자 강하게 뒷받침되었다.

틸이 혼인을 고하려고 찾아갔을 때 목사도 몇 가지 의문점들을 얘기했다.

"자네는 벌써 재혼하려는 건가?"

"죽은 여자와는 살림을 해나갈 수 없지요, 목사님!"

"물론 그렇지. 하지만 내 말은 자네가 좀 서두른다는 걸세."

"제게는 어린 아들이 문제입니다, 목사님."

틸의 부인은 아이를 낳다가 죽었는데, 그녀가 출산한 아이는 살아나서 토비아스라는 이름을 갖게 되었다.

"아 그래, 그 어린 아들."

목사는 이렇게 말하고는 이제야 그 꼬마가 기억난다는 것을 분명히 나타내는 몸짓을 취했다.

"이건 좀 다른 얘기인데, 자네는 근무하는 동안에 그 아이를 어디에 맡겨 왔나?"

틸은 토비아스를 어떤 할머니에게 맡겼는데, 한 번은 그 할머니가 아이를 불에 태워 죽일 뻔했던 일이 있었고, 또 한 번은 아이가 할머니의 무릎에서 땅바닥으로 굴러 떨어졌지만 다행히 커다란 상처만 한 군데 났었다는 얘기를 해주었다. 그는 그런 상태로 계속 지낼 수는 없으며, 더욱이 선천적으로 허약한 그 아이는 아주 특별히 돌봐야 한다고 말했다. 그는 그렇기도 하거니와 더 나아가 죽은 부인에게 아이가 잘 자랄 수 있도록 언제나 최선을 다해 돌봐줄 것을 굳게 약속했으므로 재혼을 결심하게 되었다고 말했다.

이제 일요일마다 교회에 나오는 새로운 한 쌍의 부부에게 사람들은 겉으로는 아무런 이의를 제기하지 않았다. 이전의 소젖 짜던 여자는 선로지기에게 안성맞춤인 것처럼 여겨졌다. 그녀는 그보다 키가 머리 절반 정도도 채 작지 작았으며 골격에 있어서는 그를 압도했다. 그녀의 얼굴 또한 그의 얼굴만큼이나 아주 거칠게 다듬어져 있었는데, 다만 그녀의 얼굴에는 그의 얼굴과는 반대로 영혼이 깃들어 있지 않았다.

틸이 자신의 두 번째 부인에게서 끈질긴 일꾼이자 모범적인 살림꾼의 모습을 찾기를 소망했다면 이 소망은 깜짝 놀랄 만큼 완벽하게 실현된 셈이었다. 하지만 그는 부인에게서 미처 알지 못한 세 가지 것을 덤으로 받았다. 그것은 혹독하며 지배욕에 찬 기질, 호전성, 무자비한 격정이었다. 반 년이 지나자 선로지기의 작은 집에서 주도권을 쥐고 있는 사람이 누구인지가 온 동네에 알려졌다. 사람들은 선로지기를 불쌍히 여겼다.

격분한 남편들은 그 '천한 계집'이 틸과 같은 착한 사람을 남편으로 얻게 된 것은 행운이라면서, 그녀는 사람들에게서 혹독하게 냉대 받게 될 것이라고 말했다. 그들은 그런 '짐승'은 길들여져야 한다며, 달리 방법이 없다면 때려서라도 그렇게 해야 한다고 말했다. 그녀는 녹초가 되도록, 간신히 숨만 쉴 정도로 두들겨 맞아야 한다는 것이었다.

그러나 틸은 억센 팔을 가졌지만 그녀를 두들겨 패줄 만한 사람이 아니었다. 사람들이 무엇 때문에 열을 내는지 그는 그다지 신경 쓰지 않는 것 같았다. 그는 부인의 끝없는 잔소리를 보통은 말없이 견뎌냈으며, 그가 한 번 대답을 할 때면 질질 끄는 그의 느린 말과 나지막하고 차분한 톤은 날카롭게 외치는 부인의 욕지거리와 지극히 묘한 대립을 이루었다. 바깥세상은 그에게 거의 영향을 미칠 수 없는 듯했다. 그는 마치 자신의 내부에 무언가를 지니고 있어 그것을 통해 바깥세상이 자신에게 행하는 온갖 나쁜 것을 좋은 것으로 충분히 메워 받아들이고 있는 것 같았다.

질기게도 무덤덤한 기질에도 불구하고 그에게도 바보 취급을 당하면 가만히 있지만은 않는 순간들이 있었다. 그것은 언제나 어린 토비아스와 관련된 일들 때문이었다. 그럴 때면 그의 어린애 같이 착하고 부드러운 성질은 단호함의 색채를 띠게 되었고, 이에는 레네처럼 다루기 힘든 기질도 감히 맞서지 못했다.

그러나 그가 이러한 성질의 일면을 드러내 보이는 순간들은 시간이 흐르면서 점점 더 드물어지고 마침내 완전히 사라졌다. 첫해 동안 그가 레네의 지배욕에 맞섰던 꽤 고통스런 저항도 둘째 해에는 역시 사라졌다. 그는 그녀와 다투고 난 뒤에는 먼저 그녀를 달래놓아야지 더 이상 전처럼 무관심하게 출근할 수 없었다. 그는 결국 그녀에게 다시 서로 잘 지내자고 간청하기 위해 종종 비굴하게 자신을 낮추곤 했다. 그에게 변경의 소나무 숲 가운데에 있는 외딴 근무초소는 더 이상 예선처럼 그가 가상 즐겨하는 거처가 되지 못했다. 죽은 아내를 향해 산산하게 몰입하던 그의 생각들은 살아 있는 여자에 대한 생각에 의해 훼손되었다. 그는 이전처럼 내키지 않는 마음으로가 아니라 이제는 교대시간까지 시간이 얼마나 남았는지 여러 번 셈해보고 난 다음 급히 서둘러서 퇴근길에 오르게 되었다.

첫 번째 부인과 좀 더 심화된 정신적 사랑으로 결합되었던 그는 거친 충동의 힘에 의해 두 번째 부인의 위력 속으로 빠져들어 결국 모든 면에서 거의 무조건적으로 그녀에게 종속되었다. 이따금 그는 일이 그렇게 돌변한 데 대해 자책감을 느꼈으며, 자책감에서 벗어나도록 자신을 도와줄 어떤 특별한 보조수단을 필요로 했다. 그리하여 그는 자신의 작은 근무초소와 자신이 돌보게 되어 있는 선로구간을 오로지 죽은 여인의 영혼에게만 받쳐져야 할 일종의 성스러운 구역으로 은밀하게 설정했다. 실제로 그는 지금까지 온갖 구실을 대어 자기 부인이 자신을 따라 그곳에 가는 것을 막아왔다.

그는 언제까지나 그렇게 할 수 있게 되기를 바랐다. 그의 초소번호를 알지 못하는 그녀는 초소를 찾아내기 위해 어느 방향으로 길을 잡아야 할지 모를 것이었다.

틸은 그렇게 자신에게 주어진 시간을 살아 있는 여자와 죽은 여자 사이로 양심적으로 나눠 놓을 수 있게 됨으로써 실제로 자신의 양심을 진정시켰다.

그는 자주 자연스레, 무엇보다도 혼자서 경건하게 생각에 잠겨 있는 순간 자신이 죽은 부인과 정말로 가슴깊이 완전하게 하나가 될 때면 현실의 불빛 속에서 자신의 현재 상황을 바라보고는 역겨움을 느꼈다.

그가 낮 근무를 할 때면 자신의 죽은 부인과의 정신적 교류는 그녀와 함께 살던 시절의 정겨운 추억들로 국한되었다. 그러나 어두워지고, 소나무들 사이를 뚫고 철길 위로 눈보라가 몰아칠 때면 그의 전등불빛이 비추는 한밤중의 작은 근무초소는 예배당이 되었다.

그는 죽은 부인의 빛바랜 사진을 책상 위에 올려놓고, 찬송가책과 성경책을 펼쳐놓고는 긴 밤 내내 번갈아 읽고 노래했는데, 그것은 시간 간격을 두고 쏜살같이 지나치는 기차들에 의해서만 중단될 뿐이었다. 그러면서 그는 얼굴들의 환영이 보이게 되기까지 고조되는 무아경 속에 빠져들어 죽은 부인을 생생하게 살아 있는 듯이 바라보았다.

선로지기 틸이 꼬박 10년 동안 쉬지 않고 관리해 온 초소는 외딴 벽지에 위치함으로써 그의 신비주의적 성향을 키우는 역할을 했다.

그 초소는 사방 어디로도 사람이 사는 집에서 최소한 45분은 걸릴 만큼 떨어진 채 숲 가운데의 건널목 바로 옆에 놓여 있었고, 선로지기는 건널목 차단기 조작업무도 수행해야 했다.

여름에는 몇 날, 겨울에는 몇 주가 지나는 동안 틸과 그의 동료를 제외하고는 어떤 사람의 발길도 그 구간을 지나지 않았다. 주기적으로 반복되는 날씨와 계절의 바뀜만이 그 황량한 곳에 거의 유일한 변화를 가져다주었다. 두 가지 사고 외에 틸의 근무시간의 규칙적인 흐름을 깨뜨렸던 사건들은 어렵지 않게 훑어볼 수 있었다. 4년 전에는 황제를 태우고 블레스라우로 가던 황실특별열차가 통과해 갔다. 어느 겨울밤에는 급행열차가 숫노루 한 마리를 치었다. 어느 무더운 여름날에는 틸이 관할구역 선로검사를 하던 중 코르크마개로 닫힌 포도주병을 발견했다. 그것을 붙잡은 그는 무척 뜨겁다는 걸 알았고, 코르크마개를 따자 곧바로 물줄기가 솟아오르는 걸로 보아 아주 잘 발효된 매우 훌륭한 포도주일 것으로 여겼다. 틸은 그 포도주병을 차갑게 식히기 위해 숲속의 얕은 호숫가에 두었는데, 어찌된 일인지 그것이 없어져버려 몇 년이 지난 뒤에도 그것을 잃어버린 데 대해 안타까워해야 했다.

작은 초소 바로 뒤에 있는 샘물은 선로지기 틸에게 얼마간의 기분전환을 하도록 해주었다. 이따금 근처에서 근무하는 철도노동자나 전신국 근로자들이 그 샘물에서 물을 마셨고, 물론 그럴 때면 그들과 짧은 대화도 이루어졌다. 산림감독관들 또한 갈증을 달래기 위해 가끔 찾아왔다.

토비아스는 성장이 느려서 태어난 지 2년쯤 되어서야 간신히 말하고 걷는 것을 배웠다. 그는 아버지에게 아주 특별한 애착을 보였다. 그가 깨우쳐 갈수록 아버지의 오랜 사랑도 다시 깨어났다. 아버지의 사랑이 커져 가는 만큼 토비아스에 대한 계모의 사랑은 줄어들었으며, 그것은 한 해가 또 지나 레네가 마찬가지로 아들을 낳자 분명한 혐오로 변했다.

그때부터 토비아스에게는 힘든 시간이 시작되었다. 그는 특히 아버지가 없을 때에는 끊임없이 구타를 당했고, 아무런 보상도 없이 울보아기를 돌보느라 연약한 힘을 다 바쳐야 했으므로 몸은 점점 더 녹초가 되어갔다. 그의 머리통은 비정상적으로 컸다. 불타듯 붉은 머리털과 그 아래의 백묵처럼 창백한 얼굴은 밉상이었고 가뜩이나 빈약한 외모와 어우러져 측은한 인상을 주었다. 발육이 뒤처진 토비아스가 건강이 넘쳐흐르는 꼬마동생을 팔에 안고 힘겹게 아래쪽 슈프레 강으로 몸을 끌고 갈 때면 오두막집들의 창문 뒤에서는 저주의 말들이 떠들썩했으나 그것이 감히 밖으로 새나가지는 않았다. 그러나 어느 누구보다도 가까운 당사자인 틸은 그런 것들을 제대로 알아차리지 못하는 듯했고, 착한 이웃사람들이 그에게 던지는 귀띔 또한 이해하려 들지 않았다.

ΙΙ

6월 어느 날 아침 7시쯤 틸은 근무를 마치고 돌아왔다. 그의 부인은 인사도 채 끝내기 전에 늘 하던 식으로 큰소리로 한탄하기 시작했다. 그때까지 가족이 먹고 살 감자를 확보해 주었던 소작농지가 몇 주 전에 해약되었는데, 레네는 아직까지 다른 대체 농지를 찾지 못했던 것이다. 농지를 걱정하게 된 것이 그녀의 책임이었는데도 틸이 금년에 비싼 돈을 주고 열 포대의 감자를 사야 된다면 그 책임은 다름 아닌 자신에게 있다는 말을 몇 번이고 들어야 했다. 틸은 투덜거릴 뿐 레네의 말에 별다른 관심을 기울이지 않고 곧장 근무 없는 밤이면 함께 누워 잤던 큰 아이의 침대로 갔다. 그는 거기에 앉아서 선한 얼굴로 세심하게 보살피는 표정을 지으며 잠자는 아이를 관찰했다. 그는 달려드는 파리들을 아이에게서 쫓아내다가 결국 아이를 깨웠다. 잠에서 깬 아이의 움푹 들어간 파란 눈에서는 감동적인 기쁨의 기색이 나타났다. 아이는 가냘픈 미소를 짓느라 입 언저리를 일그러뜨리면서 재빨리 아버지의 손을 붙잡았다. 선로지기는 곧바로 아이가 옷 입는 것을 도와주었는데, 아이의 약간 부풀어 오른 오른쪽 붉은 뺨 위에 하얀 손톱자국이 나 있는 것을 알아챈 다음 그의 표정에는 한 순간 어두운 그림자 같은 것이 스쳐지나갔다.

아침식사를 하면서 레네가 더욱 더 열을 내며 앞서 제기했던 먹고사는 문제를 다시 들먹였다. 그러자 틸은 철둑을 따라 아주 가까이 있는 땅 한 뙈기를 너무 외진 곳에 있다는 이유로 보선장이 자신에게 무상으로 넘겨주기로 했다는 소식을 전하며 그녀의 말을 막았다.

레네는 처음에는 그 말을 믿으려 하지 않았다. 그러나 점차 그녀의 의심은 사그라지고, 그녀는 더없이 기분 좋은 상태에 빠져들었다. 그 땅의 넓이와 토질에 대한 질문은 물론 그 밖의 다른 질문들도 모두 형식적인 것이었고, 무엇보다 그 땅 위에 두 그루의 키 작은 과일나무가 서 있다는 것을 알았을 때 그녀는 마냥 좋아했다. 더 이상 물어볼 것이 없게 된 데다 그 마을의 어떤 집에서나 들을 수 있는 구멍가게의 종소리가 끊임없이 울리자 그녀는 그 작은 마을에 새 소식을 퍼뜨리기 위해 쏜살같이 달려 나갔다.

레네가 물건들로 가득찬 구멍가게의 어두운 방으로 가는 동안 선로지기는 집에서 열심히 토비아스와 놀아주는 데 몰두했다. 아이는 틸의 무릎 위에 앉아 그가 숲에서 가져온 몇 개의 솔방울을 가지고 놀았다.

아버지는 "너 뭐가 될래?"라고 물었는데, 이 질문은 아이의 "보선장"이라는 대답과 마찬가지로 항상 하는 틀에 박힌 것이었다. 이 질문은 단순한 물음이 아니었다. 실제로 그 정도 높이까지 오르는 것이 선로지기의 꿈이었던 것이며, 그는 토비아스에게서 하느님의 도움으로 무언가 뛰어난 것이 이룩되기를 바라는 소망과 기대를 진정으로 품었던 것이다. 어린아이의 핏기 없는 입술에서 물론 무엇을 뜻하는지도 모르면서 "보선장"이라는 대답이 나오자마자 틸의 얼굴이 환해지기 시작하더니 마침내 충만한 행복감으로 한껏 빛났다.

"토비아스, 나가 놀거라!"

그는 잠시 후 아궁이 속의 불붙은 톱밥으로 담배 파이프에 불을 붙인 후 말했다. 아이는 수줍게 기뻐하며 곧장 문으로 달려 나갔다. 틸은 옷을 벗고 침대로 가서 오랫동안 많은 생각에 잠긴 채 낮고 갈라진 천장을 바라보다가 잠이 들었다. 그는 낮 12시쯤 깨어 부인이 늘 하던 대로 소란스럽게 점심용 빵을 준비하는 동안 옷을 입고 집을 나서 거리로 나갔는데, 거기에서 곧장 손가락으로 벽에 난 구멍에서 석회를 긁어내어 입에 집어넣는 토비아스의 모습을 목격했다. 선로지기는 토비아스의 손을 잡고 마을의 작은 집들을 여덟 채쯤 지나 잎이 드문드문 달린 포플러나무들 사이에 검고 무표정하게 놓여 있는 슈프레 강으로 내려갔다. 물가에 바짝 붙은 화강암덩이가 한 개가 있었는데, 틸은 그 위에 앉았다.

동네 사람들은 어느 정도 견딜만한 날씨만 되면 그곳에서 그를 보는 것에 익숙해져 있었다. 아이들은 특별히 그에게 의존했으며, 그를 '틸 아버지'라 불렀고, 특히 그가 어린 시절로부터 기억해낸 많은 놀이들을 그에게서 배웠다. 그가 기억해 낸 것들 중 최고의 것은 토비아스를 위한 것이었다. 그는 토비아스에게 경첩 모양의 화살을 깎아 만들어주었는데, 그것은 다른 모든 아이들의 것보다 더 높이 날았다. 그는 토비아스에게 버들피리를 만들어주었고, 자신의 주머니칼 뿔손잡이로 나무껍질을 가볍게 두드리면서 거드름을 피우며 무뎌진 저음으로 마법의 노래를 불러주었다.

사람들은 그의 유치한 짓거리들을 좋게 여기지 않았다. 그들은 어떻게 그가 코흘리개들과 그토록 잘 어울릴 수 있는지 이해하지 못했다. 그렇지만 그들은 아이들이 그의 보살핌을 받으며 잘 지내고 있으므로 근본적으로는 그의 행동에 만족해했다. 나아가 틸은 아이들을 데리고 진지한 일들도 했는데, 큰 아이들에게는 학교 숙제가 무언지 물어보고 성경과 찬송가 구절을 익히도록 도와주었으며, 작은 아이들을 데리고는 아―베―아프, 데―우―두 등과 같이 철자를 읽었다.

점심식사를 한 다음 선로지기는 다시 한 번 잠시 누워서 쉬었다. 휴식을 끝낸 뒤 그는 오후 커피를 마셨고, 그런 다음 곧장 근무하러 갈 준비를 했다. 그는 자신의 모든 업무가 그렇듯 준비하는 데 많은 시간을 요했다. 장비를 다루는 모든 방법은 몇 년 전부터 정해져 내려왔는데, 그는 작은 호두나무장롱 위에 조심스레 펼쳐져 있는 칼, 메모장, 빗, 큰 틀니 한 개, 포장된 낡은 시계 등의 물건들을 항상 똑같은 순서대로 그의 옷 호주머니들 속에 넣었다. 빨간 종이에 싼 작은 소책자는 특별히 조심스럽게 다루었다. 그것은 밤 동안에는 선로지기의 베개 밑에 놓여 있었고 낮에는 그에 의해 언제나 작업복 상의 안주머니로 옮겨졌다. 표지 아래 꼬리표에는 틸의 손으로 쓴 서툴지만 멋진 장식체로 된 글씨가 쓰여 있었다. 토비아스 틸의 저금통장.

틸이 집을 나설 때 긴 추와 누런 글자판이 달린 벽시계는 4시 45분을 가리켰다. 그는 자기 소유인 작은 조각배로 강을 건넜다. 건너편 슈프레 강변에서 그는 몇 번 멈춰 서서 마을 쪽을 향해 귀를 기울였다. 마침내 그는 넓은 숲길로 꺾어들어 몇 분 후에는 나무들이 흔들리는 소리가 깊숙하게 나는 소나무 숲 가운데에 이르렀는데, 숲의 침엽수림은 흡사 파도치는 검푸른 바다와도 같았다. 그는 펠트 위를 걷듯 소리 없이 축축한 이끼층과 솔잎층으로 된 숲 바닥을 걸어갔다. 그는 올려다보지 않고도 자신의 길을 찾았다. 고목림의 황갈색 나무기둥들을 통과해 가면 저쪽에서는 빽빽하게 뒤엉킨 어린 나무숲을 지나게 되고, 좀 더 가면 유목들의 지속적인 성장을 위해 보전해 놓은 높게 쭉 뻗은 소나무들이 그늘을 드리운 넓은 유목 보호구역을 지나게 되었다. 푸르스름하고 투명한 안개가 온갖 향기를 머금은 채 땅에서 솟아올라 나무들의 형태를 희미하게 만드는 것 같았다. 육중한 우윳빛 하늘은 나무꼭대기 위로 깊숙이 내려앉아 있었다. 까마귀 떼는 쉬지 않고 깍깍 소리를 지르면서 잿빛 공기 속에서 몸을 씻고 있었다. 검은 물웅덩이들은 길의 깊게 패인 곳들을 채우고 흐릿한 자연을 더욱 흐릿하게 반사시켰다.

틸은 깊은 생각에서 깨어나 위를 올려다보고는 지독히도 나쁜 날씨라고 생각했다.

그런데 갑자기 그의 생각이 다른 쪽으로 향했다. 그는 어렴풋이 집에서 무언가를 잊고 가져오지 않았다는 느낌이 들었으며, 주머니를 뒤져보고는 긴 근무시간을 위해 꼭 가져왔어야 할 버터빵을 정말로 가져오지 않았다는 것을 알았다. 그는 잠시 망설이며 서 있다가 갑자기 몸을 돌려 급히 마을 쪽으로 되돌아갔다.

단시간 내에 그는 슈프레 강에 이르렀고, 힘차게 몇 번의 노를 저어 강을 건넌 다음 온몸이 땀에 젖은 채 완만하게 경사진 마을길을 곧장 올라갔다. 구멍가게의 늙고 추한 삽살개가 길 가운데에 누워 있었다. 타르 칠이 된 어느 소작농장의 판자울타리 위에는 뿔까마귀 한 마리가 앉아 있었다. 뿔까마귀는 날개를 펼쳤고, 몸을 흔들었고, 머리를 끄덕였으며, 귀청이 찢어질 듯한 깍깍 소리를 내질렀고, 휙 소리를 내며 날개를 푸덕거리면서 날아올라 바람을 타고 숲이 있는 방향으로 날아갔다.

스무 명쯤 되는 어부와 산림근로자들이 가정을 이루고 사는 그 작은 마을의 주민은 아무도 눈에 띄지 않았다.

날카롭게 울리는 목소리가 너무도 소란하게 정적을 깨뜨려 선로지기는 자신도 모르게 달리던 걸음을 멈추었다. 한바탕 격하게 내뱉는 시끄러운 소리가 그의 귓전을 때렸는데, 그 소리는 그가 너무도 잘 알고 있는 어느 낮은 집의 열린 박공창(지붕이 뾰족한 유럽식 집의 창)에서 나오는 것 같았다.

그는 가능한 한 발걸음 소리를 죽이면서 살금살금 좀 더 가까이 다가가서는 자신의 부인의 목소리임을 분명하게 구별해냈다. 그는 거의 움직이지 않았고, 그녀의 말을 대부분 알아들을 수 있었다.

"이런 냉정하고 무자비한 놈! 가엾은 어린것을 그토록 배고파서 울부짖도록 해? 어떻게 그럴 수 있어? 좋아, 조금만 기다려. 내가 네놈에게 정신 차리도록 가르쳐주지! 너 각오하고 있어."

한동안 조용했다. 그런 다음 옷가지들을 털어내는 듯한 소리가 들리더니 곧바로 또 다른 욕설들이 마구 터져 나왔다.

"이 천한 풋내기야."

빠른 속도로 내뱉는 말이 아래쪽으로 울렸다.

"너 같이 천한 놈 때문에 내 친자식을 굶주리게 해야 되겠어? 입 닥쳐! 그렇지 않으면 한 끼로 일주일을 먹게 할 거야."

외침소리에 이어 나지막하게 흐느끼는 소리가 들렸다. 흐느끼는 소리는 그치지 않았다.

선로지기는 가슴이 불규칙적으로 무겁게 고동치는 것을 느꼈다. 그는 살며시 몸을 떨기 시작했다. 그의 시선은 넋 나간 듯 땅바닥에 고정되어 있었고, 통통하고 단단한 손은 계속해서 축축한 머리칼을 옆으로 쓸어 내렸고, 머리칼은 연거푸 주근깨가 난 이마로 파고들었다.

한 순간 무언가가 그를 엄습했다. 그것은 근육을 팽창시키고 손가락들을 움켜쥐게 한 경련이었다. 그는 힘이 쭉 빠졌고, 몽롱한 무력감이 들었다.

비틀거리는 발걸음으로 선로지기는 벽돌이 깔린 좁은 현관으로 들어섰다. 그는 지친 몸으로 천천히 삐거덕거리는 나무계단을 올라갔다.

"붸, 붸, 붸!"

다시 시작되었고, 누군가 온갖 분노와 멸시의 표시로 연거푸 세 번 침을 뱉는 듯한 소리가 들렸다.

"이 천하고, 비열하고, 교활하고, 음흉하고, 겁 많고, 상스런 놈아!"

말들은 억양이 점점 높아지며 이어졌고, 그녀가 내뱉는 목소리는 이따금 악을 써서 쇳소리가 났다.

"네가 내 아이를 때리려고 하다니 말이 돼? 너 같이 천한 장난꾸러기가 감히 불쌍하고 힘없는 아이를 혼내려고 해? 어떻게 그럴 수 있어? 나 원 참. 어떻게 그럴 수 있냔 말야? 난 너 때문에 엉망이 되고 싶지 않고, 더구나……."

이 순간 틸이 거실 문을 열었고, 그래서 깜짝 놀란 부인은 시작한 말의 끝을 맺지 못한 채 목구멍에 남겨두었다. 그녀는 화가 나서 얼굴이 새하애졌다. 그녀의 입술은 분노로 실룩거렸다. 그녀는 오른손을 들어올렸다가 내리고는 우유단지를 붙들고 그걸로 아기 우윳병을 가득 채우려고 했다. 우유의 대부분이 우윳병에서 식탁 위로 흘러내리자 그녀는 우유를 절반만 채운 채 중단했고, 흥분하여 완전히 제정신을 잃고 이 물건을 잡았다가 저 물건을 잡으면서 잠시도 붙들고 있지 못했다. 마침내 그녀는 무슨 이유로 이런 때 아닌 시간에 집에 돌아왔느냐며, 그가 자신에게서 무언가를 엿들으려고 한 것이라고 분개하며 그를 심하게 야단치기에 이르렀다.

"그렇다면 마지막이 될 거요."

그녀는 말했고, 바로 뒤이어서 자신은 순수한 양심을 지니고 있으며 어느 누구 앞에서도 시선을 내리깔 필요가 없다고 말했다.

틸은 그녀가 말하는 것을 거의 듣지 않았다. 그의 시선은 큰 소리로 울고 있는 토비아스의 모습을 재빨리 스쳐지나갔다. 한 순간 그는 가슴속에서 솟아오르는 어떤 무시무시한 감정을 억지로 억누르고 있음에 틀림없는 듯 보였다. 그러더니 돌연 팽팽하게 긴장된 표정 위에 오래도록 몸에 밴 덤덤함이 자리 잡았는데, 그것은 감춰진 욕망의 눈빛으로 기이하게 생기를 띠었다. 잠깐 동안 그의 시선은 부인의 강건한 사지를 훑어보았는데, 그녀는 그를 외면한 채 이것저것 손보면서 여전히 태연자약하려고 했다. 그녀의 반쯤 노출된 풍만한 가슴은 흥분으로 부풀어 조끼를 파열시키려 위협했고, 추켜올린 치마는 넓은 엉덩이를 더욱 넓게 보이게 했다. 부인에게서는 틸이 맞설 수 없다고 느끼는, 억누를 수 없고 피할 수 없는 힘이 솟아나는 듯했다.

무언가가 부드러운 거미줄처럼 가벼우면서도 철망처럼 견고하게 결박하고, 휘감고, 힘을 빼놓으면서 그를 에워싸고 있었다. 그는 이런 상태에서는 그녀에게 한 마디 말도, 최소한 욕 한 마디도 할 수 없을 것 같았다. 그리하여 토비아스는 눈물로 온몸을 적신 채 두려움에 떨며 구석에 웅크리고 앉아 아버지가 더 이상 자신 쪽을 바라보지 않고 난로 옆 의자에서 잊고 갔던 빵을 집어 들어 유일한 언어 소통으로서 어머니에게 내밀어 보이고는 멍하니 살짝 고개를 끄덕이고 곧장 다시 사라지는 모습을 바라볼 수밖에 없었다.

III

틸은 가능한 한 서둘러 숲속의 고요함 속으로 달려갔지만 규정시간보다 15분이나 늦게 자신의 근무장소에 도착했다.

근무 중 피할 수 없는 급격한 기온변화로 인해 폐결핵에 걸린 보조 선로지기는 그와 근무교대를 했다. 그는 어느새 퇴근준비를 마치고 초소의 모래로 된 작은 플랫폼 위에 서 있었는데, 나무둥치들 사이로 커다란 초소번호가 하얀 바탕 위에서 검게 반짝였다.

두 사람은 서로 인사를 하고, 몇 마디 짧은 전달사항을 주고받고는 헤어졌다. 한 사람은 초소 안으로 사라지고, 다른 한 사람은 철길을 건너 틸이 걸어왔던 길을 따라 걸어갔다. 그의 발작적인 기침소리가 가까이 들리더니 나무둥치들 사이로 멀어지고, 그와 함께 그 황량한 숲속의 유일한 인간의 소리는 사라졌다. 틸은 밤을 넘기기 위해 여느 때와 마찬가지로 자신의 방식대로 근무초소의 네모난 벽돌방을 정돈하기 시작했다. 마음은 조금 전 집에서의 충격적 상황에 몰입된 가운데 그는 기계적으로 방을 정돈했다. 그는 철로를 느긋하게 내다볼 수 있는 두 개의 틈이 벌어진 측면 창문 중 한 창문 옆에 놓인 좁은 갈색 식탁 위에 저녁식사용

빵을 내려놓았다. 그런 다음 그는 작고 녹슨 난로에 불을 붙이고 그 위에 찬물이 담긴 주전자를 올려놓았다. 그는 마지막으로 괭이, 삽, 바이스와 같은 도구들을 대강 정돈해 놓은 다음 등을 닦고 거기에 새로이 석유를 채워 넣었다.

그런 일들을 마치자 날카로운 세 번의 종소리가 반복하여 울림으로써 블레스라우 방면에서 오는 기차가 인접 역을 출발했다는 것을 알렸다. 틸은 조금도 서두르지 않고 한 동안 더 초소 안에 머무르다가 마침내 신호기와 탄약주머니를 손에 들고 천천히 밖으로 나갔다. 그는 신발을 질질 끌며 게으른 걸음으로 좁은 모랫길을 지나 스무 발짝 쯤 떨어진 건널목으로 향했다. 틸은 그곳이 비록 사람의 통행이 뜸한 길이긴 하지만 모든 기차가 지나기 전후에 성심껏 차단기를 내리고 열었다.

그는 차단기 작업을 마치고 이제 기차가 오기를 기다리며 검은색과 흰색으로 된 차단봉에 기대어 서 있었다.

철길은 좌우로 곧게 뻗어 거대한 녹색 숲속으로 빨려들었는데, 그 양쪽은 침엽수림이 막고 있었고, 그 사이에 적갈색 철둑을 가로지르는 자갈이 뿌려진 오솔길이 열려 있었다. 철둑 위에 놓인 평행선으로 달리는 검은 선로는 전체적으로 보면 쇠로 된 거대한 그물코와 같았는데, 그 좁은 가닥들은 아스라이 먼 남쪽과 북쪽에서 지평선의 한 점으로 만나고 있었다.

바람이 일어 아래쪽 숲가로 조용한 물결을 일으키더니 먼 곳으로 빨려 들어갔다. 철길을 따라 서 있는 전신주들에서는 윙윙거리는 화음이 울렸다. 커다란 거미줄과도 같이 전신주와 전신주를 휘감으며 이어져 있는 전선들 위에는 재잘거리는 새떼가 촘촘히 열을 지어 달라붙어 있었다. 딱따구리 한 마리가 시선을 끌지 못한 채 웃으면서 틸의 머리 위를 지나 멀리 날아갔다.

거대한 구름덩이 아래로 막 내려앉은 태양은 검푸른 수목 꼭대기들 속으로 가라앉으려고 숲 위에 자줏빛 물줄기들을 쏟아 부었다. 철둑 건너편 소나무둥치들의 아치도 안에서부터 불이 붙어 쇠처럼 반짝였다.

선로도 불타는 뱀과 같이 반짝이기 시작했지만 먼저 꺼졌다. 그리고 이제 불빛은 서서히 땅에서 공중으로 솟아올라, 먼저 소나무들의 둥치들을 거쳐 머리의 대부분을 차가운 부패의 빛 속에 남기면서 마지막으로 맨 꼭대기의 가장자리를 붉은 빛으로 쓰다듬으며 비추었다. 그 장엄한 광경은 소리 없이 화려하게 진행되었다. 선로지기는 여전히 움직이지 않고 차단기 옆에 서 있었다. 마침내 그는 한 발짝 앞으로 나갔다. 선로가 서로 만나는 지평선상의 검은 점이 점점 커졌다. 그 점은 시시각각 커지면서 어느 한 지점에 서 있는 것처럼 보였다. 갑자기 그 점은 움직이면서 가까이 다가왔다. 선로를 통하여 진동과 윙윙거리는 소리가 났다. 리듬을 띤 삐걱거림 소리와 둔탁한 소음은 점점 더 커지면서 마침내 마구 돌진해오는 기마대의 말발굽소리와도 같아졌다.

　숨 가쁘게 달리는 요란한 소리가 멀리서부터 대기를 뚫고 간헐적으로 솟구쳐 올랐다. 그러고 나서 갑자기 고요한 적막은 깨졌다. 미친 듯 날뛰는 노호와 굉음이 사방을 메웠고, 선로는 휘었고, 땅은 진동했으며, 강한 기압으로 먼지와 증기와 연기가 섞인 구름이 일더니 숨을 헐떡이는 검은 미치광이는 지나가 버렸다. 굉음은 일어날 때와 마찬가지로 서서히 잦아들었다. 연기도 점차 사라졌다. 하나의 점으로 오그라든 채 기차는 멀리 사라졌고, 오랜 동안 내려온 성스러운 침묵이 외신 숲 위에 한데 어우러져 있었다.

"민나."

　선로지기는 꿈에서 깨어난 듯 속삭이고는 초소로 돌아갔다. 그는 커피를 연하게 탄 다음 앉아서 이따금 한 모금씩 마시면서 철길 어딘가에서 주워온 더러운 신문지조각을 바라보았다.

　점점 이상한 불안감이 그를 엄습했다. 그는 그것을 작은 방을 가득 비추는 빵 굽는 난로 불빛 탓으로 돌리고, 편안한 마음을 찾으려고 재킷과 조끼를 벗었다.

그래도 아무 도움이 되지 않자 그는 일어나서 구석에 있던 삽을 들고 선사 받은 그 작은 밭으로 갔다.

그곳은 좁은 모래 땅뙈기였으며, 잡초가 무성하게 덮여 있었다. 그 위에 서 있는 두 그루의 작은 과일나무 가지들에서는 어린 꽃들이 새하얀 거품처럼 화사하게 피어 있었다.

틸은 안정이 되었고, 잔잔한 기쁨이 다가왔다.

이제 그는 일을 하기 시작했다.

삽은 삐걱거리며 땅을 팠고, 축축한 흙덩이들은 둔중하게 뒤로 넘어가 부스러졌다.

그는 한동안 쉬지 않고 팠다. 그런 다음 갑자기 멈추고는 심각하게 머리를 이리저리 흔들면서 그는 큰 소리로 분명하게 혼잣말을 했다.

"안 돼. 안 돼. 그건 안 돼."

그는 되풀이 말했다.

"안 돼. 안 돼. 그건 절대로 안 돼."

갑자기 그에게는 레네가 종종 밭을 갈기 위해 밖으로 나오게 될 것이며, 그렇게 되면 지금까지 이어온 생활방식이 분명 심각하게 요동 칠 것이라는 생각이 들었다. 그리고 밭을 갖게 된 데 대한 그의 기쁨은 돌연 역겨움으로 변했다. 그는 마치 무언가 부당한 일이라도 하려고 했었던 듯 서둘러 삽을 흙에서 빼내어 다시 초소로 가져갔다. 여기서 그는 다시 몽롱한 생각에 골똘히 잠겼다. 그는 왜 그런지는 잘 알 수 없었지만 레네가 하루 종일 근무 중인 자신 곁에 있게 될 것이라는 예상은 마음을 다스리려고 아무리 노력해도 점점 더 견딜 수 없게 되었다. 그에게는 자신에게 값진 무언가를 지켜야만 한다는, 또한 누군가가 자신의 가장 신성한 것에 손을 대려고 한다는 생각이 들었으며, 입술에서 도발적인 짧은 웃음이 터져 나오면서 자신도 모르게 근육이 가볍게 떨리며 팽창되었다. 웃음소리의 울림에 깜짝 놀라 그는 위를 올려다보았고, 곧장 명상의 실타래를 놓쳐버렸다. 그는 그 실타래를 다시 찾자 바로 그 오랜 문제 속으로 파고 들어갔다.

그리고 갑자기 두터운 검은 커튼이 두 조각나듯 무언가가 갈라졌고, 그의 흐릿해진 두 눈은 뚜렷한 조망을 얻게 되었다. 그는 갑자기 마치 2년 동안의 죽음과도 같은 잠에서 깨어나 자신이 이 상황에서 저지르게 되어 있는 소름끼치는 모든 일을 믿을 수 없다는 듯 머리를 흔들면서 바라보는 듯한 기분이 들었다. 바로 얼마 전에 본 모습들로 재삼 확인할 수 있었던 큰 아이의 수난이 뚜렷하게 그의 가슴에 다가왔다. 동정과 후회와 함께, 의지할 데 없는 사랑하는 아이를 보살피지 않고, 아이가 얼마나 심한 고통을 겪고 있는지 확인할 힘조차 내지 못한 채 지금까지 줄곧 굴욕적으로 참으면서 살아온 데 대한 처절한 수치심이 그를 사로잡았다.

자신의 태만 때문에 벌어진 온갖 죄악에 대한 자학적인 생각들을 하는 사이 그에게는 극심한 피로가 몰려왔고, 그래서 그는 식탁에 올려놓은 손에 이마를 묻고 등을 구부린 채 잠이 들었다.

그는 한동안 그렇게 구부리고 있다가 숨막히는 듯한 목소리로 여러 번 "민나"라는 이름을 불렀다.

무한히 넓은 물에서 들려오는 듯한 쏴 하고 부서지는 소리가 그의 귀를 채웠고, 주변은 어두워졌으며, 그는 눈을 뜨고 잠에서 깨었다. 그의 사지는 후늘거렸고, 온몸에서 식은땀이 났으며, 맥박은 불규칙하게 뛰었고, 얼굴은 눈물로 젖어 있었다.

아주 깜깜했다. 그는 어느 쪽으로 몸을 돌릴지 모른 채 문 쪽으로 시선을 던지고자 했다. 그는 비틀거리며 일어섰고, 엄청난 불안은 여전히 계속되었다. 바깥 숲은 부서지는 파도처럼 요란한 소리를 냈고, 바람은 작은 초소의 창문을 향해 우박과 비를 뿌렸다. 틸은 어찌할 바를 모르며 두 손으로 주변을 더듬거렸다. 틸은 한 순간 자신이 마치 물에 빠져 죽는 사람인 것처럼 여겨졌다. 그때 갑자기 푸르스름하게 반짝이며 불꽃이 일었는데, 그것은 천상의 불빛방울들이 어두운 대기권 속으로 내려앉아 곧장 그 속에서 익사해 버리는 듯 했다.

그 순간은 선로지기에게 제정신을 차리도록 하기에 충분했다. 그는 손을 뻗어 다행히도 자신의 등을 붙잡을 수 있었고, 그 순간 멀리 외딴 밤하늘의 귀퉁이에서 천둥이 일어났다. 천둥은 둔탁하고 조심스럽게 울리면서 부서뜨리는 듯한 짧은 파동으로 점점 더 가까이 굴러오더니 마침내 엄청난 충격파로 커져서 전체 대기권을 덮치고, 진동시키고, 흔들고, 소란스럽게 하며 닥쳐왔다.

창문들은 삐거덕거렸고, 땅은 흔들렸다.

틸은 불을 켰다. 그가 다시 정신을 차린 다음 처음 바라본 것은 시계였다. 그 순간은 급행열차의 도착이 채 5분도 남지 않은 시각이었다. 신호음을 듣지 못했다고 믿은 그는 폭풍과 어둠이 허용하는 한 최대한 빨리 차단기를 향해 달려갔다. 그가 차단기를 닫는 일에 몰두하고 있을 때 신호의 종소리가 울렸다. 바람이 신호종소리를 갈기갈기 찢어 사방으로 흩뿌렸다. 소나무들은 휘어지고, 나뭇가지들은 서로 부딪혀 무시무시하게 삐걱거리고 날카로운 소리를 냈다. 한 순간 연한 금빛 쟁반과도 같이 구름 사이에 떠 있는 달이 보였다. 달빛 속에서 바람이 소나무의 검게 드리워진 잎 속으로 파고 들어가는 것을 볼 수 있었다. 철둑 옆 자작나무에 매달린 잎사귀들은 섬뜩한 말꼬리와도 같이 바람에 흔들리며 퍼덕였다. 그 아래로 철도의 선로가 놓여 있었고, 그것은 빗물에 젖어 반짝이면서 여기저기 일그러져 있는 창백한 달빛을 빨아들이고 있었다.

틸은 머리에 쓴 모자를 벗었다. 비는 그를 기분 좋게 했고 눈물과 섞여 얼굴 위로 흘러내렸다. 그의 머리 속은 부글부글 끓어올랐다. 꿈속에서 보았던 것에 대한 흐릿한 기억들이 꼬리를 물고 이어졌다. 그에게는 토비아스가 누군가로부터 학대받는 듯 보였었는데, 너무도 끔찍스럽게 학대받았기에 아직도 그 생각에 심장이 멎는 것 같았다. 또 하나의 현상을 그는 더 분명하게 기억했다. 그는 죽은 부인을 보았던 것이다. 그녀는 어딘가 멀리서 와서 한 선로 위에 서 있었다. 그녀는 무척 아픈 듯 보였으며, 옷 대신 누더기를 걸치고 있었다. 그녀는 틸의 작은 초소를 둘러보지도 않고 지나쳐 갔으며, 마침내 — 여기서 기억이 희미해졌는데 — 어떤 이유에서인지 그저 힘겹게 앞으로만 나아가다 여러 번 쓰러졌다.

틸은 계속해서 곰곰이 생각한 끝에 그녀가 도망치고 있다는 것을 알았다. 그것은 전혀 의심의 여지가 없었다. 그렇지 않다면 그녀가 발이 말을 듣지 않는데도 불구하고 그런 근심에 가득찬 눈길을 뒤로 보내면서 계속 몸을 질질 끌며 앞으로 나아갈 리가 없었던 것이다. 아 그 끔찍한 눈길!

한편 그녀는 무언가를 들고 갔는데, 그것은 보자기에 휩싸인 축 늘어진, 피를 흘리는, 창백한 어떤 것이었으며, 그것을 내려다보는 그녀의 모습은 그에게 지난 날의 장면들을 떠오르게 했다.

그는 남겨두고 갈 수밖에 없는 갓 태어난 아기를 심한 고통과 헤아릴 수 없는 괴로운 표정으로 꼼짝하지 않고 바라보며 죽어가는 여인을 상기했다. 틸은 자신을 낳아준 아버지와 어머니가 있다는 사실을 잊을 수 없는 것처럼 그녀의 그 표정을 좀처럼 머릿속에서 지울 수 없었다.

그녀는 어디로 가는 것이었을까? 그는 그것을 알지 못했다. 그러나 그의 마음에 뚜렷하게 다가온 것은 그녀가 그에게 결별을 고했고, 그를 안중에 두지 않았으며, 폭풍우가 몰아치는 어두운 밤을 뚫고 몸을 질질 끄며 점점 더 멀리 갔다는 것이었다. 그는 "민나, 민나" 하며 그녀를 불렀고, 그러면서 잠에서 깼다.

거대한 괴물의 부릅뜬 눈과도 같이 동그랗고 붉은 두 개의 불빛이 어둠을 뚫고 들어왔다. 그 불빛 앞으로 핏빛의 광선이 내뻗쳤고, 그것은 빛 속에서 빗방울들을 핏방울들로 변화시켰다. 마치 하늘에서 피로 된 비가 내리는 듯했다.

틸은 두려움을 느꼈고, 기차가 가까이 다가오면 다가올수록 더 큰 공포가 밀려왔다. 그에게는 꿈과 현실이 하나로 융합되어 있었던 것이다. 그는 여전히 철길 위를 걷는 여자를 보고 있었으며, 그의 손은 돌진해오는 기차를 멈춰 세우려는 듯 탄약주머니를 찾았다. 다행히 한 발 늦었는데, 이미 틸의 눈앞이 불빛으로 어른거리더니 기차는 지나가 버렸다.

틸은 그날 밤 남은 시간을 근무하면서 거의 안정을 찾지 못했다. 그는 몹시 집에 가고 싶은 충동을 느꼈다. 그는 어린 토비아스를 다시 보게 되기를 갈망했다. 그는 마치 토비아스와 몇 년은 떨어져 있었던 것 같은 느낌이 들었다. 마침내 그는 아이에 대한 점점 더해 가는 걱정으로 여러 번 근무를 이탈하려고 했다.

동이 트기 시작하자 틸은 시간을 보내기 위해 자신의 선로 구간을 검사하기로 마음먹었다. 그는 왼손에는 막대기를, 오른손에는 긴 강철 스패너를 들고 철길 위를 걸어 칙칙한 잿빛 여명 속으로 들어갔다.

때때로 그는 스패너를 가지고 볼트를 꼭 조이거나 선로를 아래로 붙들어 매고 있는 둥근 쇠막대들 중 한 개를 두드렸다.

비와 바람은 멎었고, 갈라진 구름층 사이로 여기저기 푸르스름한 하늘 조각들이 보였다.

단단한 쇠 위에서 단조롭게 딱딱거리는 구두바닥이 내는 소리는 물방울이 떨어지는 나무들의 잠에 취한 듯한 소리와 연결되어 점차 틸을 진정시켰다.

새벽 6시에 그는 근무에서 풀려나 지체 없이 귀가길에 올랐다.

무척 청명한 일요일 아침이었다.

구름은 조각나서 그 사이 지평선 뒤쪽으로 가라앉았다. 태양은 어마어마한 새빨간 보석과도 같이 반짝이면서 솟아올라 숲 위에 광활하게 밝은 빛을 쏟아 부었다.

광선다발은 눈부시게 강한 선들을 이뤄 뒤엉킨 나무둥치들 사이를 뚫고 들어갔는데, 한쪽에서는 섬세하게 짜인 레이스와도 같은 잎을 한 부드러운 양치식물들의 섬에 불꽃으로 입김을 내뿜고, 다른 한쪽에서는 숲 바닥의 은녹색 이끼들을 빨간 산호들로 변화시켰다.

나무꼭대기들과 둥치들과 풀잎들에서는 불타는 이슬이 흘러내렸다. 빛으로 된 대홍수가 밀려와 온 땅을 뒤덮는 것 같았다. 대기 중에는 신선함이 있었고, 그것은 가슴속으로 밀려들었으며, 틸의 이마 뒤에서도 밤의 영상들은 점차 희미해질 수밖에 없었다.

그리고 그가 방안으로 들어서서 전보다 더 붉은 뺨을 한 토비아스가 햇살이 비치는 침대에 누워 있는 것을 본 순간 밤의 영상들은 완전히 사라졌다.

정말 괜찮았던가! 그날 하루가 지나는 동안 레네는 여러 번 틸에게서 무언가 이상한 점이 느껴진다고 믿었다. 교회 의자에 앉아서는 그가 성경책을 바라보는 대신 곁에 있는 그녀를 관찰했었고, 그런 다음 점심 때에는 늘 하던 대로 토비아스가 거리로 데리고 나가게 되어 있던 어린 아기를 한 마디 말도 없이 토비아스의 팔에서 빼앗아 그녀의 무릎 위에 앉혀놓았었다. 그는 그러나 그밖에는 조금도 별다른 점을 보이지 않았다.

하루 종일 눕지 못했던 틸은 다음 주에는 낮 근무가 있기에 저녁 9시쯤 일찍 침대로 기어 들어갔다. 그가 막 잠들려고 하는데, 부인이 내일 아침에 밭을 일궈 감자를 심기 위해 숲에 함께 가겠다고 알렸다.

틸은 깜짝 놀라 몸을 움츠렸고, 잠에서 완전히 깼지만 눈은 꼭 감고 있었다.

레네는 감자를 심어 수확을 하려면 지금이 바로 일할 때라고 말하고, 하루 종일 걸릴지도 모르니 아이들을 데리고 가야 된다고 덧붙였다. 선로지기는 알아들을 수 없는 말을 몇 마디 했고, 레네는 여전히 관심을 기울이지 않았다. 그녀는 그에게 등을 돌리고 기름등불 빛을 받으며 코르셋의 끈을 풀고 치마를 벗어 내리는 데 열중했다.

갑자기 그녀는 왜 그런지 자신도 모르게 몸을 휙 돌려 남편의 격앙되어 일그러진 흙빛 얼굴을 바라보았다. 그는 반쯤 몸을 일으켜 두 손을 침대 모서리에 얹은 채 불타는 눈으로 그녀를 응시했다.

"틸!"

부인은 반은 화가 나고 반은 깜짝 놀라서 외쳤고, 틸은 자기 이름을 부르는 소리를 들은 몽유병자처럼 몽환 속에서 깨어나 몇 마디 혼란스런 말을 더듬거리고는 침대에 다시 몸을 눕히고 이불을 귀 위에까지 끌어올렸다.

다음날 아침 잠자리에서 맨 먼저 일어난 사람은 레네였다. 그녀는 조용히 소리 내지 않고 야외나들이에 필요한 모든 것을 준비했다. 그녀는 작은 아이를 유모차에 앉힌 다음 토비아스를 깨워 옷을 입혔다. 토비아스는 어디에 가는지를 알고 당연히 미소를 지었다. 모든 것이 준비되고 식탁 위에 커피까지 마련된 다음 틸은 잠에서 깼다. 필요한 모든 준비가 다 된 것을 보고 그는 먼저 불쾌감을 느꼈다. 그는 거기에 대해 반박의 말을 하고 싶었지만 어떻게 시작해야 할지 알 수 없었다. 또한 레네가 납득할 만한 분명한 이유들을 어떻게 댄단 말인가?

점점 환하게 빛나는 아이의 얼굴이 점차 틸에게 영향을 미치기 시작했고, 그리하여 마침내 틸은 야외나들이가 아이에게 마련해준 기쁨을 지켜주기 위해 이의를 제기할 생각을 할 수 없게 되었다. 그럼에도 불구하고 틸은 숲속을 걷는 동안 불안에서 벗어날 수 없었다. 그는 유모차를 밀고 힘겹게 깊숙한 모래밭을 통과해 갔으며, 토비아스가 뜯어온 여러 가지 꽃들을 유모차 위에 놓았다.

아이는 유별나게 즐거워했다. 그는 플러쉬 천으로 만든 갈색 모자를 쓰고 양치식물들 사이를 이리저리 뛰어다니면서 그 위로 날아다니는 유리 같은 날개를 한 잠자리들을 서툰 동작으로 붙잡으려고 했다. 도착하자마자 레네는 밭을 살펴보았다. 그녀는 종자로 쓰기 위해 가져온 감자들이 담긴 자루를 키 작은 자작나무숲가에 던져놓고, 무릎을 구부리고 앉아 거친 손가락들 사이로 거무스름한 모래를 흘려보냈다.

틸은 긴장한 채 그녀를 바라보았다.

"자, 밭 어떻소?"

"슈프레 강 모퉁이 밭 못지않게 아주 좋아요!"

선로지기의 마음속에서 근심거리 하나가 떨어져 나갔다. 그는 그녀가 불만스러워 할까봐 걱정했었는데, 이제 안심이 되어 수염이 난 턱을 긁적였다.

레네는 급히 굵은 빵 쪼가리 한 개를 먹어치운 다음 숄과 재킷을 벗어 던지고 뚱뚱한 몸에도 재빠른 동작과 끈기로 땅을 파기 시작했다.

그녀는 일정한 시간 간격으로 몸을 일으켜 깊은 심호흡을 했는데, 땀방울을 흘리고 가슴을 헐떡거려도 급히 젖을 먹여 아기를 달래야 될 경우가 아니면 심호흡은 순간에 그쳤다.

"선로를 순찰해야 하는데, 토비아스를 데리고 가겠소."

선로지기는 잠시 후 초소 앞 플랫폼 앞에서 그녀를 향해 외쳤다.

"아니 뭐라고요. 안 돼요!"

그녀는 되받아 외쳤다.

"아기는 누가 돌보게요? 당신 이리 와요!"

그녀는 더 큰 소리로 덧붙였고, 선로지기는 그녀의 말을 듣지 못하기라도 한 듯 토비아스를 데리고 멀어져 갔다.

그녀는 처음에는 그를 뒤쫓아 가야만 하지 않을까 생각했지만 시간 낭비로 여기고 단념하기로 했다. 틸은 토비아스를 데리고 선로를 따라 걸어갔다. 토비아스는 적잖이 흥분되어 있었는데, 그에게는 모든 것이 새롭고 낯설었던 것이다. 그는 햇볕을 받아 따사로워진 좁고 검은 선로가 무엇에 쓰이는 것인지 이해하지 못했다. 그는 끊임없이 온갖 이상한 질문들을 했다. 그에게는 무엇보다도 전신주들의 울림소리가 신기했다. 틸은 자신의 구역에 있는 전신주들의 각각의 소리를 알고 있어 눈을 감고도 그 소리만으로 언제나 자신이 선로의 어느 부분에 서 있는지 알 수 있을 정도였다.

그는 나무기둥에서 교회당 안의 낭랑한 합창과도 같이 흘러나오는 멋진 울림

소리에 귀를 기울이느라 토비아스의 손을 잡은 채 자주 멈춰 섰다. 담당구역의 남쪽 끝 전신주는 특별히 완벽하고 아름다운 화음을 띠었다. 그것은 전신주 속 소리들이 혼합된 것으로 끊김 없이 단숨에 고르게 이어져 울렸으며, 토비아스는 자신의 믿음대로 전신주 틈새를 통해 그 아름다운 소리의 근원을 찾아내기 위해 비바람에 손상된 나무기둥 둘레를 맴돌며 뛰었다. 선로지기는 마치 교회 안에 있는 것과도 같이 장엄한 기분이 들었다. 뿐만 아니라 그는 시간이 흐르면서 자신의 죽은 아내를 회상케 하는 목소리를 식별해냈다. 그는 그것이 죽은 영혼들의 합창으로서 그녀의 목소리 또한 그 속에 뒤섞여 있다는 상상을 했으며, 이러한 상상은 그의 마음속에서 그리움을 일깨우고, 그를 동요시켜 눈물까지 흘리게 했다.

토비아스는 옆쪽에 서 있는 꽃들을 따기 원했고, 틸은 늘 그랬듯 그렇게 하도록 했다.

파란 하늘의 조각들이 내려앉아 숲의 땅바닥을 비추었는데, 땅 위에는 조그만 파란 꽃들이 놀랄 만큼 아주 빽빽하게 서 있었다. 울긋불긋한 깃발들 같이 나비들이 하얗게 반짝이는 나무둥치들 사이로 소리 없이 나풀거리며 날아다니는 가운데, 자작나무 꼭대기의 연녹색 잎사귀들 사이에서는 부드러운 이슬방울이 떨어졌다.

토비아스는 꽃들을 땄고, 아버지는 깊은 생각에 잠겨 그를 바라보았다. 이따금 토비아스의 시선도 위를 향했고, 잎사귀들의 틈새를 통해 흠 없는 거대한 푸른 수정쟁반 같은, 금빛 햇살을 머금고 있는 하늘을 찾았다.

"아빠, 저게 사랑하는 하느님이지?"

갑자기 아이는 외딴 소나무둥치로 날카로운 소리를 지르며 휙 올라가 버리는 갈색 새끼다람쥐를 가리키며 물었다.

"멍청한 녀석."

틸은 다람쥐가 뜯어낸 나무껍질이 나무둥치를 타고 내려와 자신의 발 앞에 떨어지자 이렇게 대답할 뿐이었다.

어머니는 틸과 토비아스가 돌아왔을 때도 여전히 땅을 파고 있었다. 밭의 절반은 이미 파 놓은 상태였다.

짧은 간격을 두고 기차가 연달아 왔는데, 토비아스는 매번 입을 딱 벌린 채 기차가 난폭하게 지나치는 것을 바라보았다.

어머니는 아이의 우스꽝스런 찡그린 얼굴에 재미있어 했다.

그들은 초소 안에서 감자와 차가운 돼지고기 구이 남은 것으로 점심식사를 했다. 레네는 자리를 정돈했고, 틸도 피할 수 없는 운명에 공손하게 순응하려는 듯 보였다. 그는 식사 중에 자신의 직업과 관련된 갖가지 얘기들로 레네를 즐겁게 해 주었다. 그는 그녀에게 레일 한 개에 마흔 여섯 개의 못이 박혀 있다는 것을 알고 있는지를 물었고, 그밖에도 많은 질문들을 했다.

오전에 레네는 땅 파는 일을 끝냈으며, 오후에는 감자를 심어야 했다. 그녀는 이제 토비아스가 아기를 봐야 한다고 주장하고 토비아스를 데리고 갔다.

"조심해야 하는데……."

틸은 돌연한 걱정에 사로잡혀 그녀를 향해 외쳤다.

"그 애가 선로에 너무 가까이 가지 않도록 조심하오."

레네의 어깨가 들썩인 것이 대답이었다.

슐레지아 급행열차가 신호를 보내왔고, 틸은 임무에 나서야 했다. 그가 근무 준비를 마치고 차단기 옆에 서자마자 이미 기차가 다가오는 소리가 들렸다.

기차가 눈에 들어왔고, 점점 더 가까이 다가왔으며, 검은 기관실 연통으로부터 쉴 새 없이 급박하게 박동하며 증기가 뿜어 나왔다. 하나, 둘, 세 개의 우윳빛 증기줄기가 양초처럼 곧게 솟구쳐 올랐고, 그런 다음 곧장 기관차의 기적소리가 대기에 울려와 퍼졌다. 기적은 짧고, 쩌렁쩌렁하고, 위협적으로 연거푸 세 번 울렸다. 기차에 제동을 건다고 생각한 틸은 왜 그럴까 의아해 했다. 그리고 다시 비상 기적이 절규하듯 메아리를 일으키며 울렸는데, 이번에는 끊김 없이 길게 이어졌다.

틸은 선로구간을 조망해 볼 수 있도록 앞으로 나아갔다. 그는 기계적으로 주머니에서 붉은 깃발을 꺼내 곧바로 앞쪽 선로 위로 내밀었다. 에구머니, 저 사람 눈이 멀었나? 에구머니, 아이고, 아이고, 에구머니! 저게 뭐야? 저기! 저기 선로 사이에…….

"멈춰!"

선로지기는 있는 힘을 다해 외쳤다. 그러나 너무 늦었다. 무언가 검은 덩어리가 기차 밑으로 빨려 들어가 바퀴 사이에서 고무공처럼 이리저리 내던져졌다. 잠시 동안 그러다가 삐거덕거리며 끽 하는 제동음이 들렸다. 기차는 멈췄다.

쓸쓸하게 서 있는 선로가 진동했다. 여객전무와 차장이 자갈 위를 지나 기차의 끝으로 달려갔다. 무슨 일인지 궁금해 하는 얼굴들이 모든 창문들을 통해 내다보았고, 이제 차장 등은 한데 엉켜 앞쪽으로 나갔다.

틸은 숨을 헐떡였다. 그는 도살당하는 황소처럼 쓰러지지 않기 위해 몸을 가누어야만 했다. 정말 사고였고, 사람들은 그에게 손짓한다.

"이럴수가!"

사고지점에서 비명소리가 대기를 갈라놓으며, 짐승의 목구멍에서 나오는 듯한 울부짖음이 이어진다. 누구일까?! 레네일까?! 그녀의 목소리는 아닌데, 그렇다면…….

한 남자가 급히 선로 위로 달려온다.

"선로지기 양반!"

"무슨 일이오?"

"사고요!"

전령은 선로지기의 눈빛이 이상하여 몸을 움찔한다. 모자는 기울어져 있고,

붉은 머리털은 곤추서 있는 듯하다.

"그 애는 아직 살아 있으니 아마 빨리 도우면 될 듯하오."

색색거리는 숨소리가 틸의 유일한 응답이다.

"빨리 갑시다, 빨리요!"

틸은 죽도록 긴장하여 가슴이 찢어진다. 그의 축 늘어진 근육은 팽팽해지고, 그는 몸을 곤추세우며, 얼굴은 멍청하게 사색이 되어 있다.

그는 전령과 함께 달려가며, 차창 안 승객들의 창백하고 놀란 얼굴들은 보지도 않는다. 한 젊은 여자, 터키모를 쓴 한 출장 여행자, 신혼여행 중인 것으로 보이는 한 쌍의 부부가 차창 밖으로 내다본다. 그게 그와 무슨 상관이 있단 말인가? 그는 그들의 야단법석을 떠는 소리에 관심을 둘 수 없었는데, 그의 귓속은 온통 레네의 울부짖음으로 가득찼던 것이다. 그의 눈앞에는 개똥벌레와도 같이 노란 점들이 서로 뒤엉켜 무수히 어른거린다. 그는 흠칫하며 멈춰 선다. 춤추는 개똥벌레들 속에서 창백하고 축 늘어진 피투성이의 모습이 나타난다. 이마는 이리저리 부딪혀 갈색과 청색으로 멍들고, 파란 입술에서는 검은 핏방울이 떨어진다. 그것은 그 아이다.

틸은 아무 말도 하지 않는다. 그의 얼굴은 추하게 창백한 기색을 띤다. 그는 정신이 나간 듯 미소 짓는다. 마침내 그는 몸을 굽히고, 축 늘어진 죽은 사지를 힘겹게 두 팔로 끌어안으며, 붉은 깃발은 그를 휘감는다.

그는 걸어간다.

어디로?

"철도의사에게, 철도의사에게."

목소리들이 뒤엉켜 울린다.

"곧 그를 데리고 갈 겁니다."

수화물책임자가 이렇게 외치고, 자신의 차량 안에 근무복과 책들로 누울 자리를 마련한다.

"이제 됐지?"

틸은 사고를 당한 아이를 놓아주려 하지 않는다. 사람들이 그에게 재촉한다. 헛일이다. 수화물책임자가 화물칸에서 들것을 내려 보내고 한 남자에게 아이 아버지를 도와줄 것을 지시한다.

시간은 급박하다. 역객전무가 호각을 분다. 창문들에서 동전들이 떨어져 내린다. 레네는 미쳐버린 듯이 행동한다.

"불쌍한, 너무도 불쌍한 여자로군. 불쌍한, 너무도 불쌍한 엄마야."

객실에서 사람들이 말한다.

여객전무는 다시 한 번 호각을 불고, 기차는 실린더들로부터 쉬쉬 소리를 내는 하얀 증기를 내뿜으며 강철 바퀴 축을 내뻗는다. 몇 초 후면 급행열차는 길게 뻗은 연기를 나부끼며 갑절의 속도로 숲을 뚫고 달리게 된다.

정신을 차린 선로지기는 반죽음 상태의 아이를 들것 위에 눕힌다. 거기에서 아이는 엉망진창이 되어 누워 있으며, 이따금 그르렁거리며 긴 호흡을 하는 동안 찢어진 셔츠 아래로 보이는 부러진 갈비뼈가 들썩인다. 조그만 팔과 다리는 관절이 부러졌을 뿐만 아니라 지극히 기형적인 자세를 취하고 있다. 작은 발의 뒤꿈치는 앞쪽으로 뒤틀려 있다. 두 팔은 들것 가장자리로 뻗쳐 나와 헐렁하게 흔들리고 있다.

레네는 계속해서 흐느끼는데, 이전의 고집불통의 흔적은 그녀에게서 깡그리 사라졌다. 그녀는 계속하여 자신은 그 사고의 모든 책임으로부터 결백하다고 반복해서 이야기한다.

틸은 그녀에게 주의를 기울이지 않는 듯한데, 그의 두 눈은 끔찍이도 불안한 기색으로 아이에게 고정되어 있다.

주위는 쥐 죽은 듯 조용해졌고, 뜨거워진 검은 선로는 반짝이는 자갈 위에서 쉬고 있다. 한낮은 바람을 잠재웠고, 숲은 마치 돌로 된 듯 움직이지 않고 서 있다.

사람들이 조용히 상의한다. 프리트리히스하겐에 가장 빨리 가기 위해서는 거꾸로 브레슬라우 쪽에 있는 역으로 가야만 하는데, 그 역은 바로 다음 열차인, 가속하여 달리게 될 보통열차가 정차하는 프리트리히스하겐에 가장 가까운 역이기 때문이다.

틸은 자신도 함께 갈 것인지 곰곰이 생각하는 듯하다. 당장 근무를 대신할 수 있는 사람이 아무도 없다. 그의 말없는 손짓이 부인에게 들것을 들라고 명하며, 그녀는 남아 있게 될 젖먹이가 걱정이 되면서도 감히 거역하지 못한다. 그녀와 낯선 남자는 들것을 옮긴다. 틸은 자신의 담당구역 경계까지 기차를 따라간 다음 멈춰 서서 오랫동안 그것을 바라본다. 갑자기 그는 손바닥으로 이마를 치고, 그 소리는 멀리 울려 퍼진다.

그는 잠에서 깨어나고 있다고 여기며 혼잣말을 한다. 헛되이.

"어제와 같은 꿈일 거야."

그는 달린다기보다는 비틀거리면서 초소에 도착했다. 그는 초소 안에서 얼굴을 처박고 땅바닥에 쓰러졌다. 모자는 구석으로 굴러갔고, 지극히도 소중하게 간수해 온 시계는 주머니에서 떨어져 나와 상자가 튀겨 나가고 유리가 깨졌다. 그는 마치 강철로 된 주먹이 자신의 목덜미를 너무나 단단히 움켜잡고 있는 것처럼 끙끙거리고 신음하면서 벗어나려고 했지만 움직일 수가 없었다. 그의 이마는 차가웠고, 눈은 메말랐으며, 목구멍은 불탔다.

신호 종소리가 그를 깨웠다. 반복하여 울리는 세 번의 종소리에 영향 받아 발작은 가라앉았다. 틸은 일어나서 근무에 임할 수 있었다. 그러나 그의 두 발은 납덩이처럼 무거웠고, 자신의 머리를 축으로 한 어마어마한 수레바퀴의 살과도 같이 선로가 그를 에워쌌다. 하지만 그는 적어도 얼마 동안은 꼿꼿이 서 있을 수 있을 정도의 힘만은 있었다.

보통열차가 다가왔다. 그 안에는 틀림없이 토비아스가 있을 것이었다. 열차가 가까이 다가오면 다가올수록 환영들이 틸의 눈앞에서 흐릿해졌다. 마침내 그는 입에서 피를 흘리는 산산조각 난 아이의 모습만을 떠올리게 되었다. 그러고는 밤이 되었다.

얼마쯤 후에 그는 제정신을 차렸다. 그는 자신이 차단기 바로 옆 뜨거운 모래밭에 누워 있다는 것을 알았다. 그는 일어서서 옷에서 모래를 흔들어 털어 내고 입 속의 모래를 뱉었다. 그의 머리는 좀 더 맑아졌고, 그는 좀 더 차분하게 생각할 수 있게 되었다.

초소 안에서 그는 즉시 바닥에 떨어진 시계를 주워 올려 책상 위에 올려놓았다. 시계는 떨어졌는데도 멈춰서 있지 않았다. 그는 두 시간 동안을 토비아스가 그 사이 어떻게 되었을지 상상하면서 시시각각을 헤아렸다. 지금 레네가 그 애를 데리고 도착했다. 지금 그녀는 의사 앞에 섰다. 의사는 아이를 관찰하고 만져보고 머리를 저었다.

"심각한, 매우 심각한 상태로군요. 하지만 혹시라도…… 알 수 없지요."

의사는 좀 더 자세히 진찰했다. 그러고 나서 그는 말했다.

"아니, 끝났어요."

"끝나, 끝났다고."

선로지기는 신음하듯 말하고는 벌떡 일어나서 빙빙 도는 눈으로 천장을 응시하고, 들어올린 두 손을 자신도 모르게 움켜쥐면서 그 좁은 공간이 무너져 내릴 듯한 목소리로 외쳤다.

"그 애는 반드시, 반드시 살아야 해. 당신 말이야, 그 애는 반드시, 반드시 살아야 해."

그리고 그는 다시 한 번 작은 초소의 문을 발로 차 열어젖히고는 걷는다기보다는 달려서 차단기 쪽으로 돌아갔는데, 열린 문을 통해서는 붉은 노을이 방안으로 밀려들었다. 그는 잠시 당황한 듯 차단기 앞에 서 있다가 갑자기 두 팔을 벌리고 철둑 한가운데까지 걸어 들어갔는데, 마치 보통열차가 지나간 방향에서 오는 무언가를 저지하려는 것처럼 보였다. 그때 그의 크게 뜬 두 눈은 닥치는 대로 무분별한 행동을 할 듯한 인상을 풍겼다.

그는 뒷걸음질치면서 무언가를 피하려는 듯한 가운데 계속하여 반쯤은 알아들을 수 없는 말을 내뱉었다.

"당신, 듣고 있지, 멈춰, 당신, 잘 들어, 멈춰, 그 애를 내놔, 그 애는 죽도록 두들겨 맞았어, 그래, 그래, 좋아, 난 그 여자를 역시 죽도록 두들겨 패 주겠어, 당신 듣고 있소? 멈춰, 그 애를 내게 돌려 줘."

무언가가 그의 옆을 지나쳐가고 있는 듯 했는데, 그것은 그가 몸을 돌려 그 무언가를 뒤쫓으려는 듯 반대방향으로 나아갔기 때문이다.

"당신, 민나."

그의 목소리는 어린아이의 그것과 같이 울먹였다.

"당신, 민나, 듣고 있소? 그 애를 돌려 줘…… 나는……."

그는 누군가를 붙잡으려는 듯 허공을 더듬었다.

"그 여편네, 그래, 이제 난 그 여자를…… 이제 나도 그 여자를 두들겨 패 줄 거야, 죽도록 마구, 두들겨 패 주겠어, 또한 손도끼로…… 당신 알지? 부엌용 손도끼, 닌 그 부엌용 손도끼로 그 여자를 내려칠 거고, 그리면 그 여자는 쓰러져 죽을 거야. 이제…… 그래 손도끼로 — 부엌용 손도끼, 검은 피!"

그의 입에서는 거품이 일었고, 유리 같은 그의 눈알은 끝없이 움직였다.

부드러운 저녁안개가 계속하여 살포시 숲 위로 퍼져나갔고, 저녁노을에 장밋빛으로 불타는 구름덩이가 서쪽 하늘 위에 걸려 있었다.

그는 백 발짝 쯤 그 보이지 않는 무언가를 뒤쫓아 가다가 겁을 먹은 듯 멈춰 서서 끔찍하게 두려운 표정으로 간청하고 맹세하면서 두 팔을 뻗었다. 그는 다시 한번 먼 곳에 있는 그 보이지 않는 것을 찾아내려는 듯 눈을 곤두세우고 손을 가져다

댔다. 마침내 손은 내려왔고, 얼굴의 긴장된 표정은 무뚝뚝한 무표정으로 변했으며, 그는 돌아서서 몸을 질질 끌며 왔던 길을 돌아갔다.

태양은 마지막 햇살을 숲 위에 쏟아 붓고 나서 사라져버렸다. 소나무들의 둥치들은 그 위를 흑회색 곰팡이덩이와 같이 내리누르고 있는 우듬지들 사이로 퇴색한 썩은 뼈처럼 뻗어 있었다. 딱따구리 한 마리의 나무 쪼는 소리가 정적을 꿰뚫었다. 늦은 저녁 차가운 회청색 하늘 사이로 한 덩이의 장밋빛 구름이 흘러갔다. 바람결은 꽤 차가워 선로지기를 추위에 떨게 했다. 그에게는 모든 것이 새로웠고, 모든 것이 낯설었다. 그는 뭐가 뭔지, 자신이 어디를 걷고 있는지, 혹은 자신의 주변에 무엇이 있는지 알지 못했다. 그때 다람쥐 한 마리가 선로를 휙 스쳐 건너갔고, 틸은 깊은 생각에 잠겼다. 그는 왜 그런지도 모른 채 사랑하는 하느님을 생각하지 않을 수 없었다.

"사랑하는 하느님이 길을 건너 뛰어가네. 사랑하는 하느님이 길을 건너 뛰어가네."

그는 이 문장과 연관된 무언가를 떠올리려는 듯 여러 번 반복해서 말했다. 그는 말을 중단했고, 뇌리 속에 한 줄기 빛이 흘러들었다.

"하지만 이런, 이건 망상이야."

그는 모든 것을 잊고 이 새로운 적에게서 등을 돌렸다. 그는 생각을 정돈하려고 했으나 헛된 일이었다! 생각은 끊임없이 얽히고 휘어졌다. 그는 너무나도 엉뚱한 상상들을 하기 시작했고, 자신의 무력함을 깨닫고는 온몸을 부르르 떨었다.

가까운 자작나무숲에서 아이의 외침소리가 들려왔다. 그것은 그가 미쳐가고 있다는 신호였다. 그는 거의 자신의 의지와는 반대로 그곳으로 서둘러 달려갈 수밖에 없었고, 아무도 돌보는 이 없이 울고 발버둥치면서 객차 안에서 이불도 덮지 않고 누워 있는 그 어린애를 발견했다. 그는 무슨 일을 할 생각이었나? 무엇이 그를 여기로 내몰았나? 온갖 감정과 생각의 소용돌이치는 물결이 이 의문들을 삼켜

버렸다.

"사랑하는 하느님이 길을 건너 뛰어가네."

이제 그는 이것이 뜻하고자 했던 것이 무엇이었는지 알게 되었다.

"토비아스."

그녀가 그를 죽였다. 레네가…… 그 애는 그녀에게 맡겨졌었다.

"계모, 무자비한 에미."

그는 이를 갈았다.

"그런데 그년의 아이는 살아있지."

붉은 안개가 그의 감각을 흐릿하게 했고, 아이의 두 눈이 안개 속을 파고들었다. 그는 손가락 사이에서 무언가 연한 살덩이 같은 것을 느꼈다. 고롱고롱 울리는 피리 부는 듯한 악기 소리가 누가 내는지 알 수 없는 목쉰 외침소리와 혼합되어 그의 귓전을 때렸다.

그때 뜨거운 봉랍 방울과도 같은 어떤 것이 그의 뇌리 속으로 떨어졌고, 그는 정신이 마비된 것 같은 상태가 되었다. 제정신이 들면서 그는 신호종의 메아리가 대기를 뚫고 울리는 소리를 들었다.

갑자기 그는 자신이 무슨 짓을 하려고 했는지 깨달았고, 움켜잡고 있던 아이의 목에서 손을 풀었다. 아이는 숨을 쉬려고 발버둥친 나음 기침을 하고 울부짖기 시작했다.

"아이가 살았어! 다행히도 아이가 살았어!"

그는 아이를 눕히고 서둘러 건널목으로 달려갔다. 검은 연기가 멀리서부터 선로 위로 굴러왔고, 바람이 그것을 땅바닥으로 내몰았다. 그는 뒤에서 기관차의 헐떡거리는 소리를 들었는데, 그것은 병든 거인이 간헐적으로 내는 고통에 찬 숨소리처럼 울렸다.

주변에는 차가운 황혼빛이 내려앉았다.

잠시 후 먼지구름이 흩어졌을 때 틸은 그것이 빈 화차들을 달고 가서 하루 종일 선로작업을 한 인부들을 싣고 오는 자갈열차임을 알아차렸다.

그 열차는 충분한 운행시간이 있었고, 이곳저곳에서 작업을 한 인부들을 태우거나 반대로 내려주기 위해 도처에서 정차할 수 있었다. 틸의 초소에 이르기 한참 전에 열차는 제동을 걸기 시작했다. 끼익, 덜커덩, 딸깍, 삐거덕거리는 시끄러운 소리가 멀리 저녁의 적막 속으로 뚫고 들어왔고, 마침내 열차는 한 번 길게 늘어져 울리는 날카로운 소리를 내며 멈춰 섰다.

50명 가량의 남녀 인부들이 화차에 나눠 타고 있었다. 거의 모두가 똑바로 서 있었고, 남자들 중 몇은 모자를 쓰고 있지 않았다. 그들 모두의 마음속에는 알 수 없는 장엄함이 자리하고 있었다. 그들이 선로지기를 알아보자 그들 사이에서 귓속말이 오갔다. 나이든 사람들은 누런 이 사이로 담뱃대를 내밀고는 그것을 정중하게 두 손으로 붙잡았다. 여자들은 여기저기서 코를 푸느라 몸을 돌렸다. 차장이 선로로 내려서서 틸에게 다가갔다. 인부들은 차장이 틸에게 격식을 차려 손을 흔들고, 그에 따라 틸이 천천히, 거의 군인처럼 뻣뻣한 걸음걸이로 맨 마지막 차량 쪽으로 걸어가는 것을 보았다.

인부들은 모두가 그를 알고 있었지만 아무도 감히 그에게 말을 걸지 못했다.

사람들이 마지막 차량에서 막 어린 토비아스를 들어올렸다.

그는 죽어 있었다.

레네가 그 아이를 뒤따랐는데, 그녀의 얼굴은 하얗게 질려 있었고, 눈 주위로 갈색의 원이 생겨 있었다.

틸은 그녀에게 눈도 돌리지 않았으나 그녀는 남편의 모습을 보고 깜짝 놀랐다. 그의 뺨은 움푹 들어가 있었고, 속눈썹과 턱수염은 척 달라붙어 있었으며, 가르마를 탄 머리털은 전보다 더 희어져 있는 듯 여겨졌다. 그의 얼굴 곳곳에는 마른 눈물자국이 있었고, 두 눈 속에는 불안스런 빛이 서려 있었다. 그 눈앞에서 그녀는 공포에 사로잡혔다.

사람들은 시신을 옮길 수 있도록 다시 들것을 가져왔다.

잠시 동안 무시무시한 정적이 지배했다. 틸은 깊고 끔찍스런 명상에 사로잡혔다. 날은 더 어두워졌다. 한 무리의 노루가 옆에서 철둑으로 뛰어올랐다. 숫노루가 선로 사이 한가운데에 멈춰 섰다. 그것은 호기심에 차서 유연한 목을 이리저리 내둘렀고, 기차가 기적을 울리자 무리와 함께 재빨리 사라졌다.

기차가 움직이려는 순간 틸이 쓰러졌다.

기차는 다시 멈췄고, 어떻게 해야 할지에 대해 상의가 이루어졌다. 사람들은 아이의 시신은 우선 초소에 안치해 두고, 도저히 다시 의식을 되돌릴 수 없는 선로지기를 들것에 태워 집으로 데려가기로 결정했다.

그리고 그렇게 행해졌다. 두 남자가 무의식 상태의 선로지기를 태운 들것을 들고 갔고, 레네가 뒤따랐는데, 그녀는 계속 흐느끼면서 눈물로 범벅이 된 얼굴을 한 채 모랫길을 지나 막내 아기가 탄 유모차를 밀었다.

숲속 소나무 숲 사이에는 달이 자색빛을 내는 거대한 공과 같이 떠 있었다. 그것은 높이 솟아오를수록 더 작아지는 듯했고, 더 창백해졌다. 마침내 달은 전등과 흡사하게 숲 위에 걸려 있게 되었고, 늘어진 나무 꼭대기들의 모든 틈새를 통해 희미한 빛을 내비침으로써 그곳을 걸어가는 사람들의 얼굴을 시체처럼 보이게 했다.

힘차게, 그러나 조심스레 사람들은 앞으로 걸어 나갔다. 그들은 빽빽하게 몰려 있는 어린 나무들을 통과해 다시 높은 숲으로 둘러싸인 넓은 유목 보호구역을 따라 갔는데, 창백한 달빛은 커다란 검은 대야와도 같은 그곳으로 한데 몰려들었다.

의식을 잃은 선로지기는 이따금 숨을 쌕쌕거리거나 헛소리를 하기 시작했다. 그는 여러 번 주먹을 움켜쥐었고 눈을 감은 채 몸을 일으키려고 했다.

그를 데리고 슈프레 강을 건너는 일은 힘이 들었다. 사람들은 부인과 아기를 따로 데려오느라 강을 두 번 건너야 했다.

사람들이 마을의 작은 언덕을 올랐을 때 몇 사람의 주민과 마주쳤는데, 그들은 즉시 그 불행한 사고 소식을 마을에 퍼뜨렸다.

온 마을이 들고 일어났다.

레네는 아는 사람들 앞에서 다시 탄식을 터뜨렸다.

사람들은 좁은 언덕길을 힘겹게 올라 환자 틸을 집으로 옮겨 즉시 침대에 눕혔다. 인부들은 토비아스의 시신을 옮겨오기 위해 곧바로 돌아갔다.

경험 있는 노인들이 냉찜질을 권했고, 레네는 정성을 다해 세심하게 그들의 지시에 따랐다. 그녀는 수건을 차가운 샘물에 넣었고, 의식 잃은 그의 불타는 이마에 의해 그것이 뜨거워지자마자 다시 그것을 샘물에 넣었다. 그녀는 불안해하며 환자의 호흡상태를 지켜보았는데, 그것은 점차 고른 상태가 되어 가는 듯 여겨졌다.

그날의 소동이 그녀를 무척 지치게 하여 그녀는 잠시 잠을 자려고 마음먹었지만 안정이 되지 않았다. 그녀가 눈을 뜨건 감건 관계없이 과거의 사건들이 쉬지 않고 스쳐지나갔다. 어린아이는 잠이 들었고, 그녀는 지금까지의 습관과는 반대로 아기에게 거의 관심을 두지 않았다. 그녀는 완전히 다른 여자가 되어 버렸다. 지난날의 고집불통의 흔적은 어디에도 없었다. 땀으로 번득이는 파리한 얼굴의 이 병든 남자가 이제 어렵지 않게 그녀를 지배하게 된 것이다.

구름덩이가 둥근 달을 가렸고, 방안은 어두워졌으며, 레네는 여전히 남편의 힘겹지만 고른 호흡소리만을 듣고 있었다. 그녀는 불을 켜야 하지 않을까 생각했다. 어둠 속에서 그녀는 무서운 생각이 들었다. 그녀는 일어서려고 했지만 사지가 납덩이처럼 무겁고, 눈이 저절로 감겨 그대로 잠들어 버렸다.

몇 시간이 흐른 후 사람들이 아이의 사체를 들고 돌아왔을 때 그들은 대문이 활짝 열려 있는 것을 보았다. 그들은 깜짝 놀라 계단을 타고 올라가 위층 거실로 들어갔는데, 그곳의 문 또한 활짝 열려 있었다.

그들은 여러 차례 부인의 이름을 불렀지만 대답을 듣지 못했다. 마침내 그들은 벽에 있는 성냥으로 불을 켰고, 번쩍하는 불빛이 끔찍스런 파괴의 모습을 드러내 주었다.

"살인이다! 살인!"

레네가 피투성이로 누워 있었는데, 두개골이 파괴되어 얼굴을 알아볼 수 없을 정도였다.

"그가 자기 부인을 살해했어, 그가 자기 부인을 살해했어!"

그들은 정신없이 이리저리 헤매고 다녔다. 이웃사람들이 왔고, 한 사람이 요람을 밀쳤다.

"이럴 수가!"

그리고 그는 창백하게 질린 채 놀라 얼어붙은 시선으로 뒤로 물러섰다. 거기에는 아기가 목이 잘린 채 누워 있었다.

선로지기는 사라지고 없었고, 사람들이 그날 밤 동안 벌인 수색작업은 성과가 없었다. 다음날 아침에 근무 중이던 또 다른 선로지기는 토비아스가 열차에 치인 선로에 앉아 있는 틸을 발견했다.

그는 그 갈색의 조그만 모피모자를 끌어안고 마치 살아 있는 어떤 것인 양 끊임없이 그것을 어루만졌다.

동료 선로지기는 그에게 몇 가지 질문을 던졌으나 아무런 대답도 듣지 못했고, 곧장 그가 미친 사람과 다름없는 상태라는 것을 알아차렸다.

안전장치 옆에 있던 선로지기는 그러한 사실을 알고 전신으로 도움을 요청했다.

이제 여러 사람들이 좋은 말로 설득하여 그를 선로에서 비켜나게 하려고 시도했으나 허사였다.

바로 그 시각에 통과하는 급행열차는 멈춰서야 했고, 열차 승무원의 막강한 힘은 곧 무섭게 미쳐 날뛰기 시작한 그 병든 자를 강제로 선로에서 밀쳐냈다.

사람들은 그의 손과 발을 묶어야 했고, 그 사이 요청을 받고 온 경찰관이 그의 베를린 미결감방으로의 이송을 감시했는데, 그는 거기에 도착한 당일 곧장 자선병원의 정신병동으로 옮겨졌다. 그는 옮겨지는 동안에도 여전히 그 조그만 갈색 모자를 두 손에 쥐고 더할 나위 없이 애정 어린 마음으로 세심하게 그것을 보듬었다.

변신

프란츠 카프카

|

그레고르 잠자는 어느 날 아침 불안한 꿈에서 깨자 자신이 징그러운 벌레로 변해있는 것을 알았다. 그는 단단한 갑각 같은 딱딱한 등을 대고 누워 있었으며, 머리를 조금 들어올리면 활 모양의 단단한 껍질들로 나누어진 갈색 둥근 배가 보였다. 배 위에는 이불이 완전히 아래로 흘러내려가기 직전 상태로 겨우 덮여 있었다. 이전의 크기와 비교하여 형편없이 가느다란 수많은 다리들이 무기력하게 그의 눈앞에서 어른거렸다.

"내가 도대체 어떻게 된 걸까?"

그는 생각했다. 꿈은 아니었다. 방은 좀 작기는 하지만 사람이 사는 평범한 방으로 틀림없는 자신의 방이었고, 사방은 낯익은 벽들로 둘러져 있었다. 탁자 위에는 따로따로 꾸려놓은 옷감 견본들이 널브러져 있었고 ― 잠자는 외판원이었다 ― 그 위쪽 벽에는 그가 얼마 전 잡지 화보에서 오려내어 멋진 금박액자 속에 넣은 그림이 걸려 있었다. 그것은 어떤 부인을 묘사한 것으로, 그녀는 모피 모자와 모피 목도리를 두르고 똑바른 자세로 앉아서 팔을 모두 감싼 두터운 모피 토시를 보는 이를 향하여 들어올리고 있었다.

그레고르의 시선은 창문으로 향했고, 우중충한 날씨는 — 창틀 철판에 떨어지는 빗방울소리가 들렸는데 — 그를 몹시 우울하게 했다.

"잠이나 좀 더 자면서 이런 엉뚱한 일을 잊는 게 좋겠지."

그는 생각했다. 그러나 그것은 완전히 불가능한 일이었다. 그는 오른쪽으로 돌아누워 자는 습관이 있었는데 지금의 상태로는 이런 자세를 취할 수가 없기 때문이었다. 그는 오른쪽으로 돌아누우려고 아무리 힘을 써도 그때마다 몸이 흔들려서 등을 대고 똑바로 누운 자세로 되돌아와 버렸다. 그는 그런 시도를 족히 백 번은 했으며, 버둥거리는 다리들을 보지 않으려고 눈을 감았는데, 옆구리에서 지금까지 느껴 보지 못한 가벼운 둔한 통증을 느끼기 시작하자 그 시도를 포기했다.

그는 생각했다.

"빌어먹을! 나는 어째서 이런 고된 직업을 택했을까! 날이면 날마다 출장이니. 회사 안에서 내근하는 것보다 외판에 따른 어려움은 훨씬 더 크다. 힘겨운 출장은 내게 기차 연결시간에 대한 걱정, 불규칙하고 부실한 식사, 계속하여 바뀌고 오래 이어지지 않고, 진심에 의해 이루어지지 않는 사람들과의 교제 등 온갖 어려움까지 안겨준다. 이 모든 걸 악마가 쓸어가 버리기라도 하면 좋으련만!"

그는 배 위쪽이 좀 가렵다고 느껴 좀 더 머리를 쉽게 들어올릴 수 있도록 등을 대고 누운 채 천천히 침대다리 쪽으로 다가갔다. 그는 알 수 없는 아주 작은 하얀 반점이 덮인 가려운 부분을 발견했다. 그는 다리 하나로 그 부분을 건드려보려 했으나 곧 다리를 거둬들였는데, 건드리려다 오싹 소름이 끼쳤기 때문이다.

그는 다시 몸을 끌고 이전의 자세로 되돌아갔다. 그는 생각했다.

"이렇게 너무 일찍 일어나면 사람이 멍청해지는 법이지. 사람은 잘 만큼은 자야 돼. 다른 외판원들은 규방부인들처럼 살아가지 않는가. 예를 들자면 도착한 주문서들을 기록해두기 위해 내가 오전 중에 숙소로 돌아와 보면 그 사람들은 그제야 아침식사를 하지 않던가. 만약 내가 사장 앞에서 그렇게 하려고 하면 나는 그 자리에서 쫓겨날 걸. 내게는 그런 생활이 그다지 좋지는 않은지도 모르지. 부모님 때문에 꾹 참고 지내고 있는 거지, 그렇지 않다면 나는 오래 전에 그만 두었을 거고, 사장 앞으로 걸어 나가 마음속에 있는 내 생각을 속속들이 다 털어놓았을 거야. 그럼 그는 틀림없이 놀라서 책상 아래로 굴러 떨어졌을 텐데! 책상 위에 앉아 높은 곳에서 내려다보며 종업원과 얘기하는 것도 사장의 특이한 기질이지. 게다가 그는 귀가 잘 들리지 않아 종업원은 그의 곁으로 아주 가까이 다가가야만 하지. 하지만 아직 희망이 완전히 사라진 건 아니야. 부모님이 그에게 진 빚을 갚을 만큼 돈을 모으기만 하면 — 아직 5, 6년은 더 걸릴 테지만 — 무조건 그렇게 할 거야. 그러면 내 인생의 커다란 전환점이 이루어지겠지. 그건 그렇고 지금 당장은 일어나야만 해. 기차가 5시에 출발하니까."

그는 장식장 위에서 째깍거리는 자명종 시계를 바라보았다.

"어이구 큰일났네!"

그는 생각했다. 6시 반이었고, 시계바늘은 계속 조용히 앞으로 움직여가서 이미 30분을 지나 거의 45분에 접근하고 있었다. 자명종이 울리지 않았단 말인가? 침대에서 보니 자명종은 정각 4시에 정확하게 맞춰져 있었다. 그것은 틀림없이 울리긴 울렸을 것이다. 그렇다면 그렇게 요란하게 울려대는 종소리에도 깨지 않고 편안히 잠을 잘 수 있었단 말인가? 그는 그러나 편안하게 살 자지는 못했으며, 어쩌면 그렇기에 나중에 더 깊게 잠에 빠졌을지도 모른다. 이제 그는 어떻게 해야 할 것인가? 다음 기차는 7시에 있다. 그걸 타려면 정신없이 서둘러야만 하는데, 아직 견본들을 꾸려놓지도 못했고, 몸이 전혀 개운하지도 가뿐하지도 않다. 그리고 그가 그 기차를 탄다 해도 사장의 심한 꾸지람은 피할 수 없을 것이었는데, 5시 기차로 그가 오기를 기다리던 사환이 그의 지각을 이미 오래 전에 사장에게 보고했을 것이기 때문이다. 그 녀석은 줏대도 분별력도 없는 사장의 꼭두각시였다. 그렇다면 몸이 아프다고 하면 어떨까? 그러나 그것은 더없이 고통스럽고 의심받을 일이 될지도 모르는데, 그는 지난 5년 동안 근무하면서 한 번도 아팠던 적이 없었기 때문이다. 틀림없이 사장은 의료보험 지정의를 데리고 올 것이며, 태만한 아들을 두었다고 부모를 욕할 것이고, 거의 대부분의 사람들을 아주 건강한데도 일하기 싫어하는 사람들로만 볼 그 의료보험 지정의를 무기 삼아 모든 항변을 차단할 것이다. 그렇다고 이 경우 사장이 잘못됐다고만 할 수 있을까? 실제로 그레고르는 오래 자고 나서도 지나치게 몰려오는 졸음을 제외하고는 아주 건강한데다 유별나게 강한 식욕까지도 느꼈다.

그가 잠자리에서 일어나야 할 것인지 마음을 정하지 못한 채 몹시 급하게 이런 온갖 것들을 생각하고 있을 때 — 자명종은 막 6시 45분을 쳤는데 — 누군가가 침대 머리맡에 있는 문을 두드리는 소리가 들렸다. 어머니였다.

"그레고르, 6시 45분이다. 출근해야 되지 않니?"

그녀가 외쳤다. 저 부드러운 목소리! 그레고르는 이에 답하는 자신의 목소리를 듣고 깜짝 놀랐다. 그것은 틀림없는 지금까지의 자신의 목소리였지만 그 속에는 목구멍 아래쪽에서 울려오는 듯한 짓눌리고 고통스런 신음소리가 섞여 있었고, 그것은 처음 순간에만 말소리를 분명하게 들리게 했을 뿐 계속적으로 울리는 여운에 의해 말소리를 교란시켜 듣는 이가 제대로 들었는지 알 수 없을 지경이었다. 그레고르는 상세하게 대답하여 모든 것을 설명하려고 했지만 그런 상황에서는 그저 이렇게 밖에 말할 수 없었다.

"예, 예, 고마워요, 어머니. 벌써 일어났어요."

판자문으로 인해 밖에서는 그레고르의 목소리가 변한 것을 알아차리지 못했음이 분명한데, 어머니가 그의 말에 안심을 하고 신발을 끌며 돌아갔기 때문이다. 그러나 이 짤막한 대화에 의해 다른 가족들도 그레고르가 예상과 달리 아직 출근하지 않고 집에 있다는 것을 알게 되었고, 이미 아버지는 쪽문을 가볍게 주먹으로 두드리며 외쳤다.

"그레고르, 그레고르, 도대체 무슨 일이냐?"

그리고 잠시 후 아버지는 좀 더 깊숙한 목소리로 경고하듯 말했다.

"그레고르! 그레고르!"

다른 쪽 쪽문에서는 누이동생이 작은 소리로 하소연하듯 말했다.

"오빠? 몸이 좋지 않아요? 무슨 일 있어요?"

그레고르는 양쪽을 향하여 "준비 다 되었어요"라고 대답하면서 발음을 아주 조심스럽게 하고 말 한 마디 한 마디 사이에 긴 간격을 둠으로써 자신의 목소리에서 특별한 점을 내보이지 않으려고 애썼다. 아버지는 아침식사를 하려고 돌아갔으나 누이동생은 계속하여 이렇게 속삭였다.

"오빠, 문 좀 열어요. 제발."

그러나 그레고르는 전혀 문을 열어줄 생각을 하지 않았고, 오히려 집에서 밤에는 모든 문을 잠그는, 출장에서 얻은 조심성을 다행으로 여겼다.

그는 우선 조용히 방해받지 않고 일어나 옷을 입고, 무엇보다도 아침을 먹은 다음 그 다음 일을 생각하려고 했는데, 침대에 누워서는 아무리 깊이 생각해도 적절한 결론에 이르지 못할 것임을 깨달았기 때문이다. 그는 전에도 종종 침대에서 자다가 잘못된 자세에서 비롯되었을 가벼운 통증을 느꼈으나 일어나면 언제 그랬냐는 듯 가시곤 했던 일을 떠올리고, 오늘 자신의 상상 속의 현상늘도 점차 풀리게 될 것으로 한껏 기대했다. 그는 목소리가 변한 것은 외판원들의 직업병인 심한 감기의 징후일 뿐이라고 굳게 믿었다.

이불을 걷어치우는 일은 아주 간단했다. 그가 배를 조금만 부풀려 올리기만 하면 이불은 저절로 흘러내려갔다. 그러나 그 다음은 힘겨웠는데, 특히 그의 몸이 유별나게 넓적했기 때문이다. 그는 일어나려면 팔과 손을 써야 했다. 그러나 그런 것 대신 그는 쉬지 않고 이리저리 움직이며 자신이 통제할 수 없는 수많은 조그만 다리들밖에 없었다. 그가 다리 한 개를 구부리려고 하면 그것이 먼저 나서서 내뻗었으며, 마침내 힘겹게 이 다리로 자신이 마음먹은 대로 행하게 되면 그 사이에 다른 모든 다리들은 자유롭게 풀려난 듯 몹시 요란하고 고통스럽게 법석을 떨며 꿈틀거렸다.

"아무 쓸데없이 침대에 누워 있어서는 안 되지."

그레고르는 말했다.

우선 그는 몸의 아랫부분부터 침대에서 끌어내고자 했다. 그러나 아직 자신의 눈으로 보지도 못했으며, 정확하게 어떤 모습인지 상상할 수도 없는 그 하반신을 움직이기란 매우 어려웠다. 그 일은 매우 천천히 진척되었다. 그리고 마침내 거의 격분하여 있는 힘을 다해 무작정 앞으로 몸을 밀고나갔을 때, 그는 방향을 잘못 잡아 아래의 침대다리에 심하게 부딪혔다. 그리고 그가 느낀 불타는 듯한 심한 통증은 자신의 몸에서 가장 예민한 부분이 바로 그 아래 부분이라는 것을 일깨워 주었다.

그는 그리하여 이번에는 상체를 먼저 침대 밖으로 끌어내려고 조심스럽게 머리를 침대 가장자리로 돌렸다. 이것은 쉽게 이루어졌고, 몸뚱이도 넓고 무거운데도 불구하고 머리가 돌아가는 대로 따라 움직였다. 그러나 마침내 머리를 침대 밖 허공 속으로 내놓자 그는 이런 식으로 계속 앞으로 밀고 나가기가 두려워졌다. 그가 마침내 그렇게 바닥에 떨어지게 될 경우 기적이 일어나지 않는 한 머리를 다칠 수밖에 없기 때문이었다. 그는 의식만큼은 무슨 일이 있어도 잃고 싶지 않았고, 그럴 바에는 차라리 침대에 그대로 누워 있고 싶었다.

그는 다시 앞서와 똑같이 애를 쓴 후에 한숨을 내쉬면서 전과 같이 침대에 누웠다. 가느다란 다리들이 더 화가 난 듯 다시 서로 뒤엉켜 싸우는 모습을 보고 이런 혼돈 속에 평온과 질서를 이루는 것은 불가능하다는 것을 안 그는 침대에 그대로 누워 있을 수는 없으며, 실낱같은 희망만이 존재한다고 해도 모든 것을 다 바쳐 침대에서 벗어나는 것이 가장 현명한 일이라고 혼잣말을 했다. 그 사이 그는 절망적인 결정보다는 조용히 심사숙고하는 편이 훨씬 낫다는 생각도 잊지 않았다. 그런 순간순간 그는 가급적 예리한 시선으로 창문 쪽을 바라보았는데, 유감스럽게도 좁은 거리 건너편을 감싸고 있는 아침안개 때문에 기대와 활기를 별로 얻을 수 없었다. 자명종이 다시 울리자 그는 중얼거렸다.

"벌써 7시로군. 7시인데도 아직 저렇게 안개가 가시지 않았군."

그리고 그는 이 완전한 정적으로부터 혹시라도 실제의 자연스런 자신의 상태가 되돌아오지 않을까 기대라도 하듯 잠시 동안 숨을 죽이고 조용히 누워 있었다.

그러고 나서 그는 이렇게 혼잣말을 했다.

"7시 15분까지는 무슨 일이 있어도 침대에서 완전히 일어나야 돼. 더욱이 그 시각이 될 때까지 회사에서 누군가가 와서 내게 무슨 영문인지를 물을 테니까. 회사 문은 7시 전에 열리니까."

그리고 그는 긴 몸뚱이 전체를 아주 고르게 흔들어서 침대에서 빠져나가고자 했다. 그가 이런 식으로 침대에서 떨어져 내릴 경우 기민하게 들어올린다면 머리는 다치지 않을 것 같았다. 등은 딱딱한 것 같으므로 카펫 위에 떨어져도 분명 별일은 없을 듯했다. 가장 큰 걱정거리는 떨어지면서 틀림없이 나게 될 쿵하는 소리였다. 그 소리는 모든 문들 뒤로 식구들에게 놀람은 아니더라도 걱정을 불러일으킬 것이었다. 그러나 그 일은 감행되어야만 했다.

그레고르가 이미 절반쯤 침대 밖으로 빠져나갔을 때 — 이 새로운 방법은 힘든 일이라기보다는 차라리 장난에 가까워서 이따금씩 몸을 흔들기만 하면 되었는데 — 누군가가 와서 도와주면 모든 것이 간단히 끝날 수 있겠다는 생각이 들었다. 힘센 두 사람이면 — 그는 아버지와 하녀를 생각했는데 — 충분할 것이다. 그들은 둥글게 솟은 그의 등 밑에 팔을 집어넣어 그를 침대에서 끌어내 몸을 굽혀 내려놓은 다음 그가 방바닥에서 몸을 뒤집을 때까지 조심스럽게 기다리기만 하면 될 것이다. 그러면 아마 그 조그만 다리들도 제구실을 하게 될 것이다. 문들이 모두 잠겨 있는데도 무작정 도움을 외쳐볼까? 이렇게 생각하자 그는 그런 곤경 속에서도 웃음을 참을 수 없었다.

그는 몸을 너무 세게 흔들어 거의 균형을 잃고 굴러 떨어질 지경에 이르렀으며, 곧장 최후의 결단을 내려야만 했다. 5분만 지나면 7시 15분이기 때문이었다. 그때 현관문의 초인종이 울렸다.

"회사에서 누군가가 왔구나."

이렇게 혼잣말을 한 그는 몸이 뻣뻣하게 굳어졌는데, 그러는 중에도 그의 가느다란 다리들은 더욱 분주하게 움직였다. 한 순간 집안이 온통 조용했다.

"문을 열어주지 않네."

그레고르는 일말의 부질없는 희망에 사로잡힌 채 이렇게 중얼거렸다. 그러나 곧 늘 그랬듯이 당연히 하녀가 침착한 걸음걸이로 나가서 대문을 열어 주었다. 그레고르는 방문객의 처음 인사말만 듣고도 그가 누구인지 알 수 있었다. 그는 바로 지배인이었다. 도대체 나는 왜 겨우 조금 늦었다고 곧장 엄청난 의심을 하는 그런 회사에서 일해야 하는 운명에 처했단 말인가? 도대체 고용인들은 모두가 하나같이 쓸모없는 놈팽이들이란 말인가? 그들 가운데에는 겨우 아침 두어 시간을 회사를 위해 활용하지 못했다고 해서 양심의 가책을 받아 정신이상이 되어 침대에 누워 있어야 하는 충직하고 헌신적인 사람이 아무도 없단 말인가? 꼭 사정을 알아볼 필요가 있는 경우라면 견습사원을 보내 물어보도록 해도 충분하지 않을까? 꼭 지배인이 손수 와서 이 수상쩍은 사안의 조사는 지배인의 판단에 맡겨진 일이라는 것을 죄 없는 가족에게까지 알려야 한단 말인가? 그레고르는 제대로 된 결단에 의해서라기보다는 이런 생각들로 인한 흥분 때문에 온 힘을 다해 침대에서 굴러 떨어져 내렸다. 바닥에 부딪히는 큰 소리가 났지만 그다지 요란하지는 않았다. 카펫에 의해 낙하의 충격이 다소 완화되었고, 등도 그레고르가 생각했던 것보다 더 탄력이 있어 그다지 두드러지게 둔탁한 소리는 나지 않았다. 다만 그는 머리를 충분히 조심스레 지탱하지 않아 조금 부딪혔다. 그는 화가 나고 아파서 머리를 돌려 카펫에 문질렀다.

"안에서 무언가가 떨어진 모양이군요."

왼쪽 옆방에서 지배인이 말했다. 그레고르는 오늘 자신에게 일어난 일과 비슷한 일이 언젠가 지배인에게도 일어날 수 있지 않을까 상상해 보았다. 그럴 가능성은 충분히 있는 것이다. 그러나 그레고르의 이런 의문에 거칠게 대답이라도 하듯 옆방에서 지배인이 두어 발짝 거닐면서 저벅거리는 가죽장화 소리를 냈다. 오른쪽 옆방에서는 누이동생이 그레고르에게 속삭이며 알렸다.

"오빠, 지배인님이 오셨어요."

"알고 있어."

그레고르는 중얼거렸는데, 감히 누이동생이 알아들을 수 있을 정도로 목소리를 높여 말할 수는 없었다.

이번에는 왼쪽 옆방에서 아버지가 말했다.

"그레고르, 지배인이 오셔서 네가 왜 새벽기차로 출근하지 않았는지 묻고 계신다. 우리가 뭐라고 대답해야 될지 모르겠구나. 어쨌든 너와 직접 얘기를 나누고 싶어 하신다. 그러니 제발 문 좀 열어라. 그분은 방안이 좀 지저분해도 너그럽게 봐주실 거다."

그 사이에 지배인이 다정하게 외쳤다.

"안녕, 잠자 씨."

아버지가 아직 문에 대고 그리고르에게 말하고 있는 동안 어머니가 지배인에게 말했다.

"그 애는 몸이 안 좋아요. 지배인님, 제 말을 믿어주세요. 그 애는 몸이 안 좋아요. 그렇지 않다면 그 애가 기차를 놓칠 리가 없지요! 그 애는 온통 회사일 밖에는 모릅니다. 그 애는 저녁에는 도무지 밖에 나가지 않아 제가 화가 날 정도랍니다. 그 애는 일주일 동안이나 시내에 와 있었는데도 매일 저녁 집에만 틀어박혀 있었습니다. 집에서 그 애는 우리와 식탁에 앉아 조용히 신문을 읽거나 기차시간표를 살펴봅니다. 그 애가 기분전환을 위해 하는 일이라곤 톱질이 고작입니다. 예를 들자면 그 애가 2, 3일 저녁 계속하여 조그만 액자 한 개를 깎아 만들었답니다. 얼마나 예쁜지 보시면 놀라실 겁니다. 그 애는 그걸 방안에 걸어두고 있지요. 그레고르가 문을 열면 곧 그걸 보실 수 있을 겁니다. 지배인님, 어쨌든 와주셔서 다행입니다. 우리들만으로는 그레고르가 문을 열게 할 수 없을 겁니다. 그 애는 그렇게 고집이 셉니다. 그리고 그 애는 몸이 좋지 않은 게 틀림없는데도 아침에 그걸 부인하더군요."

그레고르는 "바로 가겠습니다"라고 천천히 조심스럽게 말하고는 밖의 대화를 한 마디도 놓치지 않으려고 꼼짝하지 않고 있었다. 지배인이 말했다.

"부인, 저도 달리 어떻게 설명드릴 수가 없군요. 심한 병이 아니길 바랍니다. 하지만 꼭 말씀드리고 싶은 것은 우리 같은 영업사원들은 종종 — 다행인지 불행인지 모르지만 — 일을 생각하여 가벼운 병은 쉽게 이겨내야 한다는 것입니다."

초조해진 아버지가 "이제 지배인님께서 들어가셔도 되겠느냐?"라고 묻고는 다시 문을 두드렸다. 그레고르는 대답했다.

"안 돼요."

왼쪽 방에서는 숨 막힐 듯한 침묵이 흘렀고, 오른쪽 방에서는 누이동생이 흐느껴 울기 시작했다.

도대체 누이동생은 왜 다른 사람들에게로 가지 않는 것일까? 그녀는 분명 방금 일어나서 아직 옷도 전혀 입지 않았을 것이다. 그리고 그녀는 왜 우는 걸까? 그레고르가 일어나지도 않으면서 지배인을 방에 들어오지 못하게 하기 때문일까? 그가 일자리를 잃을 위험이 있고, 그렇게 되면 사장이 다시 옛날 빚을 갚으라며 부모님을 괴롭힐까봐 우는 것일까? 그러나 그것은 지금 당장은 쓸데없는 걱정이다.

그레고르는 아직 여기 집에 그대로 있으며, 가족을 버릴 생각은 조금도 하지 않았다. 잠시 동안 그는 카펫 위에 편안하게 누워 있었는데, 그의 상태를 아는 사람이라면 아무도 그에게 지배인을 방으로 들어가게 해달라고 진정으로 요구하지는 못할 것이다. 나중에 쉽게 적당한 변명을 해댈 수 있을 이 사소한 무례함으로 인해 그레고르가 당장 해고당하지는 않을 것이다. 그리고 그레고르는 자신이 울고불고 사정하며 지배인을 귀찮게 하는 것보다 가만히 내버려두는 편이 훨씬 더 현명할 것이라 여겼다. 그러나 그렇게 하는 것은 흐리멍덩한 태도로 다른 가족들을 고통스럽게 하고 그들의 행동에 대해 사과하는 것이 될 수도 있었다.

이제 지배인이 목소리를 높여 외쳤다.

"잠자 씨, 도대체 어찌된 일인가? 자네는 문을 잠그고 방에 틀어박혀 있으면서 대답이라곤 예와 아니오라는 말뿐이고, 부모님께 불필요하게 심한 걱정을 끼쳐드리고 있으며 — 이건 곁들여 말하는 건데 — 정말 있을 수 없는 방식으로 자네의 업무상 의무를 태만히 하고 있네. 나는 지금 자네 부모와 자네 사장의 이름으로 말하는데, 즉시 분명한 해명을 해줄 것을 진지하게 당부하네. 나는 의아하고도 의아할 뿐이네. 나는 자네가 침착하고 분별력 있는 사람인줄 알았는데, 지금 자네는 갑자기 유별난 변덕을 과시하려는 듯 보이는군. 사실은 오늘 아침 일찍 사장님께서 내게 자네가 출근하지 않은 이유를 추측해 설명해주셨는데 — 최근 자네에게 맡겨 놓았던 회수금과 관련이 있다는 말이었네 — 그러나 나는 그런 설명은 맞지 않는다고 정말로 단호하게 주장했네. 그렇지만 나는 지금 자네의 이해할 수 없는 고집을 보고 조금이라도 자네 편을 들어주고 싶은 마음이 깡그리 사라져버렸네. 그리고 자네의 지위는 결코 그다지 확고한 것이 아닐세. 나는 원래는 자네와 단둘이 있는 가운데 모든 것을 자네에게만 얘기해주려고 했는데, 자네가 여기서 쓸데없이 내게서 시간을 허비시키고 있으니 부모님께서도 모든 걸 아시지 말아야 할 이유가 없다고 생각하네. 자네의 최근 판매실적은 매우 저조했네. 물론 판매가 특별히 잘 되는 계절이 아니라는 건 우리도 잘 알고 있네. 하지만 전혀 판매실적을 올리지 못하는 계절이란 절대로 있을 수 없고, 있어서도 안 되네."

그레고르는 흥분하여 모든 것을 잊고 정신없이 외쳤다.

"지배인님, 지금 바로 문을 열겠습니다. 몸이 좀 좋지 않고 현기증이 나서 일어나기가 어렵습니다. 아직도 잠자리에 누워 있습니다. 하지만 이제 아주 가뿐합니다. 방금 침대에서 내려왔습니다. 제발 잠깐만 기다려주세요! 아직도 상태가 생각했던 것만큼 그다지 좋지는 않습니다. 하지만 이제 괜찮습니다. 그렇게 갑작스레 병이 날 수 있는 건지! 어제 저녁에만 해도 저는 상태가 아주 좋았으며, 그건 부모님도 잘 알고 계십니다. 아니 어제 저녁에 아무래도 좀 좋지 않은 징후를 느끼긴 했습니다. 다들 제게서 그렇다는 걸 알아차렸을지도 모르겠습니다. 제가 왜 회사에 미리 알리지 않았는지 모르겠군요! 하지만 늘 이런 병은 집에서 누워 있지 않아도 이겨낼 수 있다고 생각하니까 그랬겠지요. 지배인님! 부모님의 마음을 상하게 하지 말아 주십시오! 지금 제게 하신 온갖 질책들은 아무런 근거도 없는 얘기들이며, 지금까지 제게 그런 얘기를 한 사람은 아무도 없습니다. 지배인님께서는 제가 최근에 보내드린 주문서들을 아직 읽지 못하신 모양이군요. 어쨌든 저는 8시 기차로 가겠습니다. 두어 시간 쉬었더니 기운이 나는군요. 지배인님, 여기 계시지 말고 돌아가 주십시오. 저도 곧 회사에 가겠습니다. 그리고 너그러우신 마음으로 사장님께 제 사정을 잘 말씀해 주십시오!"

그레고르는 자신이 무슨 말을 하는지도 거의 모른 채 이 모든 말들을 급히 쏟아내면서 침대에서 이미 익힌 연습에 따라 어렵지 않게 장식장으로 다가가서 그것에 기대 몸을 일으키고자 했다. 그는 정말로 문을 열고, 정말로 자신의 모습을 보여주고, 지배인과 이야기를 나누려고 했다. 그는 그토록 자신을 만나고 싶어 하는 사람들이 자신의 모습을 보고 과연 무슨 말을 할 것인지 궁금했다. 만일 그들이 깜짝 놀라더라도, 그에게는 아무런 책임도 없으므로 그는 그저 가만히 있으면 될 것이다. 그들이 모든 것을 태연하게 받아들인다면 그 역시 흥분할 이유가 없으므로 서둘러 역으로 가서 말했던 대로 8시 기차를 타면 될 것이다. 그는 처음에는 매끈한 장식장에서 몇 번 미끄러져 내렸으나 마침내 몸을 힘껏 흔들어 똑바로 일어서게 되었다. 하반신이 불타는 듯 심하게 아팠지만 그는 이에 개의치 않았다. 이제 그는 가까이 있는 의자의 등받이에 몸을 던져, 조그마한 다리들로 등받이 모서리를 붙잡고 매달렸다. 이렇게 하자 그는 자신에 대한 통제력도 얻게 되어 지껄이는 것을 멈췄는데, 이제 지배인의 말이 들려왔기 때문이다.

지배인이 물었다.

"당신들은 단 한 마디 말이라도 알아들으셨습니까? 설마 그가 우리를 놀리는 것은 아니겠지요?"

그러자 어머니가 울면서 외쳤다.

"천만에요. 저 애는 심한 병에 걸렸나 본데, 우리가 저 애를 괴롭히고 있는 거예요. 그레테! 그레테!"

맞은편에서 누이동생이 외쳤다.

"어머니, 왜요?"

두 사람은 그레고르의 방을 사이에 두고 얘기를 주고받았다.

"너 당장 의사에게 가야겠다. 오빠가 아프단다. 빨리 의사를 불러오너라. 너 방금 오빠가 말하는 소리 들었지?"

지배인은 어머니의 외침소리에 비해 두드러지게 작은 목소리로 말했다.

"그건 무슨 짐승의 목소리였지요."

아버지는 문간방을 통해 부엌에 대고 소리치며 손뼉까지 쳤다.

"안나! 안나! 당장 열쇠공을 불러오너라!"

그러자 즉시 두 소녀는 치맛자락이 펄럭이는 소리를 내며 앞방을 지나 달려 나갔으며 — 누이동생은 도대체 어떻게 그토록 빨리 옷을 입었을까? — 현관문이 열렸다. 그러나 문이 닫히는 소리는 들리지 않았다. 무슨 큰일이 일어난 집에서 늘 그렇듯 그들은 현관문을 열어둔 채 나가버린 것이다.

　그레고르는 그러나 훨씬 더 차분해졌다. 다른 사람들은 그가 한 말들을 알아듣지 못했지만 그에게는 그것이 아주 분명하게, 전보다도 더 분명하게 들렸는데, 아마도 귀로 듣는 데에 익숙해진 탓일 것이다. 그러나 다른 사람들은 여전히 그가 제대로 된 상태에 있지 않다고 믿었고, 그를 도와주려 하고 있었다. 신뢰와 믿음으로 첫 조치가 이루어진 것이 그를 기분 좋게 했다. 그는 다시금 자신이 사람이 사는 세계에 연결되어 있음을 느꼈으며, 정확하게 구별하지 않은 채 두 사람, 즉 의사와 열쇠공에게서 대단하며 놀랄 만한 성과가 이루어지길 기대했다. 그는 다가오고 있는 결정적으로 중요한 면담에서 가능한 한 분명한 목소리를 내기 위해 가볍게 기침을 해보았는데, 물론 기침소리를 아주 나지막하게 내려고 애썼다. 이 기침소리가 인간의 기침소리와는 다르게 들릴 수 있기 때문이었는데, 그 자신은 이미 두 가지를 더 이상 구별할 수 없었다. 그러는 동안 옆방은 매우 조용해졌다. 아마도 부모님은 지배인과 테이블에 앉아 밀담을 나누고 있거나 모두들 문에 기대어 그의 방에서 나는 소리에 귀 기울이고 있는지 몰랐다.

　그레고르는 의자를 천천히 문 쪽으로 밀고 간 다음 의자를 그곳에 세워놓고 문을 향해 몸을 날려 문 옆에 똑바로 서서 — 그의 조그만 다리들의 끝은 조금 끈적거리는 물질로 되어 있었는데 — 잠시 동안 지친 몸을 쉬었다. 그런 다음 그는 입으로 열쇠구멍에 꽂힌 열쇠를 돌리기 시작했다. 안타깝게도 그는 이빨이 없는 것 같았다. — 그렇다면 무엇으로 열쇠를 돌린단 말인가? — 그러나 이빨이 없는 대신 턱은 무척 견고했다. 그리하여 그는 턱을 이용하여 열쇠를 돌렸으며, 상처를 입을 것이 분명한데도 주의를 기울이지 않아 입에서 갈색 액체가 나와 열쇠 위로 흘러 방바닥에 뚝뚝 떨어졌다. 옆방에서 지배인이 말했다. "들어보세요. 그가 열쇠를 돌리고 있습니다." 이 말은 그레고르에게 큰 힘이 되었다. 그러나 모두가 그에게 응원의 소리를 외쳐주면 좋을 텐데. 아버지와 어머니도 "힘내라, 그레고르! 계속 자물통을 꼭 잡고 있어!"라고 소리쳐 줄 수 있을 텐데. 그는 모두가 자신의 노력을 가슴 졸이며 응원하고 있다는 상상을 하며 혼신의 힘을 다해 정신없이 열쇠를 돌리려 애썼다. 그리고 열쇠가 돌아가는 대로 그는 자물통 둘레를 빙빙 돌았다. 그리하여 그는 입으로 물고만 서 있다가 필요하면 열쇠에 매달리기도 하고, 다시 온몸의 무게로 열쇠를 내리누르기도 했다. 마침내 자물통이 열리는 맑은 소리가 들리자 그레고르는 제정신을 차렸다. 그는 안도의 숨을 내쉬면서 중얼거렸다.

"이제 열쇠공은 필요 없게 됐군."

그런 다음 그는 문을 완전히 열기 위해 머리를 손잡이 위에 올려놓았다.

그가 이런 식으로 문을 열어야 했으므로 문은 아주 넓게 열렸지만 아직 밖에서 그를 볼 수는 없었다. 그는 문짝을 타고 빙 돌아야 했는데, 입구에서 곧바로 쿵하고 방으로 떨어져내려 등을 대고 나자빠질까봐 무척 조심했다. 그는 그런 힘겨운 동작에 몰두하느라 다른 것에 신경을 쓸 틈이 없었는데, 그때 벌써 지배인이 큰 소리로 "오!" 하고 내뱉는 소리가 들렸다. 그 소리는 바람이 스쳐지나가는 듯이 울려왔다. 그레고르는 이제 문 옆에 가장 바짝 서 있던 지배인을 보게 되었다. 지배인은 벌어진 입을 손으로 막고 천천히 뒷걸음질치고 있었는데, 마치 보이지 않는 일정하게 작용하는 어떤 힘이 그를 내몰고 있는 듯했다. 어머니는 — 지배인이 와 있는데도 밤잠으로 헝클어지고 곤두선 머리를 하고 — 양손을 맞잡은 채 먼저 아버지를 바라보더니 그레고르에게 두어 발짝 다가오다가 치마가 둥글게 활짝 펼쳐지면서 그대로 주저앉아버렸고, 얼굴은 가슴에 파묻혀 전혀 보이지 않았다. 아버지는 증오어린 표정으로 주먹을 움켜쥐고 그레고르를 다시 방안으로 밀어 넣으려는 듯했으나 곧 불안스레 거실 안을 둘러보고 나서 손으로 눈을 가리고는 넓은 가슴을 들썩이며 울었다.

그레고르는 방안으로는 조금도 들어서지 않고, 안에서 빗장이 쳐진 문짝에 기대고 있었다. 그리하여 밖에서 그의 몸은 절반만 보였고, 위로는 옆으로 기울어진 머리가 보였는데, 그 머리로 그는 다른 사람들을 건너다보았다. 그러는 사이 날은 훨씬 더 밝아졌다. 도로 맞은편에는 마주보이는 길게 늘어선 짙은 회색빛 건물의 윤곽이 뚜렷하게 보였다. 그것은 병원이었는데, 전면을 꽤 돋보이게 하는 유리창이 고른 간격으로 나 있었다. 비는 아직도 내리고 있었는데, 빗방울 하나하나가 눈에 보일 만큼 굵직하게 땅에 떨어지고 있었다. 식탁 위에는 아침식사를 하기 위한 접시들이 지나칠 정도로 많이 놓여 있었는데, 아버지에게는 아침식사가 하루 중 가장 중요한 식사이기 때문이었다. 아버지는 여러 가지 신문들을 읽으면서 몇 시간씩 식사를 했다. 정면으로 마주보이는 벽에는 그레고르의 군대시절 사진이 걸려 있었다. 그것은 그가 소위로서 한손을 칼에 대고 태연하게 웃으면서 자신의 자세와 제복에 대해 경의를 표해달라고 요구하는 듯한 모습을 담고 있었다. 현관문간으로 통하는 문은 열려 있었고, 거실문도 열려 있었으므로 집의 앞마당을 지나 아래로 내려가는 계단의 처음 부분이 눈에 보였다.

그레고르는 자신만이 안정을 유지해온 유일한 사람임을 잘 알고 말했다.

"자, 이제 곧 옷을 입고 견본을 꾸려 출발하겠습니다. 다들 제가 빨리 출발하기를 바라시지요? 그런데 지배인님, 아시다시피 저는 고집쟁이가 아니며 일하는 걸 좋아합니다. 출장은 힘든 일이지만 출장 없이는 제가 살아갈 수가 없겠지요. 지배인님, 어디로 가시겠습니까? 회사로 가시나요? 그렇지요? 모든 일을 있는 그대로 보고하시겠지요? 누구나 잠시 일을 할 수 없는 경우가 있지만 그때는 바로 지난날의 업적을 떠올리며 장애가 사라진 후에는 전보다 더 열심히 집중적으로 일하겠다는 생각을 하게 되는 법이지요. 제가 사장님께 신세를 많이 지고 있다는 것은 지배인님도 잘 알고 계실 겁니다. 또한 저는 부모님과 누이동생도 챙겨야 합니다. 저는 곤경에 처해 있습니다만 꼭 다시 벗어날 겁입니다. 저를 전보다 더 힘들게 만들지 말아 주십시오. 회사에서 제 편을 좀 들어주십시오! 제가 알기로 사람들은 외판원을 좋아하지 않습니다. 그들은 외판원이 엄청난 돈을 벌어 호화로운 삶을 살아가고 있다고 생각합니다. 그들은 이런 편견에 대해 좀 더 진지하게 심사숙고할 특별한 이유 또한 없습니다. 하지만 지배인님, 지배인님께서는 다른 사람들보다 대강의 사정을 더 잘 알고 계십니다. 철저히 믿고 말씀드리자면 지배인님께서는 기업주라는 특성상 자칫 그릇된 판단으로 종업원에게 불이익을 주는 사장님보다 대강의 사정을 더 잘 알고 계시지요. 또한 지배인님도 잘 아시다시피 거의 일년 내내 회사 밖에서 지내는 외판원은 험담, 우연한 사건, 근거 없는 비난의 희생자가 되기 쉽습니다. 그렇지만 외판원은 그것들을 막아낼 수도 없습니다. 외판원은 대부분 그런 것들을 알지 못하고, 지칠 대로 지쳐서 출장을 마치고 집에 돌아와서야 비로소 원인도 알 수 없는 좋지 않은 결과를 몸으로 느끼기 때문입니다. 지배인님, 제발 가시기 전에 최소한 제 말이 조금이나마 옳다고 한 마디라도 말씀해 주십시오!"

그러나 지배인은 그레고르의 처음 몇 마디 말을 듣자 곧장 몸을 돌렸으며, 입술을 삐죽 내민 채 들썩이는 어깨너머로 그레고르를 돌아볼 뿐이었다. 그레고르가 말하는 동안 지배인은 한 순간도 가만히 서 있지 못했다. 그는 그레고르에게서 눈을 떼지 못하면서 마치 그 방을 떠나야 한다는 비밀스런 명령이라도 내려진 것처럼 아주 천천히 현관문을 향해 이동했다. 그는 이미 현관문간에 들어서 있었다. 거실에서 빠져나오는 그의 마지막 발걸음의 황급한 동작을 본 사람이라면 그의 발바닥에 불이 붙었다고 여겼을 것이다. 그는 현관문간에서 오른손을 계단을 향해 쭉 뻗쳤는데, 계단에서 하늘의 구원이 그를 기다리고 있기라도 하는 듯했다.

그레고르는 이런 일로 회사에서 자신의 자리가 극도로 위태로워지지 않게 하려면 무슨 일이 있어도 지배인을 그런 기분으로 돌아가게 해서는 안 된다고 판단했다. 부모님은 모든 사정을 잘 알지 못했다. 몇 년 동안 그들은 그레고르가 이 회사에서 일을 하여 자신의 생계를 잘 꾸려간다는 확신을 키워왔다. 그들은 지금 눈

앞에 닥친 근심이 너무 엄청나서 앞날의 일은 예측할 엄두도 내지 못했다. 그러나 그레고르는 앞날을 예측할 수 있었다. 지배인을 붙들어두고, 안심시키고, 설득하여 결국에는 내 편이 되도록 해야 했다. 그레고르와 가족의 장래가 바로 거기에 달려 있었던 것이다! 그 자리에 누이동생이 있었으면 좋으련만! 누이동생은 총명했고, 그레고르가 등을 대고 가만히 누워 있을 때 울어 주었다. 그리고 여자를 좋아하는 지배인은 틀림없이 누이동생의 말에는 마음을 돌릴 것이다. 누이동생은 거실문을 잠그고 문간방에서 지배인에게 이 끔찍한 일에 대해 해명할 수 있을 것이다. 그러나 지금 그 누이동생은 없으며, 그레고르 자신이 하는 수밖에 없었다. 그래서 그레고르는 현재 몸을 움직일 능력이 있는지도 모르고, 자신이 하는 말을 어쩌면 또 상대방이 알아듣지 못하리라는 생각도 하지 못한 채 문짝을 떠나 문지방을 넘었으며, 지배인 쪽으로 가려고 했다. 지배인은 양손으로 현관의 난간을 우스꽝스럽게 붙잡고 있었다. 그레고르는 그러나 멈출 곳을 찾다가 곧 나지막한 비명을 지르며 수많은 조그만 다리들을 짚고 떨어져 내렸다. 떨어져 내리자마자 그는 이날 아침 처음으로 몸이 편안해지는 것을 느꼈다. 다리들은 단단한 바닥 위에 서서 기쁘게도 그의 뜻대로 온전하게 움직였으며, 그가 가려고 하는 곳으로 그를 옮겨주고자 애썼다. 그리고 그는 마침내 모든 고통스런 상태가 해소될 것으로 여겼다. 그러나 그가 어머니에게서 멀지 않은 곳에서 신중한 동작으로 몸을 흔들며 어머니 바로 맞은 편 바다 위에 이른 순간 깊은 생각에 잠겨 있는 듯하던 어머니가 별안간 벌떡 일어나 두 팔을 활짝 벌리고 손가락을 모두 펼친 채 외쳤다.

"사람 살려요!"

그녀는 그레고르의 모습을 더 자세히 보려는 듯 고개를 돌렸지만 그를 보기는커녕 정신없이 뒷걸음쳐 달아났다. 그녀는 뒤에 식사가 차려진 식탁이 있다는 것도 잊어버리고, 식탁에 이르자 혼비백산 한 듯 급히 그 위에 올라앉았다. 그녀는 옆에 있던 커다란 커피포트가 넘어져 카펫 위로 커피가 쏟아져 내리는데도 전혀 알아차리지 못하는 것 같았다.

"어머니, 어머니."

그레고르는 나지막하게 말하면서 그녀를 올려다보았다. 잠시 동안 지배인에 대한 생각은 그의 머릿속에서 완전히 사라졌다. 그는 그 대신 흘러내리는 커피를 보자 턱을 허공에 대고 연거푸 입맛을 다시지 않을 수 없었다. 그것을 보자 어머니는 다시 비명을 지르고 식탁에서 도망쳐 때마침 급히 달려온 아버지의 품안으로 쓰러졌다. 그러나 그레고르는 지금 부모님에게 신경을 쓸 시간이 없었다. 지배인은 이미 계단 위에 서 있었고, 난간 위에 턱을 걸치고 마지막으로 뒤를 돌아다보았다. 그레고르는 어떻게든 지배인을 붙들기 위해 달려 나갔다. 지배인은 낌새를 채고는 몇 계단씩 뛰어 내려가 사라졌다. 그러나 그가 "휴!" 하는 소리가 계단을 통해 울려왔다. 그런데 유감스럽게도 지배인이 달아남으로써 그때까지 비교적 침착했던 아버지가 몹시 당혹스러워하는 것 같았다. 그는 손수 지배인을 뒤쫓아 가거나 적어도 지배인을 뒤쫓아 가려는 그레고르를 내버려두는 게 아니라 지배인이 모자 및 외투와 함께 소파 위에 놓고 간 지팡이를 오른손에 움켜쥐고, 왼손으로는 식탁 위의 두터운 신문지를 집어 들고는 발까지 구르면서 지팡이와 신문을 휘둘러 그레고르를 방 안으로 다시 몰아넣으려고 했다. 그레고르의 애원은 소용이 없었고, 이해되지도 않았다. 그가 얌전히 단념하고 머리를 돌리려 하면 아버지는 더 세차게 발을 구를 뿐이었다. 건너편에서는 어머니가 추운 날씨인데도 창문을 열어 놓고 몸을 기댄 채 얼굴을 창밖으로 내밀고는 두 손으로 감싸고 있었다. 오솔길과 계단 사이로 세찬 바람이 불어와 창문의 커튼이 날아오르고, 책상 위의 신문들도 부스럭거리더니 몇 장은 마룻바닥 위로 날아갔다. 아버지는 사나운 짐승처럼 씩씩거리면서 가차 없이 그레고르를 몰았다. 그런데 그레고르는 그때까지 뒷걸음질치는 연습을 해보지 못해서 동작이 매우 느렸다. 그레고르가 몸을 빙 돌리게만 해준다면 그는 빨리 자기 방으로 들어갔을 것이다. 그러나 그는 몸을 돌리느라 시간이 많이 걸리는 것을 아버지가 참지 못하게 될까봐 두려웠다. 또한 그는 어느 순간에 아버지의 손에 들려 있는 지팡이가 자신의 등이나 머리를 후려쳐 죽게 될지 모른다는 위험을 느꼈다. 그러나 그레고르에게는 결국 몸을 돌리는 수밖에 다른 도리가 없었다. 그는 뒷걸음질치다가 방향을 잘못 잡을 수 있다는 것을 잘 알고 두려워했던 것이다. 그리하여 그는 계속 아버지 쪽을 불안하게 곁눈질하며 가능한 한 재빨리, 그러나 실제로는 매우 느리게 몸을 돌리기 시작했다. 아버지도 그의 선의를 알아차렸는지 그를 방해하지 않고, 대신 지팡이 끝으로 이리저리 회전동작을 지시해 주었다. 아버지의 그 참을 수 없이 씩씩거리는 소리만 없으면 좋으련만! 그레고르는 그 소리에 제정신을 완전히 잃었다. 몸을 거의 다 돌렸을 때 그는 여전히 이 씩씩거리는 소리를 들으며 정신이 혼미해져 다시 조금 반대로 돌았다. 다행히 그가 마침내 머리를 문지방에 위치시켰을 때 그대로 뚫고 들어가기에는 그의 몸뚱이가 너무 넓었다. 그레고르에게 적절한 통로를 마련해주기 위해 다른 문짝을 열어야 된다는 생각은 현재 상태의 아버지에게는 당연히 떠오르기 어려웠다. 아버지의 확고한 생각은 오로지 그레고르가 가능한 한 재빨리 그의 방으로 들어가야 한다는 것뿐이었다. 그레고르는 똑바로 선다면 아마도 문을 통과할 수 있을 텐데, 아버지는 그레고르가 그러기 위해 필요로 하는 세심한 준비 또한 결코 허락하지 않을 것이었다. 오히려 아버지는 거칠 것 없다는 듯 기이한 소리를 내며 그레고르를 몰아댔다. 그레고르의 뒤에서 울리는 소리는 더 이상 오직 하나뿐인 아버지의 목소리는 아니었다. 이제 정말로 더 이상 위안이 없는 그레고르는 될 대로 되라는 식으로 문으로 돌진했다. 몸 한쪽 편이 들어 올려진 채 그는 문지방에 비스듬히 누웠는데, 한쪽 옆구리가 심하게 긁혀 상처가 났고, 하얀 문에는 흉측한 얼룩이 졌다. 그는 곧 문지방 틈에 꼭 끼어 혼자서는 더 이상 움직일 수 없 지경이 되었다. 한쪽 편의 다리들은 떨면서 허공을 향하고 있었고, 다른 편의 다리들은 바닥에 짓눌려 아파하고 있었다. 그때 아버지가 뒤에서 그를 구원이라도 하듯 힘차게 밀었다. 그레고르는 심하게 피를 흘리며 방 안 깊숙이 날아가 처박혔다. 아버지는 지팡이로 문을 닫았고, 마침내 조용해졌다.

II

저녁이 되어 어둑어둑해질 때에야 그레고르는 혼수상태와 같은 고통스런 잠에서 깨어났다. 그는 충분히 쉬고 실컷 잠을 잤다고 느꼈기 때문에 아무 방해가 없다고 해도 더 오래 잘 수는 없었을 것이다. 그러나 그는 재빠른 발걸음소리와 문간방으로 통하는 문을 조심스럽게 닫는 소리가 자신을 잠에서 깨웠다고 여겼다. 가로등 불빛이 천장의 이곳저곳과 가구 위를 희미하게 비추고 있었지만 아래쪽 그레고르의 주위는 어두웠다. 그는 천천히 몸을 일으켰고, 이제야 쓸모 있다는 것을 알게 된 촉각으로 서툴게 더듬거리면서 무슨 일이 일어났는지 살펴보려고 문 쪽으로 기어갔다. 그의 왼쪽 옆구리에는 불쾌하게 잡아당기는 듯한 상처가 난 듯했고, 그래서 그는 두 줄로 나열된 조그만 다리들을 몹시 절름거리며 걸을 수밖에 없었다. 게다가 아침의 사태가 진행되는 동안 심하게 다친 다리 한 개는 — 다친 다리가 한 개뿐인 것은 기적에 가까운 일이었는데 — 전혀 제구실을 못하고 질질 끌려갔다.

그는 문 옆에 와서야 비로소 무엇이 그를 그곳으로 유인했는지를 알게 되었다. 그것은 무슨 음식물의 냄새였다. 거기에는 달콤한 우유로 가득찬 그릇이 놓여 있었고, 그 위에는 흰 빵 조각들이 둥둥 떠 있었다. 그레고르는 아침보다 더 심하게 배고팠으므로 기뻐서 탄성을 지를 뻔했다. 그는 곧장 눈이 잠길 정도로 우유 속에 머리를 집어넣었다. 그러나 그는 곧 실망하여 다시 머리를 꺼냈다. 왼쪽 옆구리가 거북하여 먹기가 힘들어서만은 아니었고 — 그는 몸 전체를 헐떡이며 노력하면 먹을 수는 있었다 — 전에는 그가 가장 좋아하는 음료였으며, 그렇기에 누이동생이 넣어주었을 우유가 도무지 입맛에 맞지 않았던 것이다. 그는 역겨워하며 그릇에서 몸을 돌려 다시 방 가운데로 기어갔다.

그레고르가 문틈으로 내다보자 거실에는 가스등이 켜 있었다. 그러나 전에는 이 시각이면 아버지가 석간신문을 어머니와 이따금 누이동생에게 큰 소리로 읽어주곤 했었는데, 지금은 아무 소리도 들리지 않았다. 누이동생이 그에게 항상 얘기해 주고, 편지로도 알려주었던 이 신문낭독도 이제는 완전히 사라진 모양이었다. 그렇다 해도 집안이 텅 비어 있지는 않을 텐데 주위가 너무나도 조용했다.

"식구들이 어쩌면 이다지도 조용하게 지낼 수 있담."

그레고르는 혼잣말을 하고는 꼿꼿이 어둠 속을 응시하면서 자신이 부모님과 누이동생에게 이런 멋진 집에서 생활할 수 있게 했다는 데 대해 자랑스러워했다. 그러나 이제 이 모든 평온과 행복과 만족이 끔찍스럽게도 종말을 맞는다면 어찌할 것인가? 그레고르는 그런 생각에서 벗어나려고 몸을 움직이고 방 안을 이리저리 기어 다녔다.

긴 저녁시간 동안 옆문이 한 번, 다른 쪽 문이 한 번 틈이 조금 벌어질 정도로 열렸다가 재빨리 다시 닫혔다. 누군가가 들어오려고 하다가 무척 망설인 모양이었다. 그레고르는 들어오려고 주저하는 방문자를 어떻게든 방안으로 들어오게 하거나 적어도 그가 누구인지를 알아내기로 다짐하고 문 옆에 꼿꼿이 서 있었다. 그러나 문은 더 이상 열리지 않았고, 그레고르의 기다림은 소용이 없었다. 문들이 잠겨 있던 아침에는 모두가 그에게 들어오려고 하더니 그가 한쪽 문을 따놓았을 뿐 아니라 낮 동안에 분명 다른 문들도 열어놓았을 텐데도 지금은 아무도 오지 않았으며, 열쇠들은 문밖에 꽂혀 있었다.

밤이 늦어서야 거실의 등불이 꺼졌다. 부모님과 누이동생은 그렇게 밤늦도록 자지 않고 있었음을 쉽게 알 수 있었다. 세 사람이 발끝으로 살금살금 멀어져가는 소리를 똑똑히 들을 수 있었기 때문이다. 이제 다음날 아침까지는 아무도 그레고르에게 들어오지 않을 것이 분명했다. 그는 이제 자신의 삶을 어떻게 새로이 정리해 나갈 것인지를 혼자서 방해받지 않고 숙고해 볼 충분한 시간이 있었다. 그러나 그가 어쩔 수 없이 바닥 위에 납작하게 누워 있어야 하는 천장이 높은 텅 빈 방은 그를 불안하게 했고, 그것은 5년 동안이나 자신이 지내온 방인 만큼 불안해 할 이유를 찾을 수 없었다. 그레고르는 거의 무의식적으로 몸을 돌려 조금은 부끄러워하며 급히 소파 밑으로 기어들어갔다. 그는 등이 조금 눌리고 고개를 들 수는 없었지만 곧 매우 편안함을 느꼈으며, 단지 몸뚱이가 너무 넓어 소파 밑으로 완전히 들어갈 수 없는 것이 아쉬웠다.

그는 소파 밑에서 가끔 졸다가 배가 고파 여러 번 깨기도 하고, 걱정과 막연한 희망에 잠기기도 하며 밤을 새웠다. 그러나 아무리 생각해 보아도 우선은 얌전히 행동하여 가족들로 하여금 인내심을 가지고 조심성 있게 자신의 현재 상태로 인해 초래된 불쾌감을 견뎌내도록 해야 한다는 것이 그의 결론이었다.

아직 어둠이 채 가시지 않은 이른 새벽에 그레고르는 자기가 했던 결심을 시험해 볼 기회를 얻었다. 문간방에서 옷을 거의 다 차려입은 누이동생이 문을 열고 긴장한 채 방안을 들여다보았던 것이다. 그녀는 한참 후에야 소파 밑에 있는 그를 발견하고 너무 놀라서 — 그가 어딘가에는 있을 수밖에 없고, 노망쳐 날아갈 수도 없었는데 그렇게 놀라다니 — 정신을 차리지 못하고 밖에서 다시 문을 닫아버렸다. 그러나 그녀는 자신의 행동을 후회하듯 즉시 문을 다시 열고 중환자나 낯선 사람에게 다가서듯 발끝으로 살금살금 걸어 방안으로 들어왔다. 그레고르는 소파 가장자리까지 머리를 내밀고 그녀를 관찰했다. 그가 우유를 마시지 않고 내버려둔 것이 배가 고프지 않아서가 아니란 걸 그녀는 알아차릴까? 그리하여 그녀는 그의 구미에 더 맞는 다른 음식을 들여오지 않을까? 그는 누이동생이 스스로 알아서 그렇게 해주지 않는다면 그렇게 하도록 그녀를 깨우쳐주기보다는 차라리 굶는

게 나을 것 같았다. 그럼에도 그레고르는 소파 밑에서 앞으로 기어나가 누이동생의 발밑에 몸을 던지고 무언가 맛있는 것을 가져다달라고 부탁하고 싶은 심한 충동을 느꼈다. 그러나 누이동생은 곧장 놀라면서 둘레에 약간의 우유가 묻어 있는 조금도 줄지 않고 가득찬 우유그릇을 발견하고는 즉시 맨손이 아닌 걸레조각으로 그것을 들어올려 밖으로 가지고 나갔다. 그레고르는 그녀가 그 대신 무엇을 가져오게 될 것인지 몹시 궁금해 하며 온갖 생각을 다 해보았다. 그러나 실제로 누이동생이 마음을 써서 한 행동은 그가 상상하지도 못한 일이었다. 그녀는 그의 입맛을 시험해보기 위해 골라먹을 수 있는 온갖 음식을 한꺼번에 가져와 낡은 신문지 위에 펼쳐놓았던 것이다. 그것들은 반쯤 썩은 오래된 야채, 딱딱하게 굳은 하얀 소스가 둘러져 있는 밤참으로 먹다 남은 뼈다귀, 몇 개의 건포도와 편도, 그레고르가 이틀 전 맛이 없어 먹을 수 없다고 불평했던 치즈 한 덩이, 마른 빵 한 개, 버터 바른 빵 한 개와 버터를 바르고 소금을 뿌린 빵 한 개였다. 그밖에도 그녀는 이 모든 것들 옆에 오직 그레고르를 위해 정해진 듯한 그릇을 가져다 놓고, 그 안에 물을 부었다. 섬세한 감정에 따라 그녀는 그레고르가 자기 앞에서는 먹지 않을 것임을 알고 급히 나가 방문열쇠를 돌려 잠가서 그레고르로 하여금 원하는 대로 마음 편히 먹을 수 있다는 것을 깨닫게 해주었다. 그레고르의 작은 다리들이 움직였고, 이제 식사가 시작되었다. 그의 상처는 이미 완전히 나은 듯했고, 그는 더 이상 지장을 느끼지 않았다. 그렇게 된 데 대해 그는 놀랐으며, 한 달 남짓 전에 칼로 손가락을 조금 베었으며, 그 벤 곳이 그저께까지도 아팠던 것을 상기했다. "내가 이제 감각이 무뎌진 게 아닌가?" 하고 생각하며 그는 다른 모든 음식들보다 가장 먼저 강하게 그의 구미를 당긴 치즈를 게걸스레 먹어치웠다. 그는 치즈, 야채, 소스를 차례로 재빨리 먹어치우면서 만족스러워 눈물까지 흘렸다. 이에 반해 신선식품들은 맛이 없었으며, 그는 그 냄새조차 참을 수 없어서 먹고 싶은 것들만 일부 떼어 멀리 끌어다 놓고 먹었다. 그가 일찌감치 다 먹고 나서 그 자리에서 축 늘어져서 누워 있을 때 누이동생이 소파 밑으로 돌아가라는 신호로 천천히 열쇠를 돌렸다. 그는 이미 거의 잠들어 있었음에도 불구하고 그 소리에 놀라 급히 다시 소파 밑으로 기어들어갔다. 그러나 누이동생이 방안에 있는 그 짧은 시간 동안이나마 소파 밑에 들어가 있는 것이 그에게는 큰 고역이었다. 왜냐하면 음식을 많이 먹어 그의 몸이 약간 둥글게 부풀어 올라 그 좁은 곳에서는 숨도 제대로 쉴 수 없었기 때문이다. 조금은 질식할 듯한 느낌을 받으며 그는 약간 튀어나온 눈으로 아무 것도 눈치 채지 못한 누이동생이 먹다 남은 음식뿐만 아니라 전혀 건드리지 않은 음식까지도 더 이상 쓸모없다는 듯 빗자루로 쓸어 모으는 것을 바라보았다. 그녀는 모든 것을 재빨리 통 속에 쏟아 부은 다음 나무뚜껑을 닫고는 모든 것을 가지고 나갔다. 누이동생이 돌아서자마자 그레고르는 곧장 소파 밑에서 기어 나와 몸을 쭉 펴고 기지개를 켰다.

그레고르는 날마다 이런 식으로 음식을 받아먹었다. 아침에는 부모님과 하녀가 아직 잠자고 있을 때 첫 식사를 받았다. 두 번째 식사는 통상적인 점심식사가 끝난 후에 받았는데, 점심식사 후 부모님은 늘 잠시 낮잠을 자며, 하녀는 누이동생이 시켜 시장을 보러 나가기 때문이었다. 물론 그들은 그레고르를 굶겨 죽이려 하지는 않았지만 그레고르의 식사에 관해서 누이동생의 얘기를 듣는 것 이상으로 아는 것을 견딜 수 없었을 것이다. 누이동생 또한 실제로 그들이 충분히 고통스러워하기 때문에 가능하면 그들에게 슬픔을 조금이나마 덜어주고 싶었을 것이다.

그레고르는 그 첫날 아침에 의사와 열쇠장수를 무슨 말로 되돌려보냈는지 전혀 알 수 없었다. 다른 사람들이 그의 말을 알아들을 수가 없었으므로 아무도, 누이동생까지도 그가 다른 사람들의 얘기를 알아들을 수 있으리라고 생각하지 않았던 것이다. 그리하여 그는 누이동생이 자신의 방에 와 있을 때면 가끔씩 내쉬는 그녀의 한숨소리와 성자들의 이름을 부르는 소리를 듣는 것만으로 만족해야 했다. 나중에 그녀가 모든 것에 익숙해졌을 때에야 비로소 — 완전히 익숙해진다는 건 물론 있을 수 없는 일이지만 — 그레고르는 이따금 정겨운 의사를 표시하는 말은 알아듣게 되었다.

"오늘은 맛있었나 보네."

그녀는 그레고르가 음식을 모두 먹었을 때면 이렇게 말했다. 반면 그녀는 점점 더 자주 반복되는 그 반대의 경우에는 슬퍼하며 이렇게 말하곤 했다.

"또 모든 걸 그대로 남겼네."

그레고르는 직접적으로는 어떤 새로운 사실도 알아낼 수 없었으므로 옆방에서 나오는 많은 말소리를 엿들었다. 목소리가 들리기만 하면 곧장 소리 나는 문으로 달려가 몸 전체를 문에 밀착시켰다. 특히 처음 얼마 동안에는 비록 은밀하게 이루어졌지만 그를 대상으로 하지 않은 대화는 없었다. 이틀 동안 식사 때마다 이제 어떻게 행동해야 할 것인지에 대해 상의하는 소리가 들렸다. 또한 식구들은 식사와 식사 사이의 시간에도 똑같은 주제에 대해 이야기했는데, 아무도 혼자서는 집에 있으려 하지 않았고, 어떤 경우에도 모두가 집을 비울 수는 없는 일이었기에 늘 집에는 가족이 적어도 두 사람은 있었기 때문이다. 하녀는 당장 첫날 — 그녀가 그 사태에 대해 무엇을 얼마나 알고 있었는지는 분명하지 않지만 — 무릎을 꿇고 어머니에게 즉시 집에서 내보내달라고 간청했다. 그리고 그녀는 15분 후 작별을 하고 집을 나갈 때에는 이 집 사람들에게서 큰 은혜라도 입은 것처럼 해고시켜 준 데 대해 감사했으며, 가족들이 요구하지도 않았는데 아무에게도 그 사태에 대해 털끝만큼도 말하지 않겠다고 굳게 맹세했다.

그리하여 이제 누이동생이 어머니와 함께 음식을 해야만 했다. 물론 그건 크게 어려운 일은 아니었는데, 식구들이 거의 아무것도 먹지 않았기 때문이다. 그레고르는 식구들이 서로에게 많이 먹으라고 헛되이 권하는 소리와 그럴 때마다 상대가 오로지 "고마워요, 나는 많이 먹었어요"라든가 이와 비슷한 대답만 하는 것을 들었다. 술도 마시지 않는 것 같았다. 누이동생은 자주 아버지에게 맥주를 마시겠느냐고 물었으며, 손수 맥주를 가져오려고 진심으로 나섰다. 그러나 아버지가 대답을 하지 않자 누이동생은 아버지의 골똘한 생각을 돌리려고 집 관리인 여자를 보내 가져오게 할 수도 있다고 말했다. 그러면 아버지는 마침내 큰 소리로 "안 마셔"라고 말했고, 더 이상 맥주에 관해서는 얘기가 오가지 않았다.

이미 첫날을 보내면서 아버지는 모든 재산상태와 앞으로의 전망에 대해 어머니는 물론 누이동생에게도 설명해 주었다. 그는 가끔 책상에서 일어나 5년 전 사업이 파산했을 때 건져낸 조그만 비밀금고에서 무슨 증서나 장부 같은 것을 가져왔다. 그가 찾고자 하는 것을 꺼낸 다음 다시 잠그는 소리가 들렸다. 아버지의 이런 설명은 어떤 면으로는 그레고르가 갇혀 지내게 된 후 듣게 된 최초의 기쁜 소식이었다. 그레고르는 지금까지 사업파산으로 아버지에게 남은 것은 아무 것도 없다고 생각해 왔다. 아버지도 그렇지 않다는 얘기는 전혀 하지 않았고, 물론 그레고르도 거기에 대해 아버지에게 물은 적이 없었다. 당시 그레고르는 모두를 완전한 절망으로 몰아넣은 그 사업상의 불행을 가족들이 가능한 한 빨리 잊게 하는 데에만 진력했었다. 그리하여 그레고르는 아주 특별한 열정을 가지고 일하기 시작했으며, 하룻밤 사이에 보잘 것 없는 점원에서 외판원으로 뛰어올랐던 것이다. 물론 외판원에게는 돈을 버는 아주 다른 방법들이 있었으며, 외판영업의 성공은 보수의 형태로 즉시 현금으로 지급되었고, 그는 이것을 집에서 식탁에 앉은 가족들에게 내보이며 그들을 놀라게 하고 즐겁게 해줄 수 있었다. 그때는 참 좋은 시절이었으며, 그 후로는 적어도 이런 화려한 돈벌이 면에서는 그런 시절이 다시 오지 않았다. 그렇지만 그레고르는 나중에도 많은 돈을 벌어 모든 가족의 생계를 이끌어 나갔다. 가족들뿐만 아니라 그레고르도 그런 생활에 다같이 익숙해졌다. 가족들은 돈을 고마워하며 받았고, 그는 기꺼이 돈을 건네주었다. 하지만 특별한 온정은 일어나지 않았다. 누이동생만이 변함없이 그레고르 곁에서 친밀하게 지냈다. 그와는 달리 음악을 무척 좋아하고 바이올린을 훌륭하게 연주할 줄 아는 그녀를 내년에 음악학교에 보내는 것이 그레고르의 계획이었다. 그는 그렇게 하려면 분명 비용이 많이 들고, 그 비용은 다른 방법으로 융통해야 할 것이었지만 어떻게 해서든 그녀를 보내려 했다. 그레고르가 시내에 잠깐씩 머무는 동안 누이동생과의 대화에서는 이 음악학교에 대해 자주 언급했으나 그것은 단지 아름다운 꿈으로서 얘기되었을 뿐 그 실현은 생각할 수 없는 일이었다. 부모님은 이 천진난만하게 주고받는 이야기를 조금도 듣고 싶어 하지 않았다. 그러나 그레고르는 이 계획을 아주 확고하게 염두에 두고 있었으며, 크리스마스 저녁에 그것을 장엄하게 발표하려고 마음먹고 있었다.

그레고르가 꼿꼿이 서서 문에 몸을 밀착시킨 채 귀를 기울이고 있는 동안 지금과 같은 그의 상태에서는 아무 소용도 없는 그런 생각들이 머릿속을 스치고 지나갔다. 이따금 그는 온통 피곤하여 전혀 귀를 기울일 수 없게 되고, 부주의하여 그만 머리를 문에 부딪곤 했다. 그러나 그는 즉시 다시 정신을 똑바로 차렸는데, 그가 내는 사소한 소리까지도 옆방에서 듣는 모두가 말을 멈추기 때문이었다. 그리고 잠시 후에 아버지는 문 쪽을 향하여 "저 녀석이 또 무슨 짓을 하는군"이라고 말했다. 그런 다음 끊겼던 대화가 서서히 다시 이어졌다.

그레고르는 이제 충분히 엿듣고 알게 되었다. 왜냐하면 아버지가 한편으로는 스스로가 오랫동안 이런 일들을 얘기하지 않았고, 또 한편으로는 어머니가 모든 얘기를 곧장 한 번에 알아듣지 못하므로 자주 설명을 반복했기 때문이다. 그것은 온갖 불행에도 불구하고 옛날부터 내려온 얼마 되지 않는 돈이 아직 남아 있으며, 그 동안 찾아 쓰지 않아 이자가 붙어 그 액수가 조금 늘어났다는 사실이었다. 그 밖에도 그레고르가 매달 집에 가져다 준 돈도 — 그레고르 자신은 겨우 몇 굴덴을 가졌을 뿐이다 — 모두 다 써버린 것은 아니었으며, 조금씩 모여 약간의 목돈이 되었다는 것이다. 그레고르는 문 뒤에서 힘차게 고개를 끄덕이며 이 예상치 않은 신중함과 절약에 대해 기뻐했다. 그에게 이런 남은 돈이 있었다면 사장에게 진 아버지의 빚을 계속 갚아나가 이 직장을 떠날 수 있는 날이 훨씬 더 가까이 올 것이었다. 하지만 이제는 아버지가 그렇게 한 것이 두말할 것 없이 더 나은 일이었다.

그러나 이 돈은 이자로 가족이 살아가기에는 전혀 넉넉하지 않았다. 이 돈으로는 아마도 가족이 1년이나 기껏해야 2년을 살아갈 수 있을 뿐 더 이상은 불가능했다. 그것은 손을 대서는 안 되며, 비상시를 대비하여 남겨두어야 할 돈일 뿐이었다. 살아나가는 데 필요한 돈은 따로 벌어야만 했다. 그러나 아버지는 건강하지만 나이가 많이 들었고, 이미 5년 동안 일을 하지 않아 아무래도 자신감을 많이 잃었다. 그는 힘들기만 하고 성과 없던 삶의 첫 휴가기간이라 할 이 5년 동안에 살이 많이 쪄서 몸을 움직이기가 아주 힘들게 되었다. 그렇다면 천식에 걸려 집안을 거니는 것조차 힘들어 하며, 하루 걸러 호흡곤란으로 창문을 열어놓고 소파에 앉아 지내야 하는 늙은 어머니가 돈을 벌어야 한단 말인가? 또한 아직 열일곱 살 어린아이이며, 지금까지의 생활이라야 옷단장을 하고, 실컷 잠이나 자고, 부엌일이나 거들고, 몇몇 유치한 공연에나 참여하고, 무엇보다도 바이올린 연주나 하면서 나름대로 삶을 즐기기만 해온 누이동생이 돈을 벌어야 하는가? 옆방에서의 대화가 이 필연적인 돈버는 일에 집중되면 그레고르는 늘 문을 떠나 그 옆에 있는 차가운 가죽소파 위에 몸을 던졌는데, 부끄러움과 슬픔으로 몸이 완전히 달아올랐기 때문이나.

그는 자주 소파 위에서 밤새도록 누워 한숨도 자지 않고 몇 시간씩 가죽을 쥐어뜯곤 했다. 그런가하면 그는 몹시 힘이 드는데도 마다하지 않고 의자를 창가로 밀고 가서는 창문틀에 기어올랐고, 의자에 몸을 지탱한 채 창에 기대어 지난날 창밖을 내다보면서 느꼈던 해방감을 단지 기억 속에서만 떠올렸다. 실제로 날이 갈수록 조금 떨어져 있는 것들도 그에게는 점점 더 흐릿하게 보였다. 지난날에는 너무 자주 보아 지긋지긋했던 건너편에 있는 병원건물도 전혀 그의 눈에 들어오지 않았다. 그리고 자신이 도시 한복판의 조용한 샤를로테 가에 살고 있다는 것을 제대로 알지 못하고 있었다면 그는 창밖으로 회색 하늘과 회색 땅이 분간할 수 없이 뒤엉켜 있는 어떤 황무지를 내다보고 있다고 믿었을 것이다. 주의력 깊은 누이동생은 의자가 창가에 있는 것을 단 두 번만 보고도 방을 청소하고 나면 매번 의자를 다시 그대로 창가에 밀어놓았으며, 나아가 이제부터 안쪽 창문까지 열어놓았다.

만일 그레고르가 누이동생과 이야기를 나눌 수 있어 그녀에게 자신을 위해 해주는 모든 것에 대해 고마움을 표할 수만 있다면 그는 그녀의 보살핌을 좀 더 가벼운 마음으로 받아들일 수 있을 것이다. 그러나 그럴 수가 없어 그는 괴로웠다. 물론 누이동생은 고통스런 모든 일을 가능한 한 기억에서 지워버리고자 노력했고, 자연히 시간이 지날수록 더 잘 그렇게 되어갔으며, 그레고르 역시 시간이 지남에 따라 모든 것을 훨씬 더 정확하게 꿰뚫어보았다. 이제 그는 누이동생이 들어오기만 해도 겁이 났다. 전에는 그레고르의 방을 아무에게도 보이지 않으려고 무척 신경을 썼던 것과는 달리 그녀는 방에 들어서자마자 방문을 닫을 틈도 없이 곧바로 창문으로 달려가 질식이라도 하겠다는 듯이 양손으로 급히 창문을 열었으며, 꽤 추운데도 잠시 동안 창가에 앉아 깊게 심호흡을 했다. 그녀는 이러한 뜀박질과 소란으로 날마다 두 번씩 그레고르를 놀라게 했다. 그럴 때마다 그는 줄곧 소파 밑에서 몸을 떨었으며, 누이동생이 그레고르가 있는 방에서 창문을 닫은 채 머물 수만 있다면, 자신을 편하게 해줄 것임을 그는 잘 알고 있었다.

그레고르가 변신한 지 한 달이 지나고, 누이동생도 그레고르의 모습에 특별히 놀랄 이유가 없어진 어느 날 누이동생은 평소보다 조금 일찍 와서 그레고르가 꼼짝도 하지 않고, 보는 이를 깜짝 놀라게 할 자세로 꼿꼿이 서서 창밖을 내다보는 모습과 마주쳤다. 그가 그렇게 서 있는 것이 그녀가 곧바로 창문을 여는 것에 방해가 되어, 누이동생이 방안으로 들어오지 않았다면, 그레고르는 뜻밖의 일로 여기지 않았을 것이다. 그러나 누이동생은 방안으로 들어오지 않을 뿐 아니라, 뒷걸음질쳐 가서 문을 닫아 버리기까지 했다. 모르는 사람이 봤다면 그레고르가 누여동생을 기다리고 있다가 그녀를 물어뜯으려 한다고 생각했을 것이다. 물론 그레고르는 즉시 소파 밑으로 숨었고, 점심 때까지 기다려서야 누이동생이 다시 왔는데, 그녀는 평소보다 훨씬 더 불안해하는 듯이 보였다. 이에 따라 그레고르는 그녀에게 자신의 모습이 견딜 수 없었으며, 앞으로도 계속 그러할 것이라는 것과 그가 소파 밑에서 밖으로 드러내고 있는 몸 일부분의 모습에 대해서만큼은 그녀가 벗어날 수 없는 것을 애써 참고 있다는 것을 알아차렸다. 그녀에게 이런 모습을 보이지 않기 위해 어느 날 그는 시트를 등에 올려 소파 위로 옮기고는 — 그는 이 일을 하는 데 네 시간이나 걸렸는데 — 그의 몸이 완전히 가려져서 그녀가 몸을 구부린다 해도 자신을 볼 수 없도록 그것을 잘 펼쳐 덮었다. 몸을 전혀 볼 수 없게 완전히 가리는 것은 분명 그레고르가 좋아할만한 일이 아니므로 누이동생은 이 시트를 필요 없는 것으로 여기고 치워버릴 수도 있을 것이다. 그러나 그녀는 시트를 그대로 내버려두었다. 그레고르는 머리로 시트를 약간 들어올리고 누이동생이 이 새롭게 설치한 시트를 어떻게 여기고 있는지 바라보았을 때 그녀가 고마워하는 눈빛을 보이고 있음을 알아챘다.

    부모님은 처음 두 주일 동안에는 감히 그의 방에 들어가지 못했다. 그레고르는 자주 그들의 대화를 듣고 부모님이 지금 누이동생이 하는 일을 완전히 용인하고 있음을 알게 되었다. 이와 대조적으로 부모님은 지금까지는 그녀가 좀 쓸모없는 행동거지를 보여 자주 그녀에게 화를 내곤 했었다. 그러나 이제는 아버지와 어머니 두 사람은 누이동생이 그레고르의 방을 청소하는 동안 자주 그의 방 앞에서 기다렸으며, 그녀는 청소를 마치고 밖으로 나오자마자 방안은 어떤 모습이며, 그레고르가 무엇을 먹었는지, 그가 이번에는 어떤 행동을 했는지, 좀 나아진 게 보였는지를 아주 자세히 설명해주어야 했다. 그리고 어머니는 비교적 빨리 그레고르를 만나보고 싶어 했으나 아버지와 누이동생은 합당한 이유를 들어 어머니를 만류했다. 그레고르는 그 이유를 매우 주의 깊게 엿들었는데, 그것들은 그가 완전히 수긍할 수 있는 것이었다. 그러나 나중에는 어머니를 필사적으로 말려야만 했고, 그러면 그녀는 이렇게 외쳤다.

"그레고르에게 들어가게 해줘. 그 애는 내 불행한 아들이야! 도대체 어째서 내가 그 애를 만나면 안 된다는 거야?"

그러면 그레고르는 어머니가 물론 날마다는 아니더라도 일주일에 한 번 정도는 들어와 주었으면 좋겠다고 생각했다. 어머니는 누이동생보다 모든 것을 더 잘 이해하고 있었다. 누이동생은 무척 대담하기는 해도 아직 어린애일 뿐이며, 아마도 어린애다운 가벼운 마음에서 그런 힘든 일을 떠맡았을지 모른다.

어머니를 만나고 싶은 그레고르의 소망은 곧 이루어졌다. 그레고르는 낮 동안에는 부모님을 생각하여 창가에 모습을 드러내지 않으려고 했다. 그러나 그는 좁은 방바닥 위에서 무한정 기어 다닐 수도 없었고, 밤새 가만히 누워 있는 것도 견딜 수 없었으며, 음식을 먹는 것도 전혀 즐겁지 않게 되었다. 그리하여 그는 기분 전환을 위해 벽과 천장을 이리저리 기어 다녔는데, 그것은 이미 그의 습관이 되었다. 특히 그는 천장 위에 즐겨 매달려 있곤 했다. 방바닥 위에 누워 있는 것과는 전혀 달랐다. 좀 더 자유롭게 숨쉴 수 있었으며, 가벼운 진동이 온몸으로 전해졌다. 그는 천장에 매달려 있으면서 너무도 행복한 기분에 젖은 나머지 방바닥에 찰싹 소리를 내며 떨어져내려 스스로도 깜짝 놀라는 일이 일어나곤 했다. 그러나 이제 그는 당연히 전과는 달리 자신의 몸을 자유자재로 움직일 수 있어서 그렇게 높은 곳에서 떨어져도 다치지 않았다. 누이동생은 그레고르가 손수 찾아낸 이 새로운 오락거리를 곧장 알아차리고는 — 그는 기어다니면서 여기저기에 찐득거리는 점액 자국을 남겼던 것인데 — 그레고르가 더 넓은 공간을 기어 다닐 수 있도록 해주기 위해 방해가 되는 가구나 특히 장식장과 책상을 치우기로 작정했다. 그런데 그 일은 그녀 혼자서 할 수 있는 일이 아니었다. 그렇다고 감히 아버지에게 도움을 청할 수도 없었다. 하녀도 분명 그녀를 도와주지 못할 것 같았다. 왜냐하면 이

열여섯 살쯤 되는 하녀는 전에 부엌일을 하던 하녀가 그만둔 후 용감하게 견뎌내고 있지만 부엌문을 항상 잠가놓아야 하며, 특별한 요청이 있을 때에만 열어줘야 한다는 특수한 임무를 받고 있었기 때문이다. 그리하여 누이동생에게는 아버지가 없는 사이에 어머니를 데려오는 수밖에 다른 방법이 없었다. 어머니는 더할 나위 없는 기쁨의 환성을 지르며 달려왔지만 그레고르의 방 문 앞에서 입을 다물었다. 물론 누이동생은 우선 방안의 모든 것이 잘 정돈되어 있는지 확인하고 나서 어머니를 안으로 들어가게 했다. 그레고르는 급히 시트를 평소보다 더 깊숙이, 더 많은 주름이 잡히도록 끌어당겨 덮었다. 그리하여 전체적으로 그것은 우연히 소파 위에 내던져진 시트로만 보였다. 그레고르는 시트 밑에서 몰래 밖을 엿보려다가 단념했다. 그는 어머니를 바라보는 것을 포기했으며, 어머니가 와준 것만으로도 기뻤다.

"괜찮으니 들어오세요. 오빠는 보이지 않아요."

누이동생이 이렇게 말하고, 어머니의 손을 잡아끄는 것 같았다. 그레고르는 이제 연약한 두 여자가 꽤 무거운 낡은 장식장을 옮기는 소리를 들었다. 그리고 어머니가 너무 무리할까봐 걱정하며 말리는데도 아랑곳하지 않고 누이동생이 계속해서 혼자서 대부분의 일을 하고 있는 소리가 들렸다. 그 일은 매우 오래 걸렸다. 일을 시작한지 15분쯤 지나 어머니가 장식장은 그대로 놔두는 게 좋겠다고 말했다. 왜냐하면 첫째, 그것이 너무 무거워 아버지가 올 때까지 옮길 수가 없을 텐데, 옮기다 말고 장식장을 방 한가운데에 두면 그레고르가 다니는 길을 막게 될 것이며, 둘째, 가구들을 치운다고 하여 그레고르가 마음에 들어 할지 확실치 않기 때문이라는 것이었다. 어머니는 그레고르가 반대로 마음에 들어 하지 않을 것 같다고 말했다. 또한 텅 빈 벽을 보니 가슴이 아프다며, 그레고르 또한 오랫동안 이 방에서 친숙하게 지내왔으므로 텅 빈 방안에 버려진 듯 느껴 마찬가지로 가슴 아파하지 않을 수 없을 거라고 말했다.

"그러니 그래서는 안 돼."

어머니는 거의 속삭이듯 아주 조용히 말했는데, 어디에 있는지 정확히 알 수 없는 그레고르에게 자신의 목소리의 울림만 들리지 않게 하려는 듯했다. 그녀는 그가 말은 알아듣지 못한다고 믿었던 것이다.

"가구를 치워버리면 마치 우리가 그 애가 호전되리라는 희망을 모두 포기하고, 그를 가차 없이 내버려두는 것처럼 보이지 않겠니? 내 생각에는 방을 전과 똑같은 상태로 두는 것이 가장 좋을 것 같구나. 그래야 그레고르가 회복되었을 때 모든 것이 아무런 변화도 없다는 것을 알고, 그 사이에 있었던 일을 더 쉽게 잊을 수 있을 거다."

어머니의 이런 말을 엿듣고 그레고르는 가정 내의 단조로운 삶과 연결된 인간으로서의 직접적인 대화통로가 전혀 없었던 것이 두 달이 지나는 동안 자신의 판단을 혼미하게 만들었음에 틀림없다는 것을 깨달았다. 자신의 방이 텅 비기를 진심으로 갈망할 수 있다는 것은 그렇게 밖에는 달리 설명할 수 없었기 때문이다. 그가 제정신이라면 과연 따뜻하며, 대대로 물려받은 가구들로 아늑하게 꾸며진 방을 정말로 텅 빈 동굴로 변화시키고 싶었을까? 그렇게 되면 그는 그 안에서 아무 방해도 받지 않고 사방으로 기어 다닐 수는 있겠지만, 동시에 사람으로서의 자신의 과거는 재빨리 완전히 잊어버리게 될 것인데도 말이다. 그는 지금도 거의 잊어가는 상태였으며, 오랫동안 듣지 못한 어머니의 목소리가 그의 마음을 흔들었다. 아무 것도 치워져서는 안 되었다. 모든 것이 그대로 남아 있어야 했다. 그에게 가구가 미치는 좋은 영향을 없애버릴 수는 없었다. 그리고 그가 무의미하게 이리저리 돌아다니는 것을 가구가 방해한다고 해도, 그것은 해가 아니라 커다란 이익이었다.

그러나 유감스럽게도 누이동생의 생각은 달랐다. 그녀는 그레고르의 문제를 상의할 때면 늘 누구보다 사정을 잘 아는 전문가로서 부모와 맞서곤 해왔는데, 그런 그녀의 태도는 물론 부당하다고만 할 수는 없었다. 그리고 이제 어머니의 충고는 누이동생이 처음에 생각했던 대로 장식장과 책상만을 치우는 게 아니라 꼭 필요한 소파를 제외한 모든 가구를 치우겠다고 고집하는 충분한 이유가 되었다. 물론 이것은 어린아이의 철부지 같은 반항심만은 아니었으며, 그녀가 그레고르를 보살피는 생각지 못한 힘든 일을 통해 얻게 된 자신감에서 이런 주장을 하게 된 것도 아니었다. 그녀는 그레고르가 기어 다니는 데에 넓은 공간을 필요로 하며, 보다시피 가구들은 아무런 도움이 되지 않는다는 것을 실제로 관찰했던 것이다. 그러나 그런 나이의 소녀들에게서 흔한, 기회만 있으면 자기만족을 찾는 열정적 감각도 함께 작용했을 것이다. 그로 인하여 지금 누이동생 그레테는 그레고르의 처지를 더 끔찍스럽게 만들고, 그러면 지금까지보다 그를 더 잘 보살펴줄 수 있다는 유혹에 빠진 것이다. 그레고르가 혼자서 텅 빈 벽만 대하고 있는 그 공간 안으로 그레테 외에는 아무도 들어가려고 하지 않을 것이기 때문이었다. 그레테 외에는 누가 들어오려 하겠는가.

누이동생은 그리하여 어머니의 말에도 자신의 결심을 굽히지 않았다. 어머니는 그 방안에 있는 것만으로도 불안해서 어쩔 줄 몰라 하는 듯했으며, 곧 입을 다물고는 온힘을 다해 장식장을 밖으로 내놓으려는 누이동생을 거들었다. 그런데 그레고르는 최악의 경우 장식장은 없이도 지낼 수 있지만 책상만은 그대로 두어야 했다. 그래서 그레고르는 여자들이 끙끙거리며 장식장을 밀고 방을 나서자마자 소파 밑에서 머리를 내밀고, 어떻게 하면 조심스럽고 가능한 신중하게 그들의 일에 참견할 수 있을지 살펴보았다. 그러나 불행하게도 먼저 돌아온 사람은 바로 어머니였고, 그레테는 옆방에서 장식장을 팔로 감싸 안고 이리저리 흔들고 있었는데, 물론 장식장을 이동시키지는 못했다. 어머니는 그레고르의 모습이 눈에 익지 않아 그를 보게 되면 병이 날지 몰랐다. 그리하여 그레고르는 깜짝 놀라 급히 뒷걸음질쳐서 소파의 다른 끝으로 옮겨갔으나 시트가 앞으로 약간 흔들리는 것을 막을 수는 없었다. 그것은 어머니의 주의를 끌기에 충분했다. 어머니는 그 자리에 멈춰 섰고, 한 순간 가만히 서 있다가 그레테에게로 돌아갔다.

그럼에도 그레고르는 무슨 특별한 일이 일어나는 것이 아니라 그저 가구 몇 개가 옮겨지는 것이라고 자위하며 혼잣말을 했지만 여자들이 이리저리 걸어 다니는 소리와 서로 나지막하게 부르는 소리, 방바닥 위에서 가구가 긁히는 소리가 마치 사방에서 다가오는 커다란 소동처럼 느껴지는 것을 부인할 수 없었다. 그래서 그는 머리와 다리를 한껏 움츠리고 몸을 바닥에 바짝 밀착시키고는, 이 모든 것을 오래 버텨낼 수는 없을 것이라고, 어쩔 수 없이 중얼거려야만 했다. 그들은 그의 방을 비웠고, 그가 좋아하는 모든 것을 빼앗아갔다. 그들은 실톱과 그 밖의 공구들이 들어 있는 장식장은 이미 밖으로 들어냈고, 이제는 방바닥에 굳건하게 눌러 붙어 있는 책상을 흔들고 있었다. 그것은 그가 상대商大 학생이었을 때, 중·고등학생이었을 때는 물론 초등학생 시절에도 과제물을 작성했던 책상이었다. 이제 그는 두 여자가 품고 있는 좋은 의도에 대해 따져볼 겨를이 정말로 없었다. 게다가 그는 그들이 거기에 있다는 것조차 거의 잊었는데, 그들이 기진맥진하여 입을 다문 채 일을 함으로써 그들의 묵직한 발걸음소리만 들렸기 때문이다.

그레고르는 소파 밑에서 기어 나와 — 여자들은 옆방에서 책상에 기대고 잠시 숨을 돌리고 있었는데 — 기어갈 방향을 네 번이나 바꿨으며, 우선 무엇을 남겨 놓게 해야 할지 도무지 알 수 없었다. 그때 이미 텅 비어버린 벽에 모피 옷을 입은 여인의 그림이 걸려 있는 것이 유난히 눈에 띄었다. 그는 재빨리 그림 위로 기어 올라가 유리 위에 몸을 밀착시켰고, 몸이 꼭 붙은 그는 뜨거운 배가 시원해져 기분이 좋았다. 그레고르는 몸으로 완전히 가린 그 그림만은 아무도 가져가지 못하리라 생각했다. 그는 여자들이 돌아오는 것을 살펴보기 위해 거실문 쪽으로 고개를 돌렸다.

그들은 오래 쉬지 않고 곧 돌아왔다. 그레테는 어머니를 팔로 끌어안고 끌다시

피 했다.

"이제 무엇을 들어낼까?"

그레테는 이렇게 말하고 주위를 둘러보았다. 그때 그녀의 시선이 벽에 붙어 있는 그레고르의 눈길과 마주쳤다. 그녀는 어머니가 있음으로 인해 정신을 바짝 차렸으며, 어머니가 주위를 둘러보지 못하도록 얼굴을 어머니 쪽으로 숙이고 몸을 떨면서 황급히 말했다.

"엄마, 우리 잠시 거실로 돌아갈까요?"

그레고르는 그레테의 의도를 잘 알고 있었다. 그녀는 어머니를 안전하게 데려다놓은 다음 그레고르를 벽에서 내려오도록 하려는 것이었다. 해볼 테면 해 보라지! 그레고르는 이렇게 생각했다. 그는 그림 위에 앉아서 그림을 내주지 않을 작정이었다. 그는 그림을 내주느니 차라리 그레테의 얼굴로 뛰어내리려고 했다.

그러나 그레테의 말에 어머니는 오히려 극히 불안해졌다. 그녀는 옆으로 비켜서더니 꽃무늬 벽지 위에 있는 커다란 갈색 얼룩을 발견하고, 자신이 본 것이 그레고르라는 것을 알아차리기도 전에 거친 목소리로 고함을 질렀다.

"어이구머니! 어이구머니!"

그리고 그녀는 모든 것을 포기하려는 듯 양팔을 활짝 벌린 채 소파 위로 쓰러져 꼼짝도 하지 않았다.

"아니, 그레고르 오빠!"

누이동생은 주먹을 들어올리고 매섭게 쏘아보며 외쳤다. 이것은 그레고르가 변신한 후 처음으로 누이동생이 그에게 직접 던진 말이었다. 그녀는 어머니를 실신상태에서 깨어나게 할 어떤 약이라도 가져오려고 옆방으로 달려 들어갔다. 그레고르도 도와주려고 했는데 ― 그림을 지켜내는 데는 아직 시간이 있었다 ― 유리에 꼭 달라붙어 있어 힘껏 몸을 떨쳐내야만 했다. 그런 다음 그도 옆방으로 들어갔으며, 전처럼 누이동생에게 무슨 도움말을 해줄 수 있을 것 같았다. 그러나 그는 아무 것도 하지 못하고 누이동생의 뒤에 서 있을 수밖에 없었다. 누이동생은 여러 가지 병들을 뒤적이던 중 뒤를 돌아보고는 깜짝 놀랐다. 병 한 개가 바닥으로 떨어져 깨졌다. 유리조각 한 개가 그레고르의 얼굴에 상처를 입혔고, 부식제 같은 약물이 그의 몸에 흘러내렸다. 그레테는 지체하지 않고 손에 들 수 있는 만큼 많은 병들을 가지고 어머니에게로 달려 들어갔다. 그녀는 나가면서 발로 문을 닫아버렸다. 이제 그레고르는 자신 때문에 아마 거의 반죽음 상태에 있을 어머니와 완전히 차단되었다. 그는 문을 열어서는 안 되었으며, 어머니 곁을 지키고 있어야 하는 누이동생을 쫓아내고 싶지 않았다. 그는 이제 기다리고 있을 수밖에 없었다. 그는 자책과 불안에 쫓겨 여기저기 기어 다니기 시작했다. 그는 벽과 가구와 천장 위를 기어 다니다가, 절망 속에서 마침내 방 전체가 빙빙 도는 것처럼 느껴져, 커다란 책상의 한가운데로 떨어져 내렸다.

얼마간의 시간이 흘렀고, 그레고르는 축 늘어져 누워 있었으며, 주위는 조용했는데, 이것은 아마도 좋은 징조인 듯했다. 그때 초인종이 울렸다. 하녀는 물론 부엌에 틀어박혀 있어서 그레테가 나가 문을 열어야 했다. 아버지가 돌아오셨던 것이다.

"무슨 일 있었니?"

아버지의 첫마디였는데, 그는 그레테의 모습에서 모든 것을 알아챈 듯했다. 그레테는 아버지의 가슴에 얼굴을 묻고 흐릿한 목소리로 대답했다.

"어머니가 기절하셨어요. 하지만 많이 좋아지셨어요. 그레고르 오빠가 기어 나왔던 거예요."

아버지가 말했다.

"내 그럴 줄 알았다. 내가 늘 주의를 주었는데도 엄마와 너는 내 말을 듣지 않더니만 이렇게 되었구나."

그레고르는 아버지가 그레테의 극히 짤막한 말만 듣고 자신이 무슨 난폭한 짓이라도 저지른 것으로 오해하고 있음을 분명히 알아차렸다. 그리하여 그레고르는 이제 아버지에게 설명할 시간도 가능성도 없으므로 아버지를 진정시킬 시도를 해야만 했다. 그래서 그는 자신의 방 문 쪽으로 달려가 문에 몸을 밀착시켰다. 그렇게 함으로써 문간방으로부터 들어서는 아버지로 하여금 자신이 즉시 자기 방으로 돌아가고자 하는 선의를 가지고 있다는 것과 자신을 방으로 돌아가도록 쫓아낼 필요도 없이 문만 열면 즉시 스스로 사라져버릴 것임을 곧장 알아차리게 하려고 했다.

그러나 아버지는 그레고르의 그런 세심한 마음을 알아차릴 만한 기분이 아니었다. "아!" 하고 그는 안으로 들어섬과 동시에 격분하면서도 기뻐하는 듯한 음성으로 외쳤다. 그레고르는 머리를 문에서 떼어 아버지를 향해 들어올렸다. 그레고르는 지금 거기에 서 있는 아버지의 그런 모습을 상상해본 적이 없었다. 물론 그는 최근에는 새로운 방식으로 기어 다니는 데에 정신이 팔려 집안 돌아가는 일에 대해 전처럼 크게 신경을 쓰지 못해 왔는데, 변화된 상황과 부닥칠 태세가 되어 있어야만 좋았을 것이다. 그렇다 해도, 아무리 그렇다 해도 저게 바로 그 아버지란 말인가? 지난날 그레고르가 출장에서 돌아오면 침대에 파묻혀 누워 있었고, 그가 퇴근하여 돌아온 저녁이면 잠옷차림으로 안락의자에 앉아 전혀 일어나지 못하고 반갑다는 표시로 두 팔만을 들어올리며 그를 맞이했으며, 일년에 몇 차례 일요일과 큰 축제일에 드물게 가족이 함께 산책을 할 때면 그렇지 않아도 친친히 걷는 그레고르와 어머니 사이에서 낡은 외투에 싸인 채 조심스레 지팡이를 내딛으며 언제나 더 천천히 앞으로 나아갔고, 무슨 말이라도 하려면 거의 언제나 멈춰 서서 함께 가던 사람들을 빙 둘러 모았던 아버지가 바로 이 사람이란 말인가? 그랬던 아버지가 지금은 아주 꼿꼿하게 잘 서 있었으며, 은행의 수위들이 입는 듯한 금단추가 달린 몸에 꼭 맞는 푸른 제복을 입고 있었다. 윗옷의 높고 **빳빳한** 깃 위로는 두 겹의 건장한 턱이 솟아 있었다. 짙은 눈썹 밑에서는 검은 눈동자의 시선이 활기차고 예리하게 번득였다. 전에는 헝클어져 있던 하얀 머리칼이 가르마가 타진 채 지극히 단정하게 빗어 내려져 빛나고 있었다. 그는 금실로 은행이름인 듯한 머리글자가 새겨진 모자를 휙 던졌고, 그것은 방안을 가로질러 포물선을 그리며 소파 위로 떨어졌다. 그는 긴 제복 윗옷의 옷자락을 뒤로 젖히고 양손을 바지 주머니에 넣은 채 찌푸린 얼굴로 그레고르 쪽으로 걸어갔다. 아버지는 무엇을 해야 할지 스스로도 모르고 있었다. 그는 걸으면서 계속하여 발을 유별나게 높이 들어올렸고, 그레고르는 아버지의 구두바닥이 엄청나게 큰 것에 놀랐다. 그러나 그레고르는 그대로 가만히 있지 않았다. 그는 새로운 삶의 첫날부터 아버지가 자신에게 최대한 엄하게 대하는 것만이 적절한 일이라고 여기는 것을 잘 알고 있었다. 그리하여 그는 아버지 앞에서 달아났다가 아버지가 멈춰 서면 제자리에 섰고, 아버지가 움직이기만 하면 급히 다시 앞으로 달아났다. 그렇게 그들은 방 둘레를 여러 번 돌았는데, 아무런 특별한 일도 일어나지 않았고, 그레고르가 느렸기 때문에 아버지가 추격하는 듯이 보이지도 않았다. 그리하여 그레고르는 우선은 방바닥 위에 머물러 있었는데, 벽이나 천장으로 도망치면 아버지가 특별한 악의적인 행동으로 여길까봐 두려웠던 것이다. 물론 그레고르는 이렇게 급히 피해 다니는 일을 오래 견디지 못할 것임에 틀림없었다. 아버지가 한 발짝 떼어놓는 동안 그는 무수한 몸놀림을 해야만 했기 때문이다. 그레고르는 어린 시절에도 폐가 썩 좋지는 않았던 만큼 숨이 가빠오는 것을 느끼기 시작했다. 그는 그렇게 온힘을 모아 달아나려고 비틀거리는 동안 거의 눈도 뜰 수 없을 지경이 되었다. 그는 둔감해진 상태에서 기어 달아나는 것 외에는 아무 것도 살아날 방법을 생각할 수 없었다. 또한 정성들여 조각된 가구들로 온통 울퉁불퉁하고 뾰족해진 벽들을 자유자재로 활용할 수 있다는 것도 거의 잊고 있었다. 그때 그의 바로 옆으로 무언가가 살며시 던져져 내리더니 그의 앞으로 굴러갔다. 그것은 사과였다. 곧장 두 번째 사과가 그에게 날아들었다. 그레고르는 놀라서 멈춰 섰다. 계속하여 달아나는 것은 헛일이었다. 아버지가 사과로 그를 공격하려고 마음먹었기 때문이다. 그는 식탁 위의 과일접시에 있는 사과를 호주머니에 가득 채우고 처음에는 정확하게 겨냥하지 않은 채 한 개씩 차례로 내던졌다. 이 작은 빨간 사과들은 마치 전류가 흐르듯 바닥 위에서 데굴데굴 굴러 서로 부딪혔다. 슬쩍 던진 사과 한 개가 그레고르의 등을 스쳤지만 상처를 내지 않고 미끄러져 내렸다. 그러나 곧이어 날아든 사과는 그레고르의 등에 제대로 명중했다. 그레고르는 장소를 옮기면 갑작스럽게 닥친 엄청난 통증이 가시기라도 하는 듯 계속하여 기어가려고 했다. 그러나 그는 바닥에 못 박힌 듯 꼼짝 못하고 모든 감각이 혼미해진 채 벌렁 나자빠졌다. 그는 간신히 눈을 뜨고 자신의 방문이 열리고, 비명을 지르는 누이동생 앞으로 어머니가 달려 나오는 것을 볼 수 있었다. 어머니는 속옷차림이었는데, 누이동생이 기절한 어머니에게 호흡을 원활히 해주기 위해 옷을 벗겼기 때문이다. 어머니는 아버지에게 달려갔는데, 달려가는 도중 끈을 풀어놓은 치마들이 차례로 바닥으로 흘러내렸다. 그녀는 치마들을 밟고 비틀거리면서 아버지에게 달려들어 그를 부둥켜안은 채 한 몸이 되었고 — 여기서 그레고르의 눈은 더 이상 보이지 않았는데 — 두 손을 아버지의 뒤통수에 대고 그레고르의 목숨을 살려달라고 간청했다.

III

한 달 이상 고통을 준 그레고르의 심한 상처는 — 사과는 아무도 감히 제거하지 못하여 가시적인 기념물로 그의 살 속에 박혀 있었는데 — 그레고르가 지금의 비참하고 역겨운 모습에도 불구하고 가족의 일원이라는 것, 그를 적대적으로 대하지 말고, 그에 대해 혐오감을 억누른 채 오로지 참는 것만이 가족이 지켜야 할 의무라는 것을 아버지에게 상기시킨 듯했다.

그레고르는 부상으로 인해 어쩌면 영원히 운동능력을 잃을지도 모르고, 당장은 나이 든 폐인처럼 방을 가로지르는 데에도 오랜 시간이 걸렸으며, 천장을 기어다니는 것은 생각조차 할 수 없었다. 그러나 그레고르는 이런 악화된 상태 대신 자신이 전적으로 만족스런 보상으로 여기는 것을 얻게 되었다. 즉 그가 한두 시간씩 뚫어지게 관찰하곤 했던 거실의 문이 언제나 저녁 무렵이면 열렸던 것이며, 그리하여 그는 거실에서는 보이지 않는 자신의 어두운 방에 누워 불빛이 비치는 식탁에 앉은 모든 가족을 바라보게 되었고, 전과는 완전히 달리 공공연하게 그들의 대화를 엿들을 수 있게 된 것이다.

물론 그레고르가 조그만 호텔방에서 피곤에 지쳐 축축한 침대 속으로 몸을 던져야 할 때면 조금은 그리워하며 머릿속에 그리곤 했던 지난 시절의 그 활기찬 가족의 즐거움은 없었다. 지금은 대체로 무척 조용하게만 흘러갔다. 아버지는 저녁 식사를 마치면 곧장 안락의자에 앉아 잠이 들었다. 어머니와 누이동생은 서로 조용히 하라고 주의를 주었다. 어머니는 불 밑에서 몸을 바짝 구부리고 옷가게에 대줄 고운 속옷을 바느질했다. 점원으로 일하게 된 누이동생은 나중에 더 나은 일자리를 얻기 위해서인 듯 저녁이면 속기와 불어를 공부했다. 때때로 아버지는 잠에서 깨어 자신이 잠들었던 것을 전혀 모르는 듯 어머니에게 말했다.

"오늘도 무슨 바느질을 이렇게 늦게까지 하고 있나!"

그런 다음 그는 곧 다시 잠들었고, 어머니와 누이동생은 서로 힘없이 마주보며 웃었다.

아버지는 집에서도 수위제복을 벗기를 거부하는 고집을 부렸다. 잠옷은 쓸모없이 옷걸이에 걸려 있었고, 아버지는 언제든 근무할 태세를 갖추고 상사의 명령을 기다리는 듯 복장을 완전하게 갖춘 채 자기자리에 앉아서 졸았다. 그럼으로써 처음부터 새것이 아니었던 제복은 어머니와 누이동생의 온갖 세심한 손질에도 불구하고 더러워져갔다. 그레고르는 자주 늘 잘 닦인 금단추로 반짝거리는 이 더럽기 짝이 없는 제복을 밤새도록 바라보곤 했는데, 늙은 아버지는 지극히 불편할 텐데도 그런 옷을 입은 채 깊은 잠을 자곤 했다.

　시계가 10시를 치면 어머니는 조용히 속삭이며 아버지를 깨워 침대로 들어가라고 권하느라 애썼다. 그렇게 앉아서는 제대로 잠을 잘 수 없으며 아침 6시에 출근을 하려면 침대로 가서 잠을 푹 자두어야 했기 때문이다. 그러나 수위가 된 후 온통 고집에 사로잡힌 아버지는 식탁 옆에서 더 앉아 있겠다고 고집을 부리면서 늘 잠이 들곤 했으며, 그리하여 안락의자에서 침대로 그를 옮기는 일은 무척 힘이 들었다. 어머니와 누이동생이 조금 나무라며 그에게 달려들어 깨우려하면 그는 15분 동안은 고개를 천천히 흔들며 눈을 감은 채 일어나지 않았다. 어머니는 그의 소매를 잡아당기고, 귀에 대고 애교스런 말을 소곤댔으며, 누이동생은 숙제를 중단하고 어머니를 도왔지만 아버지에게는 아무 소용도 없었다. 그는 더 깊숙이 안락의자에 파묻혀 들어갈 뿐이었다. 그는 두 여자가 겨드랑이 밑을 추켜올릴 때에야 비로소 눈을 떴으며, 어머니와 누이동생을 번갈아 바라보면서 이렇게 말하곤 했다.

　"이것이 인생이야. 이것이 내 노년의 휴식이야."

　그리고 그는 모녀의 부축을 받으며 무거운 짐이라도 짊어진 듯 힘겹게 일어났고, 두 여자는 그를 문까지 부축하여 데려갔다. 거기서 그는 그들에게 됐다고 손짓을 하고 혼자서 걸어갔으며, 어머니는 바느질도구를, 누이동생은 펜을 급히 내던지고 아버지를 뒤따라가 계속하여 부축해 주었다.

　일에 지칠 대로 지친 가족 중에 필요 이상으로 그레고르를 돌봐 줄 시간이 있는 사람이 있을까? 집안 살림은 점점 더 기울어갔고, 하녀도 내보내게 되었다. 백발이 흩날리는 몸집이 크고 뼈대가 굵은 늙은 파출부할멈이 아침저녁으로 와서 힘든 일을 해주었을 뿐 그 밖의 모든 일은 어머니가 많은 바느질일을 하면서 해나갔다. 또한 어머니와 누이동생이 모임이나 축제 때 너무도 행복해하며 지니고 다녔던 여러 가지 장신구들까지도 팔게 되었는데, 그레고르는 이런 사실을 저녁에 모두 모여 팔 가격에 대해 상의하는 것을 듣고 알게 되었다. 그러나 가장 큰 문제는 현재 상황으로는 지나치게 넓은데도 이 집을 떠날 수 없다는 것이었는데, 그것은 그레고르를 옮길 엄두가 나지 않았기 때문이다. 그러나 그레고르는 이사를 어렵게 하는 것이 자신에 대한 염려 때문만은 아니라는 것을 잘 알고 있었다. 왜냐하면 자신은 공기구멍 몇 개가 뚫린 적당한 크기의 상자에 넣어 쉽게 운반할 수 있기 때문이었다. 식구들이 집을 옮기는 것을 방해하는 주된 이유는 완전한 절망감과 지금까지 어떤 친척과 친지들도 겪어본 적이 없는 엄청난 불행을 당하고 있다는 생각이었던 것이다. 가족들은 세상이 가난한 사람들에게 요구하는 일이라면 어떤 것이든 해나갔다. 아버지는 말단 은행원에게까지도 아침식사를 가져다주었고, 어머니는 알지도 못하는 사람들의 속옷을 만들기 위해 온힘을 다했으며, 누이동생은 고객들의 지시에 따라 판매대 뒤에서 이리저리 뛰어다녔지만 식구들의 힘은 더 이상 미치지 못했다. 어머니와 누이동생이 아버지를 잠자리에 눕힌 다음 다시 돌아와서 하던 일을 놔두고 뺨을 맞대고 서로 다가앉았다. 어머니는 그레고르의 방을 가리키며 말했다. "그레테야, 저 문 좀 닫아라." 그레고르는 다시 어둠 속에 있게 되었고, 옆방에서 두 모녀는 눈물을 흘리거나 눈물이 마른 눈으로 식탁만을 바라보고 있었다. 그때 그레고르의 등에 난 상처가 다시 아파오기 시작했다.

 그레고르는 밤이나 낮이나 거의 잠을 이루지 못하는 나날을 보냈다. 이따금 그는 다음에 문이 열리면 전처럼 다시 가정 일을 모두 맡아서 해나가겠다고 생각했다. 그의 머릿속에는 다시 오랜만에 사장과 지배인, 점원과 견습생들, 좀 우둔한 하인, 다른 회사에서 일하는 두세 명의 친구들, 시골에 있는 호텔의 하녀, 정겹고 허무한 추억, 진지하기는 했으나 너무 때늦게 구혼을 했던 어느 모자가게 여점원 등이 낯설거나 잊혀진 모습들로 뒤엉켜 떠올랐다. 그러나 이런 모습들은 그와 가족에게 도움이 될 수 없었고, 전혀 만나서 어울릴 수도 없었으므로 그들이 머릿속에서 사라지자 그는 기뻤다. 그리고 나면 그는 다시 가족에 대한 걱정은 전혀 하고 싶지 않게 되었고, 오로지 자신을 학대하는 데 대한 분노에 사로잡힐 뿐이었다. 그는 무엇을 먹으면 맛이 있을지는 전혀 생각도 할 수 없었고, 배가 고프지도 않았지만 주방에 들어가서 입에 맞는 음식을 가져올 계획을 세우기도 했다. 이제 누이동생은 무엇을 주면 그레고르가 특히 좋아할지는 생각지도 않고 아침과 점심때에 회사로 달려 나가기 전에 급히 아무 음식이나 그의 방안으로 발로 차서 밀어 넣어주었다. 그리고 저녁 때에는 그 음식을 조금 먹었건 전혀 건드리지 않았건 — 대부분 건드리지 않았는데 — 상관없이 빗자루로 모두 쓸어내 버렸다. 누이동생이 저녁마다 해온 방청소는 더 이상 제때 이루어지지 않았다. 벽을 따라 더러운 자국이 줄줄이 생겼으며, 여기저기 먼지와 오물덩이가 쌓여 있었다. 그레고르는 처음에는 누이동생이 들어오면 더러움이 특별히 눈에 띄는 구석에 서 있음으로써 어느 정도 그녀를 질책해주려고 했다. 그러나 그가 몇 주일을 그곳에 있어도 누이동생의 태도가 좋아지지는 않을 것 같았다. 그녀는 그와 마찬가지로 오물을 보았지만 그것을 그대로 내버려두기로 마음먹은 것 같았다. 그러면서 그녀는 그레고르의 방청소라는 자신에게 주어진 특권을 침해당하지 않으려고 새롭게 신경을 곤두세우고 주의를 기울였는데, 사실 가족 모두가 신경을 곤두세운 상태였다. 한 번은 어머니가 몇 통의 물을 사용하여 그레고르의 방을 대청소했다. 물론 온통 축축한 습기로 언짢아진 그레고르는 화가 나서 소파 위에 납작하게 엎드린 채 꼼짝하지 않았다. 그러나 어머니는 무사히 넘어가지 못했다. 저녁에 누이동생은 그레고르의 방이 변한 것을 알아차리자마자 몹시 모욕감을 느끼고 안방으로 달려 들어가 어머니가 두 팔을 들고 다시는 그러지 않겠다고 맹세하는데도 불구하고 울음을 터뜨렸던 것이다. 부모님은 — 아버지는 물론 깜짝 놀라 안락의자에서 일어났는데 — 우선 놀라서 어쩔 줄 모르며 우는 것을 바라보다가 마음이 동요되기 시작했다. 아버지는 한편으로는 그레고르의 방청소를 누이동생에게 맡기지 않았다며 어머니를 질책했고, 반대로 누이동생에게는 어머니가 다시는 그레고르의 방을 청소하지 못하게 하겠다고 소리쳤다. 어머니는 흥분하여 어쩔 줄 모르는 아버지를 침실로 끌고 가려 했고, 누이동생은 흐느끼느라 몸을 들썩이면서 조그만 주먹으로 탁자를 두드렸다. 그레고르는 자신에게 이런 소란스런 모습을 보이지 않도록 문을 닫을 생각을 한 사람이 아무도 없었다는 것에 화가 치밀어 큰 소리로 씩씩거렸다.

그러나 누이동생이 직장 일에 지쳐 전처럼 그레고르를 돌보는 데 넌더리가 났다고 해도 결코 어머니가 그녀를 대신하지 않아도 되었고, 그레고르도 소홀히 내팽개쳐지지 않아도 되었다. 파출부할멈이 있었기 때문이다. 긴 인생 동안 튼튼한 뼈대의 도움으로 험한 일들을 극복해왔을 이 늙은 과부는 애초부터 그레고르를 혐오스럽게 여기지 않았다. 한 번은 그녀가 별다른 호기심이 있어서가 아니라 우연히 그레고르의 방문을 연 적이 있었는데, 깜짝 놀라서 아무도 쫓지 않는데도 이리저리 피해 다니기 시작한 그레고르의 모습을 본 그녀는 두 손을 아랫배에 포개 놓은 채 어리둥절해하며 그대로 서 있었다. 그 후로 그녀는 늘 아침저녁으로 슬쩍 문을 조금 열고는 그레고르를 들여다보곤 했다. 그녀는 처음에는 다정한 말이라고 여기면서 "이리 와라, 늙은 말똥벌레야!"라든가 "저 늙은 말똥벌레 좀 봐!"라는 등의 말로 그레고르를 가까이 오도록 불렀다. 그러나 그레고르는 이런 말에 아무 대답도 하지 않았고, 문이 전혀 열려 있지 않은 것처럼 자기 자리에서 꼼짝하지 않고 앉아 있었다. 기분 내키는 대로 쓸데없이 그레고르를 귀찮게 하는 이 파출부할멈에게 차라리 날마다 그의 방이나 청소하도록 시키면 좋으련만! 한 번은 이른 아침에 — 새봄이 오고 있는 신호인 듯 세찬 비가 창문을 두드렸는데 — 그 파출부할멈이 다시 그런 투의 말을 시작하자 화가 난 그레고르는 덤벼들 듯이 천천히 그녀를 향해 몸을 돌렸다. 하지만 파출부할멈은 두려워하기는커녕 문 가까이에 있던 의자를 높이 들어올렸는데, 입을 크게 벌리고 서 있는 것으로 보아 그녀의 의도는 분명했다. 우선 입을 다물고 손에 들고 있는 의자를 그레고르의 등 위로 내던지려 했던 것이다.

"이제 더는 덤비지 못하겠지?"

그레고르가 다시 몸을 돌리자 그녀는 이렇게 말하고 의자를 다시 구석에 가만히 내려놓았다.

이제 그레고르는 거의 아무 것도 먹지 않았다. 그는 가져다 놓은 음식 옆을 우연히 지나칠 때면 장난삼아 그것을 한입 입에 물고는 몇 시간동안 그대로 물고 있다가 모두 다시 뱉었다. 그는 처음에는 자기 방의 상태에 대한 서글픔 때문에 음식을 먹기 어려운 걸로 생각했으나 곧 방의 변화에 적응하게 되었다. 식구들은 다른 곳에 마땅히 둘 수 없는 물건들을 이 방안으로 들여다 놓기 일쑤였는데, 이제 방 한 개를 세 남자에게 세놓았기 때문에 그런 물건들은 더 많아졌다. 이 성실한 신사들은 ─ 그레고르가 문틈으로 확인한 바로는 세 사람 모두 긴 수염을 기르고 있었는데 ─ 자신들의 방에서 뿐만 아니라 이 집으로 이사해 들어온 이상 특히 부엌을 비롯한 집안생활 전체에 있어서도 정돈을 지독히 중요시했다. 그들은 쓸모없거나 아주 더러운 잡동사니를 보면 참지 못했다. 게다가 그들은 엄청나게 많은 가재도구들을 가지고 왔다. 이에 따라 팔 수도 없고, 그렇다고 버리기도 아까운 많은 물건이 넘쳐났다. 이 모든 물건이 그레고르의 방으로 옮겨졌다. 부엌에 있던 재를 담는 통과 쓰레기통까지도 옮겨졌다. 늘 행동이 빨랐던 파출부할멈은 당장 필요치 않은 물건들은 무조건 그레고르의 방안으로 던졌다. 그레고르는 다행히도 그 물건과 그것을 잡고 있는 파출부할멈의 손만을 볼 수 있었다. 파출부할멈은 아마도 기회가 되면 그 물건들을 다시 가져가거나 모두 한꺼번에 내다버릴 생각인 것 같았다. 그것들은 처음에 던져진 그대로 그곳에 있었고, 그레고르는 그 잡동사니들 사이를 비집고 들어가 그것들을 옮겨놓았다. 그는 처음에는 기어 다닐만한 다른 공간이 없었으므로 할 수 없이 옮겨놓았다. 그러나 나중에는 비록 그렇게 돌아다니고 나면 죽도록 피곤하고 슬퍼져서 몇 시간 동안 꼼짝도 할 수 없었지만 점점 더 재미를 느끼며 옮겨놓는 일을 했다.

세든 남자들이 이따금 저녁식사를 가족이 공동으로 이용하는 거실에서 했으므로 저녁이면 거실문이 닫혀 있을 때가 많았다. 그러나 그레고르는 문을 여는 것을 쉽게 단념했으며, 문이 열려 있는 날 저녁에도 그것을 이용하지 않고, 가족들이 보지 못하도록 자기 방의 가장 어두운 구석에 누워 있곤 했었다. 그러나 한 번은 파출부할멈이 거실로 들어가는 문을 조금 열어놓은 채 내버려둔 적이 있었다. 세든 남자들이 저녁에 들어와 불을 켰을 때에도 문은 열린 채로 있었다. 그들은 지난날 아버지, 어머니와 그레고르가 앉았던 식탁의 위쪽에 둘러앉아 냅킨을 펼치고, 나이프와 포크를 손에 들었다. 곧 어머니가 고기가 담긴 접시를 들고 문안으로 들어섰고, 바로 뒤에서 누이동생이 감자가 높이 올려진 접시를 들고 나타났다. 음식에서는 진한 냄새와 함께 김이 솟아올랐다. 세든 남자들은 먹기 전에 검사라도 해보려는 듯 앞에 놓인 접시 위로 몸을 숙였고, 실제로 가운데에 앉아서 다른 두 사람에게 권위를 인정받은 듯한 남자가 접시 위의 고기 한 조각을 썰었다. 그는 고기가 충분히 잘 익었는지, 다시 주방으로 돌려보내지 않아도 되는지를 확인해 보려는 것이 틀림없었다. 그는 만족해했고, 긴장한 채 지켜보던 어머니와 누이동생은 안도의 숨을 내쉬며 미소 지었다.

가족들은 부엌에서 식사를 했다. 그렇지만 아버지는 부엌으로 가기 전에 거실로 들어가 모자를 손에 들고 몸을 한번 숙여 인사를 하고 식탁을 한 바퀴 돌았다. 세든 남자들은 모두 일어서서 무슨 말인지 중얼거렸다. 그런 다음 그들은 자기들끼리만 있게 되자 거의 아무 말도 하지 않고 식사를 했다. 그레고르에게는 식사 중에 나는 온갖 소리들 가운데 언제나 이빨로 씹는 소리가 들리는 것이 이상하게 여겨졌다. 그 소리는 마치 그레고르에게 음식을 먹기 위해서는 이빨이 필요하다는 것과 이빨이 없는 턱은 아무리 멋져도 아무 소용이 없다는 것을 알려주려는 것 같았다. 그레고르는 걱정에 가득차서 혼잣말을 했다.

"나도 식욕이 도는구나. 하지만 저런 음식은 먹고 싶지 않아. 저 세든 남자들처럼 먹다가는 나는 죽을 거야!"

바로 그날 저녁에 — 그레고르는 변신 후 지금까지 바이올린 소리를 들어본 기억이 없는데 — 부엌에서 바이올린 소리가 들려왔다. 세든 남자들은 이미 저녁식사를 마쳤고, 가운데에 있는 사람이 신문을 꺼내 다른 두 사람에게 각각 한 장씩 주었다. 그들은 이제 의자 뒤에 기댄 채 신문을 읽고 담배를 피웠다. 바이올린이 연주되기 시작하자 그들은 주의를 기울였고, 일어나서 발끝으로 살금살금 현관문 쪽으로 걸어가 그 안에서 서로 달라붙어 서 있었다. 식구들이 부엌에서 그들이 오는 소리를 들었음에 틀림없었는데, 아버지가 이렇게 말했기 때문이다.

"여러분들, 연주소리가 시끄러우시지요? 즉시 중지시키겠습니다."

그러자 가운데 사람이 말했다.

"그렇지 않습니다. 아가씨께서 우리 방으로 들어가 연주해 주지 않겠습니까? 거기가 더 편안하고 아늑할 텐데요."

아버지는 자신이 바이올린 연주자인 듯 말했다.

"예, 그렇게 하지요."

세든 남자들은 방안으로 돌아가 기다렸다. 곧 아버지는 악보대를, 어머니는 악보를, 누이동생은 바이올린을 들고 왔다. 누이동생은 조용히 연주를 위한 준비를 했다. 지금까지 방을 세놓아 본 적이 없는 부모님은 세든 남자들에게 지나치리만큼 깍듯한 예의를 갖춰 감히 의자에 앉지도 못했다. 아버지는 문에 기대어 오른손을 제복 상의를 채우고 있는 단추 사이에 넣고 있었다. 그러나 어머니는 세든 한 남자가 마침 구석에 세워두었던 의자에 앉을 것을 권하자 그대로 거기에 앉았다.

누이동생은 바이올린을 연주하기 시작했다. 아버지와 어머니는 각자 자기 자리에서 딸의 손놀림을 주의 깊게 바라보았다. 그레고르는 연주소리에 이끌려 조금 앞으로 기어나가다가 어느새 머리를 거실 안으로 내밀게 되었다. 그는 요즘 다른 사람들을 거의 배려하지 않고 지내온 것에 대해 그다지 이상하게 여기지 않았다. 예전에는 다른 사람들을 배려해주는 것이 그의 자랑이었다. 그는 요즘에는 자신의 몸을 숨겨야 할 이유가 더 컸을 것이다. 방안 어디에나 쌓여 있어 조금만 움직여도 이리저리 흩날리는 먼지 때문에 온몸이 먼지투성이가 되었던 것이다. 그는 실오라기, 머리카락, 남은 음식찌꺼기 등을 옆구리에 붙인 채 이리저리 기어 다녔으며, 예전 같으면 하루에도 몇 차례 등을 대고 누워 양탄자에 몸을 비벼댔을 텐데 이제는 모든 것에 대해 너무나 무관심해져 있었다. 그런 상태임에도 불구하고 그는 티끌 하나 떨어져 있지 않은 말끔한 거실바닥으로 기어들어가면서도 전혀 거리낌이 없었다.

물론 아무도 그레고르가 나타난 것을 알아채지 못했다. 가족들은 바이올린연주에 완전히 사로잡혀 있었다. 이와 반대로 세든 남자들은 양손을 호주머니에 넣은 채 먼저 악보를 훤히 볼 수 있을 정도로 누이동생의 악보대 뒤로 아주 가까이 다가가 서 있었는데, 그것은 틀림없이 누이동생의 연주에 방해가 되었을 것이다. 그들은 곧 나지막하게 얘기를 나누더니 고개를 숙이고 창문 쪽으로 돌아가 서 있었다. 아버지는 걱정스러운 듯 그들을 바라보았다. 그들은 아름답고 재미있는 바이올린연주를 들을 것으로 생각했다가 실망하여 연주에 온통 싫증이 났는데도 단지 예의상 조용히 견디고 있는 것 같은 기색이 너무도 역력했다. 특히 그들이 코와 입으로 담배연기를 공중에 내뿜는 태도는 자신들이 몹시 신경질이 나 있음을 나타내고 있었다. 그렇지만 누이동생은 아주 멋지게 연주했다. 그녀의 얼굴은 옆으로 기울어 있었고, 시선은 세심하고도 애잔하게 악보를 쫓았다. 그레고르는 조금 더 앞으로 기어나갔고, 가능하면 누이동생의 시선과 마주치기 위해 머리를 바닥에 가까이 수그렸다. 음악이 이토록 마음을 사로잡는데도 나는 동물이란 말인가? 그는 바라던 알 수 없는 어떤 식량을 얻을 수 있는 길이 열리는 느낌이었다. 그는 누이동생에게로 기어가서 치마를 끌어당기고, 여기에서는 자신 만큼 연주를 높이 사줄 사람이 아무도 없으니 바이올린을 들고 자기 방으로 와주면 좋겠다는 뜻을 전하리라 마음먹었다. 그는 적어도 자신이 살아 있는 한 누이동생을 방에서 내보내지는 않으리라 생각했다. 그의 흉측한 모습은 처음으로 자신에게 도움이 될 것이다. 그는 자기 방의 모든 문들을 동시에 지키면서 침입자에게 으르렁거리며 달려들 것이다. 그러나 누이동생을 강제로 곁에 머무르게 해서는 안 되고, 자발적으로 그렇게 하도록 해야 한다. 누이동생은 소파 위에서 그의 옆에 앉아 그에게 귀를 낮춰 추어야 할 것이다. 그런 다음 그는 누이동생에게 그녀를 음악학교에 보낼 확고한 생각을 갖고 있으며, 그 동안에 이런 불행만 아니었더라면 지난 크리스마스 때-벌써 크리스마스가 지났지?-어떤 반대에도 아랑곳하지 않고 모든 식구들에게 자신의 계획을 말했을 것이라고 얘기해 줄 것이다. 이렇게 설명하고 나면 누이동생은 감격하여 눈물을 흘릴 것이다. 그러면 그레고르는 그녀의 어깨까지 기어 올라가서 목에 입맞춤을 해 줄 것이다. 그녀는 직장에 나가면서부터 목에 목도리나 깃을 하지 않고 있었다.

"잠자 씨!"

가운데 남자가 아버지를 향해 외치고는 더 이상 아무 말도 못하고 천천히 앞으로 기어 나오고 있는 그레고르를 집게손가락으로 가리켰다. 바이올린 소리는 멈췄고, 가운데 남자는 고개를 저으며 친구들에게 미소를 짓고 나서 다시 그레고르를 쳐다보았다. 아버지는 그레고르를 내쫓는 것보다 우선 세든 남자들을 안심시키는 것이 너 급하다고 여기는 것 같았다. 그러나 그들은 전혀 흥분하지 않았고, 바이올린 연주보다 그레고르에게 더 큰 흥미를 느끼고 있는 듯했다. 아버지는 그들에게 급히 달려가 두 팔을 활짝 벌리고 그들을 자신들의 방안으로 내몰면서 동시에 몸으로 가로막아 그들이 그레고르를 보지 못하게 하려고 했다. 그들은 이제 정말로 조금 화를 냈는데, 아버지의 행동에 대해 화를 내는 건지, 전혀 모르고 있다가 이제야 그레고르 같은 세입자가 옆방에 있다는 걸 알게 된 데 대해 화를 내는 건지는 알 수 없었다. 그들은 아버지에게 해명을 요구하고, 팔을 들어올렸으며, 불안하게 수염을 당기면서 천천히 자기들 방 쪽으로 물러갔다. 그 사이 누이동생은 갑작스럽게 연주가 중단된 후 빠져들었던 낭패감을 극복하고, 잠시 동안 힘없이 늘어뜨린 손으로 바이올린과 활을 들고는 계속하여 연주를 하려는 듯 악보를 들여다본 다음 갑자기 일어서서 호흡곤란으로 가쁘게 숨을 헐떡이며 안락의자에 앉아 있는 어머니의 무릎 위에 악기를 올려놓았다. 그러고는 옆방으로 달려 들어갔는데, 세든 남자들은 아버지에게 쫓겨 조금 전보다 더 빨리 그 방으로 다가가고 있었다. 누이동생은 익숙한 손놀림으로 침대에 있던 이불과 베개를 들어올려 털어내고 정돈해 놓았다. 그녀는 그 남자들이 방에 들어오기 전에 침대정돈을 마치고 살짝 빠져나왔다. 아버지는 늘 세입자들에게 베풀던 공손함도 잊을 정도로 다시 스스로의 고집에 사로잡힌 것 같았다. 아버지는 그저 계속하여 그들을 내몰기만 했다. 마침내 방문 안에 들어서자 가운데 남자가 쿵하고 큰 소리를 내며 바닥에 발을 굴렀고, 그럼으로써 아버지도 멈춰 서게 되었다. 그 남자는 한 손을 쳐들고 어머니와 누이동생에게도 눈길을 주면서 말했다.

"지금 이 자리에서 분명히 밝히는데, 나는 이 집과 가족을 지배하고 있는 역겨운 상황을 생각하여" — 여기서 그는 결심한 듯 바닥에 침을 탁 뱉었다. — "방을 즉시 해약하겠습니다. 물론 나는 이 집에 산 며칠 동안의 집세는 단 한 푼도 낼 수 없습니다. 반대로 나는 — 정말인데 — 당신들에게 아주 합당한 손해배상 같은 것을 제기해야 되지 않을까 깊이 생각해볼 것입니다."

그는 입을 다물고 무언가를 기다리는 듯 똑바로 앞을 바라보았다. 아니나 다를까 그의 두 친구도 기다렸다는 듯 즉시 맞장구를 쳤다.

"우리도 즉시 해약하겠습니다."

이어서 가운데 남자는 문손잡이를 잡고 쾅하고 문을 닫았다.

아버지는 비틀비틀 손으로 더듬으며 의자를 찾아 주저앉았다. 그는 몸을 축 늘어뜨리고 평소처럼 저녁잠을 자고 있는 듯 보였지만 머리를 가만히 놔두지 못하고 심하게 끄덕이는 것으로 보아 전혀 자고 있지 않음을 알 수 있었다. 그레고르는 줄곧 세든 남자들이 자신을 처음 발견한 그 자리에 조용히 누워 있었다. 그는 자신의 계획이 이루어지지 못한 데 대한 실망과 오랜 굶주림으로 허약해진 탓에 몸을 움직일 수가 없었다. 그는 곧 자연스럽게 자신에게 닥쳐올 파멸을 분명하게 알아차리고 두려워하며 기다렸다. 어머니가 손을 떠는 바람에 바이올린이 무릎에서 바닥으로 떨어져내려 큰 소리가 울렸지만 그레고르는 전혀 놀라지 않았다.

누이동생은 말문을 열려는 듯 손으로 식탁 위를 치면서 말했다.

"엄마 아빠! 더 이상은 안 되겠어요. 두 분은 아마 절 모르시겠지만 저는 잘 알아요. 저는 이 괴물 앞에서 오빠의 이름을 입 밖에 내고 싶지 않아요. 그래서 말씀드리는데, 우리는 저것을 없애버려야만 해요. 우리는 저것을 돌보고 참고 견뎌내는 등 사람으로서 할 수 있는 일은 다해왔다고 믿어요. 그러니 아무도 우리를 비난하지 못할 거예요."

"저애 말이 백번 옳지."

아버지는 혼잣말을 했다. 여전히 숨을 제대로 쉬지 못하는 어머니는 넋 나간 듯한 눈빛을 하고 손을 입에 댄 채 심하게 기침을 했다.

누이동생은 어머니에게 달려가 이마를 받쳐주었다. 아버지는 누이동생의 말을 듣고 좀 더 확고한 결심을 한 듯 보였다. 그는 똑바로 앉아 세든 남자들이 저녁식사를 한 후 그대로 남아 있는 접시들 사이에서 근무용 모자를 만지작거렸고, 이따금 가만히 누워 있는 그레고르 쪽을 바라보았다.

"우리는 저것을 없애버려야만 해요."

누이동생은 이제 아버지에게 단호하게 말했는데, 어머니는 기침을 하느라 아무 것도 알아듣지 못했다.

"저것은 두 분을 돌아가시게 할 거예요. 저는 그러리라는 걸 잘 알아요. 우리 모두가 열심히 일을 해야만 하는데, 저런 영원한 골칫덩이를 집에 두고는 견뎌낼 수 없어요. 저는 더 이상 참을 수 없어요."

누이동생은 엉엉 울기 시작했다. 그녀는 눈물이 어머니의 얼굴 위로 흘러내리자 기계적으로 손을 움직여 닦아주었다.

아버지는 동정하며 충분히 이해하는 듯이 말했다.

"얘야, 그럼 우리가 어떻게 해야 한단 말이냐?"

누이동생은 우는 동안 조금 전의 단호함과는 반대로 어떻게 해 볼 도리가 없는 듯한 심정에 사로잡혀 그저 어깨만 들썩일 뿐이었다.

"저놈이 우리를 이해해 준다면."

아버지는 반쯤 묻는 듯이 말했다. 누이동생은 울면서 그건 생각도 할 수 없는 일이라는 뜻으로 세차게 손을 내저었다.

"저놈이 우리를 이해해 준다면. 그러면 아마도 저놈과 타협할 수도 있을 텐데. 하지만 저렇게……."

아버지는 되풀이 말하고 그런 일은 불가능하다는 누이동생의 확신을 받아들이는 듯 눈을 감았다.

누이동생이 외쳤다.

"내쫓아야 해요. 그 방법밖에 없어요, 아버지. 저것이 그레고르 오빠라는 생각부터 버려야 해요. 우리가 오랫동안 그렇게 믿어왔던 게 바로 우리의 불행이었어요. 저것이 어떻게 그레고르 오빠란 말이에요? 저게 그레고르 오빠였다면 이미 오래 전에 사람이 저런 동물과 함께 살 수 없다는 걸 알아차리고 제 발로 나가버렸을 거예요. 그렇게 되었다면 우리는 오빠는 없지만 편안히 잘 살아가고 그를 자랑스럽게 기억 속에 간직할 수 있었을 거예요. 하지만 저 동물은 우리를 괴롭히고, 세든 남자들을 쫓아내고, 분명 집 전체를 차지해 우리를 길거리로 내쫓아버릴 거예요. 저것 좀 보세요, 아버지."

그녀는 갑자기 소리를 질렀다.

"저것이 또 시작했어요!"

누이동생은 그레고르에 대한 온통 알 수 없는 공포에 빠져 어머니까지도 버리고, 어머니가 앉아 있는 안락의자에서 단호하게 물러나 그레고르의 옆에 있느니 차라리 어머니를 희생시키려는 듯이 급히 아버지 뒤로 달려갔다. 그녀의 행동에 깜짝 놀란 아버지는 일어서서 누이동생을 보호하려는 듯 그녀 앞으로 두 팔을 반쯤 들어올렸다.

그러나 그레고르는 누이동생은 물론 어느 누구도 불안하게 할 생각은 없었다. 그는 단지 자기 방으로 돌아가려고 몸을 돌리기 시작했을 뿐이었다. 그는 처참한 몸 상태로 인해 몸을 돌리기가 힘들어 머리를 이용해야 되었고, 그래서 여러 번 머리를 들어올리다가 바닥에 부딪혔던 것인데, 이것이 기이한 모습으로 보였던 것이다. 그는 동작을 멈추고 주위를 둘러보았다. 그의 악의 없는 의도가 사람들에게 알려진 듯했고, 놀람은 한 순간에 불과했다. 이제 모두가 그를 말없이 슬픈 표정으로 바라보았다. 어머니는 두 다리를 가지런히 모아 쭉 펴고 안락의자에 앉아 있었는데, 피로에 지쳐 눈은 거의 감겨 있었다. 아버지와 누이동생은 나란히 앉아 있었는데, 누이동생은 한 손으로 아버지의 목을 감고 있었다.

"이제는 몸을 돌려도 되겠지."

그레고르는 이렇게 생각하며 동작을 다시 시작했다. 그는 몹시 힘이 들어 가쁜 숨을 억누르지 못하고 이따금 쉬어야만 했다. 그렇다고 그를 몰아대는 사람은 아무도 없었고, 모든 것은 그에게 맡겨져 있었다. 그는 몸을 돌리는 일을 끝내자 곧장 자기 방을 향해 돌아가기 시작했다. 그는 자기 방까지의 거리가 무척 멀다는 데 대해 놀랐고, 조금 전에는 약한 몸으로 거의 거리를 알지도 못한 채 어떻게 이렇게 멀리까지 기어 나왔었는지 이해할 수 없었다. 그는 오직 빨리 기어가는 것만을 생각한 나머지 가족들의 어떤 말이나 외침도 자신을 방해하지 못한다는 것도 거의 염두에 두지 않았다. 그는 문 앞에 도달해서야 비로소 머리를 뒤로 돌렸는데, 목이 뻣뻣하게 굳은 것처럼 느껴져 완전히 돌릴 수는 없었다. 그는 자신의 뒤에서는 아무 것도 달라진 것이 없음을 알았고, 누이동생만 서 있는 것을 보았다. 그는 마지막으로 어머니를 훑어보았는데, 그녀는 이제 완전히 잠들어 있었다.

그가 자기 방안으로 들어서자마자 문이 급히 닫혔으며, 빗장이 굳게 잠기고 봉쇄되었다. 그레고르는 뒤에서 들리는 갑작스런 소음으로 깜짝 놀라 다리들이 구부러들었다. 그렇게 급하게 문을 잠근 사람은 누이동생이었다. 그녀는 거기에 똑바로 서서 기다리고 있다가 날쌔게 앞으로 뛰어나갔던 것인데, 그레고르는 그녀가 뛰어오는 소리를 전혀 듣지 못했다. 누이동생은 자물쇠 구멍에 열쇠를 넣어 돌려 잠그면서 부모님에게 외쳤다.

"드디어 됐어요!"
"이제 어쩔 셈이지?"

그레고르는 스스로에게 묻고, 어둠 속에서 주위를 둘러보았다. 그는 곧 자신이 이제 조금도 움직일 수 없다는 것을 알게 되었다. 그는 그것을 이상하게 여기지 않았으며, 오히려 실로 그 가느다란 다리들로 지금까지 나다닐 수 있었다는 것이 신기하게 느껴졌다. 그밖에는 그는 비교적 안락함을 느꼈다. 그는 전신에 통증을 느꼈지만 그것은 점점 더 약해져서 완전히 가신 듯했다. 그는 등에 박힌 썩은 사과와 부드러운 먼지로 덮인 그 주변의 염증은 이미 거의 느끼지 못했다. 그는 감동과 사랑으로 가족들을 다시 떠올려 보았다. 자신이 사라져야 한다는 그의 생각은 누이동생보다 더 단호했다. 그는 교회 탑의 시계가 새벽 3시를 칠 때까지 그렇게 고요하고 평온한 명상의 상태에 빠져 있었다. 그는 창밖이 두루 밝아오기 시작하는 것을 느꼈다. 그런 다음 그의 머리는 자신도 모르게 완전히 아래로 떨어뜨려졌고, 콧구멍에서는 그의 마지막 숨이 약하게 새어나왔다.

아침 일찍 파출부할멈이 와서 — 그녀는 식구들이 제발 그렇게 하지 말아달라고 자주 부탁하는데도 문들을 모두 힘껏 급하게 닫는 바람에 온 집안 식구들은 그녀가 온 다음부터는 더 이상 편히 잠을 잘 수가 없었다 — 늘 하던 대로 잠깐 그레고르의 방에 들렀지만 처음에는 별다른 점을 발견하지 못했다. 파출부할멈은 그가 일부러 그렇게 꼼짝하지 않고 누워서 자신의 불쾌함을 드러내고 있다고 생각했다. 그녀는 그가 모든 것을 제대로 판단하고 있다고 믿었다. 그녀는 마침 긴 빗자루를 손에 들고 있었으므로 그걸로 그레고르를 간질여서 문에서 달아나게 하려고 했다. 그래도 아무 반응이 없자 그녀는 화가 나서 그레고르를 조금 들이밀었고, 그가 아무 저항도 없이 자리에서 밀려나자 비로소 정신이 번쩍 들었다. 그녀는 곧 사정을 제대로 알아차리고는 눈을 휘둥그레 뜨고 가느다란 비명을 질렀다. 그리고 지체하지 않고 침실의 문을 열어젖히고는 큰 소리로 어두운 방안에 대고 외쳤다.

"저것 좀 보세요. 저것이 죽었어요. 저렇게 누워서 완전히 죽어버렸어요!"

잠자 부부는 침대에서 일어나 앉아 파출부할멈이 전하는 말을 알아차리기에 앞서 그녀를 보고 놀란 가슴을 진정시켜야 했다. 그런 다음 잠자 부부는 각자 침대 양옆으로 급히 뛰어내렸다. 잠자 씨는 어깨에 담요를 걸치고, 부인은 잠옷차림 그대로 밖으로 나와 그레고르의 방으로 들어갔다. 그 사이에 거실의 문도 열렸다. 세든 남자들이 들어온 후부터 그레테는 거실에서 잠을 자왔다. 그레테는 창백한 얼굴이 말해주듯 한숨도 자지 못한 것처럼 옷을 완전하게 차려입고 있었다.

"죽었어요?"

스스로 모든 것을 확인해볼 수도 있고, 확인해보지 않고도 알아차릴 수 있었지만 잠자 부인은 이렇게 말하고 믿을 수 없다는 듯 파출부할멈을 올려다보았다.

"죽은 것 같아요."

파출부할멈은 이렇게 말하고 증명이라도 해보이려는 듯 빗자루로 그레고르의 시체를 옆으로 길게 밀었다. 잠자 부인은 파출부할멈의 빗자루를 제지하려는 몸짓을 하다가 그만두었다. 잠자 씨가 말했다.

"이제 우리는 하느님께 감사를 드려도 되겠군."

그는 성호를 그었고, 세 여자도 그가 하는 대로 따라 했다. 시체에서 눈을 떼지 못하고 있던 그레테가 말했다.

"좀 보세요. 오빠가 어쩌면 이다지도 말랐을까요. 오빠는 이미 오래 전부터 아무 것도 먹지 않았어요. 먹을 것을 넣어주면 그대로 다시 내보내곤 했지요."

실제로 그레고르의 몸은 완전히 납작하게 메말라 있었다. 식구들은 그런 사실을 그가 더 이상 다리를 딛고 일어서지 못하고, 어느 것에도 눈길조차 주지 못하게 된 지금에서야 알아차린 것이다.

"그레테, 잠깐 우리 방으로 좀 오너라."

잠자 부인이 서글픈 미소를 지으며 말했다. 그레테는 시체를 돌아보면서 부모님을 따라 침실로 들어갔다. 파출부할멈은 방문을 닫고 창문을 활짝 열었다. 이른 아침인데도 신선한 공기는 온기를 품고 있었다. 때는 벌써 3월 말이었다.

세든 세 남자가 방에서 나와 아침식사를 찾아 이리저리 둘러보며 어리둥절해 했다. 식구들은 그들을 잊고 있었다.

"아침식사는 어디에 있는 거요?"

가운데 남자가 투덜거리면서 파출부할멈에게 물었다. 파출부할멈은 그러나 손가락을 입에 대고는 아무 말도 하지 않고 급하게 그레고르의 방으로 가보라는 몸짓을 했다. 그들은 그레고르의 방으로 가서 낡은 웃옷 주머니에 손을 넣고 이미 훤하게 밝아진 방안에서 그레고르의 시체를 둘러싸고 서 있었다.

그때 침실의 문이 열리고, 잠자 씨가 제복차림으로 나타났는데, 그의 한쪽 팔은 부인이, 다른 쪽 팔은 딸이 잡고 있었다. 세 사람 모두 조금 운 것 같았다. 그레테는 이따금 아버지의 팔에 얼굴을 묻었다.

"당장 우리 집에서 나가시오!"

잠자 씨는 이렇게 말하고 아내와 딸을 팔에서 떨쳐내지 않은 채 문을 가리켰다.

"그게 무슨 말씀이신가요?"

가운데 남자가 조금 놀란 듯이 말하고 부드럽게 미소 지었다. 다른 두 남자는 뒷짐을 진 채 손을 계속하여 비볐는데, 마치 자신들에게 유리하게 끝날 커다란 언쟁을 즐거이 기다리고 있는 듯했다.

"내가 말한 그대로요."

잠자 씨는 이렇게 대답하고 동반한 두 여자와 나란히 가운데 남자에게 다가갔다. 가운데 남자는 우선 가만히 서서 머릿속에서 일들을 새롭게 정리하려는 듯 바닥을 바라보았다.

"그렇다면 나가겠습니다만."

그는 이렇게 말하고 잠자 씨를 올려다보았는데, 돌연 겸손함에 사로잡혀 나가겠다는 이 결심에 대해서까지도 승낙을 요구하는 듯한 태도였다. 잠자 씨는 그에게 눈을 크게 뜨고 몇 차례 간단히 고개만 끄덕일 뿐이었다. 그러자 그 남자는 정말로 즉시 큰 걸음걸이로 현관방으로 들어갔다. 손을 비비던 것을 멈춘 채 귀를 기울여온 그의 두 친구는 이제 곧장 그를 뒤쫓아 갔는데, 잠자 씨가 자기들보다 먼저 현관방으로 들어가 자신들과 그 우두머리 격인 남자가 합세하는 것을 방해하지 않을까 걱정하는 것 같았다. 세 사람은 모두 현관방의 옷걸이에서 모자를, 지팡이거치대에서 지팡이를 집어 들고는 말없이 몸을 숙여 인사하고 집을 나섰다. 잠자 씨는 전혀 쓸데없는 — 그렇다는 게 드러났는데 — 의심에 빠져 두 여자와 함께 현관 앞으로 나갔다. 그들은 난간에 기대어 세 남자가 천천히 쉬지 않고 긴 계단을 내려가는 것을 바라보았다. 그들은 휘어진 계단을 돌 때마다 사라졌다가 잠시 후 다시 나타나곤 했다. 그들이 아래로 점점 더 깊이 내려갈수록 그들에 대한 잠자 씨 가족의 관심도 점점 사라져갔다. 한 정육점 종업원이 머리에 들것을 이고 거들먹거리며 그들을 향해 올라온 다음 그들을 지나쳐 더 위로 올라가자 잠자 씨는 곧 여자들과 함께 난간을 떠났다. 그들은 모두 홀가분한 마음으로 다시 집으로 들어갔다.

그들은 오늘 하루를 푹 쉬고 산책을 하며 보내기로 마음먹었다. 그들은 충분히 일을 쉴 만했을 뿐만 아니라 반드시 그럴 필요 또한 있었다. 그리하여 그들은 책상에 앉아 잠자 씨는 사장에게, 부인은 상품주문자에게, 그레테는 가게주인에게 각각 결근계를 썼다.

식구들이 결근계를 쓰는 동안 파출부할멈이 들어와서 아침 일을 끝냈으므로 돌아가겠다고 말했다. 결근계를 쓰고 있던 세 사람은 처음에는 파출부할멈을 쳐다보지도 않고 고개만 끄덕였으나 그녀가 나가지 않고 그대로 서 있자 비로소 짜증을 내며 그녀를 올려다보았다.

"무슨 일 있어요?"

잠자 씨가 물었다. 파출부할멈은 미소를 지으면서 가족들에게 무척 기쁜 소식이라도 전하려는 듯 문 앞에 서 있었다. 그녀는 그러나 자신에게 꼬치꼬치 캐물을 경우에만 그렇게 하겠다는 태도였다. 그녀의 모자 위에 거의 곧게 꽂혀 있는 조그만 타조깃털이 이리저리 가볍게 흔들리고 있었는데, 잠자 씨는 그녀가 파출부로 일하는 동안 늘 그것을 못마땅하게 여겨왔다.

"무슨 할 말이라도 있나요?"

잠자 부인이 물었는데, 파출부할멈은 가족 중 잠자 부인을 가장 존경하고 있었다.

"예."

파출부할멈은 이렇게 대답하고는 정겹게 웃느라 곧바로 말을 잇지 못했다.

"옆방에 있는 그것을 치우는 일 말인데, 걱정하지 마십시오. 벌써 다 치웠습니다."

잠자 부인과 그레테는 계속하여 결근계를 쓰려는 듯 몸을 숙이고 있었다. 파출부할멈이 모든 것을 자세하게 설명하려 한다는 걸 알아차린 잠자 씨는 손을 뻗치며 단호하게 이를 제지했다. 파출부할멈은 얘기를 못하게 되자 자신도 급한 일이 있음을 생각해내고 기분이 상한 듯 외쳤다.

"그럼 모두 안녕히 계세요."

그녀는 휙 돌아서서 문을 쾅하고 힘껏 닫아버리고는 집을 나갔다.

"저녁에 파출부할멈이 오면 내보내버리지."

잠자 씨는 이렇게 말했지만 부인과 딸 모두 아무 대답도 하지 않았다. 간신히 얻은 그들의 평온이 파출부할멈에 의해 다시 깨진 것처럼 여겨졌기 때문이다. 모녀는 일어나 창가로 가서 서로 부둥켜안고 서 있었다. 잠자 씨는 의자에 앉아 그들 쪽으로 몸을 돌려 잠시 조용히 그들을 바라보았다. 그런 다음 그는 외쳤다.

"자, 이리 좀 와. 지난 일은 그만 떨쳐내 버려. 그리고 이제 나를 좀 생각해 줘."

두 여자는 곧장 그의 말에 따랐고, 그에게 달려가서 그를 위로해 주고, 결근계 쓰는 일을 재빨리 끝냈다.

그러고 나서 세 사람은 몇 달 만에 처음으로 함께 집을 나서 전차를 타고 교외로 나갔다. 전차 안에는 그들밖에 없었으며, 따스한 햇살이 차 안 가득 들었다. 그들은 좌석에 편안하게 몸을 기대고 앞날의 전망에 대해 이야기를 나누었는데, 좀 더 곰곰이 생각해보니 앞날은 결코 암울하지는 않다는 것을 알게 되었다. 서로 자세히 물어본 적은 없지만 세 사람의 직업은 모두 괜찮았으며, 특히 앞으로 매우 유망한 것이기 때문이었다. 지금 당장 가장 큰 문제인 분위기의 개선은 두말할 것 없이 집을 옮김으로써 쉽게 이루어질 수 있었다. 그들은 그레고르가 골랐던 지금의 집보다 더 작고 값싸면서도 더 위치가 좋고 실용적인 집을 마련하기로 했다. 그들이 그렇게 얘기를 나누는 동안 잠자 부부는 점점 더 활기를 찾아가는 딸을 보며 그녀가 최근에 뺨에서 혈색이 가실 정도로 온갖 고통을 겪으면서도 아름답고 풍만한 처녀로 성장했음을 느꼈다. 잠자 부부는 더욱더 조용하게 서로 저절로 눈길을 주고받으면서 딸을 위해 좋은 신랑감을 구해야 할 때가 다가오고 있다고 생각했다. 전차가 목적지에 도착하자 딸이 가장 먼저 일어나 싱싱한 젊은 몸을 쭉 폈는데, 그 모습은 부부에게 그들의 새로운 꿈과 멋진 계획이 실현된다는 것을 확인해주는 듯했다.

빵

볼프강 보르헤르트

그녀는 갑자기 잠에서 깨었다. 2시 반이었다. 그녀는 자신이 왜 깨었는지 곰곰이 생각했다. 아 그렇지! 부엌에서 누군가가 의자에 부딪혔어. 그녀는 부엌 쪽에 귀를 기울였다. 조용했다. 너무 조용했다. 그녀는 손으로 옆을 더듬고는 침대가 텅 비어 있음을 알았다. 그렇게 너무도 조용하게 만든 것은 바로 그것이었다. 그의 숨소리가 없었던 것이다. 그녀는 일어나서 캄캄한 거실을 지나 부엌으로 더듬거리며 걸어갔다. 부엌에서 그들은 마주쳤다. 시간은 2시 반이었다. 그녀는 찬장 옆에 뭔가 하얀 것이 서 있는 것을 보았다. 그는 불을 켰다. 그들은 속옷차림으로 마주섰다. 밤. 2시 반. 부엌에서.

식탁 위에는 빵 접시가 놓여 있었다. 그녀는 그가 빵을 잘랐다는 것을 알았다. 접시 옆에는 칼이 그대로 있었다. 그리고 식탁보 위에는 빵 부스러기가 있었다. 그들이 저녁에 잠자러 갈 때면 그녀는 늘 식탁보를 깨끗이 해두었다. 매일 저녁. 그러나 지금은 식탁보 위에 빵 부스러기가 있었다. 그리고 칼이 놓여 있었다. 그녀는 타일바닥의 냉기가 서서히 몸으로 솟아오르는 것을 느꼈다. 그리고 그녀는 접시에서 눈을 돌렸다.

"나는 여기에서 무슨 일이 일어났나 생각했소."

그는 이렇게 말하고 부엌 안을 둘러보았다.

"나도 무슨 소리를 들었어요."

그녀는 대꾸하고는 밤에 속옷차림을 한 그가 정말로 늙어 보인다는 것을 알았다. 그의 나이만큼이나. 예순 셋. 낮 동안에는 그는 이따금 더 젊어 보였다. 그도 그녀는 정말 늙어 보인다고, 속옷차림을 하니 꽤 늙어 보인다고 생각했다. 그러나 그것은 아마도 머리칼 때문일 거야. 여자들의 경우 밤에 늙어 보이는 것은 항상 머리칼 때문이지. 머리칼이 갑작스레 그렇게 늙게 만들지.

"당신 신발 좀 신을 걸 그랬구려. 차가운 타일바닥 위에 그렇게 맨발로 있다니. 당신 감기 걸리겠구려."

그녀는 그를 바라보지 않았는데, 그가 거짓말을 한다는 게 견딜 수 없었기 때문이다. 그들이 결혼한 지 39년이나 지난 지금 그가 거짓말을 한다는 것을.

"나는 여기에서 무슨 일이 일어났나 생각했소."

그는 다시 한 번 말하고는 다시 이 구석 저 구석을 태연한 척 바라보았다.

"나는 여기서 무슨 소리를 들었소. 그래서 나는 여기에 무슨 일이 있나 생각했소."

"나도 무슨 소리를 들었어요. 그러나 아무 것도 아니었나 봐요."

그녀는 식탁에서 접시를 치우고 식탁보의 빵 부스러기를 털어냈다.

"그래, 아무 것도 아니었나 보오."

그는 흐릿하게 말했다.

그녀는 그를 도왔다.

"들어가요. 그건 밖에서 난 소리였어요. 침대로 들어가요. 당신 감기 걸리겠어요. 차가운 타일바닥 위에서."

그는 창문 쪽을 바라보았다.

"그래, 그건 밖에서 났던 소리였나 보구려. 나는 여기에서 무슨 일이 일어났나 생각했는데."

그녀는 전등 스위치로 손을 올렸다. 나는 지금 불을 꺼야만 해. 그렇지 않으면 접시를 보게 되니까. 그녀는 생각했다. 나는 접시를 바라보면 안 돼.

"들어가요."

그녀는 이렇게 말하고 불을 껐다.

"그 소리는 밖에서 났던 거예요. 바람이 불면 언제나 홈통이 벽에 부딪혀요. 그건 틀림없이 홈통소리였을 거예요. 바람이 불면 언제나 그게 달그랑거리지요."

그들은 둘이서 어두운 복도를 지나 비틀거리며 침실로 들어갔다. 그들의 맨발이 바닥에 부딪혀 철벅철벅 소리를 냈다.

"바람이로군. 밤새 바람이 불었지."

그가 말했다.

그들이 침대에 누웠을 때 그녀가 말했다.

"그래요. 바람이 밤새 불었어요. 그건 홈통소리였어요."

"맞아. 나는 그것이 부엌에서 나는 소리인 줄 알았지. 그건 홈통소리였는데."

그는 반쯤 잠에 빠진 듯 말했다.

그러나 그녀는 거짓말을 하는 그의 목소리가 얼마나 부자연스럽게 울리는지 알아차렸다.

"추워요. 이불 속으로 들어가겠어요. 잘 자요."

그녀는 이렇게 말하고는 가볍게 하품을 했다.

"잘 자요."

그는 이렇게 대답하고 덧붙여 말했다.

"그래, 무척이나 춥군."

그러고는 조용해졌다. 몇 분 후에 그녀는 그가 조용히 조심스럽게 씹는 소리를 들었다. 그녀는 자신이 깨어 있다는 것을 그가 알아차리지 못하도록 의도적으로 숨을 깊고 고르게 쉬었다. 그러나 그의 씹는 소리가 너무 규칙적이어서 그녀는 그 소리에 서서히 잠들었다.

그가 다음날 저녁에 집에 돌아오자 그녀는 그에게 네 조각의 빵을 내밀었다. 그는 지금까지는 늘 세 조각만 먹을 수 있었다.

"걱정 말고 당신 네 조각 드세요."

그녀는 이렇게 말하고 전등불에서 멀어져 갔다.

"나는 이 빵을 제대로 소화시킬 수 없어요. 당신이 한 조각 더 드세요. 나는 소화가 잘 안 돼요."

그녀는 그가 접시 위에 몸을 깊이 숙이고 있는 것을 보았다. 그는 올려다보지 않았다. 그 순간 그의 모습이 그녀의 가슴을 아프게 했다.

"당신 두 조각만 먹어서는 안 될 텐데."

그가 접시 위로 머리를 숙인 채 말했다.

"아니에요. 저녁에는 빵이 소화가 잘 안 돼요. 드세요. 드세요."

잠시 후에야 그녀는 전등 아래 식탁으로 와 앉았다.

붉은 고양이

루이제 린저

나는 늘 그 빌어먹을 붉은 고양이를 생각하지 않을 수 없으며, 과연 내가 했던 짓이 올바른 일이었는지 알 수가 없다. 내가 우리 집 정원 안, 폭탄에 맞아 패인 구덩이 옆 돌무더기 위에 앉아 있었던 것으로부터 일은 시작되었다. 돌무더기는 우리 집의 절반 이상이 무너져 내려 생긴 것이었다. 집의 나머지 부분은 아직 서 있었는데, 거기에서 우리, 즉 나와 어머니와 내 남동생 페터와 여동생 레니가 살고 있었다. 나는 그곳 돌무더기 위에 앉아 있었는데, 벌써 곳곳에서는 잔디와 쐐기풀과 그 밖의 녹색 초목이 자라고 있었다. 나는 손에 빵 한 개를 들고 있었다. 그것은 이미 딱딱해졌는데도 어머니는 오래된 빵이 갓 구운 빵보다 건강에 더 좋다고 말씀하셨다. 어머니가 그렇게 말씀하시는 것은 실제로는 오래된 빵은 더 오래 씹어야 하고 그러면 적은 양으로도 배가 부를 수 있다는 뜻이었다. 하지만 내게는 그것이 들어맞지 않았다. 갑자기 빵 한 조각이 땅바닥으로 떨어졌다. 나는 몸을 굽혔지만 그 순간 쐐기풀들 사이에서 붉은 동물의 앞발 한 개가 나와 그 빵 조각을 낚아챘다. 나는 멍청하게 바라볼 수밖에 없었는데, 그토록 눈 깜짝할 사이에 벌어진 일이었다. 나는 그때 쐐기풀 속에 여우처럼 붉고 아주 깡마른 고양이한 마리가 웅크리고 있는 것을 보았다.

"빌어먹을 놈."

나는 이렇게 말하고 그놈을 향해 돌을 던졌다. 나는 놈을 맞추려고 한 게 아니라 단지 위협하여 쫓아버리려고 했을 뿐이다. 그러나 나는 그놈을 맞췄던 게 틀림없었다. 그놈이 단 한 번 어린애와 같이 외마디소리를 질렀기 때문이다. 놈은 달아나지 않았다. 나는 놈에게 돌을 던진 것이 가슴 아팠으며, 밖으로 나오도록 꾀었다. 그러나 그놈은 쐐기풀 속에서 나오지 않았다. 그놈은 매우 가쁘게 숨을 쉬었다. 나는 그놈의 배 위에 난 붉은 털이 위아래로 움직이는 것을 보았다. 놈은 초록색 눈으로 계속 나를 바라보았다. 그래서 나는 그놈에게 물었다.

"너 도대체 원하는 게 뭐니?"

이렇게 물은 것은 얼토당토않은 짓이었다. 그놈은 함께 얘기를 나눌 수 있는 인간이 아니었기 때문이다. 그러자 나는 그것에 대해, 또한 나 자신에 대해 화가 났으며, 그래서 더 이상 그놈을 바라보지 않고 매우 빨리 빵을 씹어 삼켰다. 마지막 남은 한 입의 빵은 큰 덩어리였는데, 나는 그것을 고양이에게 던져주고는 몹시 화가 나서 그곳을 떠났다.

앞뜰에서는 페터와 레니가 콩을 따고 있었다. 그들은 녹색 콩들을 입 속에 집어넣었으며, 그래서 이작기리며 씹는 소리가 났다. 그리고 레니는 나에게 빵 한 조각이 아직 남아 있느냐고 아주 작은 목소리로 물었다. 나는 말했다.

"너도 나와 똑같이 큰 빵 한 개를 받았는데 너는 9살이고 나는 13살이야. 큰 사람이 더 필요한 거야."

"알았어."

레니는 이렇게만 말했다. 그때 페터가 말했다.

"쟤가 자기 빵을 고양이에게 주었기 때문이야."

나는 물었다.

"어떤 고양이에게?"

그러자 레니가 말했다.

"아까 고양이 한 마리가 왔는데, 작은 여우처럼 붉고 지독하게 깡마른 고양이였어. 그게 내가 빵을 먹으려고 하는 것을 계속해서 쳐다봤어."

나는 화가 나서 말했다.

"바보. 우리 먹을 것도 없는데."

그러나 레니는 어깨만을 들썩이고는 재빨리 페터 쪽을 바라보았다. 페터도 얼굴이 붉어졌는데, 나는 그 애 역시 자기 빵을 고양이에게 주었을 것으로 믿었다. 그래서 나는 정말로 화가 났으며, 재빨리 집을 뛰쳐나갈 수밖에 없었다.

내가 중심가로 나갔을 때 거기에는 아주 크고 긴, 뷔크 차(Buick, 미국 모터스 사의 자동차)로 여겨지는 미국 자동차 한 대가 서 있었는데, 운전자가 내게 시청이 어디냐고 물었다. 그는 영어로 물었는데, 나는 영어를 조금 할 수 있었다.

"다음 거리에서 좌회전 한 다음" 나는 이렇게 말하고는 영어로 직진이라는 말을 알지 못해서 팔로 나타내 보였고 그는 내 뜻을 곧장 이해했다.

"그러면 교회 뒤쪽으로 시청과 함께 시장광장이 있습니다."

나는 미국말을 아주 훌륭하게 했던 것 같은데, 차안의 부인은 내게 몇 겹의 흰 빵을 주었다. 그것은 아주 하얀 빵이었으며 내가 그것을 들추자 사이에 매우 두꺼운 소시지가 들어 있었다. 나는 곧장 빵을 가지고 집으로 달려갔다. 내가 부엌에 들어서자 어린 두 동생은 재빨리 무언가를 소파 밑에 숨겼는데, 그러나 나는 그것을 보았다. 그것은 그 붉은 고양이였다. 그리고 바닥 위에는 약간의 우유가 흘려져 있었다. 나는 모든 걸 알아차렸다.

"너희들 정말 미쳤구나."

나는 소리쳤다.

"우리 네 식구가 하루에 겨우 반 리터의 탈지우유로 살아가는 판에."

그리고 나는 고양이를 소파 밑에서 끌어내어 창문 밖으로 내던져버렸다. 두 동생은 아무 말도 하지 않았다. 그러고 나서 나는 그 하얀 미국 빵을 네 부분으로 잘라서 어머니의 묶은 찬장 안에 숨겼다.

"그 빵 어디서 났어?"

동생들은 이렇게 묻고는 매우 걱정스러운 듯 바라보았다. 나는 "훔쳤지"라고 말하고는 방에서 나갔다. 석탄 차 한 대가 지나갔는데, 곧잘 석탄을 흘리곤 하기 때문에 나는 거리에 그것이 떨어져 있는지 빨리 나가서 찾아보려고 마음먹었다. 그때 앞뜰에서 그 붉은 고양이가 앉아서 나를 올려다보았다.

"꺼져버려."

나는 이렇게 말하고 발로 고양이를 찼다. 그러나 놈은 달아나지 않았다. 그놈은 그저 작은 주둥이를 벌리고 울었다.

"야옹."

그놈은 다른 고양이들처럼 소리 지르지 않고 단순하게 그렇게 울었는데, 나는 그것을 어떻게 설명할 수가 없다. 그러면서 그놈은 녹색 눈으로 나를 아주 꼿꼿이 쳐다보았다. 그래서 나는 화가 잔뜩 치밀어 놈에게 하얀 미국제 빵 한 조각을 던져 주었다. 나중에 나는 후회했다.

내가 거리로 나오자 거기에서는 이미 어른 두 명이 석탄을 줍고 있었다. 그래서 나는 그냥 지나쳤다. 그들은 한 통을 가득 채웠다. 나는 재빨리 그 안에 침을 뱉었다. 고양이만 아니었더라면 내가 그 석탄을 모두 차지했을 것이다. 그러면 우리는 그걸로 온 식구의 저녁을 조리할 수 있었을 것이다. 석탄들은 아주 멋지게 반짝였다. 나중에 나는 석탄 대신 햇감자를 실은 차를 만났다. 그 차에 내 몸을 약간 부딪쳤더니 몇 개가 굴러 떨어지고 다시 몇 개가 굴러 내렸다. 나는 감자들을 호주머니와 모자 속에 집어넣었다. 운전자가 둘러보자 나는 말했다.

"감자가 굴러 떨어지고 있어요."

그러고 나서 나는 재빨리 집으로 갔다.

집에는 어머니 혼자 계셨는데, 무릎 위에는 그 붉은 고양이가 있었다. 나는 말했다.

"이런 빌어먹을. 그 짐승이 다시 왔어요?"

어머니는 말했다.

"그렇게 심하게 말하지 말아라. 애는 주인 잃은 고양이야, 얼마나 오랫동안 굶주렸는지 모르겠구나. 봐라, 얼마나 야위었는지."

나는 "우리도 야위었어요"라고 말했다. 어머니는 "나는 고양이에게 내 빵을 조금 떼어 주었다"고 말하고 나를 흘겨보았다. 나는 우리의 빵과 우유와 흰 빵을 떠올렸으나 아무 말도 하지 않았다. 그러고 나서 우리는 감자를 삶았고, 어머니는 기뻐했다. 그러나 어머니는 내가 감자를 어디서 얻었는지는 묻지 않았다. 내 일이라면 무엇이든 물으셨을 어머니였는데 말이다. 조금 후 어머니는 우유를 넣지 않은 블랙커피를 마셨으며, 어머니와 동생들 모두 그 붉은 짐승이 우유를 몽땅 마셔버리는 것을 바라보았다. 그러고 나서 고양이는 창문을 통해 밖으로 뛰쳐나갔다. 나는 재빨리 창문을 닫고 긴 숨을 내쉬었다. 아침 6시에 나는 채소를 얻기 위해 줄을 서 있었다. 8시에 집에 돌아오자 동생들이 아침식탁에 앉아 있었고, 그 짐승은 그들 사이의 의자 위에 웅크리고 앉아 레니의 받침접시 위에 놓인 물에 젖어 부드러워진 빵을 먹고 있었다. 몇 분 후에 어머니가 돌아왔다. 어머니는 5시 반부터 정육점에서 차례를 기다리고 있었다. 고양이는 곧장 어머니에게 달려갔고, 내가 신경을 써주지 않는다고 생각한 어머니는 소시지 한 개를 떨어뜨려 주었다. 그것은 상표도 없는 칙칙한 소시지였으나 우리가 기꺼이 그것을 빵에 넣어 먹으리라는 것을 어머니도 분명히 알고 있었다. 나는 분노를 삼켰으며, 모자를 들고 나갔다. 나는 지하실에서 낡은 자전거를 꺼내 타고 교외로 나갔다. 거기에는 연못이 있었고, 물고기들이 있었다. 나는 낚시도구는 갖고 있지 않았고, 단지 두 개의 뾰족한 못이 박혀 있는 막대기 한 개만이 있었는데, 그걸로 물고기들을 향해 찔렀다. 종종 운이 좋았는데, 이번에도 그랬다. 아직 10시도 채 안 되어 나는 아주 괜찮은 놈 두 마리를 잡았다. 그것으로 점심식사는 충분했다. 나는 최대한 빨리 집으로 돌아와서 그 물고기들을 조리대 위에 올려놓았다. 나는 재빨리 지하실로 내려가 빨래를 하고 있던 어머니에게 그것을 얘기했다. 어머니도 곧장 나와 함께 올라왔다. 그러나 조리대 위에는 물고기가 한 마리만 남아 있었고, 그것도 하필이면 작은놈이었다. 그리고 창틀 위에서는 그 붉은 악마가 앉아서 마지막 한입을 씹어 삼키고 있었다. 그래서 나는 분노가 치밀어 장작 한 개를 고양이에게 던졌고, 그것은 고양이를 맞췄다. 고양이는 창틀에서 굴러 떨어졌으며, 나는 정원에서 마치 부대가 쿵하고 떨어지는 듯한 소리를 들었다.

"그래, 충분한 대가를 받았구나."

나는 이렇게 말했다. 그러나 나는 어머니로부터 따귀를 맞았고, 찰싹하는 소리가 났다. 13살이었던 나는 5살 이후로 따귀를 맞아본 적이 없었다.

"이 동물학대자."

어머니는 외쳤고 나에 대한 분노로 얼굴이 온통 창백해졌다. 나는 달아나는 수밖에 없었다.

그리고 나서 점심에는 물고기보다 감자가 더 많이 들어간 물고기샐러드가 마련되었다. 어쨌든 우리는 그 붉은 짐승과는 결별했다. 그러나 아무도 그것이 잘된 일이라고 믿지는 않았다. 동생들은 정원을 뛰어다니며 늘 고양이를 소리쳐 불렀고, 어머니는 매일 저녁 우유가 담긴 접시를 대문 앞에 놓아두고는 나를 나무라듯이 바라보았다. 그래서 나도 손수 나서서 구석구석 그 짐승을 찾기 시작했다. 그놈은 어딘가에서 병들거나 죽어 있을 수도 있었다. 그러나 3일 후 그 짐승은 다시 나타났다. 그놈은 다리를 절었고, 오른쪽 앞다리에 상처가 나 있었다. 그것은 내가 던진 장작 때문이었다. 어머니는 고양이에게 붕대를 감아주었고 먹을 것도 주었다. 그때부터 그놈은 날마다 왔다. 식사 때마다 그 붉은 짐승은 함께 했으며, 우리는 아무도 그놈 앞에서 무언가를 숨길 수 없었다. 우리가 무언가를 먹으면 놈은 어느새 거기에 앉아서 우리를 꼿꼿이 바라보았다. 그래서 우리 모두는 그놈이 원하는 것을 주었고, 나도 역시 그랬다. 비록 나는 화가 났지만 말이다. 그놈은 점점 더 살이 쪄갔고, 나는 놈이 정말 아름다운 고양이라고 여겼다. 그리고 나서 겨울은 1946년에서 1947년으로 넘어갔다. 그때 우리는 정말로 먹을 것이 거의 없었다. 몇 주 동안 고기 없이 냉동감자만 공급되었으며, 우리가 입은 옷들은 헐렁하게 되었다. 그리고 한 번은 레니가 배고픔을 못 이겨 빵 가게에서 빵 한 개를 훔쳤다. 그러나 그것은 나만 알고 있었다.

그리고 2월초 나는 어머니에게 말했다.

"우리 이제 그 짐승을 죽이지요."

"무슨 짐승 말이냐?"

어머니는 이렇게 묻고는 나를 날카롭게 바라보았다.

"바로 저 고양이요."

나는 이렇게 말하고 아무렇지도 않은 듯 행동했다. 그러나 나는 무슨 일이 벌어질지 이미 알고 있었다. 모두가 내게 달려들어 나를 비난했다.

"뭐라고! 우리 고양이를! 부끄럽지도 않아?"

나는 말했다.

"아니. 나는 부끄럽지 않아. 우리는 우리 먹을 것으로 그 녀석을 살찌게 해왔고, 그놈은 새끼돼지처럼 살이 쪘어. 그런데 아직도 그놈은 어려. 어떻게든 해야 되잖아?"

그러나 레니는 울부짖기 시작했고, 페터는 식탁 밑에서 내게 발길질을 했으며, 어머니는 비통하게 말했다.

"네가 그토록 악한 마음을 갖고 있을 줄은 정말 몰랐다."

고양이는 아궁이 위에 앉아서 잠자고 있었다. 그놈은 정말로 아주 포동포동했으며 너무 게을러서 쥐를 잡으러 밖으로 나가는 일이 거의 없었다.

그러고 나서 4월에 더 이상 감자가 떨어져 없게 되자 우리는 무엇을 먹어야 할지 알 수 없었다. 어느 날 나는 이미 완전히 미칠 지경이 되어 고양이를 내 앞에 오게 해 말했다.

"잘 들어라. 우리는 더 이상 아무 것도 없어. 너 그걸 모르니?"

또한 나는 빈 감자 상자와 빵 상자를 고양이에게 보여 주었다. 나는 말했다.

"나가. 우리가 어떤 상태인지 너도 알잖아."

그러나 고양이는 실눈을 뜨고 바라볼 뿐이었고 아궁이 위를 빙빙 돌아다녔다. 그래서 나는 화가 나서 소리를 지르고 조리대 위를 두드렸다. 그러나 고양이는 그런 것에 신경을 쓰지 않았다. 그래서 나는 그것을 붙잡아서 팔 밑에 끼웠다. 밖은 이미 조금 어두워져 있었고, 동생들은 어머니와 함께 철둑으로 석탄을 주우러 나갔다. 그 붉은 짐승은 자기를 붙잡아 끌고 가도록 내맡길 정도로 게을렀다. 나는 강으로 갔다. 갑자기 한 남자와 마주쳤는데, 그는 내게 그 고양이를 팔 거냐고 물었다. "예"라고 나는 말했으며 매우 기뻤다. 그러나 그는 웃기만 하고는 그대로 가버렸다. 그러고 나서 나는 곧장 강가에 도착했다. 거기에는 얼음덩이가 떠녔고 야간의 안개가 껴있었으며 추웠다. 그때 고양이는 내게 몸을 꼭 밀착시켰으며, 나는 그것을 쓰다듬어 주고 함께 얘기를 나누었다. 나는 고양이에게 말했다.

"나는 더 이상 볼 수가 없어. 내 동생들은 굶주리는데, 너는 살이 찐다는 건 있을 수 없는 일이야. 나는 그런 모습을 더 이상 가만히 볼 수 없어."

그리고 나는 갑자기 아주 큰 소리를 질렀고, 그런 다음 그 붉은 짐승의 뒷다리를 잡아 그것을 나무등치에 내리쳤다. 그러나 그놈은 그저 소리만 질렀다. 그놈이 죽으려면 아직 한참 더 있어야 했다. 그래서 나는 놈을 얼음덩이에 내리쳤다. 그러나 그놈은 머리에 구멍이 나 피가 솟아나올 뿐이었고, 눈 위에는 여기저기 검

붉은 핏자국들이 생겼다. 놈은 마치 어린아이처럼 소리를 질렀다. 나는 그만 두고도 싶었지만 이제는 완전히 끝장내버려야만 했다. 나는 놈을 연거푸 얼음덩이에 내리쳤고, 뭔가 부서지는 소리가 났다. 그것이 고양이 뼈가 부러지는 소리였는지 얼음이 쪼개지는 소리였는지는 알 수 없었으나 고양이는 여전히 죽지 않았다. 사람들은 흔히 고양이가 일곱 개의 목숨을 갖고 있다고 말하는데, 그 고양이는 그 이상이었다. 부딪힐 때마다 고양이는 큰 소리를 질렀으며, 나도 갑자기 소리를 질렀고, 꽤 추운데도 불구하고 나의 온몸은 땀으로 젖었다. 마침내 놈은 죽고 말았다. 그래서 나는 놈을 강물 속에 던지고 눈雪으로 두 손을 닦았다. 내가 다시 한 번 그 짐승 쪽을 바라보았을 때 놈은 이미 저 멀리 강 가운데에서 얼음덩이들 아래 떠내려가고 있었으며 곧 안개에 잠겨 보이지 않게 되었다. 추웠지만 나는 아직 집에 돌아가고 싶지는 않았다. 나는 시내를 좀 더 돌아다닌 다음 집으로 돌아갔다.

"무슨 일이 있었니? 너 얼굴이 몹시 창백하구나. 그리고 재킷에 묻은 피는 어떻게 된 거니?"

어머니가 물었다. 나는 말했다.

"코피가 났어요."

어머니는 나를 바라보지 않고 아궁이로 가서 내게 페퍼민트 차를 끓여주셨다. 갑자기 나는 마음이 언짢아졌고, 그래서 재빨리 뛰쳐나와 침대로 갈 수밖에 없었다. 잠시 후에 어머니가 와서 아주 조용히 말했다.

"엄마는 너를 이해한다. 이제 그 일은 그만 생각해라."

그러나 나중에 나는 페터와 레니가 밤이 깊도록 이불 속에서 크게 우는 소리를 들었다. 그리고 지금 나는 그 붉은 짐승을 죽인 것이 과연 잘한 일이었는지 모르겠다. 그런 동물은 사실 결코 많은 양을 먹지는 않는데 말이다.

| 작가소개 |

 요한 볼프강 폰 괴테 Johann Wolfgang von Goethe(1749~1832)

    독일의 시인·작가. 고전주의의 대표자이다. 괴테는 부친에게 엄한 기풍을, 모친에게 명랑하고 상상력이 풍부한 예술가적 성격을 이어 받았고, 부유한 상류 가정에서 철저한 교육을 받아 뒷날의 천재적 대성을 이룰 바탕을 마련하였다. 라이프치히대학 법과 재학시절(1765~1768) 미술과 문학에 심취해 자유분방한 생활을 즐겼으며, 1768년 중병에 걸려 고향에 돌아왔다. 건강을 회복한 뒤 스트라스부르로 유학, 1771년에 학위를 받았으며, 여기서 5년 선배인 J. G. 헤르더를 알게 되어 민족과 개성을 존중하는 문예관의 영향을 받았는데, 후일 「슈투름 운트 드랑」의 바탕이 되기도 하였다. 프랑크푸르트로 돌아가서 발표한 역사극 『괴츠 폰 베를리힝겐』(1773), 소설 『젊은 베르테르의 슬픔』 등에 의하여, 「슈투름 운트 드랑」 시대의 중심인물로서 그 이름을 전 유럽에 떨쳤고 이때부터 『파우스트』를 쓰기 시작하였다. 슈타인 부인과의 12년간의 긴 연애와 부인으로부터 받은 감화, 1786년부터 1년 반 남짓의 이탈리아 여행을 통한 고대 및 르네상스 미술과의 접촉은 「슈투름 운트 드랑」의 어두운 정열에서 벗어나게 하였다. 조화와 질서를 존중하는 고전주의로 전향하게 하여 희곡 『타우리스의 이피게네이아』(1787), 『에그몬트』(1788), 『토르크바토 타소』(1789)를 썼다. 1790년 제2차 이탈리아 여행을 했으며, 1791년부터 신설된 바이마르 궁정극장에서 27년간 감독으로 근무하였다. 1794년 바이마르에 있었던 실러와 알게 되어 이들의 우정은 1805년 실러가 작고하기

까지 계속되었다. 이 10년 남짓한 기간이 독일문학 발전에 크게 기여했다. 만약 실러의 격려가 없었던들 『파우스트』 2부와 『빌헬름 마이스터』의 후편을 끝내지 못했을 정도로 이들의 우정은 깊었다. 『마리엔바트의 비가』(1823)는 마리엔바트로 피서여행을 갔다가 74세 노령으로 19세 꽃다운 처녀 레베초프를 만나 열렬히 구애하였으나 거절당한 연모의 정이 잘 표현되어 있다. 1829년에 『빌헬름 마이스터』를 완성하였으며, 23세부터 쓰기 시작하여 무려 59년이나 걸린 그의 생애 최고의 대작인 비극 『파우스트』(1832)를 완성했다. 그의 종교관은 범신론적이었으나 복음서의 깊은 윤리관은 중시했다. 또, 혁명에 대해선 부정적이었으나, 인류의 진보와 행복에 대해서는 정열을 바쳤다. 그는 문학에서는 낭만주의의 병적 경향을 싫어하여 고전주의로 전향했으나, 만년의 작품에는 다분히 낭만적 요소가 드러난다.

하인리히 폰 클라이스트 Heinrich von Kleist(1777~1811)

독일의 극작가·소설가. 프랑크푸르트 안데어오데르 출생. 포츠담 근위연대에 들어가 소위로 진급하였으나, 1799년 인생의 행복과 진실을 자기 내면의 문제로서 추구하는 길을 선택해 군을 떠났다. 고향에 있는 대학에서 공부, 칸트철학에서 절대적 인식의 불가능을 간파하고 충격을 받아 파리 여행을 했다. 그러나 대도시 생활을 혐오하고 스위스에서 자연 속의 농부가 되려 했다. 그는 이를 받아들이지 않는 약혼자와의 관계를 끊고, 고독한 창작활동에 들어갔다. (1802) 야심작인 비극 『로베르트 지스카르트』를 완성하지 못하였으나 프로이센 관공서에서 일하며 창작의욕을 되찾았다. 프로이센이 나폴레옹에게 굴복하자 프랑스군에 체포되었으나 창작을 계속해 1807년 희극 『암피트리온』을 간행하였다. 석방된 뒤 드레스덴으로 옮겨 아담 뮐러와 월간지 『푀부스』를 창간 비극 『펜테질리아』(1808)를 비롯한 희곡과 단편소설을 발표하였다. 희극 『깨어진 항아리』(1811)의 초연이 실패하여 연출을 맡았던 괴테와 다투었으며 나폴레옹에 대한 증오로 애국적 시, 희곡을 써 베를린을 무대로 활동을 전개하였다. 낭만파 문인과 사귀며 〈베를린 석간신문〉을 발행, 단편과 에세이 『인형극』 등을 게재하였다. 희곡 『프리드리히 폰 홈부르크 왕자』(1810)를 왕실에 바치고, 『미하엘 콜하스』(1810)를 비롯한 8편이 수록된 『단편소설집』(2권, 1810~11)을 출판하였다. 그는 독일 작가로서는 보기 드물게 비극과 희극 양면에서 재능을 발휘, 인간 인식능력의 부재와 그에 바탕을 둔 격렬한 갈등을 그려 이것을 자아의 깊은 곳에 있는 절대적 '감정'으로 극복하고 다른 사람이나 바깥세계와의 신뢰관계를 회복하려 하였다. 오늘날 그는 실존주의문학의 선구 또는 20세기 문학의 원류로서 새롭게 평가받고 있다.

루트비히 티크 Ludwig Tieck(1773~1853)

독일의 낭만주의 작가. 베를린 출생. 어릴 때는 계몽사상 영향 아래 자라나 학우 W. H. 바켄로더와 남부 독일을 여행하면서 중세를 재발견하고 『예술을 사랑하는 한 수도사의 심정 토로』(1797)를 공동으로 저술하였으며, 괴테의 『빌헬름 마이스터』를 모방한 교양소설 『프란츠 슈테른발트의 방랑』(1798)을 썼다. 이 무렵 F. 슐레겔의 낭만주의문학이론에 공명하여 베를린과 예나에서 슐레겔형제, 셸링, 노발리스 등 「낭만파」 모임의 중심 역할을 하며 풍자극 『장화 신은 고양이』(1797)와 창작동화의 전형 『금발의 에크베르트』(1797) 등을 발표하였다. 모임 해체 후 『인생의 여유』(1839)와 같이 시중의 일상을 취재한 단편시리즈와 장편 역사소설 『비토리아 아코롬보나』(1840) 등을 발표하고 연극계에서도 활동하였다. 셰익스피어 작품의 독일어 번역에도 힘썼다. 초기의 계몽주의 아류에서 낭만주의, 후기의 시민적 리얼리즘에 이르기까지 폭넓은 작품을 보여 그 기지와 아이러니, 분방한 상상력이 돋보이는 작가다. 과도한 주관주의와 깊은 맛이 결여된 점은 있지만 18~19세기에 걸친 유동적인 문학사조를 재현한 문인으로 평가된다.

클레멘스 브렌타노 Clemens Brentano(1778~1842)

독일 후기 낭만파 시인. 에렌브라이트슈타인 출생. 아버지는 이탈리아계 상인이며, 어머니는 젊은 괴테가 사랑했던 막시밀리아네 라로슈이다. 1798년 예나 대학에 유학했으며, 슐레겔 형제 등의 낭만파 살롱에 출입하며 장편소설『고트비』(1801)를 썼다. 1801년 괴팅겐으로 옮겨, 뒤에 그의 의동생이 된 아힘 폰 아르님과 친교를 맺었다. 1803년 조피 메로와 결혼했다. 다음해 하이델베르크로 옮겨 아르님의『은자신문(隱者新聞)』의 발행을 도왔으며, 두 사람이 수집·편집한 독일 민요집『소년의 마술피리』(1806~1808) 3권을 간행하였다. 1809~1818년 동안은 주로 베를린에 살았으며 1817년 가톨릭으로 개종하였다. 그 뒤 수년간 어느 수녀를 간호하며 지냈으나, 수녀가 죽은 뒤에는 방랑생활을 했고, 1833년 무렵부터는 주로 뮌헨에서 살았다. 낭만파 시인 중에서 가장 풍부한 재능을 지녔고, 기타를 치며 즉흥으로 부른 노래가 그대로 멋진 시가 되었다고 한다. 목가적인『착한 카스페를과 어여쁜 안네를의 이야기』(1817), 중세를 배경으로 한『편력학생 연대기』(1923) 등의 단편소설과『고켈, 힝켈, 가켈라이아』(1838)를 비롯한 다수의 동화를 썼다. 희곡으로는『폰세 데 레온』(1804),『프라하의 건설』(1815) 등이 유명하다. 그러나 그가 가장 특기를 발휘했던 것은 서정시 분야이며, 그의 시의 아름답고 높은 음악적 울림은 비할 데가 없다. 생전에 한 권의 시집도 내지 않았기 때문인지 그 진가가 인정된 것은 비교적 최근이다. 특히 가톨릭으로 개종한 뒤의 시에 대해 높이 평가한 사람은 현대 독일의 시인 H. M. 엔첸스베르거가 처음이다.

테오도르 슈토름 Theodor Storm(1817~1888)

독일 사실주의의 소설가·서정시인. 후줌 출생. 킬, 베를린 두 대학에서 법률을 공부하면서 몸젠형제와 공동으로 시집을 간행하였다. 1843년 고향에서 변호사업을 개업하고 동시에 창작활동도 시작하였는데, 서정시 외에 애수에 찬 추억의 세계를 그린 단편소설 『임멘 호(湖)』(1850) 등 섬세한 감성과 정취의 작품을 쓰기 시작하였다. 그러나 얼마 뒤 슐레스비히홀슈타인 문제가 야기되었고 독립운동을 지원한 탓으로 덴마크정부로부터 변호사직을 박탈당하여 1852년부터 12년간 망명생활을 강요받았다. 그 후 포츠담의 배석판사가 되었으며 1856년에는 작센으로 옮겨 지방법원판사가 되었다. 이때 베를린에서 아이헨도르프, 폰타네, 하이제 등과 친분을 맺었다. 1864년 고향이 독일에 귀속되면서 사법과 행정을 관장하는 대관(代官)으로 선출되었다. 1867년에는 행정조직의 개혁에 따라 구(區)법원의 판사가 되었다. 1880년 판사직에서 물러나 근교에 은거하면서 창작생활만 하다가 1888년 7월 4일 70세로 죽었다. 그는 생애의 대부분을 법률가로 지냈는데, 한편으로는 사랑과 자연, 때로는 정치를 노래한 450여 편의 시와 약 60편의 중·단편소설을 써서 G. 켈러, W. 라베 등과 함께 독일의 시적 사실주의의 대표적 작가로 손꼽히고 있다. 소설가로서의 창작활동은 "나의 소설은 서정시에서 출발하였다」고 말한 것처럼 서정적·낭만적 요소가 강했던 제1기, 『3색의 제비꽃』(1873), 『인형놀이꾼 폴레』(1874), 『조용한 음악가』(1875) 등 성격묘사와 심리분석이 예리하였던 제2기, 그리고 감상과 체념의 세계에서 벗어나 서사적·사실적 경향을 한층 강화하였던 제3기로 나눈다. 특히 제3기에는『그리스후스 연대기』(1884), 『백마의 기수』(1888) 등 고문서를 참고로 하여 과거 인간의 정열과 비극을 재현한 연대기소설을 썼는데, 자기 운명에 도전하여 극적인 최후를 마치는 인물을 주인공으로 하는 운명소설의 명작이었다. 그의 문학은, 프리슬란트의 혹독한 풍토와 생활을 배경으로 내면적 진실성과 비극적 순수성을 그린 향토문학의 최고봉으로 알려져 왔다. 그러나 최근 연구에서 귀족과 교회에 대한 격렬한 비판, 유전과 부자간의 갈등, 그 무렵 사회문제에 대한 적극적인 접근, 계몽정신의 발전을 가로막는 사회인습의 고발 등 사회비판적 문학으로서의 측면도 지적되고 있다.

게르하르트 하우프트만 Gerhart Hauptmann(1862~1946)

독일의 극작가·소설가·시인. 폴란드 바트잘츠브룬 출생. 브레슬라우예술교육원에서 조각을 공부한 뒤 예나대학, 베를린대학에서 자연과학과 철학을 전공하였다. 1885년 첫 시집을 발표하였고, 1889년 자연주의 영향이 짙은 희곡『해뜨기 전』을 발표하였다. 그 뒤『평화의 축제』(1890), 『고독한 인간들』(1891)과 직조공들의 폭동을 동정적으로 묘사한 최초의 사회극『직조공들』(1892) 등을 잇달아 발표하여 독일 자연주의의 중심인물이 되었다. 자연주의 희곡『마부 헨셀』(1898)과『로제 베른트』(1903) 등을 발표하는 한편 자연주의와 다른 상징적·낭만적 경향이 강한 몽환극『하넬레의 승천』(1894), 동화풍인『침종(沈鐘)』(1896), 『그리고 피파는 춤춘다』(1906) 등의 작품도 발표하였다. 그러나 환경묘사를 통해 시대상을 표현한 사실적 예술가극 『미하엘 크라머』(1900)와 희비극 『쥐』(1911) 등이 상징극보다 높은 평가를 받았다. 이교적 사상과 그리스도교적을 그린 장편소설 『그리스도 안의 바보, 에마누엘 크빈트』(1910)와 에로스를 다룬 단편소설 『조아나의 이단자』(1918)에는 하우프트만의 종교관과 에로스관이 나타나 있다. 1917년 『겨울이야기』를 발표한 뒤 에스파냐의 남아메리카 정복을 다룬 『인디포디』(1920), 인류 구원을 묘사한 비극 『하얀 구세주』(1920) 및 서사시 『틸 오일렌슈피겔』(1927) 등의 고전적인 운문 작품을 썼다. 그러나 『헤르베르트 엥겔만』(1926) 『해지기 전』(1932)에서 사실적·심리적 작풍으로 되돌아갔으며, 나치스에 협력하여 비난을 받았으나 제2차 세계대전의 잔학행위를 고대 그리스 세계에 비유한 『아트리덴 4부작』(1941~48)을 발표하여 작가적 양심을 지켰다. 자연주의에서 출발하여 여러 양식의 많은 작품에서 관념적인 묘사를 피하고 각계각층의 인간 및 생의 고뇌 자체를 사실적·구체적으로 표현하였다는 평가를 받고 있다. 1912년 노벨문학상을 받았다.

아르투어 슈니츨러 Arthur Schnitzler(1862~1931)

오스트리아의 소설가·극작가. 빈 출생. 빈에서 살며 같은 시대 사람들의 애욕과 죽음을 우울하게 그렸다. 부유한 유대계 지식인계급 출신으로, 처음에는 빈 대학 의학부 교수인 아버지를 이어 의사가 되었으나, 정신의학과 최면술에 관심을 갖고부터는 문학에 전념하게 되었다. 1막짜리 연작 『아나톨』(1893)이 성공한 뒤 본격적인 창작활동을 하였는데, 이 작품은 표면적으로는 쾌락적이지만 내면적으로 염세주의적인 상류청년이 번화가의 순진한 아가씨 및 상류층의 사교부인과 벌이는 순간적인 연애극이다. 또 이 세 사람은 같은 테마의 희곡 『연애삼매』(1896)와 『윤무』(1900)를 비롯해 그 뒤의 많은 작품에도 나오는 작가 특유의 인물유형이다. 중편 『죽음』(1895)이나 단편 『죽은 자는 말이 없다』(1897) 『그리스의 댄서』(1902) 등의 인상주의적 소설은 독일문학에서는 드문 심리소설의 걸작으로 꼽힌다. 이러한 초기활동으로 H. 호프만슈탈과 함께 「젊은 빈파」의 대표자로 인정된다. 독일에서 대두하고 있던 G. 하우프트만 등의 자연주의 문학과는 달리, 감각을 중시하는 유미주의적 유파이다. 단편 『구스틀 소위』(1901)와 후기의 문제작 『엘제 양』(1924)은 심층심리의 표현기법을 사용하고 있다. 『엘제 양』은 성욕억압에 의한 여성의 히스테리 발작을 다룬 중편인데, 리비도(성적 욕구)를 다룬 중편 『베아테 부인과 그녀의 아들』(1913)과 함께 S. 프로이트의 정신분석에 많은 영향을 받은 작품이다. 그밖에 장편 『자유의 길』(1908) 등 유대인 문제를 다룬 것, 희곡 『초록 앵무새』(1899)와 중편 『꿈 이야기』(1926)처럼 현실과 꿈이 교차된 이야기, 여자의 일생을 그린 장편 『테레제, 어떤 여자의 일생』(1928) 등이 있다. 슈니츨러의 문학은 빈과 끊을 수 없는 관계가 있다. 특히 퇴영적인 남녀의 모습을 그린 단편소설에는 종말기를 맞은 합스부르크제국의 수도 빈의 병리가 잘 나타나 있다. 인물들은 이미 자신의 인생을 개척할 생명력을 잃었다. 분노는 폭발하지도 못하고 사라져가고(『명예의 날』), 질투는 아무런 결실도 맺지 못하였으며(『그리스의 댄서』), 불의의 자각이 속죄의 의식으로 고양되지 못한다(『죽은 자는 말이 없다』). 삶이 충실하지 못하니, 그에 따라 죽음 또한 공허해서 무기력의 연장선상에 있다(『죽음』). 그러나 이러한 내용뿐이라면 다른 작가에게도 유사작품은 많다. 슈니츨러 문학의 묘미는 이러한 인물을 고전적인 격조를 갖춘 품위 있는 문체로 표현한 것에 있다. 문체의 미적 완성도와 그러한 문체로 묘사된 정신의 퇴폐와의 격차로 인해 전편에 진한 데카당스의 분위기가 빚어져, 예술은 창조하였으나 사회의 활력을 잃은 빈의 모습과 완전히 겹쳐지는 것이다.

프란츠 카프카 Franz Kafka(1883~1924)

유대계 독일 작가. 체크 프라하 출생. 부유한 유대상인의 아들로 태어나 프라하대학에서 법학을 공부하여 법학박사 학위를 취득하였고, 1908년 이후 노동재해보험국에 근무하였다. 그 뒤 1922년 결핵으로 직장을 그만둘 때까지 계속 창작활동에 열중하였으나, 병이 악화되어 1924년 빈 근교 요양소에서 41세로 죽었다. 생애 대부분을 프라하에서 독신인 채로 보냈는데, 이곳에서의 사회적·개인적 생활체험들은 작품에 중요한 영향을 미쳤다. 특히 두려움과 존경의 대상이었던 아버지와의 불편한 관계는 독일어를 쓰는 유대인으로서 느꼈던 불안정감과 함께 소외와 이중의식이란 카프카 작품주제의 뿌리를 형성한다. 프라하대학 재학 중 막스 브로트와의 교제를 계기로 본격적인 소설 창작을 시작, 『어느 투쟁의 묘사』(1936), 『시골의 혼례 준비』 등 단편을 집필하였다. 카프카문학의 독자성이 발휘된 『판결』은 약혼을 앞둔 행복한 청년이 늙은 아버지로부터 사형선고를 받고 강물에 몸을 던져 죽는다는 내용이다. 이러한 공상적 내용과 사실적 문체, 즉 서술된 사실의 부자연성과 서술방법의 자연성이 이후 카프카 문학의 기본 구조가 된다. 단편 가운데 가장 뛰어난 『변신』(1915)은 어느 날 아침 꿈에서 깨어나자 한 마리의 벌레로 변해 있었다는 남자의 이야기로, 괴이한 사건을 일상적으로 서술한 냉담한 문체가 돋보인다. 이 밖에 『유형지에서』(1919)와 『심판』 등에서 드러나는 카프카의 비참·고통의 세계는 당시 제1·2차 세계대전이라는 현실과 관련하여 많은 공감을 얻었다. 한편 장편으로는 친구 브로트가 유고로 발표한 『심판』(1925), 『성(城)』(1926), 『아메리카』(1927) 등이 있는데, 이 가운데 『심판』과 『성』은 개체로서의 인간과 바깥의 힘인 전체와의 연관성을 다룬 것이다. 『판결』에 나오는 아버지처럼 밖에서 작용하는 부조리의 근원을 포착, 저항하면서 개체와 전체의 조화를 꾀한 것이 이들 작품의 주제이다. 장 폴 사르트르, 알베르 카뮈에 의해 실존주의 문학의 선구자로 평가받은 카프카의 문학적 의미는 인간 운명의 부조리성, 인간 존재의 불안을 날카롭게 통찰한 점에 있다. 단편으로는 『고찰』(1913), 『화부(火夫)』(1913), 『시골의사』(1919), 『굶주린 예술가』(1924) 등이 있다.

볼프강 보르헤르트 Wolfgang Borchert(1921~1947)

독일의 시인·극작가. 함부르크 출생. 제2차 세계대전 직후 독일의 「잃어버린 세대」의 한 사람이다. 실업학교를 중퇴하고 서점에서 견습을 하면서 연극의 길에 뜻을 두고 1941년 뤼네부르크의 「동하노버지방극단」에 들어간 뒤 곧 징집되어 동부전선으로 파견된 후 부상과 질병으로 인한 입원과 반체제적 언동으로 여러 차례 감옥에 들어갔으며, 2회에 걸쳐 보호관찰 처분을 받았다. 종전 직후 함부르크에서 동료들과 희극을 상연, 극장의 감독조수가 되지만 간장병으로 요양을 받아야만 하였다. 1947년 친구의 주선으로 스위스의 바젤병원으로 이송되는데, 병상에서 집필한 『문 밖에서』(1947)의 함부르크 초연 전날 짧은 생애의 막을 내렸다. 대표작 『문 밖에서』는 전후의 가혹한 현실 속에서 살아나갈 길을 절망적으로 모색하는 귀향병을 소재로 한 드라마로서 전쟁세대의 고뇌를 격렬한 어조로 대변하고 있다. 독일 국내뿐 아니라 외국에서도 무대에 올려져 큰 반향을 일으켰다. 그 밖에 단편집 『이번 화요일에』(1947)와 『민들레』(1947)가 있다.

# 루이제 린저 Luise Rinser(1911~2002)

독일의 소설가. 뮌헨대학에서 심리학과 교육학을 공부하였으며, 1934~39년 교직생활을 했다. 1939년 악단지휘자와 결혼했으나, 1943년 남편이 소련으로 도피하여 헤어지게 되었다. 1945~53년에 뮌헨의 「노이에차이퉁」지에서 근무하였으며, 1953년 작곡가 C. 오르프와 재혼했으나 1959년에 이혼하였다. 그녀는 작품에서 소녀의 사랑과 성장을 평이한 문체로 묘사하고, 사랑과 결혼, 인생의 의미, 신앙의 갈등을 통한 젊은이의 정신 및 영혼의 고뇌·발전, 현대의 미혼·기혼여성의 심리해석, 도덕적 참여 등을 종교적 질서와 조화로 다루었다. 처녀작 『파문(유리반지)』(1941) 외에 『얀 로벨』(1948) 『생의 한가운데』(1950) 『다니엘라』(1953) 등이 있다.

| 독일문학 사조 개관 |

고전주의 Classicism

1789년의 프랑스혁명으로 루이 16세가 암살되고 바스티유감옥이 무너지면서 프랑스에서는 전통적인 국가체제와 낡은 사회체제가 모두 해체된다. 그 여파로 영국에서는 개인의 권리가 신장되고 산업혁명이 일어나게 된다. 그러나 독일에서는 그 여파가 정치나 경제 분야에는 미치지 못하고 정신계에만 국한되어 고전주의 이념이 태동하게 된다.

독일의 고전주의 시기는 일반적으로 1786~1832년으로 규정되지만 고전주의 양대 거장인 괴테와 실러가 바이마르에서 함께 창작활동을 시작한 1794년부터 실러가 사망한 1805년 사이의 시기에 가장 찬란한 꽃을 피웠다. 그리하여 고전주의는 흔히 '바이마르 고전주의'로 지칭될 만큼 괴테와 실러의 영향이 지배적이었다. 고전주의는 역사상 독일문학의 정점을 이룬 시기로 인정되고 있다. 괴테와 실러는 프랑스혁명과 나폴레옹전쟁에 의한 폭력적이며 제국주의적인 강압적 사회에 등을 돌리고 도덕적으로 선량한 인간만이 세상을 변화시킬 수 있다는 믿음에 이르게 된다. 그리고 이들은 인간성, 관용, 폭력으로부터의 해방, 인간과 자연의 조화를 추구하는 고전주의 이념의 토대를 마련한다.

고전주의는 양극적이고 상반적인 세계의 조화와 균형을 통해 완성된 세계를 구현하는 것을 근본적인 이념으로 하고 있다. 그리하여 작품에서는 감정과 이성, 예술적 느낌과 지적 사고, 이론적 이해와 실질적 응용 사이에 알력이 아닌 조화가 이루어져 총체적이고 완전무결한 세계가 이루어진다.

고전주의의 주요 작가로는 괴테와 실러 외에 뷔일란트, 헤르더 등이 있다.

반고전주의 Anti-Classicism

반고전주의는 고전주의와 그 이후에 이어지는 낭만주의 사이에서 양 쪽 어디에도 속할 수 없는 어중간한 특색을 띠며 잠시 존재했던 사조다. 이를 대표하는 작가로는 장 파울, 휠덜린, 클라이스트를 들 수 있다. 이들은 고전주의에 반기를 들고 새로운 문학 장르를 개척한 것은 아니다. 이들은 온전히 고전주의에 속하지도 않고 낭만주의 계열에 넣을 수도 없는 작가들이기 때문에 편의상 반고전주의 작가로 불리게 되었다. 휠덜린은 그리스 예술을 숭배하여 실러의 후계자라 할 수 있고, 클라이스트는 괴테의 인정을 받는 동시에 작가로서 괴테의 월계관을 빼앗으려는 야심이 있었으며, 장 파울은 독일 고전주의와 낭만주의 문학 발전에 절대적인 영향을 남긴 헤르더와 친분이 두터웠다.

특히 휠덜린과 장 파울은 누구보다 먼저 낭만주의 문학의 가치를 인정했고, 클라이스트도 드레스덴과 베를린에서 낭만주의 작가들과 교류가 많았지만 결국 그늘은 각자 독자적인 길을 걸었다. 작품경향으로 보아 그들은 괴테나 실러와 거리가 멀었고 그렇다고 완전히 낭만주의에 기울어있지도 않았다. 한마디로 반고전주의는 고전주의의 지나친 완전무결주의에 등을 돌린 후 낭만주의 문학으로 넘어가기 직전까지의 과도기 사조라 할 수 있다.

낭만주의 Romanticism

낭만주의는 시기상 대략 1795년부터 1848년 사이에 고전주의에 대한 반동으로 일어난 새로운 문예사조로 초기(1795~1804), 중기(1805~1815), 후기(1816~1848) 낭만주의로 나뉜다.

고전주의가 이념에서 출발하여 완성을 꾀하는 데 비해 낭만주의는 이념을 향해 무한한 전진을 한다. 미학적인 측면에서 보면 고전주의가 명석하고 직관적인 형식을 존중하는 데 비해 낭만주의는 자유분방한 감정의 표현을 희구하며, 조각적인데 비해 음악적이고, 객관적인데 비해 주관적이다. 또한 고전주의가 정적인데 비해 낭만주의는 동적이라고 할 수 있으며, 고전주의 작가들이 현실을 그대로 재현하는 데 비해 낭만주의 시인들은 관조적인 상상력으로 가능한 가상의 미적 세계를 표현하고 있다.

초기 낭만주의는 예나로 몰려든 작가들이 고전주의에 대한 비판적 논쟁을 이어가면서 형성되었다. 낭만주의자들은 고전적인 것, 현대적인 것, 흥미로운 것에 등을 돌리고 낭만적인 것으로 방향을 몰아갔다. 낭만주의 작가들은 과장되고 제멋대로이며 환상적인 것으로 가치가 절하되어온 낭만주의의 개념을 확산시켜 나갔다. 그들은 규칙을 알지 못했으며, 일상과 현실을 묘사하는 데에 제한을 두려 하지 않았다. 그들은 현실에서 멀리 벗어나 환상과 꿈의 영역으로 뚫고 들어갔다. 그리하여 고전주의에서는 생각할 수 없었던 삶의 어두운 측면과 인간 영혼의 밑바닥까지도 묘사하였다. 노발리스는 예나를 중심으로 한 초기 낭만주의의 대표자였고, 루트비히 티크와 빌헬름 슐레겔은 세계문학에 관심을 보여 『돈 키호테』와 셰익스피어의 작품을 번역하기도 했다.

하이델베르크를 중심으로 한 중기 낭만주의는 1806년 독일국가인 신성로마제국의 몰락에 따라 남다른 애국심을 표출했다. 나폴레옹에 의해 독일이 짓밟히자 중세의 제국이 이상향으로 간주되고, 오랜 유산에 대한 긍지와 조국에 대한 사랑이 솟구친 것이다. 그리하여 민족문학에 대한 애착심이 생겨나 민요, 민속동화, 민담들을 수집하여 새로이 간행했다. 주요 작가로는 클레멘스 브렌타노, 아이헨도르프, 그림 형제가 있다.

후기 낭만주의는 베를린을 중심으로 펼쳐졌는데, 이후에 이어지는 사실주의의 영향 탓으로 낭만적 환상과 비현실성의 강도가 적잖이 완화되었다. 대표적인 작가인 호프만의 낭만주의적 모티브들은 빅토르 위고(프랑스), 포(미국), 고골과 체호프(러시아)에 의해 수용되기도 했다.

사실주의 Realism

독일문학사에서 사실주의는 1850년에서 1898년 사이에 펼쳐진 사조로 흔히 '시민적 사실주의' 혹은 '시적 사실주의'로 불린다.

사실주의는 파악 가능한 세계를 객관적으로 관찰하고자 한다. 그러나 사실주의는 단순히 현실을 있는 그대로 묘사하는 데에 국한하지 않고 그것을 예술적으로 다시 그려내 보이고자 시도한다. 특히 사실주의 작가들은 위선적인 모든 가치관에 반기를 들고, 몰락하는 서민계급의 이익을 옹호한다.

사실주의 작품의 주된 테마는 사실에 충실한 묘사를 가능케 하는 역사적 사건들이다. 또한 개인과 사회와의 갈등도 중요한 테마가 되는데, 사회 속의 다중집단이 아닌 개인에 초점이 맞춰신다.

표현상의 특징으로는 무엇보다도 세밀한 묘사에 있다. 역사적 테마나 사회적 상황에 대해 가능한 한 모방에 가까울 정도로 사실에 충실하게 서술해야 한다. 미적 표출 또한 낭만주의에서는 주관적이었던 반면 사실주의에서는 누구나 똑같이 공감할 수 있도록 충분히 객관적이어야 한다. 인물의 모습이나 내면상태를 충분히 묘사하기 어려울 경우 곧잘 익살을 활용하기도 한다.

사실주의의 주요 작가로는 프리트리히 헵벨, 테오도르 슈토름, 테오도르 폰타네, 구스타프 프라이탁, 고트프리트 켈러, 콘라트 페르디난트 마이어, 빌헬름 라

아베, 아달베르트 슈티프터, 루트비히 토마 등이 있다.

인상주의 Impressionism

인상주의는 1890년부터 1920년 사이에 펼쳐진 세기전환기의 문학사조다. 세기전환기에 개인의 자유가 성숙되면서 문학에서도 자의적인 새로운 세계창조를 사명으로 여기는 주관주의가 확산되기 시작했다.

인상주의 작가들은 사람, 사물, 색채, 음향과 온갖 움직임 등에서 받는 인상을 주관적인 자기 기분에 따라 묘사하고자 했다. 이때 사물의 표면에서 얻어지는 인상이 작가의 주관적 기분에 따라 형상화되기 때문에 급히 변화하며 스쳐지나가는 영상이나 어느 한 순간의 단면이 서술의 대상이 된다. 그리하여 인상주의는 사물의 표면에서 얻은 순간적인 감각적 인상과 기분을 작가의 주관에 따라 재현하는 문학경향으로 자리 잡게 되었다. 이전의 사실주의가 사실을 있는 그대로 객관적으로 묘사하는 것을 중시했다면 인상주의는 사실 앞에서 받은 인상의 주관적 표현을 중시했다.

주요 작가로는 리햐르트 데멜, 데틀레프 폰 릴리엔크론, 슈테판 게오르게, 아르투어 슈니츨러, 슈테판 츠바이크, 릴케 등이 있다.

자연주의 Naturalism

19세기 말 자연주의의 대표자인 아르노 홀츠는 예술이 무엇인지에 대한 질문에 "예술=자연-X"라고 답함으로써 1880년경에 시작되어 1900년까지 이어진 새로운 문학경향인 자연주의를 단순명료하게 정의했다. 여기서 X는 '무無' 또는 '0'을 의미한다. 따라서 예술은 자연에서 아무 것도 덜어낼 수도 없고 덜어내서도 안

되는, 자연 그 자체라는 것이다. 그리하여 자연주의자들은 앞선 세대들과는 달리 자연을 꾸미지 않은 상태로 묘사했고, 아름답거나 추한 것 혹은 선하거나 악한 것을 구별하지 않은 채 인간세계의 모든 현실을 소재로 취했다. 자연주의 작가들은 산업화와 도시의 발달에서 비롯된 착취당하는 노동자, 무산계급, 버림받거나 절망에 빠진 사람 등 소시민의 애환을 주로 묘사했다.

자연주의에서는 경험적 사실을 자연과학적으로 정확하게 형상화하는 것을 이상으로 삼았다. 지극히 엄밀한 묘사를 위해 종종 순간포착적인 문체가 사용되었다. 세계는 탐구되었고, 모든 것은 자연에 충실했으며, 과학적으로 정확한 형상화가 이루어졌다. 작품은 합리성, 인과성, 결정론, 객관성에 바탕을 두는 반면 작가의 주관성과 개성은 배제되었다.

자연과 현실의 엄밀한 묘사라는 측면에서 자연주의는 사실주의와 유사하지만 사실주의가 고전주의 및 낭만주의적 요소에서 완전히 벗어나지 못하고 형식이나 기교를 중시한데 비해 자연주의는 모든 전통을 완전히 무시하고 인간사회의 실상을 적나라하게 드러내는 데에 치중했다. 사실주의가 표면적 현상을 단순하게 사실적으로 그렸다면 자연주의는 다분히 삶의 어두운 측면을 부각시켜 비판적으로 묘사한 점에서 서로 구별된다.

수요 작가로는 막스 할베, 하인리히 하르트, 게르하르트 하우프트만, 아르노 홀츠, 요한네스 슐라프 등이 있다.

표현주의 Expressionism

표현주의는 1910년부터 1925년 사이에 유행한 사조로 본질적으로 전통적인 여러 가치에 대한 저항에서 비롯되었으며, 사물의 외적 형식보다는 내적 의미를 강조했다. 인류가 혼돈으로 치닫고 있으며 세계가 부도덕에 빠져있다고 믿은 표현주의자들은 새로운 세계를 이루기 위해 예술의 힘으로 인간을 변화시키고자 했다. 표현주의는 1차 세계대전이 일어나기 전까지는 미학적 문학운동으로 전개되었으나 전쟁을 겪고 난 후에는 군국주의에 반대하는 참여운동을 벌이고 더 나은 세계를 향한 열망을 불태웠다.

표현주의자들은 논리와 해명에 바탕을 둔 모든 사고의 방식들을 거부했다. 주로 현대 도시생활과 기계문명에 대한 공포와 혐오에서 출발하여 인간 존재의 무의미성을 드러내는 이들의 관점은 나중에는 다다주의로 확대되었다. 프란츠 카프카는 그런 부정적 관점으로 현대 사회를 본 대표적 작가로 인간 존재의 부조리성과 불확실성을 그로테스크한 방법으로 그리고 있다.

표현주의의 언어는 지나치게 주관적이며, 도취와 격정으로 특징지어지고, 어법적 규범이 자주 파괴되었다. 표현주의의 언어는 통일되어 있지 않았다. 그것은 무아지경으로 과장되고, 은유적이며, 지나치게 상징적으로 고조되어 전통적인 교양언어의 파괴를 시도했다.

표현주의가 주로 택한 테마는 자아파괴의 장소로서의 대도시였다. 또한 자아를 위협하는 부정적 테마들로 광기, 자살, 질병, 죽음, 몰락 등이 다루어졌다. 그런가하면 표현주의는 심각한 공포의 현실을 대수롭지 않게 취급하는 당시의 문화에 대해서도 비판했다.

표현주의의 작가로는 하인리히 만, 카를 슈테른하임, 게오르크 카이저, 알프레드 되블린, 에른스트 슈타들러, 프란츠 카프카, 고트프리트 벤, 게오르크 하임, 게오르크 트라클, 프란츠 베르펠 등이 있다.

전후 폐허문학 Trümmerliteratur

2차 세계대전 직후 모든 것이 사라져버린 '영점Nullpunkt' 상태의 독일에서는 문학 또한 폐허상태가 되어 다시는 일어설 수 없는 듯했는데, 이때의 문학을 일명 폐허문학으로 부른다. 나치체제에서 침묵했던 작가들이 서서히 펜을 들기 시작하고, 또 다른 작가들은 수용소나 추방지로부터 독일로 돌아왔다. 폐허와 굶주림의 고통 속에서도 현실을 있는 그대로 내보이려는 작가적 본능이 잿더미를 뚫고 솟아나기 시작했다.

생존 자체가 삶의 목표이자 최고 가치가 되었던 시절 작가들에게는 편히 앉아 심사숙고하며 긴 글을 쓰는 것은 엄청난 사치일 수밖에 없었다. 그들은 구겨진 종잇장에 몽당연필을 가지고 자신들이 처한 상황을 있는 그대로 즉석에서 거칠게 휘갈겨 써나갈 수 있었을 뿐이다. 이렇게 시작된 지극히 짧은 분량의 단화는 독일 폐허문학의 상징적 장르가 되었고, 나아가 전후 독일문학 재건의 도화선 역할을 했다.

무엇보다도 볼프강 보르헤르트는 전쟁터에서 돌아온 귀향병의 절망과 비애를 그린 방송극 〈문 밖에서〉와 전쟁 및 전후의 참상을 적나라하게 묘사한 많은 단화들로 강한 반향을 일으켰다. 그 밖에 하인리히 뵐, 알프레드 안더쉬, 아르노 슈미트, 볼프디트리히 슈누레, 볼프강 바이라우흐 등이 전후 폐허문학을 대표하고 있다.

독일대표단편문학선 금발의 에크베르트

초판 1쇄 | 2013년 9월10일
  2쇄 | 2015년 3월 10일

지은이 | 루트비히 티크 외
옮긴이 | 이관우
편 집 | 김재범
디자인 | 임예진
표지디자인 | 김남영
펴낸이 | 강완구
펴낸곳 | 써네스트
출판등록 | 2005년 7월 13일 제313-2005-000149호
주 소 | 서울시 마포구 동교동 165-8 엘지팰리스 빌딩 925호
전 화 | 02-332-9384   **팩 스** | 0303-0006-9384
이메일 | sunestbooks@yahoo.co.kr
ISBN 978-89-91958-80-7 (세트)
ISBN 978-89-91958-81-4 (04850)   값 12,000원

이 책은 신저작권법에 따라 보호받는 저작물이므로 무단 전재와 복제를 금하며, 내용의 전부 또는 일부를 재사용하려면 반드시 저작권자와 도서출판 써네스트 양측의 동의를 받아야 합니다.
정성을 다해 만들었습니다만, 간혹 잘못된 책이 있습니다. 연락주시면 바꾸어 드리겠습니다.

이 도서의 국립중앙도서관 출판시도서목록(CIP)은 서지정보유통지원시스템 홈페이지(http://seoji.nl.go.kr)와 국가자료공동목록시스템(http://www.nl.go.kr/kolisnet)에서 이용하실 수 있습니다.
(CIP제어번호 : CIP2013015837)